SPIONE UND SCHWARZE KRÖTEN

ECON Historischer Kriminalroman

Zum Buch:

1905: Um endlich unabhängig zu sein, flieht Fremont Jones aus dem prüden Boston und eröffnet ein Schreibbüro in San Francisco. Ein recht ungewöhnlicher Schritt für eine wohlerzogene junge Dame dieser Zeit. Sehr bald erkennt sie, daß ihre neue Karriere ihr noch mehr Aufregung bescheren wird als erwartet. Eigentlich hatte sie nämlich nicht vorgehabt, mit dem Privatleben ihrer Kunden in Berührung zu kommen. Zunächst gibt es da den jungen, charmanten Anwalt Justin Cameron, der Fremont fast in tödliche Gefahr bringt. Dann erscheint der merkwürdige Schriftsteller Edgar Allan Partridge, dessen phantastische und unheimliche Geschichten Fremont die Haare zu Berge stehen lassen und sie auf eine Entdeckungsreise an die kalifornische Küste führen. Nicht zuletzt ist da noch der Chinese Li Wong, der kurz nach Erteilung seines Schreibauftrags tot aufgefunden wird …
Ein spannender und zugleich sehr unterhaltsamer Kriminalroman mit einer wunderbaren, burschikosen und freidenkenden Heldin.

Zur Autorin:

Dianne Day lebt als freie Schriftstellerin in Pacific Grove, Kalifornien. *Spione und schwarze Kröten* ist ihr erster historischer Kriminalroman um Fremont Jones.

Dianne Day

SPIONE UND SCHWARZE KRÖTEN

Die kriminellen Abenteuer der Fremont Jones
im historischen San Francisco

Aus dem Amerikanischen
von Barbara Schäfer

ECON Taschenbuch Verlag

Veröffentlicht im ECON Taschenbuch Verlag
Der ECON Taschenbuch Verlag ist ein Unternehmen
der ECON & List Verlagsgesellschaft
Deutsche Erstausgabe

First published by Doubleday, New York
Titel des amerikanischen Originals:
THE STRANGE FILES OF FREMONT JONES
Aus dem Amerikanischen übersetzt von Barbara Schäfer
Umschlaggestaltung: Init GmbH, Bielefeld
Titelabbildung: London, a pilgrimage
Lektorat: Jutta Nymphius
Gesetzt aus der Bodoni
Satz: ECON Verlag
Druck und Bindearbeiten: Elsnerdruck, Berlin
Printed in Germany
ISBN 3-612-25154-6

Harvey Klinger in Dankbarkeit

INHALT

NIE WIEDER CAROLINE

Ich weiß, daß die Leute über mich sagen, ich sei eigenwillig und überheblich und die Art, wie ich mich kleide, sei unerhört gewagt (weil ich nie ein Korsett trage), ich sei insgesamt eine Zumutung für meinen Vater. Diese Äußerungen sind alle wahr, bis auf die letzte. Ich bin keine Zumutung für meinen Vater, denn er hat mich schon vor langer Zeit aufgegeben. In den letzten Jahren hat er sich darauf beschränkt zu murren: »Wenn nur deine Mutter noch am Leben wäre …« oder: »Wenn ich dir nur nicht erlaubt hätte, auf diese Schule für Frauen zu gehen …«, womit er Wellesley meint, wo ich eine ausgezeichnete Ausbildung genossen habe. Dort haben sie mich auch einige Ansichten gelehrt, die sich mit jenen ergänzen, die mir wohl schon in die Wiege gelegt worden sind.

Ich denke, ich wäre mit meinem Vater trotz seines Murrens zurechtgekommen, wäre er nicht dem berechnenden Charme der scheinbar sanftmütigen Witwe Augusta Simmons erlegen, die sorgfältig in ihr Korsett geschnürt und auch sonst vollkommen konventionell war. Mir ist klar, daß mein Vater Gesellschaft braucht, denn er ist erst siebenundvierzig, und er ist immer noch recht gutaussehend und kräftig. Aber schon nach der ersten entsetzlichen Stunde, die ich mit Augusta beim Tee verbrachte (sie nannte es überaus vornehm *High Tea*), wußte ich, daß sie mir Unannehmlichkeiten bereiten würde. Sie würde nämlich jener Freiheit ein Ende machen, die sich die weiblichen Mitglieder angesehener Familien in Beacon Hill mühsam errungen hatten, und das zu Beginn eines neuen Jahrhunderts, im Jahre 1905. Deshalb war ich auch nicht übermäßig überrascht, als ich vor kurzem ein Gespräch zwischen meinem Vater und Augusta mitanhörte, das folgendermaßen verlief:

Augusta: »Wir müssen wirklich etwas wegen Caroline unternehmen, Leonard.« (Mein Vater ist der Ehrenwerte Leonard Pembroke Jones.)

Vater, mit einem deutlich vernehmbaren Seufzer: »Ich weiß. Wenn doch nur ihre Mutter ...«

Augusta unterbrach ihn: »Das ist nicht so wichtig, mein Lieber, ich bin jetzt hier. Ich werde diese junge Frau unter meine Fittiche nehmen. Was sie braucht, ist ein Ehemann, obwohl sie mit ihren zweiundzwanzig Jahren nicht mehr in der Blüte ihrer Jugend steht, wenn du verstehst, was ich meine. Caroline ist kurz davor, eine alte Jungfer zu werden ...! Es wird nicht einfach sein, einen Ehemann für sie zu finden, aber es ist nicht unmöglich; da wäre beispielsweise mein Neffe ...«

Ich blieb nicht länger auf meinem Platz an der Bibliothekstür, um etwas über Augustas Neffen zu erfahren, wer immer er auch sein mochte. Meine Wangen glühten. Sie hätte wenigstens warten können, bis sie verheiratet waren, bevor sie ihre Nase in meine Angelegenheiten steckte! Am liebsten wäre ich zu ihnen ins Zimmer gestürzt, um dieser Frau gründlich die Meinung zu sagen, aber ich wußte, daß es sich nicht gelohnt hätte. Mein Vater war völlig vernarrt in sie. Also ging ich nach oben und fing an, Pläne zu schmieden.

Aber eigentlich verwarf ich nur meine ursprünglichen Pläne, denn diese konnte ich wohl gänzlich vergessen, wenn Augusta nun für immer bei uns blieb. Nachdem ich mich einigen wundervollen Phantasien hingegeben hatte, in denen die Witwe Augusta im Stadtpark aus einem Boot gefallen und inmitten der Enten ertrunken war, ging ich zum Geschäftlichen über. Ich glaube, daß ich das ganz gut kann, denn mein Geschäftssinn ist nahezu so gut ausgeprägt wie meine Vorstellungskraft. Bei meinem Plan drehte es sich hauptsächlich um ein Geschäft.
Sehen Sie, ich wollte nämlich gar nicht heiraten. Nicht, daß ich etwas gegen Männer hätte – ich mag Männer und habe mir oft vorgestellt, daß Sex (ja, ich wage es, dieses Wort zu denken, wenn ich es auch nie laut äußern würde) angenehmer sein müßte, als wir Frauen denken, sonst wäre das Küssen nicht halb so aufregend, wie es tatsächlich ist. Ich wehre mich vielmehr gegen die Institution Ehe, in der die Frauen gefangen und unterworfen werden, und ich habe nicht vor, mich darauf einzulassen. Mein Wunsch ist es zu arbeiten. Ich möchte mein eigenes Geschäft haben, und wäre da nicht die Witwe Augusta, hätte ich meinen Vater auch dahin gehend schon überredet.
Also ... Ich lag bäuchlings auf meinem Bett, das Kinn auf die Faust gestützt, und dachte nach. Kurze Zeit später sprang ich auf: »Heureka, ich hab's!« Da dieser Ausruf gern in Kalifornien verwendet wird, war er durchaus passend. Ich hatte einen neuen Plan: Ich würde mein Geschäft haben, wie ich es mir vorgenommen hatte, aber außer Reichweite meiner neugierigen Stiefmutter in spe, und zwar in San Francisco und nicht in Boston! Ich wirbelte mit ausgestreckten Armen in meinem Schlafzimmer herum, mein Rock schwang mir dabei um die Beine, ich war einfach zu aufgeregt, um ruhig zu bleiben. Ja, ja, ja! Ja genau, das könnte ich schaffen, und noch dazu wäre es einfach ideal! Was würde sich Besseres anbieten, als nach Kalifornien zu

gehen, denn ich trug den Familiennamen meiner Mutter, Fremont, als zweiten Vornamen. Ich würde mit meinen außergewöhnlichen weiblichen Einfällen in einen Teil des Landes gehen, in dem ein ferner Verwandter von mir, John C. Fremont, einen beträchtlichen Teil seines ebenfalls außergewöhnlichen Rufes errungen hatte. Ja! Ich hörte auf herumzuwirbeln und ging an meinen Schreibtisch. Dort sammelte ich mich, schloß die Augen und sprach leise ein paar Worte des Dankes an meine Mutter, deren Erbe mir dies ermöglichte. Dann nahm ich einen Stift in die Hand und begann zu rechnen. Die Geldsumme, die mir meine Mutter hinterlassen hatte, war zwar bescheiden, aber ich müßte damit auskommen. Ich würde dafür sorgen, daß ich damit auskam. Ich machte eine Liste mit den Dingen, die noch zu erledigen waren, und einen Zeitplan. Alles fügte sich so leicht zusammen – auf dem Papier wie auch in meinem Kopf –, daß mir klar war, ich tat das Richtige. Schwerer würde es mir fallen, in den nächsten zwei Monaten bis zur Hochzeit meines Vaters Stillschweigen zu bewahren und meine Pläne geheimzuhalten.

Vater würde natürlich sein Einverständnis für einen Umzug von einem Ende des Landes zum anderen nicht geben. Ich mußte fortgehen, wenn er und Augusta sich in den Flitterwochen befanden. Um ganz ehrlich zu sein, meine Mutter hätte ebenfalls nicht zugestimmt; die vererbte Kühnheit, die aus John C. Fremont einen Entdecker gemacht hatte, war nicht auf seine Cousine zweiten Grades, meine Mutter, übertragen worden. Wie die meisten Leute hier hatte auch meine Mutter Boston für den Mittelpunkt des Universums gehalten – obwohl *sie* erst durch Heirat in diese Stadt gekommen war –, und eine Reise in den Westen bedeutete eine Reise nach Framingham. Die Abenteuerlust, die in unserer Familie lag, hatte eine Generation übersprungen und war plötzlich bei mir wieder aufgetaucht.

Ich hatte meinen berühmten Cousin Fremont nie kennen-

gelernt, er war vor etwa zehn Jahren gestorben, ein paar Jahre vor meiner Mutter. Als ich mich jedoch in den nächsten Wochen mit einer für mich untypischen Sanftheit im Haus bewegte und zur gleichen Zeit heimlich Vorbereitungen traf, spürte ich immer stärker die Verwandtschaft zwischen uns beiden. Wie mutig und unkonventionell er doch gewesen war! Bewundernswerte Eigenschaften, dachte ich mir, denen ich sehr gern nacheifern wollte. Unkonventionell zu sein war leicht für mich; ich hoffte nur, daß sich der Mut ebenso einstellen würde, wenn es nötig war.
Als ich auf dem Weg war, meine Fahrkarten für die Eisenbahn zu kaufen, fiel mir plötzlich etwas ein: Ich sagte dem Fahrkartenverkäufer, er solle sie nicht auf den Namen Caroline F. Jones, sondern auf C. Fremont Jones ausstellen. Ich war dabei, ein neues Leben an einem neuen Ort zu beginnen – warum dann nicht auch mit einem neuen Namen? Von diesem Zeitpunkt an nannte ich mich Fremont (bis zu meiner Abfahrt aus Boston allerdings nur in Gedanken). Nie wieder Caroline!

Der Schildermaler hatte gerade das große Einzimmerbüro verlassen, das ich über einem Buchladen auf der Sacramento Street gemietet hatte, und ich betrachtete seine Arbeit anerkennend: FREMONT JONES, SCHREIBDIENSTE. Ich hatte keinen Grund mehr dafür gesehen, das »C« vor meinem Namen noch länger zu behalten, ich hatte mich sowieso nie wie eine Caroline gefühlt. Dazu kam, daß es nicht gut fürs Geschäft war, wenn man wußte, daß ich eine Frau war. Die Aufschrift war zweimal zu sehen: auf dem Fenster, das zur Straße zeigte, und natürlich auf der Bürotür.
Ich ging hinaus in den Flur, machte die Tür hinter mir zu, drehte mich dann um und las die Schrift, als ob ich ein Kunde wäre, der darauf zuging: FREMONT JONES, SCHREIBDIENSTE. Ein kleiner Schauer durchlief mich,

und ich tat weiterhin so, als sei ich eine Kundin, öffnete die Tür – dabei klingelte die kleine Glocke, die ich dort angebracht hatte – und ging ins Büro. Der große, solide Schreibtisch aus Eichenholz, der in der Mitte des Zimmers stand, fand genauso meine Anerkennung wie die dazu passenden Aktenschränke aus Eiche an der einen Wand (nun ja, dafür, daß sie aus zweiter Hand waren, paßten sie jedenfalls erstaunlich gut). Auf dem Schreibtisch befanden sich neben dem üblichen Papier, den Stiften und ähnlichem eine Messinglampe mit einem Schirm aus grünem Glas und ein Telefon – mein erstes modernes Gerät, das ich besaß. Mein Vater war der Meinung gewesen, wir bräuchten zu Hause keinen Telefonanschluß, aber für mich war es eine wohlüberlegte Investition in mein Geschäft.
Im rechten Winkel zur einen Schreibtischseite befand sich, auf einem Tisch, den ich speziell dafür hatte anfertigen lassen, mein Stolz und meine Freude – die Schreibmaschine. Es war ein schönes Gerät mit einem hohen glänzenden Wagen und silbergerahmten runden Tasten. Die Schreibmaschine war neu; ich hatte sie vor Monaten bestellt, als ich noch dachte, daß ich mein Büro in Boston eröffnen würde, und ich hatte sie auf der langen Reise durchs ganze Land bei mir getragen. Schließlich besaß ich noch meinen eigenen Schreibtischstuhl mit Rollen, so daß ich mich mühelos von der Schreibmaschine bis zum Schreibtisch und zurück bewegen konnte, drei Holzstühle, die an strategischen Plätzen im Raum verteilt standen, und einen langen Arbeitstisch, der sich vor dem Fenster zur Straße befand. Die gewachsten Dielenbohlen waren kahl, und so würde es noch eine Weile bleiben. Ich hatte vor, einen Teppich zu legen, wenn ich es mir leisten konnte, um ein bißchen Farbe hereinzubringen und um das Klappern der Schreibmaschine zu dämpfen.
Ich lächelte; ja, das sah richtig gut aus. Jetzt brauchte ich nur noch Kundschaft. Es kam jedoch nicht in Frage, untätig

zu bleiben; während ich wartete, würde ich auf der Schreibmaschine üben. Ich hatte mir das Schreibmaschineschreiben selbst beigebracht – die Bedienung von Schreibmaschinen war in Wellesley nicht Teil des Lehrplans gewesen, und ich brauchte soviel Übung wie möglich.

Mein erster Kunde kam am Nachmittag meines zweiten Bürotages. Ich tippte gerade wie wild vor mich hin, schrieb zur Übung Jane Austens »Stolz und Vorurteil« ab, als ich das Klingeln der Türglocke vernahm. Ich drehte mich um und zeigte ein Lächeln, das ich für seriös hielt. Ich sagte: »Guten Tag.«

»Guten Tag«, sagte der Mann, als er eintrat und die Tür ins Schloß fallen ließ. »Ähem, ist Mr. Jones da?«

»Ich bin Fremont Jones«, sagte ich mit Genugtuung, »haben Sie einen Auftrag für mich?«

Wir schauten uns prüfend an. Ich wußte, was *er* sah: eine Frau mit heller Haut und glattem rötlich-braunem Haar (manche nennen es kastanienfarben, aber ich bezeichne es lieber als braun), das mit einem schwarzen Band im Nacken zusammengefaßt war, und grünen Augen unter Augenbrauen, die für die gängige Mode zu dicht waren (ich weigere mich, sie zu zupfen, weil es irgendwie dumm ist, und außerdem tut es weh); eine Frau, die unter ihrer Plisseebluse nicht besonders üppig ausgestattet war und die auch kein Korsett trug, wovon ich annahm, daß er es nicht bemerkte, obwohl es andere Frauen wohl unweigerlich taten. Was *ich* sah, war ein Mann, der kaum älter sein konnte als ich, groß und schlank, mit etwas gebeugten Schultern, so, als wäre er zu schnell gewachsen, um sich in seinem Körper wohl zu fühlen. Dadurch, daß er so dünn war, wurden die markanten Züge seines Gesichts betont, das so schön war wie die gerade Nase und die großen blauen Augen. Seine Haare hatten die Farbe und den seidigen Glanz von Mais, zweifellos machte er sie morgens immer feucht, damit sie besser am Kopf anlagen. Um diese Uhrzeit fielen sie ihm allerdings schon über das eine Auge ins Gesicht. Auch der hellbraune Anzug und das weiße Hemd, die beide den Tag bestimmt ausreichend adrett begonnen hatten, waren inzwischen ziemlich zerknittert.

Er sagte zweifelnd: »Sie sind Fremont Jones?«

Ich lächelte weiterhin seriös: »Wie ich schon sagte.«

Daraufhin lächelte er auch, aber bei ihm wirkte es natürlich. Er hatte die Mundwinkel nach oben gezogen, und um die strahlenden Augen herum zeigten sich Lachfältchen.

»Wie ungewöhnlich, und wie angenehm! Mein Name ist Justin Cameron. Ich habe Ihre Handzettel, die Sie unten im Buchladen ausgelegt haben, gesehen. Darf ich?«

Er drehte den Kopf in die Richtung des Stuhls, der rechts von meinem Schreibtisch stand.

»Bitte setzen Sie sich, Mr. Cameron.«

Er setzte sich hin, schlug die langen Beine übereinander und balancierte dabei eine Aktenmappe auf seinen Knien. »Ich bin Anwalt und habe gerade meine eigene Kanzlei eröffnet. Mein Büro befindet sich ein paar Blocks weiter die Sacramento Street hinauf. Ich kann mir noch keinen Sekretär leisten, deshalb habe ich gehofft ...«

»Genau deshalb sitze ich hier«, sagte ich und streckte meine Hand nach der Aktenmappe aus. Aber er gab sie mir nicht, und ich fühlte mich ein bißchen komisch mit meiner ausgestreckten Hand. Justin Cameron hatte die Aktenmappe geöffnet und runzelte die Stirn angesichts der Papiere, die sich darin befanden.

»Schönschreiben war noch nie meine Stärke. Ich hoffe, Sie können es lesen.« Er blätterte durch die Seiten, und sein Stirnrunzeln wurde stärker. »Bei der ersten Sache handelt es sich um einen Brief, ich nehme an, der ist einigermaßen einfach. Aber das andere ist ein Schriftsatz, und dann viele Rechtsangelegenheiten mit, na ja, Sie wissen schon, mit lateinischen Ausdrücken ...«

Ich hatte die gefalteten Hände auf den Schreibtisch gelegt

und lächelte nicht mehr. »Ich versichere Ihnen, Mr. Cameron, daß ich eine gute Ausbildung genossen habe. Ich verstehe Latein, ganz abgesehen von Griechisch, und einige moderne Fremdsprachen beherrsche ich auch. Wenn Sie mich jetzt mal einen Blick auf die Papiere werfen lassen würden, könnte ich Ihnen auch sagen, ob ich in der Lage bin, Ihre Handschrift zu lesen.«
»Oh, ja, sicher. Und ob! Hier.«
Er war so anständig und schaute verlegen drein, als er mir die Aktenmappe mit den in Unordnung gebrachten Papieren über den Schreibtisch schob. Justin Camerons Handschrift war locker und geschwungen, eine Art zu schreiben, die zu ihm paßte, und das wiederum bewirkte, daß ich nur mit Mühe ein Grinsen unterdrücken konnte. Ich sagte: »Ich werde damit keine Schwierigkeiten haben. Aber wenn Sie sichergehen wollen, dann lese ich Ihnen etwas davon vor.«
»Nein, nein.« Er warf die feinen Haarsträhnen, die ihm ins Auge gefallen waren, zurück. »Das ist nicht nötig. Sehen Sie, ich wollte Sie nicht verletzen ... was ich so über die lateinischen Ausdrücke gesagt habe und so ..., aber ich habe nun mal bis jetzt noch keine, äh, Damen kennengelernt, die, äh, machen, was Sie tun.«
Ich hoffte, daß er mit seinem offenen und verletzlichen Ausdruck und der stockenden Sprache nicht einer von den Anwälten war, die oft vor Richtern und Geschworenen argumentieren mußten. Instinktiv mochte ich Justin Cameron.
»Ich bin nicht gekränkt«, versicherte ich ihm lächelnd. »Ich vermute, meine Situation ist ungewöhnlich. Ich habe einen Collegeabschluß, Mr. Cameron, aber ich wollte nicht unterrichten oder irgend etwas von dem machen, was Frauen normalerweise mit so einem Abschluß tun. Ich wollte mein eigenes Geschäft haben. Ich war der Meinung, daß ich als unabhängige Schreiberin einen neuen und sehr gefragten Service anbieten würde.«

»Aber ja!«
Ich stapelte die Seiten ordentlich aufeinander und legte sie wieder in die Aktenmappe zurück. »Ich kann Ihnen das bis morgen mittag abtippen. Der Preis beträgt zehn Cents pro Seite.«
Er runzelte jetzt die Stirn derart, daß ich mich fragte, ob er durch sein neues Anwaltsbüro bereits mittellos geworden war.
Ich sagte: »Ich hoffe, Sie halten diesen Preis nicht für zu hoch. Da ist nun mal meine Einrichtung, die bezahlt werden muß, und das Büro muß auch unterhalten werden.«
»Nein, daran habe ich nicht gedacht. Ich habe daran gedacht, daß Sie bei diesen Kosten, die Sie gerade erwähnten, um ein Büro einzurichten, eine ganze Menge Kunden brauchen werden – bei nur zehn Cents die Seite! Ich muß es doch wissen, schließlich habe ich selbst erst vor kurzem mein Büro neu eingerichtet. Sie können noch nicht lange hier sein, sonst hätte ich es bestimmt schon längst bemerkt. Sie müssen neu in diesem Schreibgeschäft sein.«
»Ja, ich bin noch neu, aber ich mache mir darüber keine Gedanken.« Das tat ich auch nicht, jedenfalls nicht sehr. »Ich habe den Markt beobachtet, und ich weiß, die Kunden werden kommen.«
»Aha!« Er erhob sich vom Stuhl, schlaksig und doch mit Eleganz. »Gut, Fremont Jones. Ich für meinen Teil habe jedenfalls vor wiederzukommen. Oft sogar.«
Ich stand auf, und wir schüttelten uns die Hände über den Schreibtisch hinweg, weil dies irgendwie angebracht schien, und dann ging er. Ich weiß, daß es nicht sehr professionell war, aber der Tonfall in Justin Camerons Stimme, als er sagte, er komme oft wieder, und der Blick in seinen Augen und die Berührung seiner Hand erzeugten in mir ein warmes Gefühl, das meinen Körper bis zu den Zehen durchströmte.
Ich machte mich sofort an die Arbeit und begann mit Mr.

Camerons Brief (ich konnte mir einfach nicht erlauben, an ihn als Justin zu denken) und fuhr dann mit dem Schriftsatz fort. Er war interessant, und mein Herz setzte für eine Sekunde aus, als ich begriff, daß er ihn wirklich vor Gericht vortragen würde. Er erhob Anklage im Auftrag eines Fischhändlers, der glaubte, man hätte ihn um seinen angestammten Verkaufsplatz am Kai betrogen. Wie ich der Anklageschrift entnehmen konnte, war die Rechtspraxis in San Francisco eine äußerst komplexe Angelegenheit. Aufgrund der Tatsache, daß diese Stadt bis vor kurzem ein gesetzloser Ort gewesen war, hatte es Justin – das heißt Mr. Cameron – ziemlich schwer, Präzedenzfälle zu schaffen.
Die Sache fesselte mich immer mehr. Als die Abenddämmerung hereinbrach, knipste ich die Lampe und eine der Gaslampen an der Wand an und arbeitete weiter. Durch den Lärm, den meine Schreibmaschine verursachte, bemerkte ich nicht, wie ruhig es im Haus geworden war. Die Türglocke klingelte – ein winziges Geräusch nur, aber es kam so unerwartet, daß ich aufsprang.
Der Mann, der auf der Türschwelle stand, war schwarz gekleidet. Hinter der geöffneten Tür tat sich eine tiefschwarze Leere auf, so daß sein Gesicht und seine Hände einen grellen, weißen Kontrast dazu bildeten. Er hatte das Gesicht einer Leiche; eingefallene Wangen, blasse hervortretende Augen und langes ungekämmtes Haar, das so schwarz wie seine Kleidung war.
Ich rollte zum Schreibtisch und faltete meine Hände, die plötzlich zitterten, fest ineinander und legte sie in meinen Schoß, so daß er sie nicht sehen konnte. In Gedanken beschloß ich, zukünftig nicht mehr allein nach Anbruch der Dunkelheit im Büro zu bleiben. Aber meine Stimme war fest, als ich fragte: »Kann ich Ihnen helfen?«
»Ja, ja«, rief er und eilte ins Zimmer. Er ließ die Tür offen, was mich ein bißchen mutiger werden ließ.
»Ich habe hier ein Manuskript ...« Er zog eine zer-

knautschte Aktenmappe unter dem Arm hervor, die einst auch schwarz gewesen sein mochte, aber nun so abgetragen war, daß sie einen grünlichen Schimmer hatte. »... das ich abgetippt haben möchte. Sie machen das doch, nicht wahr? Ich kam hier vorbei, und ich sah das Licht und das Schild, und ich dachte, oh, das ist ein Geschenk des Himmels. Ein Geschenk des Himmels!«
Ich hätte ein Geschenk des Himmels sein können, aber er sah eher aus, als sei er von einem ganz anderen Ort geschickt worden. Ich fragte mich, ob er jemals hinaus ins Tageslicht gehen würde oder ob er im Schein der Sonne zu Staub zerfiele. Nicht ganz ernsthaft überlegte ich, ob er wohl ein Spiegelbild warf. Mr. Bram Stroker hätte diesen Mann geliebt, aber ich glaubte nicht, daß ich es konnte, jedenfalls nicht ohne zahlreiche Knoblauchketten um den Hals und mindestens ein Kreuz in der Tasche. Dennoch sagte ich: »Ich habe lange gearbeitet. Nehmen Sie Platz, Mr. –?«
»Partridge, Edgar Allan Partridge.« Er hockte sich eilig mit seinem spindeldürren Körper auf die Stuhlkante. Dabei hatte er die dicke Aktenmappe fest umklammert an die Brust gedrückt, seine knochigen Handgelenke wirkten zu dünn für diese Last.
»Dieses hier sind meine Geschichten. Ich schreibe im gleichen Stil wie mein von mir gewählter Namensvetter, Mr. Poe. Wissen Sie, Edgar Allan Poe. Mir wurde auch gesagt, daß ich ihm ähnlich sähe.« Mr. Partridges Stimme war ungewöhnlich, dünn und rauh und dennoch leicht melodisch.
»Ich war Zeitungsreporter. Ich werde Ihnen ein Geheimnis erzählen.« Er streckte seinen dürren Hals in meine Richtung, und ich war gezwungen, mich zu ihm hinüberzubeugen.
Er flüsterte: »Meine Geschichten sind besser als die von Mr. Poe, denn meine sind wahr.«

»Tatsächlich, stimmt das?« fragte ich und lehnte mich wieder zurück.
»Ja, wirklich, ja, wirklich!« Seine hervortretenden Augen bewegten sich hin und her. »Deshalb sind sie hinter mir her, wissen Sie, und ich muß die Geschichten vor ihnen verstecken. So dachte ich mir, als ich Ihr Schild sah, daß ich mein Werk verstecken könnte, indem ich es Ihnen zum Abtippen gebe. Hier, Sie werden es doch für mich machen, ja?«
Mr. Partridge ließ die Aktenmappe mit einem heftigen Knall auf den Schreibtisch fallen.
Als er seinen Kopf in die Richtung der geöffneten Tür drehte, erschien auf seinem ausgezehrten Gesicht ein Ausdruck ungeheurer Furcht.

DA SPRACH DER RABE …

»Die Tür«, schrie Edgar Allan Partridge, »die Tür ist noch offen! Was ist, wenn sie mir gefolgt sind?«
Gütiger Himmel, dachte ich, der Mann ist paranoid! Und ich lief bereits Gefahr, ebenfalls wahnsinnig zu werden. Komischerweise tat es mir nämlich, trotz meiner ersten Reaktion, nicht leid, daß er quer durch den Raum stürzte und die Tür schloß. Jetzt stand er dort, mit dem Rücken an der Tür, atmete schwer und sah wie das perfekte Abbild krankhafter Panik aus.
»Der Schlüssel!« sagte er, »Sie müssen doch einen Schlüssel haben! Wir müssen uns einschließen!«
Ich bemühte mich, einen klaren Kopf zu bewahren. Mit fester Stimme sagte ich: »Ich werde mich keinesfalls mit einem Mann, den ich gerade kennengelernt habe, in einen Raum einschließen. Seien Sie vernünftig, Sir. Sollte Ihnen jemand gefolgt sein und gesehen haben, daß Sie in mein Büro gehen, dann hätte er bis jetzt mehr als genug Zeit gehabt, hier hereinzukommen. Ich schlage vor, Sie setzen sich wieder hin und versuchen sich zu beruhigen.«

Er verdrehte einige Male die Augen, holte ein zerknülltes Taschentuch hervor und fuhr sich damit mehrmals über das Gesicht. Schließlich setzte er sich. Währenddessen hatte ich die Aktenmappe geöffnet und ihr eine große Anzahl loser Blätter entnommen, die eng beschrieben waren. Die Handschrift war klein, aber sehr akkurat. Ganz schön viel Arbeit, dachte ich, und daß ich wohl besser erst einmal herausfinden sollte, ob der Auftrag, daß ich sie abtippen sollte, tatsächlich ernst gemeint war und wie gut er dafür bezahlte.

»Lassen Sie uns die Angelegenheit nun einmal geschäftlich betrachten«, schlug ich vor.

»Ja, ja«, sagte er und nickte. »Haben Sie einen Safe?«

Diese Frage überraschte mich, und ich schaute ihn verständnislos an. »Einen Safe?«

»Sie wissen schon, um das Manuskript einzuschließen, wenn Sie nicht daran arbeiten. Ich habe kein weiteres Exemplar.«

»Ich habe keinen Safe. Aber diese Schublade hat ein Schloß.« Ich zog die unterste Schreibtischschublade heraus, die momentan leer war. »Genügt Ihnen das?«

Edgar Allan Partridge beugte sich nach vorn und starrte in die leere Schublade, wobei er fast vom Stuhl fiel. »Das muß es wohl.«

»Sehr schön. Sie sagten, daß es sich bei ihrem Manuskript um einzelne Geschichten handele. Ich nehme an, Sie wollen, daß ich es Ihnen abtippe, damit Sie es einem Verleger vorlegen können. Wollen Sie Ihre Geschichten veröffentlichen, Mr. Partridge?«

»Ja, genau, und je schneller, desto besser.« Er nickte dabei so heftig, daß ihm das dünne schwarze Haar um den Kopf flog.

»Das heißt, wenn ich noch lange genug lebe.« Nervös blickte er über die Schulter zurück zur Tür.

Dieser arme Mann glaubte wirklich, daß ihn jemand verfolgte, um ihm etwas anzutun. Während wir miteinander sprachen, hatte ich jedoch einige der Seiten überflogen, und was da geschrieben stand, waren eher Schauergeschichten der phantastischen Art. Ich konnte nicht glauben, daß deswegen jemand zum Mörder werden könnte.

Ich wurde energisch: »Ihr Manuskript scheint mehrere hundert ...«

Er unterbrach mich und erklärte: »Genaugenommen sind es drei einzelne Geschichten auf insgesamt dreihundertdreiundzwanzig Seiten.«

»Danke, ein Manuskript mit dreihundertdreiundzwanzig Seiten also. Ich nehme zehn Cents pro getippter Seite, ist das in Ordnung?«

»Kein Problem. Geld spielt keine Rolle.«

Mr. Partridge blickte wieder zurück über die Schulter.

»Ich kann es in etwa, sagen wir ...« – da ich keinerlei Erfahrung hatte, mußte ich schätzen, »in einem Monat fertigstellen. Haben Sie eine Visitenkarte mit einer Adresse oder eine Telefonnummer, damit ich Sie erreichen kann?«

Edgar Allan Partridge stand auf, durchsuchte jede Tasche seines schlechtsitzenden Anzugs, während er immer wieder nervös zur Tür blickte. Ich nahm an, daß er nach einer Visitenkarte suchte, statt dessen kramte er sein gesamtes Geld aus seinen Taschen hervor.

»Ich bezahle im voraus«, verkündete er. »Hier, nehmen Sie das. Und dieses hier. Oh, hier ist noch mehr.« Er warf einen zerknitterten Geldschein nach dem anderen auf meinen Tisch, ohne auf den jeweiligen Wert zu achten.

»Wirklich, Mr. Partridge, ich –«

»Ich muß jetzt gehen. Kann nicht länger bleiben, muß mich beeilen!«

»Kommen Sie zurück!« sagte ich mit Nachdruck und sprang auf. »Sie haben mir noch nicht gesagt, wie ich Sie erreichen kann.«

»Sie tippen es ab, das ist alles«, rief er mir vom Flur aus zu.

»Miss, Miss –«
»Jones. Fremont Jones. Aber –«
Edgar Allan Partridges weiße Hände zitterten, und er bebte am ganzen Körper vor Angst. Er ließ ein nur für mich hörbares Flüstern vernehmen, das quer durch den Raum herüberdrang:
»Passen Sie auf meine Geschichten auf, sie sind wahr, Miss Jones. Ich komme in einem Monat wieder.« Und weg war er.
»Nun gut«, rief ich, während meine Knie weich wurden. Weder der Anblick der geöffneten Tür, die in den dunklen, unbeleuchteten Flur führte, noch der kalte Schweiß meiner Hände, den ich plötzlich spürte, behagten mir.
Ich zwang mich zur Vernunft, von dieser Paranoia wollte ich auf gar keinen Fall angesteckt werden. Die erste Arbeitsregel gebot, die geöffnete Tür zu schließen. Nachdem ich das getan hatte, blickte ich auf die kleine goldene Uhr, die an meiner Bluse steckte – ein Geschenk meines Vaters zu meinem einundzwanzigsten Geburtstag –, es war sieben Uhr dreißig. Wenn ich den langen Heimweg, der nur bergauf führte (und in San Francisco hatte ich bereits einen Eindruck davon bekommen, was eine Strecke bergauf wirklich bedeuten konnte), nicht zu Fuß gehen wollte, dann sollte ich mich besser auf den Weg machen, solange die Cable-cars noch fuhren.
Ich ging wieder an meinen Schreibtisch und schaute auf die verschiedenen grünen Geldscheine, die dort überall verteilt lagen. Dabei fühlte ich einen seltsamen Widerwillen, Mr. Partridges Geld anzufassen. Das war Unsinn und überhaupt nicht geschäftsfördernd! Aber, nun ja ... Ich setzte mich hin, strich mein Haar glatt, obwohl es nicht nötig war. Dann fuhr ich auch über die Taille, wo meine Bluse im Rock steckte, und auch das war eigentlich unnötig.
Ach, wie ich dieses Gefühl der Unsicherheit haßte. Zum erstenmal hatte ich die Schattenseiten meines Strebens nach Unabhängigkeit kennengelernt. Nie zuvor in meinem Leben

hatte ich Geld gebraucht. Aber jetzt tat ich es. Ich war nicht wirklich in Not, noch nicht, aber ich konnte es mir dennoch nicht leisten, eine Arbeit abzulehnen, die mir angeboten wurde.
Als ich mir dessen bewußt wurde, begann ich, die grünen Dollarscheine auseinanderzufalten und glattzustreichen: einmal ein Dollar, einmal zehn, zwei Fünfer, noch mal einer, einmal zwanzig und einmal fünfzig Dollar. Edgar Allan Partridge hatte zweiundneunzig Dollar auf meinen Schreibtisch geworfen, viel mehr, als ich jemals für das Tippen der Geschichten nehmen könnte. Nachdenklich und mit Sorgfalt schloß ich Geld und Manuskript in meinem Schreibtisch ein. Die elektrische Beleuchtung, die bereits in einigen Privathäusern und in so ziemlich allen städtischen Gebäuden vorhanden war, fehlte in den Straßen. Die hohen Straßenlaternen waren Gaslampen. Durch ihren Lichtschein wirkten sie unheimlich im Nebel, der sich fast jeden Abend nach Sonnenuntergang bildete. Ich hatte nichts von San Franciscos dichtem und durchdringendem Nebel gewußt; im Grunde hatte ich fast gar nichts von dieser Stadt gewußt, bevor ich sie so überstürzt zu meiner neuen Heimat gemacht hatte. Und ich mußte sie auf eine Art neu kennenlernen, wie es ein Kind tut, das viele Dinge zum erstenmal erlebt und Eindrücke gewinnt, die normalerweise, aber eben nicht immer, wunderbar waren.
An diesem Abend war es zum Beispiel weniger schön, allein im Dunkeln einer Stadt zu sein, die mir noch so wenig vertraut war. An diesem Abend lernte ich die Dunkelheit und den Nebel kennen, diesen dichten Nebel, durch den ich alles hören, aber nichts sehen konnte, denn die Sicht war erheblich beeinträchtigt. Ich stand an der Ecke und wartete auf die Bahn, die mich die Van Ness Avenue hoch zur Vallejo Street bringen sollte, wo ich wohnte. Ich war äußerst angespannt und wachsam. Ich konnte Schritte näher kommen hören, lange bevor ich überhaupt die dunklen Umrisse der

Leute erkennen konnte, von denen sie herrührten. Ich hörte das Klappern und Rumpeln des Verkehrs, aber kein Fahrzeug fuhr vorüber, und niemand vermochte zu ahnen, in welcher Entfernung sich das aufgescheuchte Pferd befand, das so durchdringend wieherte. Ganz in der Nähe wurde eine Tür aufgerissen, ein Gewirr von lauten und ärgerlichen Stimmen drang heraus, bevor sie wieder zugeschlagen wurde.
Mein Wintermantel war zu dick für den März in San Francisco, trotzdem war mir kalt, und alles an mir fühlte sich klamm an, als ob sich der Nebel einen Weg durch den Stoff gebahnt hätte und meine Haut entlangkroch. Ich zitterte. Die Straßenbahn kam, und durch diesen vertrauten Anblick fühlte ich mich etwas sicherer und entspannter. Ich stieg ein, warf mein Fahrgeld in den Geldkasten und begann, die Fahrt so zu genießen wie immer.
Die Wohnung, die ich gemietet hatte, erstreckte sich über die dritte Etage eines schmalen Hauses in viktorianischem Stil in der Vallejo Street. Wenn ich aus der Straßenbahn ausgestiegen war, mußte ich noch ziemlich steil hinauf, an zwei Häuserblocks und zum Teil an einem dritten vorbei, denn das Haus lag, wie die meisten Häuser in San Francisco, auf einem Hügel. Da ich erst seit zwei Wochen in der Stadt war, hatte ich mir noch nicht alle Namen der Hügel gemerkt, aber ich glaubte, meiner hieß Russian Hill. Die Aussicht von ganz oben war grandios! In meiner Neugier war ich noch vor dem Auspacken hinaufgegangen. Ich hätte gern ganz oben auf dem Russian Hill oder dem Nob Hill gewohnt, denn von dort aus hätte ich über die Bucht schauen können, mit dem manchmal blauen und manchmal grauen Wasser, den vielen Booten und den wenigen Inseln. Ich konnte Alcatraz erkennen, klein und felsig mit einem Wachturm, oder Angel Island, größer und mit weniger Felsen, und Yerba Buena, die größte Insel von allen, mit Bäumen und Häusern.

Aber es war äußerst unwahrscheinlich, daß ich jemals dort oben auf einem der Hügel San Franciscos wohnen würde, denn dort befanden sich die Villen. Riesige Häuser, prächtig und architektonisch kunstvoll. Ich war in Boston aufgewachsen und an die schlichten Fassaden städtischer Ziegelsteingebäude gewöhnt, deshalb wußte ich nicht soviel mit dieser Zurschaustellung von Reichtum in den Villenvierteln anzufangen. Ich machte mir Gedanken darüber, wer sie wohl erbaut hatte, wer darin wohnte, wie diese Bewohner wohl waren und was hinter diesen stattlichen Fassaden vor sich ging.
Die Eigentümerin des bedeutend bescheideneren Hauses, in dem ich wohnte, war Mrs. O'Leary. Als ich die Treppen hinaufgegangen war und die Haustür aufgeschlossen hatte, wartete sie bereits auf mich.
»Lange wech gewesen, was, Fremont?« sagte sie. Mrs. O'Leary war reich an Herzensgüte und arm an Grammatikkenntnissen. Als ich ihr meinen Namen das erste Mal nannte, mußte ich ihn zunächst wiederholen, dann sagte sie: »Is das nich irrsinnig komisch!«
Seither sagte sie immer Fremont zu mir. Sie war Witwe, wie Augusta, aber damit hörte die Ähnlichkeit auch schon auf. Gott sei Dank!
»Ja«, stimmte ich zu. »Ich habe heute meine ersten Kunden gehabt und dabei wohl ganz die Zeit vergessen.«
»Jetzt schon zahlende Kunden, das is gut.« Sie strahlte, und ich gab ihr recht. Ich mochte Mrs. O'Leary, ihr Interesse an meiner Person störte mich nicht, denn sie war nicht aufdringlich, sondern sehr warmherzig und freundlich. Sie hatte das eckige, rosige Gesicht einer Irin, eine üppige Figur und mochte so um die Fünfzig sein. Ihr verstorbener Ehemann war Polizist gewesen. Sie tätschelte meinen Arm und sagte: »Ich will Se nich aufhalten. Ich bin nur froh, dasse wieder sicher und gesund zu Haus gelandet sind. Weil Se doch noch neu hier sind und so. Hab' mir halt ein bissel Sor-

gen gemacht, wie ich Se nich zur üblichen Zeit hab' heimkommen hören. Der da oben, na ja, nur der Herr im Himmel weiß, wann der auftaucht. Nich, daß ich neugierig bin, aber das is immer noch mein Haus, auch wenn ich's vermieten muß, und ich krieg' nun mal mit, wann meine Mieter kommen und gehen. Nun machen Se mal, dasse nach oben kommen und sich was Heißes zu trinken machen.«

»Mach' ich.« Ich lächelte und ging leichten Schrittes die Treppe hinauf, so glücklich, zu Hause zu sein, wie sie es war, mich zu sehen. Mrs. O'Leary lebte im ersten Stock ihres Hauses. »Der da oben« war ein älterer Mann, der Archer hieß, die Wohnung im zweiten Stock gemietet hatte und entweder schüchtern oder hochnäsig war. Einmal hatte ich ihn auf der Treppe getroffen und mich ihm vorgestellt, aber er hatte mich nicht einmal angeschaut. Er hatte nur irgend etwas vor sich hin gemurmelt und war davongeeilt. Ich entnahm Mrs. O'Learys Worten, daß sie sich Sorgen machte, weil er kaum zu Hause war. Mr. Archer war einfach ein Rätsel.

Meine Wohnung lag unter dem Dach, hatte schräge Zimmerdecken und eine Menge Fenster, deren breite Fensterbänke zum Sitzen einluden. Vom langen Flur gingen vier Räume ab: ein Wohnzimmer, zwei Schlafzimmer, eine Küche mit Eßgelegenheit und ein kleines Bad, in dem eine große Badewanne mit Füßen stand, die fast den ganzen Raum ausfüllte. Die Wohnung war nur spärlich möbliert, aber die Möbel, die es gab, waren von ganz ordentlicher Qualität. Die Perserteppiche waren kaum abgetreten und besonders schön. Als ich sie Mrs. O'Leary gegenüber erwähnte, sagte sie mir, sie hätte sie für »'nen Appel und 'nen Ei« bekommen. Sie hatte sie als Versicherungsschaden gekauft, nachdem eine der Villen auf dem Nob Hill gebrannt hatte.

Dem Eigentümer, so hatte sie mir anvertraut, »stand das Wasser bis zum Hals, wenn Se wissen, was ich meine.« Er

wurde verdächtigt, sein eigenes Haus niedergebrannt zu haben, um die Versicherungssumme zu kassieren. Meine Vermieterin wußte nahezu alles über die Nachbarschaft – was davon jedoch den Tatsachen entsprach und was nur Klatsch war, konnte ich noch nicht feststellen.
Ein Pluspunkt an Mrs. O'Learys Haus war jedenfalls, daß es bereits elektrischen Strom hatte. Im Haus meines Vaters waren sie noch auf Gas- und Benzinlampen angewiesen. Zunächst hatte ich das elektrische Licht ziemlich grell gefunden, aber ich gewöhnte mich schnell daran, und inzwischen war es für mich regelrecht ein Genuß, immer dann helles Licht zu haben, wenn ich den Schalter betätigte. Ich machte im Flur Licht und hängte meinen Mantel an die Garderobe. Dann ging ich ins Wohnzimmer, ließ es aber dunkel, ging ans Fenster und zog die Vorhänge zurück. Natürlich konnte ich von hier aus die Bucht nicht sehen, denn ich befand mich auf der falschen Seite des Hügels, aber rundherum lagen die Häuser und Straßen der Stadt in einem dünnen Nebelschleier. San Francisco, die Stadt an der Bucht. Mein Herz klopfte. Hier oben auf dem Hügel war der Nebel nicht besonders dicht, so daß das Licht hindurchschimmern konnte. Ich war erst seit zwei Wochen hier, aber ich wußte bereits, daß ich diesen Ort liebte. Ich war froh, hier zu sein, allein und unabhängig. Und ich hatte zudem das Gefühl, daß ich hierhingehörte, mehr als in die Stadt, in der ich geboren und aufgewachsen war. Von Anfang an hatte ich gespürt, daß San Francisco eine offene und ausgelassene Stadt war, in der die Unterschiedlichkeit der Menschen geschätzt und akzeptiert wurde. Das gab mir das Gefühl, willkommen und angenommen zu sein. Ja, hier war ich zu Hause.

»Oh, das ist gut. Das ist sogar großartig!« sagte Justin Cameron am nächsten Tag, als er die Seiten durchlas, die ich für ihn abgetippt hatte.

»Ich hoffe, daß Sie Ihren Fall gewinnen«, sagte ich ernst.
»Oh, das werde ich sicher nicht«, sagte er mit einem Achselzucken.
»Woher wissen Sie denn das? Sie scheinen ja nicht besonders beunruhigt zu sein.«
»Das bin ich auch nicht. Wir müssen jetzt da durch, das ist alles. Es gibt nun mal keine Rechtsgrundlage für diese Leute, die sich dort im Hafen widerrechtlich aufhalten, und das müssen die Verkäufer begreifen. Noch so ein paar Fälle wie diesen hier, und sie werden alle feststellen, daß sie die Miete für ihre Stellplätze eben zahlen müssen, und das war's dann. Das sind Präzedenzfälle, die sich dann durchsetzen und anerkannt werden. Wir wenden uns anderen Dingen zu.«
»Aber der arme Mann!«
»Cisneros, der Fischhändler? Ich werde ihm nicht viel Geld abnehmen, und die Miete wird angemessen sein. Er wird seinen Platz behalten, und es wird ihm gutgehen. Da wir gerade vom Bezahlen sprechen ... zehn Cents die Seite, nicht wahr?«
Ich nickte, und Justin Cameron zählte. Ich hatte neun Seiten für ihn getippt, und er gab mir einen Dollar. Er grinste und sagte: »Behalten Sie den Rest.«
»Nein, danke«, entgegnete ich, griff in die mittlere Schublade meines Schreibtisches und nahm zehn Cents aus meiner Geldbörse. »Es würde meine Buchhaltung durcheinanderbringen.«
»Nein, das würde es nicht. Sie müssen nur eine Seite für die zusätzlichen Einnahmen hinzufügen. Zehn Cents sind nicht viel, aber es ist immerhin ein Anfang.«
»Irgendwer wird Ihnen bestimmt irgendwann einmal erzählt haben, daß Geschäftsinhaber keine Trinkgelder annehmen, Mr. Cameron. Würden Sie also bitte Ihr Wechselgeld nehmen?«
Er trat an meinen Schreibtisch und hielt die Hand auf.

»Nennen Sie mich doch Justin«, bat er mich.
Ich legte die Münze in seine Hand, und mein Herz tat einen kleinen Sprung. Ich mußte mir eingestehen, daß ich mich freute.
»Gut, Justin. Und Sie können Fremont zu mir sagen.«
»Das ist so ein seltsamer Name für ein Mädchen. Eine Dame.«
»Eine Frau«, sagte ich und schaute zu ihm hoch. Er sah aus, als hätte er sich heute besonders viel Mühe mit seinem Aussehen gegeben: ein dunkelblauer Anzug und eine hellblaue Krawatte, das feine blonde Haar sorgfältig aus der hohen, ziemlich aristokratisch wirkenden Stirn gekämmt. Auch ich hatte mir Mühe gegeben und ein grünes Kleid ausgewählt, mit weißem Kragen und Ärmelaufschlägen, deren Farbe meine Augen so gut zur Geltung brachten.
»Frau«, sagte Justin mit einer Stimme, die klang, als hätte er gerade erst das ganze Geheimnis um den Unterschied zwischen den Geschlechtern entdeckt. Während des kurzen Schweigens, das folgte, senkte ich die Augen, stellte aber zuvor noch fest, daß sich seine helle Haut leicht rosa verfärbt hatte. Er war verlegen, was ich reizend fand.
Justin trat vom Schreibtisch zurück, schob die Aktenmappe mit den Papieren, die ich für ihn getippt hatte, unter seinen rechten Arm, nahm seine Taschenuhr heraus und schaute nach der Uhrzeit.
»Es ist fast zwölf Uhr«, verkündete er. »Ich würde Sie gern zum Mittagessen einladen, Fremont.«
Ich hätte gern mit ihm zu Mittag gegessen. Heute morgen hatte ich sogar noch gehofft, er würde derartiges vorschlagen. Jetzt allerdings gingen mir all die Anstandsregeln, die ich in der Zeit des Heranwachsens gelernt hatte, durch den Kopf: Wie man sich gegenseitig richtig vorstellte und daß man wissen sollte, aus welchem familiären Umfeld die andere Person stammte, und ähnliche Dinge. Ich hörte mich sagen: »Nein, danke. Ich kann heute nicht.«

»Ach, kommen Sie. Ich sehe ja, daß Sie eine Menge Arbeit haben«, er zeigte auf den Stapel Manuskriptseiten von Mr. Partridge, der neben der Schreibmaschine lag, »aber Sie müssen auch einmal eine Pause machen!«
»Vielleicht können wir das auf einen anderen Tag verschieben«, sagte ich mit fester Stimme, drehte mich um und begann, die Manuskriptseiten zusammenzuraffen, um sie in die untere Schublade einzuschließen.
»Ich muß einkaufen.«
»Großartig, haben Sie etwas dagegen, wenn ich mich Ihnen anschließe?«
Ich mußte lächeln angesichts seiner Hartnäckigkeit. »Ich glaube nicht, daß Sie es sehr interessant finden würden.« Plötzlich hatte ich eine Eingebung: »Ich möchte mir einen Mantel kaufen. Der, den ich habe, ist für dieses Klima nicht geeignet.«
»Ich *wußte*, daß Sie neu in der Stadt sind! Aber ich wohne schon seit Jahren hier. Nun ja, nicht genau hier, aber auf der anderen Seite der Bucht, in Berkeley. Mein Vater ist Professor an der Universität. Ich gehe immer mit meiner Mutter einkaufen. Wirklich! In das ›City of Paris‹ – das ist ein Kaufhaus –, da möchten Sie bestimmt hin. Und dann, wenn Sie einen Mantel haben, können wir etwas essen, da gibt's ein wunderbares kleines Restaurant, direkt im Kaufhaus. Na, kommen Sie schon, was halten Sie davon?«
Ich lachte, ich mußte einfach lachen. Er hatte sich damit auch ausreichend vorgestellt, um die empörte Stimme des Anstands, die sich in mir gemeldet hatte, zufriedenzustellen. Und außerdem war er nahezu unwiderstehlich. »In Ordnung. Ich denke, ich könnte einen Stadtführer brauchen.«
Justin war ein guter Stadtführer und eine angenehme Gesellschaft noch dazu, und er mußte die Wahrheit gesagt haben, als er behauptete, er würde seine Mutter bei ihren Einkäufen begleiten, denn er machte zu jedem Laden, an dem wir vorbeikamen, eine Bemerkung.

Mir gefielen die Blumenhändler mit ihren Wagen am besten, die an der Straßenecke ihre farbenfrohen Waren verkauften. Die Straßen selbst waren laut und voller Pferdekutschen; ab und zu fuhr dort auch eins der neuen Automobile. Justin war fasziniert von ihnen, aber ich fand sie eher plump und häßlich, und sie besaßen gewiß auch nicht die Persönlichkeit eines Pferdes, ja nicht einmal die eines Cable-cars. Und das sagte ich auch. Er erwiderte, daß das Automobil im Kommen sei wie die Schreibmaschine. Dagegen konnte ich kaum etwas sagen, denn ich war eine wahrhaft große Anhängerin meiner Schreibmaschine. Nun ja, während Justin weiter über die Tugenden des Automobils redete, überlegte ich mir, daß die elektrischen Straßenbahnen modern genug für mich waren.
Es gab so viel zu sehen, daß ich fast den Zweck unseres Ausflugs in die Innenstadt vergaß. Aber Justin führte mich zum City of Paris, wo ich zwar keinen Mantel, dafür aber einen Umhang mit Kapuze erstand. Er hatte eine Farbe, die die Verkäuferin als aubergine bezeichnete. Sie versicherte mir, daß ich ihn das ganze Jahr über in San Francisco tragen könne, wo die Temperaturen von einer Jahreszeit zur nächsten nur wenig schwankten. Ich beschloß, den Umhang gleich anzuziehen, und ließ sie den viel zu warmen Mantel in eine Schachtel einpacken.
Da mir erst seit kurzem der Wert des Geldes bewußt geworden war, sagte ich beim Mittagessen: »Ich habe das Gefühl, daß weder Sie noch ich uns dieses hier leisten können.«
Er hielt inne und hatte die Gabel noch nicht ganz zum Mund geführt: »Sie haben eine Einstellung, die so erfrischend anders ist, Fremont.«
Ich merkte, wie sich meine Wangen röteten. Jetzt war ich diejenige, die sich selbst in Verlegenheit gebracht hatte. »Ich habe etwas gesagt, ohne darüber erst nachzudenken. Es tut mir leid, ich ...«
»Machen Sie sich keine Gedanken. Ich habe das nicht als

Kritik gemeint. Sie haben sogar recht, aber wir sind doch Freunde, oder? Wir werden das Problem bestimmt lösen. Erzählen Sie mir doch mal etwas über Ihren ungewöhnlichen Namen.«

Ich erzählte es ihm. Eigentlich erzählte ich ihm fast alles von mir, und die ganze Zeit dachte ich, wie nett er doch war, wie leicht der Umgang mit ihm war und wie sehr ich mich freute, einen Freund wie Justin Cameron gewonnen zu haben.

Es kamen an diesem Nachmittag weitere Kunden in mein Büro, der eine war durch meinen Handzettel im Buchladen auf mich aufmerksam geworden, der andere durch die gleichen Werbezettel, die ich in der städtischen Bücherei ausgelegt hatte. Die Arbeit, die durch sie anfiel, erledigte ich sofort.

Es war ungefähr vier Uhr, als ich die Schreibtischschublade aufschloß und Mr. Partridges Manuskript herausholte. Er hatte seiner Sammlung keinen Titel gegeben, ich mußte ihn noch einmal daran erinnern, wenn er kam, um die Arbeit abzuholen. Ich konnte ohne Probleme einen Titel hinzufügen, während er wartete. Die erste Geschichte hieß »Der Mann im gläsernen Turm«. Ich fand die Stelle wieder, an der ich morgens aufgehört hatte, und tippte ab da weiter. In meinem Schreibmaschinenlehrbuch war empfohlen worden, während des Tippens nicht zu lesen. Man solle sich nur auf die reine Wiedergabe der einzelnen Buchstaben und auf die Abstände konzentrieren, ohne den Inhalt des Geschriebenen zu beachten. Diese Methode sollte die Schreibgeschwindigkeit erhöhen und gleichzeitig die Fehler reduzieren. Ich hatte festgestellt, daß das auch zutraf, und versucht, mich daran zu halten, obwohl es mir als begeisterte Leserin anfangs kaum möglich erschien. Deshalb übte ich mit Romanen, die ich abschrieb, aber ich erlaubte mir nicht, sie zu lesen. So hatte ich schon etwa zehn Seiten geschrieben, bevor ich mit zunehmendem Unbehagen begriff, worum es in dieser Geschichte eigentlich ging.

Ohne es mir einzugestehen, hatte ich es jedoch bereits gewußt. Meine Hände waren schweißnaß, so daß meine Finger auf den Tasten rutschten. In meinem Büro war etwas von dieser beklemmenden Atmosphäre der Geschichte zu spüren. Mich überkam ein Schaudern, es war mir, als ob jemand hinter mir stünde, jemand, der nichts Gutes im Sinn hatte und der mich anschaute.
»So etwas Dummes!« sagte ich laut, aber meine Stimme klang fremd, was es noch schlimmer machte. Ich drehte mich langsam um. Natürlich war da niemand. Jedenfalls kein Mensch, aber immerhin ein kleiner Schatten, der meiner blühenden Phantasie entsprungen sein mußte. Er sah aus wie ein Rabe, und er sagte: »Nimmermehr.«
Mr. Partridge, der dem Stil und den Themen von Edgar Allan Poe nacheiferte, beschrieb in seiner Geschichte sehr anschaulich einen Mann, der dabei war, seinen Verstand zu verlieren.

SELTSAMER UND SELTSAMER

Als ich auf die Seite schaute, die ich gerade abschrieb, ärgerte ich mich über mich selbst, was sofort den heilsamen Effekt hatte, daß meine Angst *und* der eingebildete Rabe vertrieben wurden. Die Seite war voller Fehler, ein Beweis dafür, daß ich, ohne es zu wollen, zu lesen begonnen und nicht einfach nur geschrieben hatte. Dagegen gab es eine Möglichkeit: Ich würde die Geschichte zunächst einmal ganz lesen und sie dann abschreiben. Zufrieden zog ich die Seite mit einem Ruck aus der Schreibmaschine und rollte dann mit den Manuskriptseiten in der Hand zum Schreibtisch.

Dann fiel mir ein, daß ich nicht wußte, wann der Buchladen unten schloß. Auf meiner Uhr war es fast fünf. Ich wollte nicht unbedingt allein im Gebäude sein, wie am Abend zuvor, aber ich wollte wirklich wissen, was mit dem armen Mann im gläsernen Turm passierte. Sicher würden sie doch bis sechs Uhr geöffnet haben, um die Leute, die von der Arbeit nach Hause gingen, noch bedienen zu können. Ich traute mich nicht, Mr. Partridges kostbares Manu-

skript mit nach Hause zu nehmen ... Ich beschloß weiterzulesen.
Mr. Partridge war als Schriftsteller nicht ganz so gewandt wie sein Namensvetter, der andere Edgar Allan, aber er verstand es dennoch, mit Worten umzugehen. Der im Titel genannte Mann hatte keinen Namen erhalten, er wurde einfach »der Mann« genannt, was den merkwürdigen Effekt hatte, daß er zur universalen Figur wurde; er hätte jeder oder jede sein können. Ich hatte jedenfalls keine Schwierigkeiten, mich in seine Lage zu versetzen! Der gläserne Turm, der im Titel genannt wurde, war nur ganz oben aus Glas – es schien ein Leuchtturm zu sein, aber kein gewöhnlicher Leuchtturm.
Plötzlich erinnerte ich mich daran, daß Mr. Partridge darauf bestanden hatte, daß seine Geschichten wahr seien. Der unangenehme und kalte Schauder erfaßte mich wieder. Sicherlich bildete sich Mr. Partridge nur ein, daß sie der Wahrheit entsprachen, so wie mir kurz der Rabe erschienen war? Wahr oder nicht, der Turm des Mannes befand sich am Meer, auf dem »Point of the Wolf«. Mir war diese Gegend noch nicht genügend vertraut, um zu wissen, ob es diesen Ort gab oder nicht. Ich fing von vorn an und las fasziniert die Seite fünf in »Der Mann im gläsernen Turm«:

Eine Linse, die wie ein auf Hochglanz poliertes magisches Prisma war, aß das Licht. Den ganzen Tag lang aß sie und verschlang dabei die Sonne; an bewölkten Tagen und wenn der Nebel sich wie eine dicke Decke über alles legte, mußte der Mann sie füttern. Er trug die Lampen Hunderte von Wendeltreppen hinauf und weiter hinauf und noch weiter. Hatte er ihr alle Kerosinlampen gegeben, die er von seinen jämmerlichen Wohnkammern heraufgebracht hatte, so verlangte sie mehr.
Der Mann wußte, daß sie immer noch hungrig war, denn es pulsierte und klopfte und zog in seinem Kopf. Er war

sehr müde, die Muskeln in seinen Beinen zitterten, seine Knie schmerzten, und er hatte Blasen an den Füßen, weil er immer wieder hinaufgehen mußte. Aber wenn er der Linse nicht gab, was sie verlangte, dann, so fürchtete er, würde sie seine Seele essen. So ging er wieder hinunter, suchte Streichhölzer und Kerzen und ging wieder hinauf. Immer wieder tat er das. Und die ganze Zeit über betete er, daß die Sonne herauskäme, so daß die Linse zufrieden sei und ihn für eine Weile in Ruhe ließe.

Der arme Mann! Ich las weiter und blätterte die Seiten hastig um.
Seite 8:

Der Mann kaufte jede Lampe, die er bekommen konnte. Er gab sein ganzes Geld für Lampen und Öl aus, und er hatte nichts mehr zu essen. Er wurde dünn wie ein Skelett, und er ließ sich die Haare wachsen und auch die Nägel, so daß er immer mehr einem Leichnam ähnelte. Jetzt mußte er die Linse sogar an sonnigen Tagen im Auge behalten. So saß er immer zwischen all den Lampen (er nahm sie nicht mal mehr weg, wenn die Sonne schien, denn er hätte sie ja wieder hochtragen müssen), hatte die knochigen Arme um die dürren Beine geschlungen, schaukelte vor und zurück und beobachtete, wie die Linse die Sonne aß.
Einst hatte der Mann die Linse gemocht und war stolz gewesen, ihr Wächter zu sein. Außerdem hatte er es genossen, ihre zahlreichen Spiegelfacetten zu polieren, und er hatte gern ihre glänzende Oberfläche angesehen. Jetzt fürchtete er sich davor, sie anzufassen, hatte Angst, daß sie ihn mit all ihrer Kraft aufsaugen würde. Oder daß die Linse auch noch das letzte bißchen, was von ihm übriggeblieben war, bekommen würde. Aber wenn die Linse es verlangte, dann würde er sein Tuch herausholen und reiben und reiben und reiben …

Seite 12:

Nachts konnte er die Linse allein lassen, wenn sie sich in eine ehrfurchtsgebietende, glänzende Majestät wandelte und das Licht, das sie tagsüber verschlungen hatte, hinausschleuderte. Dann konnte der Mann sich endlich ausruhen. Er ging hinaus, setzte sich auf die Felsen und schaute hinunter aufs Meer. Manchmal dachte er daran, sich von den Felsen zu stürzen, um im Meer zu ertrinken. Aber er konnte es nicht, denn wer hätte sonst die Linse gefüttert? Wer hätte mit ihrem fürchterlichen Zorn umgehen können? Sicherlich würde die Linse auch ihren schrecklichen magischen Strahl hinauswerfen, um die Seele des Mannes für immer und ewig zu verschlingen, sobald sie seinen jämmerlichen Körper verlassen hatte.
Als die Nacht kam, passierte etwas Wunderbares. Der Mann saß auf den Felsen am Meer, und der Vollmond zog wie ein großes weißes Schiff am Himmel dahin. Der Mond schien so hell, daß nicht einmal das strahlende Licht der Linse dagegen ankam. Der Mann dachte, wenn ich diesen Mond der Linse gebe, dann wird sie mich in Ruhe lassen. Der Mann stand auf dem »Point of the Wolf« und streckte dem Mond sehnsüchtig die Arme entgegen. Den Kopf im Nacken, starrte er hinauf zu dem glänzenden weißen Ball, öffnete den Mund und begann zu heulen.

Ich wußte natürlich, was dann passieren würde: Der Mann verwandelte sich in einen Werwolf. Keine besonders originelle Idee, aber ich war dennoch wie gebannt. Ich las weiter, und Mr. Partridge überraschte mich. Er schaffte es, die Verwandlung des Mannes in einer Art und Weise darzustellen, die einen frösteln ließ, und gleichzeitig nahm der Mann auch nicht das Ende, das ich vermutet hätte. Denn er glaubte in seinem Wahn, Wolf zu sein, er müsse nur eine schöne Frau bekommen, um damit auch den Vollmond

zu gewinnen. Und wenn er sie dann in Anwesenheit der Linse tötete, würde er damit den Mond an die Linse übergeben.
Alles wandelte sich schließlich für den Mann zum Guten. Er wurde halbwegs gesund und war überzeugt, daß der große Hunger der Linse nach Licht gestillt war, solange er jeden Monat den Vollmond an die Linse übergab. Er fürchtete sich nicht mehr vor der Linse. Er begann wieder zu essen, nahm an Gewicht zu, schnitt sich Haare und Nägel, und er sah so gut aus, daß er keine Schwierigkeiten hatte, Frauen für sich zu interessieren. Er war nicht mehr allein, er mußte nur ungefähr jeden Monat eine neue Frau kennenlernen.
Puh! Als ich die Seiten ordentlich aufeinanderlegte, dachte ich darüber nach, was für eine seltsame Geschichte das doch war. Und sie hinterließ einen nachhaltigen Eindruck. Es tat mir nicht besonders leid, daß es höchste Zeit für mich war, nach Hause zu gehen.
Statt Mr. Partridges Manuskript in die unansehnliche schwarze Aktenmappe zurückzulegen, heftete ich es in einen sauberen Aktenordner und tat diesen in die tiefe Schublade, in die er sehr gut hineinpaßte. Aber natürlich! Ein wenig verlegen wegen meiner geringen Büroerfahrung, dachte ich daran, daß es ja eine Schublade mit einer Vorrichtung für Akten war. Somit war Edgar Allan Partridges Manuskript die erste meiner Akten.
Doch irgend etwas störte mich immer noch. Etwas, das die Geschichte, den Mann betraf; irgend etwas blieb noch im dunkeln ... Als ich in der Vallejo Street aus dem Cable-car sprang, fiel mir ein, was es war. Mr. Partridge hatte etwas nicht beschrieben. Er hatte nicht einmal erwähnt, was der Mann mit diesen toten Frauen gemacht hatte.

Seit etwa einer Woche hatte ich nicht viel von Justin gesehen. Wir hatten es zur Gewohnheit werden lassen (nun, eigentlich hatte ich es zur Gewohnheit werden lassen, er hätte es genausogut ganz allein machen können), daß wir unser Mittagessen von zu Hause mitbrachten und es in der Gesellschaft des anderen aßen. Wenn das Wetter gut war, gingen wir nach draußen, an einen der Orte, die er mir gezeigt hatte. War das Wetter schlecht, aßen wir entweder in seinem Büro oder in meinem.

Meist waren wir in meinem Büro, denn es war größer. Justins Büro hatte aber den Vorteil, daß es direkt zur Straße hinausging, was sich als günstig für die Werbung erwies. Aber Größe und Form erinnerten eher an einen langen, engen Wandschrank. Ich vermißte seine Gesellschaft, aber nur zur Mittagszeit. Denn ich hatte Kunden über Kunden. Justin hatte mir ziemlich viel Arbeit gegeben, und durch ihn kamen weitere Anwälte. Auch fanden studierte Leute, die häufig unten in den Buchladen gingen, ihren Weg zu mir. Ein liebenswürdiger, schüchterner Bibliothekar, der meine Handzettel gesehen hatte, brachte mir einen Stapel von Gedichten zum Abtippen – Liebesgedichte!

Eine unerwartete Kundschaft gelangte über meine Vermieterin zu mir; es waren Leute, die entweder nicht lesen oder nicht schreiben konnten. Oder sie konnten die englische Sprache nicht lesen oder nicht schreiben, obwohl sie sie sprachen. Oder aber sie hatten, wie Mrs. O'Leary, eine unleserliche Handschrift. An meinem ersten Samstagmorgen im Büro hatte ich einen Brief für sie geschrieben, während sie auf einem Stuhl an meinem Schreibtisch saß und mir sagte, was ich schreiben sollte – damit fing alles an. Die meisten Leute, die sie mir für ähnliche Dienste schickte, waren älter, und die meisten davon waren Frauen; alle waren interessante Menschen. Mir gefiel es, ihre Briefe zu schreiben, aber sie nahmen viel Zeit in Anspruch. Ich hätte ihnen mehr Geld berechnen sollen, aber das brachte ich nicht übers Herz. Für die meisten dieser Leute bedeuteten vermutlich schon zehn Cents pro Seite ein großes Opfer. Ich überlegte mir, daß Justin wahrscheinlich im Gericht war und daß ich ihn deshalb so lange nicht mehr gesehen hatte. Er hatte sich auf Wirtschaftsrecht spezialisiert, und die Wirtschaft in San Francisco erlebte einen Aufschwung. Er würde nicht mehr lange ein fast mittelloser junger Anwalt sein.

Und auch ich machte mir keine Sorgen mehr ums Geld; worüber ich mir Sorgen machte, war die Zeit. Fast drei Wochen waren wie im Fluge vergangen, und ich hatte Mr. Partridge nicht wiedergesehen, was ganz gut war, denn ich hatte sein Manuskript noch nicht fertiggetippt. Ich würde wohl ziemlich schnell arbeiten müssen, wenn ich in dem Monat, den ich angegeben hatte, fertig sein wollte. Ich nahm an, daß seine merkwürdige, leichenähnliche Erscheinung auf den Tag genau in einem Monat auftauchen würde.

Ich hatte die zweite Geschichte abgeschrieben; es handelte sich um eine einfache Schauergeschichte, in der eine Spanierin mit dem Namen Elena in der »Mission Dolores« spukte. Angeblich hatte sie dort einen Priester geliebt, und er hatte sie geliebt, das bedeutet körperlich, vielleicht auch geistig. (Der Geschichte war das nicht zu entnehmen, obwohl sie einiges über die körperliche Beziehung aussagte; ich hatte den Eindruck, daß dieser Priester ziemlich scharf war.) Aus lauter Schuldgefühl und Kummer hatte sich die Frau im Glockenturm erhängt. Der Priester fand ihren Körper, und weil er sich selbst ebenfalls schuldig fühlte, begrub er sie heimlich in der geweihten Erde im Missionsgarten. Danach verlor er den Verstand (Mr. Partridges Darstellung von Männern, die ihren Verstand verloren, war überaus überzeugend) und war vom Teufel besessen.

In dieser Geschichte gab es keine ungeklärten Dinge. Der Priester beging Selbstmord, indem er sich vom Glockenturm hinabstürzte. Elenas Geist wandelt immer noch durch den Garten der Mission und erklimmt dann die Treppen des Glockenturms, und manche Leute haben sie dort stehen sehen (so jedenfalls beschrieb es Mr. Partridge,

wenn man seinen Geschichten Glauben schenken will). Der Priester hinterließ keinen Geist – ich vermutete, es lag daran, daß der Teufel seine Seele bekam und sie in der Hölle festhält.
Die dritte Geschichte war so lang wie manche Romane. Ich hatte sie gelesen und, um die Wahrheit zu sagen, ich schob das Abtippen immer wieder auf. Ich fuhr mit anderer Arbeit fort, die ich erst vor kurzem erhalten hatte, und fand immer wieder neue Entschuldigungen.
Am heutigen Freitag war es nicht anders. Ich hätte eine Stunde lang an Mr. Partridges dritter Geschichte arbeiten können, um dann für die Mittagspause zu unterbrechen, oder ich hätte sogar die Mittagspause hindurch an ihr arbeiten können (ich hatte zuvor die Erfahrung gemacht, daß es durchaus möglich war, wenn ich unter Zeitdruck gestanden hatte, ein Sandwich mit einer Hand zu essen und mit der anderen zu tippen), aber ich tat es nicht. Ich mußte plötzlich unbedingt einen Strauß Narzissen von einem der Blumenverkäufer haben – ach, nein, zwei Sträuße. Ich würde einen mit nach Hause nehmen und ihn Mrs. O'Leary geben, um sie aufzuheitern. Sie war weiterhin so fürchterlich besorgt um Mr. Archer, was ich aber nicht verstand. Ich wußte, daß der Mann da war, denn ich hatte ihn im Zimmer unter mir herumgehen hören, was zweifellos bedeuten mußte, daß *sie* ihn sogar besser hören konnte, denn er wanderte über ihrem Kopf entlang. Aber, na ja, die Narzissen ... Ich nahm meinen auberginefarbenen Umhang und ging.
Am Nachmittag konnte ich dann endlich ohne Unterbrechung arbeiten, mit zwei Narzissensträußen auf dem Schreibtisch, die ich in einem Topf mit Wasser frisch hielt, und schaffte eine Menge. Als ich meine Schreibmaschine zudeckte und nach Hause wollte, beschloß ich, morgen den ganzen Tag lang zu arbeiten. Für gewöhnlich hatte ich samstags immer um ein Uhr aufgehört. Ganz bestimmt

würde ich dann auch mit Mr. Partridges dritter Geschichte beginnen; aber sogar wenn ich den ganzen Tag arbeitete, käme ich nicht ganz durch.
Unwillkürlich mußte ich zittern. Ich dachte an die zweiundneunzig Dollar, die er bezahlt hatte, und an das Vertrauen, das er bewiesen hatte, indem er mir, trotz seiner Paranoia, die Arbeit überließ. Ich war diesem Mann gegenüber verpflichtet, das war sicher, auch wenn seine dritte Geschichte so seltsam und grauenerregend war, daß ich wünschte, ich hätte nie auch nur ein Wort davon gesehen, geschweige denn gelesen!

»Mrs. O'Leary?« rief ich und klopfte das zweite Mal an die verschlossene Wohnzimmertür. Sie kam immer noch nicht; dann erinnerte ich mich daran, daß sie wohl beim »Fischessen am Freitag« war, das im Gemeindesaal ihrer Kirche stattfand; sie ging jede Woche dorthin. Ich war enttäuscht. Ich wollte die Freude am Frühling, die ich verspürte, mit jemandem teilen – genauso wie die Narzissen, da Justin wohl aus meinem Leben verschwunden war ...
Ich seufzte. Ich hoffte, daß Justins Abwesenheit nur von kurzer Dauer war. Ich versuchte, meine Gedanken nicht allzu schwer werden zu lassen, als ich die Treppen hinaufging, aber die Leichtigkeit meiner Schritte war verflogen. Vom Treppenabsatz auf der zweiten Etage aus sah ich eine Person den Flur entlanggehen. Einer plötzlichen Eingebung folgend, rief ich: »Mr. Archer?«
Er hielt an und drehte sich um. »Ja?«
»Könnte ich Sie einen Moment sprechen? Ich bin's, Fremont Jones, Ihre Nachbarin von oben.« Zögernd stand ich am Treppengeländer und hoffte, daß er nicht wütend werden würde, weil ich seine Privatsphäre gestört hatte. Er kam langsam näher, und als er herangekommen war, sah ich, daß er größer war, als ich nach unserer ersten Begegnung angenommen hatte.

Er sagte: »Guten Abend, Miss Jones.«
»Guten Abend.« Ich hielt ihm den Strauß Narzissen hin, die ich eigentlich Mrs. O'Leary geben wollte. »Es sieht so aus, als hätte ich einen Strauß Narzissen übrig, und ich dachte mir, daß Sie ihn vielleicht mögen. Ein Frühlingsgruß von Nachbar zu Nachbar.«
»Oh ...« Er sah einen Augenblick verdutzt aus, und dann lächelte er. Ich dachte, daß ich nun verstand, warum dieser Mann die Gedanken unserer Vermieterin so beschäftigte; er war außergewöhnlich gutaussehend, auf exotische Art und Weise. Er hatte kurzes, schwarzes Haar, einen kleinen Schnurrbart und einen kleinen, sorgfältig gestutzten Bart am Kinn. Der Bart hatte stellenweise weiße Strähnen, was vermuten ließ, daß er älter war als ich, aber möglicherweise jünger als Mrs. O'Leary, von der ich jetzt annahm, daß sie für ihn schwärmte. Seine Augen waren hell, entweder blau oder grau, und die Wimpern waren so dunkel, daß sie einfach faszinieren mußten. Er nahm die Blumen, die ich ihm anbot, dann schlug er die Hacken zusammen und machte eine leichte Verbeugung, in der Art, wie die Europäer es taten.
»Danke! So eine reizende Geste, und so unerwartet, da ich doch so ein nachlässiger Nachbar gewesen bin.«
»Ganz und gar nicht. Ich merke doch, daß Sie ein beschäftigter Mann sind, und ich möchte Sie nicht stören. Ich wünsche Ihnen einen angenehmen Abend.« Ich ging die Treppen weiter hinauf, kam aber nicht weit.
»Ich möchte diese Nachlässigkeit wiedergutmachen«, rief er hinter mir her. »Vielleicht könnten Sie, wenn Sie sich frisch gemacht haben, herunterkommen und einen Tee mit mir trinken. Oder vielleicht ein Glas Sherry?«
Eine faszinierende Vorstellung!
»Ja, das wäre schön.«
»Dann sehe ich Sie gleich.«
Kein mühsames Schleppen mehr, ich sprang förmlich die

restlichen Treppenstufen hinauf. Als ich meinen Umhang aufhängte, beschloß ich, mich umzuziehen. Die schlichte Bluse und der Rock, die mir zur selbstauferlegten Arbeitsuniform geworden waren, schienen nicht die passenden Sachen zu sein, die ich zum Tee oder Sherry mit einem rätselhaften Menschen tragen sollte. Vor allen Dingen nicht, wenn es sich dabei um einen gutaussehenden Menschen handelte. Ich wählte ein helles, malvenfarbenes Kleid aus Wolle, bürstete mir das Haar und faßte es hastig zum Knoten zusammen. Das Ganze nahm weniger als fünf Minuten in Anspruch, eingeschlossen die eine Minute, in der ich in den Spiegel starrte und mir wünschte, es gäbe etwas auffallend Schönes an mir. Ich war relativ jung, hatte grüne Augen, und es mangelte mir absolut an Rätselhaftigkeit.

»Sie haben ja für Ihr eigenes Mobiliar gesorgt«, bemerkte ich einige Minuten später. Die Einrichtung der Zimmer von Mr. Archer war anders als meine. Die zwei mittleren Räume grenzten aneinander und waren durch einen Bogen getrennt, von dem er die Schiebetür entfernt hatte, um einen einzigen, großen Raum zu erhalten. Es war eine ausschließlich männlich dominierte Festung, die offensichtlich noch von keiner weiblichen Hand berührt worden war. Ich fühlte mich geehrt und komisch zugleich.

»Das ist wahr«, stimmte er zu, »mit einer reizenden Ausnahme.«

Seine Geste gab mir zu verstehen, daß er die Narzissen meinte, die auf dem Tisch vor der Couch standen, deren tapfere, gelbe, trompetenförmige Blüten unerschrocken über den Rand eines großen Glases blickten. Allzu männliche Rätsel besitzen wahrscheinlich keine Vasen.

»Wie ich sehen kann.« Ich lächelte und beschloß, daß er nicht länger ein Rätsel sein würde.

»Möchten Sie Tee oder Sherry, Miss Jones?«

»Sherry«, sagte ich kühn, »und nennen Sie mich bitte Fremont.«

»Aha, ja!« Er wandte sich ab, ohne seinen Vornamen zu nennen, und ging zu einer hohen Vitrine aus dunklem Holz, die an einer Wand mit Bücherregalen stand. Er besaß hunderte von Büchern. Ich wäre zu gern nahe genug herangetreten, um die Titel zu lesen, aber ich blieb in der Mitte des Zimmers stehen.

»Ihr Sherry, Fremont. Setzen Sie sich, wohin Sie mögen.« Ich wählte einen Ohrensessel aus Leder, einer von zweien, zwischen denen ein niedriger Tisch stand. Er setzte sich in den anderen und übernahm die Gesprächsführung.

»Fremont ist ein bekannter Name in Kalifornien. Wie kommt es, daß Sie so genannt wurden?«

»Es ist der Mädchenname meiner Mutter. Sie ist die Cousine zweiten Grades von John Charles Fremont.«

»Was Sie wiederum, wenn ich mich nicht irre, zu seiner Cousine dritten Grades macht. Und kannten Sie diesen berühmten Mann?«

»Nein.« Ich schüttelte den Kopf. »Ich habe mir als Kind immer gewünscht, ihn kennenzulernen, aber er war so etwas wie das schwarze Schaf der Familie. Er war zu umstritten. Was natürlich genau der Grund war, warum ich ihn kennenlernen wollte.«

»Sie müssen ein ungewöhnliches Kind gewesen sein.« Mr. Archer lächelte und prostete mir mit seinem Glas zu, bevor er es zu seinen Lippen führte, um zu trinken. Auch ich nippte an meinem Sherry, der mild und frisch war und der mit einem angenehmen Gefühl die Kehle hinunterfloß. Ich sagte kein Wort, war zu sehr mit dem Versuch beschäftigt, aus ihm schlau zu werden. Er hatte einen leichten Akzent, aber ich konnte nicht ausmachen, woher er kam.

»Sie sind aber auch eine ungewöhnliche junge Frau«, fuhr er fort. »Niemand hat mir je zuvor Blumen geschenkt. Niemand!«

Ich errötete und erwiderte nichts.

Eine Weile sprach niemand ein Wort.

Schließlich sagte ich: »Mrs. O'Leary macht sich Ihretwegen Sorgen.«
Er zog eine Augenbraue hoch. »Ist das so?«
»Ja.« Ich beschloß, direkt zu sein. Ich habe oft festgestellt, daß es am wirkungsvollsten ist, obwohl uns Frauen beigebracht wurde, sich bestimmten Themen nicht auf dem geraden Weg, sondern auf Umwegen zu nähern. »Wie lange leben Sie schon hier, Mr. Archer?«
»Oh, ich war unhöflich. Da Sie mir erlaubt haben, Ihren Vornamen zu benutzen, sollte ich Ihnen auch meinen sagen. Michael.«
»Wie lange leben Sie schon hier, Michael?«
»Seit drei Jahren.« Seine Augen funkelten, als hätte er gespürt, daß wir begannen, ein Spiel zu spielen, und er damit rechnete, es zu genießen. »Und warum meinen Sie, daß Mrs. O'Leary besorgt um mich ist?«
»Weil Sie immer so lange Zeit fort sind. Oder vielleicht ist es mehr als das. Ich weiß es wirklich nicht und muß zugeben, daß ich auch neugierig bin.«
»Aha.« Das schien sein liebster Kommentar zu sein. Seine Lippen verzogen sich zu einem wissenden Lächeln, ein Lächeln, das besagte: Ich weiß und du nicht. Ich mußte an die Katze von Cheshire denken. Aber Michaels Lippen waren so wunderschön geformt, daß man sie als sinnlich bezeichnen könnte.
Zu meiner Überraschung fuhr er fort: »Und, Fremont, bezieht sich Ihre Neugier auf mich oder auf Mrs. O'Learys Interesse an mir?«
»Oh«, antwortete ich und genoß das Spiel ebenfalls. »Ich denke, ich weiß, warum sie sich für Sie interessiert. Deshalb bin ich in meinem eigenen Interesse neugierig. Was machen Sie, um Ihren Lebensunterhalt zu verdienen, Michael?«
Er lachte, warf seinen Kopf in den Nacken und zeigte ebenmäßige, weiße Zähne. Dann sagte er: »Ich bin pensioniert.«
»Oh, wirklich?«

»Ja, wirklich.« »Meine Erfahrung mit Pensionären besagt, daß sie ziemlich viel Zeit zu Hause verbringen, was nun so gar nicht auf Sie zutrifft. Sie sehen auch nicht so aus, als hätten Sie schon das Alter, in dem die meisten Pensionäre sind, die ich kennengelernt habe, wenn ich das mal so sagen darf.«
Michael Archer stellte sein leeres Sherryglas auf den kleinen Tisch, lehnte sich nach vorn und stützte dabei die Ellbogen auf die Knie. Ich bemerkte, daß seine Hände weiß und die Finger lang waren; solche Hände hatten nie harte Arbeit getan. Aber das sagten mir auch die Qualität der Möbel und seine Smokingjacke mit dem Samtkragen, die er angezogen hatte, als ich mich frisch machte.
Er sagte: »Sie haben die besten Voraussetzungen für eine Detektivin, Fremont.«
»Ich bewundere Mr. Sherlock Holmes«, antwortete ich.
»Das tue ich auch.« Sein Gesichtsausdruck zeigte mir, daß er mich mochte und unseren Schlagabtausch genoß.
»Nehmen Sie mal an, Fremont«, fuhr er fort, »daß ein Mann eine Reihe von Jahren in einem Beruf arbeitet, den er sich nicht selbst ausgesucht hat. Und dann nehmen Sie weiterhin an, daß er einen Punkt in seinem Leben erreicht hat, an dem er diesem Beruf nicht mehr nachgehen muß.«
»Ja ...«, sagte ich. Es war doch netter gewesen, als er mich noch nicht so gern zu haben schien.
»Hätte er dann nicht zum erstenmal in seinem Leben Zeit, seinen eigenen Interessen nachzugehen? Und ihnen in einer Intensität nachzugehen, die niemanden etwas anginge als ihn selbst?«
»Natürlich.« Ich nickte. Ein Teil von mir wollte ihn fragen, was diese Interessen waren, aber der andere Teil sagte mir, daß es Zeit war zu gehen. Unentschlossen nippte ich an meinem Sherry.
»Vielleicht wären Sie so nett und sagten mir, warum Sie der Meinung sind, unsere Vermieterin sei interessiert an meinem Kommen und Gehen.«

Sosehr ich auch der Wahrheit zugetan war, es wäre einfach nicht möglich gewesen, ihm zu sagen, daß ich der Meinung war, Mrs. O'Leary würde für ihn schwärmen. Deshalb sagte ich: »Wie Sie wahrscheinlich wissen, war ihr Ehemann Polizist. Sie ist ein guter Mensch, und sie sorgt sich offensichtlich ehrlich um das Wohlbefinden ihrer Mieter. Ich glaube, die Tatsache, daß sie mit einem Polizisten verheiratet war, hat dazu geführt, daß sie sich eher darüber bewußt ist als andere Leute, daß, wenn jemand nicht dort ist, wo er oder sie vermutet wird, etwas mit ihm oder ihr passiert sein könnte.« Ich stellte fest, als ich diese Bemerkung machte, daß sie ebenfalls der Wahrheit entsprach.

Michael zog seine dunklen Augenbrauen zusammen. »Ich wußte das nicht von ihrem verstorbenen Ehemann. Ich habe kaum mit der Frau gesprochen. Es stimmt, daß sie froh wäre, sich mit mir zu unterhalten, aber ...« Er tat Mrs. O'Learys Versuche, freundlich zu sein, mit einem Handwinken ab.

Ich stellte mein leeres Glas auf den Tisch und sagte: »Danke für den Sherry und dafür, daß Sie sich meinen Fragen ausgesetzt haben.«

»Gehen Sie doch noch nicht. Trinken Sie noch einen.«

»Nein, wirklich, ich ...«

»Die Gläser sind sehr klein, und um fair zu sein, bin ich ja nun an der Reihe, ein paar Fragen zu stellen. Sie haben mir bis jetzt von sich nur erzählt, wie Sie Ihren Namen bekommen haben.«

Ich konnte die Bitte der Fairneß halber nicht abschlagen, also nahm ich ein zweites Glas Sherry an und erzählte ihm von meinem Schreibdienst. Ich entspannte mich und ließ mich von seinem ausgesprochenen Charme bezaubern.

Am nächsten Morgen, als ich auf meinem Weg ins Büro war, hielt ich an und gab Mrs. O'Leary die Narzissen, die ich für mich gekauft hatte, denn ihre hatte ich ja Mr. Archer gegeben. Natürlich erzählte ich ihr nicht, daß ich das

getan hatte, aber ich erzählte ihr, daß ich Tee mit ihm getrunken hatte.
»Haben Se das wirklich?« fragte sie, und ihre runden blauen Augen öffneten sich weit. »Na, wenn das nix is!«
»Es war sehr angenehm«, sagte ich, »und ich glaube wirklich nicht, daß Sie sich weiterhin Sorgen um ihn machen müssen.«
»Und warum nich, Liebes?«
»Weil er ein pensionierter Herr ist. Er hat jahrelang in einem Beruf gearbeitet, den er nicht sehr mochte, und nun folgt er seinen Interessen, die ihn veranlassen, von Zeit zu Zeit fortzugehen.«
»So ein Blödsinn! Pensioniert? Der is doch im Leben nich pensioniert!«
»Was meinen Sie damit, Mrs. O'Leary?«
Sie schaute die Treppe hinauf und zog mich dann in ihre Wohnung hinein. »Der Mann is nich pensioniert. Er is ein Spion!«

SPIONE UND SCHWARZE KRÖTEN

»Ein Spion?« Einen Moment lang verstand ich den Sinn dieses Wortes nicht.
»Das is er, so sicher, wie Sie geboren sind.«
»Wissen Sie das ganz genau?«
Mrs. O'Leary kaute auf ihrer Lippe und faltete die Hände unter ihrer flatternden Schürze, die sie immer im Haus trug. Sie dachte nach, und ich vermutete, daß sie versuchte, gerecht zu sein.
Schließlich sagte sie: »Nun, Liebes, um ehrlich zu sein, ich kann es nich genau sagen. Natürlich habe ich nix davon geahnt, wie ich ihn in den zweiten Stock hab' einziehn lassen. Ich hab' gedacht, daß er nix weiter wie 'nen gutaussehnder Herr is, der genug verdient und keinen Ärger macht. Eben ruhig, Sie wissen schon, mit all den Büchern und so. Aber dann hab' ich beobachtet, wie er kommt und geht und wie er sich benimmt. So still, wie der is, das is einfach nich normal. Als mein Mann noch lebte, der war Polizeihauptmann, da hab' ich solche Männer erlebt, wie se immer genau aufpassen, wasse tun und wasse sagen und wie se sich

möglichst unauffällig bewegen, und ich hab' mir gesagt, das hab' ich alles schon mal gesehn. Kultiviert und fein wie der is, das is kein gewöhnlicher Verbrecher, deshalb denk' ich, er muß 'n Spion sein.«

»Um Himmels willen!«

Sie nickte mit dem Kopf und kaute wieder auf ihrer Lippe. »Deshalb beobachte ich ihn, denn ich hab' das Gefühl, daß es meine verdammte Pflicht und Schuldigkeit is.«

Was sie sagte, machte irgendwie Sinn. »Wenn er wirklich ein Spion ist, wem spioniert er denn dann nach? Und für wen würde er es tun? Für die Regierung?«

»Ich weiß nich, aber ich kann es mir denken. Unser Mr. Archer, wenn das sein richtiger Name is, is ein Russe. Kann einer von uns sein, kann einer von denen sein.«

»Aber wir befinden uns doch nicht im Krieg oder so etwas, und die Russen sind mit den Vereinigten Staaten befreundet.«

»Es gibt alle möglichen Spione, Liebes. Es gibt die Diplomaten und die Ök-o-onomischen und die Kriminellen und wer weiß was sonst noch für welche.«

Ein Russe – kein Wunder, daß ich seinen Akzent nicht hatte zuordnen können. Vielleicht hätte ich auf der Hut sein sollen, aber ich fand den Gedanken ziemlich aufregend, daß Michael Archer ein Spion sein könnte. Dann hatte ich eine Idee. »Was ist denn, wenn Mr. Archer wirklich pensioniert ist, so wie er es sagte, und einfach nur irgendwann einmal ein Spion *gewesen* ist?«

Sie holte die Hände unter der Schürze hervor und kratzte sich nachdenklich am Kopf. »Könnte sein. So 'ne Angewohnheit wie das Herumschleichen und so läßt sich eben nich so einfach abschütteln.«

Ich stellte fest, daß ich im Interesse dieses Mannes vermitteln wollte, obwohl ich nicht hätte sagen können, warum eigentlich. »Mrs. O'Leary, ich muß mich an die Arbeit machen – ich bin schon spät dran, und ich werde heute den ganzen Tag im Büro sein müssen statt nur der halben Zeit. Aber ich denke, bevor ich gehe, sollte ich Sie an etwas erinnern, das Mr. Archer gestern abend zu mir gesagt hat. Die meiste Zeit seines Lebens mußte er eine Arbeit machen, die er nicht wirklich mochte.«

»Das haben Se mir schon gesagt, nich, Liebes? Das is 'ne ganz interessante Auskunft. Das is 'ne neue Seite an Mr. Archer, Fremont, und ich werd' drüber nachdenken. Se werden sich jetzt keine Gedanken mehr drüber machen, was ich gesagt hab', ja? Wenn ich nämlich angenommen hätte, daß er wirklich gefährlich is, dann würde ich ihn, und da könn' Se sicher sein, ohne lange zu überlegen aus meinem Haus hinausbefördern.«

»Ich bin sicher, daß Sie das tun würden.« Ich mußte angesichts ihrer Entschlossenheit schmunzeln. »Jetzt muß ich gehen. Machen Sie sich keine Sorgen, wenn ich erst spät zurückkomme.«

»Auf Wiedersehen, Liebes, und danke für die Narzissen. Es war so lieb von Ihnen, dasse an mich gedacht hab'n.«

Ich malte ein Schild mit der Aufschrift »Heute geschlossen« und hängte es an meine Bürotür, damit ich nicht gestört werden würde. Dann tippte ich Mr. Partridges dritte Geschichte herunter. Die helle Sonne, die in mein Fenster schien, und meine verbissene Konzentration halfen mir, den dunklen Inhalt dessen, was ich abtippte, zu ignorieren.

Als die Sonne unterging und meine Handgelenke schmerzten, hörte ich auf. Ich hatte etwa zwei Drittel des Manuskriptes fertiggetippt, und das war doch äußerst zufriedenstellend. Ich schloß die hand- und die maschinengeschriebenen Texte in die Schublade und fühlte mich sehr viel besser.

Bevor ich das Büro verließ, sah ich noch einmal in meinem Tischkalender nach. Ich dachte, ich könnte mich erinnern – man vergißt einfach das Datum nicht, an dem man sein

Lebenswerk begonnen hat –, aber ich wollte sichergehen. Ja, da war es. Mr. Partridge war am 13. März 1905 zu mir gekommen. In Anbetracht seiner düsteren Erscheinung hätte es eher gepaßt, wenn er am 15. erschienen wäre: *Hütet Euch vor den Iden des März.* Aber es war der dreizehnte gewesen, somit wäre der Monat am dreizehnten April um, und das wäre an diesem Donnerstag. Ich würde ihm das Manuskript fertig abgeschrieben haben, und ich zweifelte nicht eine Sekunde daran, daß er schon bald einen Verleger finden würde. Heutzutage war Spiritismus der letzte Schrei, und seine gruseligen, übernatürlichen Geschichten waren genau richtig für Leute, die sich damit an ruhigen Abenden ins Bett verkriechen und sich zu Tode fürchten wollten.
Während ich meinen Umhang anzog, warf ich einen letzten sehnsüchtigen Blick aufs Telefon. Ich hatte zwar bisher samstags nie etwas von Justin gehört, aber vielleicht rief er doch einmal an ... Na ja, egal. Ich war ein bißchen einsam. Ich hatte noch keine richtigen Freunde in San Francisco, außer Justin, deshalb war es ganz natürlich, daß ... egal! Schluß jetzt, Fremont!
Aber der Sonntag, lang und trist, rückte bedrohlich näher. Ich überlegte mir, im Buchladen vorbeizugehen, um einen Roman zu kaufen, der meine Gedanken beschäftigen und die Zeit ausfüllen würde. Irgend etwas, das so spannend war, das ich immer weiterlesen mußte, am besten eine Kriminalgeschichte, aber bloß nichts Übernatürliches. Diese Vorstellung tröstete mich etwa eine halbe Minute lang, bis ich herausfand, daß der Buchladen geschlossen hatte. Ich merkte mir die Öffnungszeiten, die an der Tür angeschlagen standen: von neun bis sieben Uhr werktags und von zehn bis drei Uhr am Samstag, sonntags war geschlossen. Ich würde mich daran erinnern, und ich würde auch versuchen, mich mit den Ladenbesitzern anzufreunden, einem jungen Paar, dessen Name mir momentan entfallen

war. Ich würde nie Freunde gewinnen, mit denen ich irgendwo hingehen und etwas unternehmen konnte, wenn ich es nicht versuchte.
Am Sonntag regnete es, und ich war irgendwie unruhig. Am frühen Nachmittag beschloß ich, zur Stadtbibliothek zu gehen. Die Straßenbahnen fuhren sonntags nicht, dafür aber das Cable-car, so daß ich keinen allzu langen Weg zu Fuß gehen mußte.
Die Stadtbibliothek von San Francisco war nicht so groß und geräumig wie die in Boston, die immer zu meinen Lieblingsorten gehört hatte, obwohl sie bedeutend neueren Datums war. Aber da ich Bibliotheken liebte, betrachtete ich beglückt die Buchreihen. Nachdem ich mich umgesehen hatte, kam ich an den Tischen im Leseraum vorbei und sah einen schwarzen, kurzgeschorenen Hinterkopf.
Ja, es war Mr. Archer. Er trug eine halbe Lesebrille mit Goldrand, was meinen ersten Eindruck verstärkte, er sei älter als ich, aber nicht so alt wie Mrs. O'Leary. Ich schätzte ihn auf etwa vierzig. Er schien zu spüren, daß ihn jemand anschaute, denn er drehte den Kopf und erblickte mich. Sofort verzogen sich seine geschwungenen Lippen zu einem Lächeln. Ich nickte und wäre vorbeigegangen, denn ich hatte bemerkt, daß er von Büchern und Papieren umgeben war. Auch wollte ich seine hochgeistige Betätigung keinesfalls stören. Aber er stand auf, als ich mich dem Tisch näherte, und winkte mich zu sich.
»Sie haben mich entdeckt«, sagte er mit der leisen Stimme, die in Bibliotheken erwünscht ist. Seine Augen funkelten amüsiert, so wie an jenem Abend vor zwei Tagen, als wir unser kleines Wortgefecht austrugen.
»Aha«, flüsterte ich, »hierhin gehen Sie also!«
Er rieb seine Bartspitzen und zog die Augenbrauen hoch. »Nicht sehr geheimnisvoll, nicht wahr? Jedenfalls sind Sie auch hier, Fremont. Wie schön, Sie wiederzusehen!«
Ich senkte den Kopf, lächelte und fragte mich gleichzeitig,

ob er nun wirklich noch als Spion arbeitete oder ob er nur einmal einer gewesen war.
»Ich sehe an der Last, die Sie tragen, daß Sie eine Buchliebhaberin sind«, bemerkte er.
»Sehr gut, Watson«, erwiderte ich. So wie ich flüsterte, fühlte ich mich wie eine Komplizin.
Michael Archer lehnte sich weiter vor. »Wenn Sie auf mich warten, dann suche ich meine Sachen zusammen, und dann lade ich Sie zum Tee ein. Es ist jetzt, glaube ich, Zeit dafür.«
So gingen wir zusammen durch den Regen. Jeder trug die eigenen Bücher, und wir wurden beide naß, weil keiner von uns eine freie Hand für den Regenschirm hatte. Es war schön. Wir gingen zum Essen in den Hofgarten des Fairmont Hotels und hatten ein richtiges Abendessen mit Dutzenden von Köstlichkeiten, aus denen wir auswählen konnten. Nicht wie bei Augusta, die so große Ansprüche hatte und die dann nichts weiter bereitstellte als Gurkenschnittchen. Zum erstenmal, seit ich Boston verlassen hatte, fühlte ich mich ausgesprochen wohl. Ich erzählte Michael, daß ich seinen schwachen Akzent als russischen Einschlag identifiziert hatte, verzichtete aber darauf zu erwähnen, daß dieser Hinweis von Mrs. O'Leary stammte. Er gab zu, daß ich recht hatte, und erzählte mir von seiner Familie, die im russischen Pelzhandel tätig gewesen war, und daß sie zu Hause nur in dieser Sprache miteinander gesprochen hatten.
Ich genoß unser Zusammensein sehr. Es war schön, gemeinsam nach Hause zu gehen, und es war amüsant, den Gesichtsausdruck unserer Vermieterin zu beobachten, als wir durch die Haustür kamen. Ich hatte das Gefühl, als hätte ich an diesem Nachmittag eine Menge über Mr. Archer erfahren.
Später mußte ich allerdings feststellen, daß das nur eine Illusion gewesen war. In Wirklichkeit hatte mir dieser Mann nur Nebensächlichkeiten mitgeteilt. Er hatte mir bei-

spielsweise erzählt, daß er die amerikanische Staatsangehörigkeit besaß, und er hatte Michael Archer als Namen gewählt, weil seine beiden russischen Vornamen Mikhail Arkady gewesen waren. Aber er hatte mir seinen russischen Nachnamen nicht verraten. Er hatte nicht erzählt, wo er mit seinen Eltern gewohnt hatte. Eigentlich hatte er mir nur sehr wenig erzählt, was wirklich von Bedeutung war.

Am Montag vormittag ging ich in den Buchladen hinunter und stellte mich erneut den Ladenbesitzern, Ted und Krista Sorenson, vor. Sie waren beide groß und blond und ähnelten einander so sehr, daß sie eher hätten Bruder und Schwester als Mann und Frau sein können. Ich bedankte mich dafür, daß sie mir erlaubt hatten, meine Handzettel auszulegen, und erzählte ihnen, wie viele Kunden ich dadurch schon gewonnen hatte. Beide nickten ernst, gaben aber keine Antwort. Da sie in diesem Augenblick ihrerseits Kunden hatten, um die sie sich kümmern mußten, wandte ich mich ab, um in den Büchern zu schmökern.
Schon bald entdeckte ich eine Ausgabe des »Collier's Weekly«, in dem sich die neueste Kriminalgeschichte mit Sherlock Holmes von Sir Arthur Conan Doyle befand. Ich versteckte mich hinter der Zeitschrift und blätterte in den Seiten, während ich über ein völlig neues Problem nachdachte: Wie stellt eine Frau, die allein und ohne den Schutz und Rat der Familie ist, es an, Freunde zu gewinnen? Die Sorensons waren beide so wortkarg, daß sie mir auch nicht einen dieser kleinen gesellschaftlichen Hinweise gaben, die ich hätte gebrauchen können, deshalb mußte ich mich auf mein Gefühl verlassen. Sie einzuladen, schien nicht das Richtige zu sein. Deshalb gab ich mich damit zufrieden, die Zeitschrift zu bezahlen und zu sagen, daß ich hoffte, wir würden uns in Zukunft öfter sehen. Ted Sorenson sagte: »Wir bekommen die Collier's jede Woche.« Was natürlich überhaupt nichts mit dem zu tun hatte, was *ich* meinte.

Als ich zum zweitenmal die Treppen zu meinem Büro hinaufging, dachte ich, daß sie mich vielleicht einmal einluden, wenn ich es zur Gewohnheit werden ließ, immer wieder dort vorbeizuschauen – oder vielleicht auch nicht, was auch kein großer Verlust wäre. Wenn sie so arbeitswütig und humorlos waren, wie ich es jetzt schon langsam zu glauben begann, würde ich mich sowieso unwohl mit ihnen fühlen. Oben auf dem Treppenabsatz hielt ich an, denn plötzlich traf mich eine Erkenntnis wie ein Blitz. Der Wandel in meinem Leben bezog sich nicht nur auf meine Arbeit und darauf, daß ich der Verlobung mit Witwe Augustas Neffen aus dem Weg gegangen war. Es war mehr als das, es war eine gänzlich neue gesellschaftliche Erfahrung. Ich konnte *wählen*, mit wem ich die Zeit verbrachte. Ich konnte mir meine eigenen Freunde aussuchen, wie und wo ich wollte, und war nicht länger an meine Familie gebunden, deren Etikette bestimmte, mit welchen Leuten der Umgang zu pflegen war und welche Familien den Ansprüchen genügten. Diese Freiheit war revolutionär, und dafür lohnten sich auch die Schwierigkeiten und die Einsamkeit und ebenso die Fehler, die ich machen würde.

Kurz vor zwölf Uhr klingelte die Glocke an der Tür, und ein möglicher Fehler trat ein.

»Hallo, Justin«, sagte ich und schaute hoch. Ich war vorsichtig. Eineinhalb Wochen sind eine lange Zeit, wenn man nichts mehr von jemandem sieht oder hört, den man für gewöhnlich jeden Tag gesehen hatte. Selbst wenn es sich dabei um eine eher neue als alte Gewohnheit handelte.

»Einen glücklichen Montag, Fremont«, sagte er und schwenkte einen kleinen Strauß mit Veilchen hinter seinem Rücken. Ich hatte das Bedürfnis, stur zu sein. Ich liebe Veilchen, aber weder nahm ich sie an noch lehnte ich sie ab. Ich blieb einfach an meiner Schreibmaschine sitzen und fragte: »Feiern wir jetzt schon die Montage?«

»Sicherlich, warum nicht?«

Als er sah, daß ich mich nicht rührte, um das Sträußchen entgegenzunehmen, legte er es vorsichtig auf den Tisch und zog seine beiden lilafarbenen Bänder gerade, so daß sie in meine Richtung zeigten. »Ich habe sie von Ihrem Lieblingsverkäufer. Sie brauchen Sie nicht einmal ins Wasser zu stellen, sie sind in einem kleinen Glasgefäß, aber Sie können es nicht sehen, denn es ist vollständig in grünes Band eingewickelt.«
»Danke.« Ich gab ein wenig nach und rollte zum Schreibtisch.
Es war wirklich schwer, diesem Mann zu widerstehen. Sein Gesicht wirkte so fröhlich und unschuldig wie das eines kleinen Hundes. Ich berührte eines der Bänder und sagte: »Ich habe Sie lange nicht mehr gesehen.«
»Ich weiß. Ich war eine Woche lang am Gericht, und davor habe ich mich darauf vorbereitet. Ich lade Sie zum Essen ein, Fremont, in ein Restaurant Ihrer Wahl. Ich habe genügend Geld, denn ich habe einen Fall gewonnen.«
»Herzlichen Glückwunsch«, sagte ich und meinte es wirklich so. Aber ich wollte noch ein bißchen widerspenstig bleiben.
»Ich kann dennoch nicht mit Ihnen essen.«
»Sie können nicht? Warum denn nicht?« Er machte ein langes Gesicht, in dem sich seine Gefühle deutlich widerspiegelten.
»Weil ich mir mein Mittagessen mitgebracht habe, und ich möchte nicht, daß es in den Müll wandert. Wenn Sie mich im Laufe der Woche noch einmal fragen würden?«
»Aber mein Herz hängt an dem heutigen Tag. Sie können Ihr Mittagessen doch an die Tauben verfüttern, Fremont. Wir müssen einfach feiern! Ich habe nicht nur diesen Fall gewonnen, sondern zusätzlich noch einen neuen Klienten bekommen. Und das ist es jetzt, damit werde ich meinen Weg machen!«
Wie hätte ich jetzt noch nein sagen können? Ich verfütter-

te mein Mittagessen nicht an die Tauben, denn ich bezweifelte, daß ihnen Brot mit Dill in Essigsoße und Eiersalat schmecken würde, aber ich nahm den Veilchenstrauß mit, und der Tag war so schön und so warm, daß ich nicht einmal meinen Umhang brauchte. Ich bat Justin, das Restaurant auszuwählen, und er führte mich zu einem, das von seinem hohen Sitz auf der Seite des Telegraph Hill fast in die Bucht hinabzufallen schien. Wir nahmen für den Hin- und Rückweg eine Pferdekutsche, ein Luxus, den ich mir bis dahin nur einmal gegönnt hatte, als ich nämlich bei meiner Ankunft einen schweren Koffer und Taschen transportieren mußte. Ich vergaß, daß ich stur bleiben wollte, und freute mich mit ihm über den neuen Klienten und darüber, daß er den Fall gewonnen hatte und daß er jetzt »seinen Weg machen würde«.

Wir feierten länger, als wir beide vorgehabt hatten, und es war nach zwei Uhr, als ich wieder die Treppe zu meinem Büro hinaufging. Ich hatte Justin gesagt, er solle nicht albern sein und mit der Droschke die Straße weiterfahren; er müsse mich auch ganz gewiß nicht bis zu meiner Bürotür begleiten!

FREMONT JONES, SCHREIBDIENSTE. Wenn je der Tag kommen sollte, an dem mir dieses Schild nicht mehr gefiele, sollte ich wohl besser aufhören. Ich lächelte, denn ich konnte mir nicht mehr vorstellen, daß so etwas jemals passieren könnte. Ich schloß die Tür auf, die Glocke klingelte, und ich ging hinein. Und trat auf einen großen, cremefarbenen Briefumschlag, der in meiner Abwesenheit unter der Tür hindurchgeschoben worden war.

»Oh«, murmelte ich, beugte mich hinunter und hob ihn auf. Ich hatte einen Kunden verpaßt. Ich vermutete, daß ich sowieso immer dann, wenn ich das Büro verließ, einen Kunden verpassen würde. Der Briefumschlag war so dick und aus solch feinem und qualitativ hochwertigem Papier, daß ich ihn mit einem Brieföffner öffnen mußte. Ich trat an

den Schreibtisch, legte meinen Strauß hin und nahm den Öffner.
Im Briefumschlag befand sich eine kurze Nachricht:

Meine liebe Miss Jones!
Die Umstände haben sich gegen mich verschworen, so daß ich nicht in der Lage sein werde, zum verabredeten Termin in Ihr Büro zu kommen. Ich werde mich bemühen, bei der nächsten Gelegenheit, die sich mir bietet, bei Ihnen zu erscheinen. Ich bitte Sie dringend, hüten Sie die Angelegenheit gut, die ich in Ihrer Obhut gelassen habe.
Ihr ergebener Diener, E.A.P.

E.A.P., zweifellos Edgar Allan Partridge. Die Nachricht klang auch nach ihm: »Umstände haben sich gegen mich verschworen.« Und dennoch, und dennoch ... Irgend etwas war da nicht in Ordnung. Zunächst wußte ich nicht, was es war. Ich saß an meinem Schreibtisch und versuchte einzuschätzen, was da gerade in meinem Innern vor sich ging, denn irgendwie lief etwas falsch. Ich hätte mich doch über die zusätzliche Zeit freuen sollen, die ich jetzt für das Manuskript zur Verfügung hatte, aber ich tat es nicht. Was war es denn nur? Ich fühlte mich wie ein Kind, das ein Spiel spielte, in dem richtig erraten werden mußte, welcher Gegenstand einem über dem Kopf gehalten wurde. Was war es denn bloß?
Ich las die Nachricht noch einmal durch. Vielleicht war es die Mahnung, die sich im letzten Satz verbarg:
»Hüten Sie die Angelegenheit gut, die ich in Ihrer Obhut gelassen habe.« Aber das war nichts Neues, sondern eher bezeichnend für Partridges Paranoia. Es sagte im Grunde dasselbe aus wie die Behauptung, daß Umstände sich gegen ihn verschworen hätten.
Verdammt, dieser Mann konnte mich mal! Edgar Allan Partridge brachte nichts als Ärger. Ich schloß die Augen,

rieb die Schläfen und zwang mich zur Ruhe. Ja, er war verrückt, aber war er deshalb nicht eher zu bedauern als zu tadeln? Er war auch ebenso talentiert, wie seine Geschichten bewiesen. Er besaß kein außergewöhnliches Talent, aber in dieser Welt gab es auch nicht viele Menschen mit großem Talent. Ich selbst hätte nicht einmal die erste Seite von »Der Mann im gläsernen Turm« schreiben können. Und wenn diese dritte Geschichte, die bei weitem die beste war, wirklich der Wahrheit entsprach, so wie er es behauptete ...

Ich schloß die Schublade mit den Akten auf, zog sie heraus und nahm den maschinengeschriebenen Text heraus. Da durchfuhr mich blitzartig ein Gedanke, und ich erkannte, was mich so an der Nachricht gestört hatte – es war die Handschrift! Ich kannte Mr. Partridges Manuskript gut, denn ich hatte so viele Seiten abgeschrieben ...

Hastig nahm ich das handgeschriebene Manuskript heraus und verglich die Nachricht mit der ersten Seite. Ich durfte jetzt nur nicht in Panik geraten, auch wenn es schwierig war, weil es Mr. Partridge betraf, der darin Meister war. Seine Handschrift war normalerweise klein, ordentlich und sehr gut zu lesen. Als hätte er ein Lineal verwendet, so gerade und gleichmäßig liefen die Zeilen über das Papier. Die Nachricht war jedoch in großer Schrift verfaßt worden, die zur einen Seite hin abfiel. Es sah aus, als wäre sie nur eben hingekritzelt worden. Konzentriert kniff ich die Augen zusammen und bemühte mich, die beiden Schriftstücke zu vergleichen. Ich hätte gern eine Lupe gehabt, aber selbst ohne sie war der Vergleich aufschlußreich.

Ich kam zu dem Schluß, daß Mr. Partridge wirklich die Nachricht geschrieben hatte, er aber entweder in großer Eile gewesen war oder unter irgendwelchen seelischen oder körperlichen Schmerzen gelitten hatte.

Ich dachte auch an Drogen. Ja, das mußte es sein, er nahm Drogen; Haschisch, Opium oder Kokain. Was wußte ich schon über die Wirkung dieser Drogen? Nicht viel jedenfalls. Der große Detektiv Mr. Holmes nahm Kokain (es war doch recht schwer, an ihn anders als an eine reale Person zu denken), vermutlich, weil es den Verstand schärfen sollte. Von Haschisch sagte man, daß es entspanne, und von Opium, daß es Visionen oder lebhafte und phantastische Träume hervorrufe.

Ich überließ mich einen Moment lang meinen Gedanken, versuchte dann aber wieder, vernünftig nachzudenken. Vielleicht war Mr. Partridge drogenabhängig, was auch erklären würde, warum er sich so merkwürdig benahm und warum er eine Nachricht schrieb, die so aussah wie diese hier. Zweifellos waren die Umstände, die sich gegen ihn verschworen hatten, auch nicht im geringsten bedrohlich, es konnte sich schließlich auch um etwas ganz Harmloses handeln, so wie beispielsweise um die Bitte seiner Mutter (sicherlich hatte selbst er eine Mutter), sie in die Ferien zu begleiten. Oder er hatte Zahnschmerzen, und sein Zahnarzt konnte ihn nur an diesem Donnerstag empfangen. Sicherlich würde sich herausstellen, daß es so etwas in der Art war.

Ich würde mich jedenfalls besser fühlen, wenn ich mich an meinen ursprünglichen Plan hielt und Mr. Partridges Manuskript bis Donnerstag vollständig abgeschrieben hätte. So, wie ich es vorgehabt hatte, bis ich diese verdammte Nachricht erhielt. Mit diesem Gedanken spannte ich ein neues Blatt Papier in die Schreibmaschine ein, fand die Stelle im Manuskript wieder, wo ich aufgehört hatte, und begann zu tippen.

Der Tanz meiner Finger auf den Tasten wurde langsamer. Ich konnte nichts dagegen machen, schon wieder las ich, obwohl ich es nicht wollte. Ich machte eine Pause, stand von der Schreibmaschine auf, ging zum Fenster und schaute auf die Straße. Da waren Leute auf den Gehwegen, und

Karren, Kutschen und Pferde kamen vorbei. Meine Augen nahmen sie wahr, aber meine Gedanken waren bei dem Jungen aus der dritten Geschichte.
Die dritte Geschichte hieß »In die Finsternis verdammt« und war eine Art düsteres Märchen. Sie enthielt all die bösen, unheilvollen Einzelheiten, die in den Geschichten, die eigentlich für Kinder geschrieben wurden, zu finden sind. Aber diese las sich, als sei sie wirklich passiert. Sie war so leidenschaftlich geschrieben, daß man spüren konnte, daß sie wahr sein mußte. Eigentlich war das, was der Geschichte zugrunde lag, ziemlich banal. Ein Kind wird bis zum Erwachsenenalter mit Verboten und Vorahnungen erzogen und von einer Hexe als Mutter regelrecht als Gefangener gehalten und eher seelisch als körperlich gequält. Die Hexenmutter besitzt eine sehr starke Persönlichkeit, sie ist mächtiger als das Leben – was zu Beginn der Geschichte daran liegen mag, daß wir sie immer mit den Augen des kleinen Jungen sehen. Je älter der Erzähler wird und je mehr er versteht, desto schrecklicher und mächtiger wird sie.
Ich zwang mich, wieder an die Schreibmaschine zurückzugehen. Mit zusammengebissenen Zähnen fing ich langsam an und fand mich damit ab, daß ich nun auch las, während ich schrieb. Aus »In die Finsternis verdammt«, Seite 102:

In meinem dreizehnten Lebensjahr dachte ich mir einen Plan aus in der Hoffnung, daß Mutter mich nicht mehr in den Schwarzen Raum einsperrte. Ich ging zu ihr und sagte: »Mutter, ich weiß, daß du eine große Zauberin bist, die geschickt mit der Schwarzen Magie umgehen kann.« Ich fühlte mich lächerlich, als ich das sagte, weil sie in diesem Moment im Salon saß und ihren Tee trank. Dennoch hatte ich das Gefühl, daß ich handeln mußte, denn es waren schon einige Monate vergangen, seit sie mich das letzte Mal eingesperrt hatte, obwohl es mir natürlich immer noch nicht erlaubt war, das Haus zu verlassen. Daher wußte ich

auch, daß sie mich bald wieder einsperren würde. Wenn ich mich zu ihrem Verbündeten und Schüler machte, würde sie mich dann nicht doch noch lieben? Oder sie würde mich wenigstens nicht mehr dem Schrecken des Schwarzen Raumes aussetzen, den sie sich zweifellos selbst ausgedacht hatte.
Mutter sagte: »Und woher weißt du das, Peregrine?«
Ich verschränkte die Hände hinter meinem Rücken, um sie stillzuhalten, und stand in der Haltung da, die ihre Diener mir beigebracht hatten; mit gespreizten Beinen sah ich tapfer den Gefahren entgegen. Ich sagte: »Ich habe dich in meinen Träumen zaubern sehen.«
Sie lachte, und es klang so wild und schrill, wie ich mir die Todesfeen vorstellte, wenn sie amüsiert waren. Sie warf den Kopf zurück, so daß ich ihre Zähne, so schön wie Perlen, und das sanfte Rosa ihrer Zunge sehen konnte. Sie stand vom Tisch auf und näherte sich mir, beugte sich zu mir hinunter und sagte: »Und was, lieber Junge, zauberte ich in deinen Träumen?«
Meine Knie begannen zu zittern, und ich schloß die Beine, um sie ruhigzuhalten. Auf meiner Stirn sammelten sich Schweißperlen, aber ich hielt die Hände weiter auf dem Rücken verschränkt, denn ich wußte, ich mußte diese Haltung beibehalten. Ich sagte: »Zuerst hast du den Wind herbeigezaubert, und die Vorhänge blähten sich vor dem Fenster.«
Mutter drehte den Kopf zum Fenster und hob das Kinn, so daß ich den langen, schwanenähnlichen Hals sah. Sie blickte mich aus ihren dunklen Augen an und fragte: »Ungefähr so?« Gleichzeitig hob sie den Arm in einer langsamen, majestätischen Bewegung und murmelte einen Zauberspruch, dessen Worte ich nicht verstehen konnte. Ich vernahm das Geräusch des Windes, der zu wehen begann, und die Vorhänge blähten sich, genau so, wie sie es in meinem Traum getan hatten.
Mir graute es. Ich sagte: »Ja.«
»Was tat ich denn noch, mein lieber Perry?«

Ich gab ein quiekendes Geräusch von mir, aber dann fand ich meine Stimme wieder. »Du zündetest ein Feuer im Kamin an, in dem vorher kein Feuer gewesen war.«
Mutter wandte sich, elegant, aber schnell, mit einer halben Körperdrehung um, und ihr schlanker Körper im roten Kleid schien einen roten Bogen in die Luft zu malen, als sie sich bewegte. Als sie vor dem leeren Kamin stand, es war Sommer und daher kein Holz darin, schwang sie beide Arme hoch, die Finger dabei weit gespreizt und nach hinten gebogen wie Krallen. Sie gab einen scharfen Befehl von sich, der tief aus ihrer Kehle kam, es war kein Wort, das ich je vernommen hatte, und im leeren Kamin schlugen die Flammen hoch. Sie schaute über ihre Schulter zurück zu mir und sagte: »Ungefähr so?«
»Ja, Mutter«, erwiderte ich und blinzelte. Es strömte nun in Bächen über mein Gesicht. Ich weinte bestimmt nicht, und das Feuchte waren auch bestimmt keine Tränen! Sie drehte sich halb nach mir um. »Und, Peregrine, tat ich noch etwas anderes?«
»J-Ja, Mutter. Dann zaubertest du eine kleine schwarze Kröte aus dem Feuer, die glatt, naß und glänzend war und rote Augen hatte.«
»Was für einen wunderbaren Traum du hattest, mein Sohn«, sagte sie freundlich, kam zu mir und streichelte mein Gesicht.
Ich begann, mich zu entspannen. Sie wird es nicht tun, dachte ich, sie wird nicht diese schreckliche Kröte hervorzaubern.
Aber Mutters Hand hörte auf, mich am Hals unter dem Kinn zu streicheln, und sie streckte ihren Arm in Richtung Kamin aus. Ihre Finger krümmten sich verlangend, und sie begann zu summen. Sie summte ein Lied zur Bewegung ihrer Finger, zauberte und lockte, und aus dem Feuer kam die kleine schwarze Kröte, die fürchterlich hüpfte und die glatt, naß und glänzend war und Augen hat-

te, die röter als die Flammen des Feuers, aber so rot waren wie Mutters Kleid.

Mutter beugte sich hinab und hob die Kröte auf. Sie brachte sie zu mir und hielt sie mir vor das Gesicht. Dann sagte sie: »Perry, öffne deinen Mund ...«

IN DEN GRUNDFESTEN ERSCHÜTTERT

Am Maifeiertag erlebte ich mein erstes Erdbeben. Es kam ziemlich überraschend, war aber längst nicht so beängstigend, wie man es sich in seiner überschäumenden Phantasie vorgestellt hätte.

Das Beben erfolgte morgens, um fünfundzwanzig Minuten nach sieben Uhr. Ich hatte in der Nacht sehr tief geschlafen, war gerade aufgestanden, und da ich nicht gerade zu den Menschen gehöre, die fröhlich aus dem Bett springen und sofort hellwach sind, war ich zunächst auch nicht sicher, was da eigentlich passierte. Eigentlich glaubte ich nicht einmal, daß da überhaupt etwas Ungewöhnliches passierte. Ich nahm an, daß ich selbst ins Wanken geraten war. Aber dann erfolgte wirklich ein solcher Stoß, daß ich hart aufs Bett zurückfiel. Dort saß ich und spürte, wie das ganze Haus schwankte. Der elektrisch beleuchtete Kronleuchter schwang hin und her wie ein Pendel, der Spiegel an der Wand verschob sich, und die Fenster klirrten in ihren Rahmen.

Bevor ich allerdings Zeit hatte, mir Sorgen zu machen,

war alles schon wieder vorbei. Ich war jedoch weit davon entfernt, beunruhigt zu sein; eher war ich aufgeregt, als ich feststellte, daß ich eins von San Franciscos Erdbeben erlebt hatte. Also, ein Erdbeben ist ja keine große Sache, dachte ich. Natürlich wußte ich im darauffolgenden Jahr zur gleichen Zeit, wie falsch ich damit gelegen hatte!

Auf dem Weg zur Arbeit konnte ich der Versuchung nicht widerstehen anzuhalten, um über dieses aufregende Ereignis mit Mrs. O'Leary zu sprechen. Zu meiner Überraschung war Michael Archer ebenfalls da. Die Tür, die in Mrs. O'Learys Salon führte, war offen, und sie standen beide dort und unterhielten sich über genau dieses Thema.

»Kommen Se, Fremont«, rief meine Vermieterin und winkte mich herein. »Wir hab'n gerade über das Erdbeben gesprochen.«

»Guten Morgen«, sagte Michael, als ich eintrat. »Ich hoffe, dieses Erlebnis hat Sie nicht geängstigt.«

»Im Gegenteil«, sagte ich, »ich fand es interessant.«

»Sie haben doch so etwas wie unsere Beben nich, da wo Se herkom'«, sagte Mrs. O'Leary, »das denk' ich jedenfalls.«

»Wenn es in Boston je ein Erdbeben gegeben haben sollte, dann habe ich jedenfalls nichts davon mitbekommen. Ich hoffe, das Haus ist nicht beschädigt worden?«

»Einige meiner Bücher sind aus den Regalen gefallen –«, fing Michael an, und Mrs. O'Leary unterbrach ihn.

»Ham' ziemlich viel Krach gemacht, genau über meinem Kopf.«

»Aber das war auch das Schlimmste«, fuhr er fort. »Ich dachte, ich komme besser herunter, um unserer Vermieterin zu sagen, daß es schlimmer geklungen haben mußte, als es tatsächlich war. Ich weiß sehr wohl, daß mein Zimmer über ihrem liegt.«

Ich bin mir sicher, daß du es weißt, dachte ich und genoß unsere Unterhaltung, zu der ich nun ebenfalls etwas beisteuerte: »Bevor ich hierherkam, hatte ich noch nicht viel über San Francisco gewußt, aber von den Erdbeben hatte ich schon gehört. Nachdem ich nun eins miterlebt habe, weiß ich nicht recht, weshalb darum soviel Aufhebens gemacht wird.«

»Oh!« sagte Mrs. O'Leary, faltete ihre Hände unter der Schürze und wippte auf ihren Fersen. Auch sie genoß das Gespräch. »Das war nur 'n kleiner Bums und 'nen Schütteln. Ich erinnere mich noch an fünfundachtzig. Waren Se damals hier, Mr. Archer?«

»Ich glaube nicht«, sagte er ausweichend.

Mrs. O'Leary bemerkte nicht, daß er auswich; sie wandte sich mir zu. »Fünfundachtzig hatten wir 'nen ordentliches Erdbeben. Du konntest aus den Fenstern gucken und die Hügel beobachten, wie sie sich hin und her, rauf und runter bewegten. Aber selbst das richtete keinen großen Schaden an, hier entstand 'nen Riß in der Wand«, sie zeigte mit dem Finger auf die Stelle, »aber wir ham's repariert und darübertapeziert, und das war's dann.«

Michael Archer rieb sich den Bart an seinem Kinn. »Es ist ein Fehler, die Naturgewalten nicht ernst genug zu nehmen, Mrs. O'Leary. In einigen Teilen der Welt, zum Beipiel in Japan, richten die Erdbeben große Schäden an. Dasselbe könnte eines Tages auch hier passieren.«

»Und was wissen Se von den Japanesen, Mr. Archer?« fragte meine Vermieterin mit einem Funkeln in den Augen.

»Ich lese viel«, konterte er und blickte mich amüsiert und bedeutungsvoll an, »und da wir gerade vom Lesen reden, ich muß meine Bücher noch an ihren ursprünglichen Platz zurückstellen. Wenn Sie mich entschuldigen wollen.«

»Ich muß auch gehen«, sagte ich. »Nach diesem aufregenden Beginn hoffe ich, daß Sie beide einen angenehmen Tag haben werden.«

»Sie auch, Fremont«, sagte Michael und bedeutete mir, vor ihm in den Flur zu gehen. Er ging die Treppe hinauf und ich zur Haustür hinaus. Aber kaum war ich die Treppen hinuntergegangen, da war Mrs. O'Leary schon oben auf dem Treppenabsatz und zischte mir zu, ich solle warten. Ich drehte mich um, und sie kam schwerfällig herunter, ihre weiße Schürze flatterte im Wind, in dem sich selbst mein Umhang blähte. Ich schaute sie fragend an; warum hielt sie mich wohl auf?

»Liest viel, sagt er. Ph!« Mit einem vernichtenden Blick schaute sie zu den Fenstern im zweiten Stock hinauf.

»Ich glaube, er liest eine ganze Menge. Ich habe Mr. Archer viele Male im Leseraum der Stadtbibliothek gesehen. Und dann besitzt er ja auch selbst so viele Bücher.«

»Das mag ja alles sein. Aber er is bei den Japanesen gewesen, da wett' ich mein Leben drum!«

Ich betrachtete meine Vermieterin liebevoll: »Ich versichere Ihnen, Ihre Vorstellungskraft ist ebenso ausgeprägt wie meine. Vielleicht sollte ich Ihnen erzählen, was meine Mutter, Gott hab' sie selig, mir immer gesagt hat: Sei nicht so neugierig!«

»Oh, Fremont.« Mrs. O'Leary legte ihre große Hand, die durch die Arbeit ganz rauh geworden war, auf meine. »Ich wußte nicht, daß Sie eine Waise sind.«

»Das bin ich auch nicht.« Ich hatte meiner Vermieterin, als ich die Wohnung nahm, nichts weiter aus meiner Vergangenheit erzählt, als daß ich eine unabhängige Frau sei. »Ich habe einen Vater, der äußerst lebendig ist. Dazu hat er vor kurzem eine Frau geheiratet, die ich nicht besonders mag.«

»Eine Stiefmutter, was, Liebes?«

Ich nickte.

»Und deshalb sind Se auch von zu Hause weggelaufen?«

»Nicht ganz. Ich bin, wie so viele andere auch, nach San Francisco gekommen, um hier mein Glück und mein Geld zu machen. Nicht, daß es viel sein wird, vor allen Dingen, wenn ich nicht bald ins Büro komme! Mrs. O'Leary, ich weiß, daß es sich für jemanden in meinem Alter nicht

gehört, älteren Leuten einen Rat zu geben, aber ich denke, es wäre besser, wenn Sie diese Dinge über Mr. Archer vergessen würden.«
Sie kniff die Augen zusammen. »Sie wollen mir damit sagen, ich soll ihn in Ruh' lassen.«
»Ich weiß, daß es mich nichts angeht, was Sie machen. Entschuldigen Sie, es stand mir nicht zu, so etwas zu sagen.«
Mrs. O'Leary schaute über die Schulter zurück zu ihrem Haus, ihr Blick glitt hoch zum zweiten Stock. Sie kaute auf ihrer Lippe. »Der Captain, mein Mann, sagte immer, daß ich zu mißtrauisch bin. Die Sache is die, Fremont, wenn ich mir mal was in den Kopf gesetzt hab', dann hab' ich auch für gewöhnlich recht. Ich werd' jedenfalls diesen Mr. Archer ziemlich genau im Auge behalten. Solang er nich' weiß, was ich mach', so lang wird mir auch nix geschehn.« Sie schaute mich wieder an. »Und Sie passen auch auf, wenn Se mit dem zusammen sind. Wir woll'n ja nun auch nich, daß Ihnen was passiert.«
»Machen Sie sich keine Sorgen, mir passiert schon nichts«, versicherte ich ihr lächelnd.
Als ich den Hügel hinabging, paßte ich sorgfältig auf, wohin ich trat, denn der Abhang war steil, und ich fragte mich, ob ich meine Vermieterin an Mr. Archer verraten hatte. Ich kam zu dem Schluß, daß es nichts machte, wenn ich das getan hatte, da beide harmlos waren. Und damit war die Angelegenheit für mich erledigt.

Ich verschob meine eigene Arbeit auf später, um den Sorensons zu helfen, die Bücherregale wieder an ihren alten Platz zu stellen. Oben in meinem Büro war alles so stehen geblieben, wie es war, aber ihre Bücher lagen überall verstreut herum. Meine Hilfe brachte mir ein nahezu identisches Lächeln beider ein, und ich war froh, daß sie überhaupt lächeln konnten und ein paar Worte des Dankes übrig hatten – aber es erfolgte keine Einladung, kein:

»Nachdem Sie uns so geholfen haben, möchten wir Sie einmal zum Mittagessen einladen« oder zum Tee oder zu einem Kaffee. Die Sorensons waren einfach keine besonders freundlichen Leute.

Ich hatte noch mehrere kleinere Arbeiten zu erledigen und fing damit am späten Vormittag an. Nachdem der Nebel sich erst einmal verzogen hatte, wurde der Tag schön und sonnig, und ich hatte das Fenster geöffnet, bevor ich mit der Arbeit anfing. Ich mochte die frische Luft und auch die verschiedenen Straßengeräusche, die mir Gesellschaft leisteten.

Das Rumpeln eines vorbeifahrenden Karrens mußte die kleine Glocke an meiner Bürotür übertönt haben, denn das Gefühl, beobachtet zu werden, war das erste Anzeichen dafür, daß ich nicht mehr allein im Raum war. Da mir das so oft passiert war, als ich Mr. Partridges Manuskript abschrieb (ich hatte es vor zwei Wochen fertiggestellt), schenkte ich diesem Gefühl keine große Bedeutung mehr, damit ich meine Schreibgeschwindigkeit beibehalten konnte. Aber die Neugier siegte, und ich stoppte und hob meinen Kopf. Ein Chinese stand höflich wartend in der Tür.

»Kommen Sie herein«, sagte ich. »Es tut mir leid, daß ich die Türglocke nicht gehört habe.«

Er verbeugte sich und näherte sich lautlos dem Schreibtisch. Ich war fasziniert, nie zuvor hatte ich einen Angehörigen seines Volkes aus der Nähe gesehen, obwohl ich sie oft auf der Straße bemerkt hatte. Ich war kein bißchen nervös, mit ihm allein zu sein, aber viele Leute in San Francisco, Mrs. O'Leary beispielsweise, waren mißtrauisch und fürchteten sich sogar vor den Chinesen.

Er war ein uralter Gentleman, von Kopf bis Fuß in glänzendes Schwarz gekleidet. Er hatte die Arme verschränkt, und die Hände waren in den Ärmeln versteckt. Er war größer als die meisten seiner Landsleute und dünn wie eine Bohnenstange. Seine Magerkeit wurde durch die schwarze Robe noch hervorgehoben, die ihm bis kurz über die Knöchel hing. Er trug eine runde, ebenfalls schwarze Kappe und einen schmalen Schnurrbart, der an beiden Seiten nach unten zeigte. Ich wußte, obwohl ich es nicht sehen konnte, daß sich auf seinem Rücken der Zopf befand, den alle chinesischen Männer trugen. In seinem Fall würde dieser, aufgrund seines Alters, wohl recht lang sein.

Als ich hinüber zum Schreibtisch rollte, sagte ich: »Wie kann ich Ihnen helfen?«

»Diese bescheidene Person«, sagte er und senkte den Kopf, »hat davon gehört, daß Missee Jones auf ihrer Maschine für die schreibt, die in der Sprache dieses Landes nicht schreiben können. Diese bescheidene Person hat ebenfalls gehört, daß Missee Jones höchst ehrenhaft und vertrauenswürdig ist.«

»Oh, ... wie nett.« Ich brannte darauf zu wissen, von wem er diese Dinge gehört hatte, aber ich wußte nicht recht, wie ich es erfragen sollte. »Möchten Sie sich setzen, Mr.–?«

»Li Wong zieht es vor, zu stehen. Li Wong hat Geld, mit dem er bezahlt.« Er holte seine Hände aus den Ärmeln hervor und hielt einen Geldbeutel hoch, um es zu beweisen.

»Wir werden uns später über die Bezahlung unterhalten, Mr. Li Wong«, sagte ich und fragte mich, ob es in der chinesischen Sprache kein Fürwort für »ich« gab oder ob es verboten war, sich auf sich selbst in der ersten Person zu beziehen. Die Worte dieses Mannes waren zurückhaltend geäußert, aber sein Auftreten war es nicht. Er gab sich vornehm, und sein Englisch war ausgezeichnet. Ich vermutete, daß er seinen Leuten Respekt einflößte.

Er verbeugte sich noch einmal und steckte die Hände wieder in die Ärmel. »Bitte empfehlen Sie, wie wir vorgehen sollen.«

»Geben Sie mir eine Sekunde, damit ich ein neues Blatt Papier in die Schreibmaschine einspannen kann, und dann können wir beginnen.«

Li Wong besaß die Gabe, sich lautlos zu bewegen. Er glitt dicht an meine Schreibmaschine heran, wo er schließlich stehenblieb und mit verschränkten Armen wartete, ohne auch nur einen Muskel zu bewegen. Ich konnte spüren, daß er sehr an mir und meiner Maschine interessiert war. Als ich bereit war, lächelte ich zu ihm hinauf. »Nun, es ist wirklich sehr einfach. Sie sagen mir, was Sie mitteilen wollen, und ich werde die Worte auf das Papier tippen.«
Li Wong zeigte nickend, daß er verstanden hatte. »Ich fange an: Im Falle meines vorzeitigen Todes ist es mein Wunsch, daß die betreffenden Personen erfahren, ...«
Ich habe mir angewöhnt, dem Inhalt dessen, was mir die verschiedenen Leute diktierten, keine allzu große Aufmerksamkeit zu schenken. Denn ich habe das Gefühl, daß sie das Recht auf so viel Privatsphäre haben, wie ich sie ihnen nur geben kann. Im Fall von Mr. Wong ... oder war es Mr. Li? Ich erinnerte mich daran, daß die übliche Reihenfolge der Namen bei den Chinesen genau umgekehrt war. Jedenfalls konnte ich mir in diesem Fall nicht helfen, ich spürte, daß die Informationen, die er mir diktierte, sehr wichtig waren. Wie konnte etwas, das mit der Erwähnung des Todes begann, nicht wichtig sein?
Er sprach von einer Art Geschäftsangelegenheit und komplizierten Abmachungen, er erwähnte dabei Firmennamen, die mir nichts sagten und die ich ganz sicher vergessen würde, sobald ich mit dem Schreiben fertig war.
Ich hatte die Seite fast vollgeschrieben, als er mit den Worten schloß: »Ich, Li Wong, habe veranlaßt, daß diese Angelegenheit am ersten Tag im Mai im Jahr eintausendneunhundertfünf im westlichen Kalender in der Stadt San Francisco im Staat Kalifornien in den Vereinigten Staaten von Amerika schriftlich festgehalten wird. Das ist alles, Missee Jones.«
Sehr ordentlich, dachte ich und zog das Papier aus der Schreibmaschine.

»Möchten Sie es unterschreiben? Sie können sich an den Schreibtisch setzen, wenn Sie möchten.«
»Hier nicht unterschreiben, jetzt bezahlen, ja?«
»Das wären dann zehn Cents, Mr. Li Wong«, sagte ich. »Möchten Sie einen Briefumschlag?«
Er reichte mir zwei Münzen aus seinem Beutel. Als er das tat, fielen mir seine Finger auf, die lang und schlank waren und die Farbe von altem Pergament hatten. Und genau wie dieses Pergament war auch sein Gesicht von feinen Linien kreuz und quer durchzogen.
Er nahm das Blatt in die Hand, prüfte es und sagte: »Briefumschlag ist nicht nötig.«
Er nickte mit dem Kopf, als sei er zufrieden mit dem, was ich für ihn geschrieben hatte. Er rollte das Papier wie eine Schriftrolle zusammen, holte aus seinem Ärmel ein rotes Band hervor, der erste Farbtupfer, den ich an ihm entdeckte, und fing an, es darumzubinden. Als er gerade dabei war, klingelte die Türglocke wieder, und die Tür öffnete sich. Bei diesem Geräusch begannen Mr. Li Wongs Hände zu zittern.
Ich hätte ein zusätzliches Augenpaar gebraucht, um genau zu verfolgen, was dann passierte. Ich stand auf und ging schnell um meinen Schreibtisch herum. Instinktiv wollte ich diesen alten chinesischen Gentleman mit den zitternden Händen beschützen.
»Hallo, Justin«, sagte ich, »ich bin sofort bei dir.«
Justin starrte Li Wong zornig an; nie zuvor hatte ich solch einen feindseligen Gesichtsausdruck an meinem Freund gesehen.
Li Wong, der so aufrecht, groß und würdig vor mir gestanden hatte, krümmte sich nun und nahm eine unterwürfige Haltung an. Sein Oberkörper bewegte sich auf und ab, und er sagte mit hoher Stimme, die ihm nicht zu gehören schien: »Danke schöön, Missee, danke schöön«, immer wieder sagte er das, als er zitternd einen großen Bogen um

Justin machte und schließlich rückwärts zur Tür hinausging. Die Glocke klingelte wieder, als er die Tür hinter sich schloß, und es klang irgendwie nach einem silbertönenden Ausrufezeichen.
»Was hat der hier zu tun gehabt?« wollte Justin wissen, und zur gleichen Zeit sagte ich: » Ich glaube, Sie haben den armen Mann erschreckt.«
»Und, was *hat* der hier zu tun gehabt?«
»Das hört sich an, als würden Sie ihn kennen«, bemerkte ich und ging an meinen Schreibtisch zurück. Aus den Augenwinkeln sah ich einen kleinen Farbtupfer. Ich schaute genauer hin und sah zu meiner Überraschung, daß Li Wong das rote Band auf meinem Schreibtisch vergessen hatte und seine maschinengeschriebene Erklärung auch!
»Das ist schwer zu sagen.« Justin blickte auf die geschlossene Bürotür, als ob deren kahle Oberfläche ein Bild enthielte, das seine Augen entwickeln konnten wie das Negativ eines Photos. Während Justin seinen Kopf abwandte, nahm ich das Blatt mit Li Wongs Erklärung und legte den Brief darauf, den ich bei seinem Eintreten beiseite gelegt hatte. »Der chinesische Gentleman hatte etwas für mich, das ich abtippen sollte«, sagte ich. Meine Hände ruhten auf den beiden Papierseiten. Ich streckte eine Hand aus, nahm das rote Band und fing an, es gelassen um meinen Finger zu wickeln (was natürlich nur dem äußeren Schein entsprach, denn ich war alles andere als gelassen).
»Mir gefällt das nicht«, sagte Justin herausfordernd, steckte die Hände in die Hosentaschen und streckte das Kinn vor. Dieser Ausdruck auf einem Gesicht wie seinem wäre normalerweise sicherlich komisch gewesen, aber der Tonfall seiner Stimme war es nicht.
»Das ist ziemlich offensichtlich«, sagte ich und wickelte das Band auf und wieder ab, »aber ich habe noch nicht herausgefunden, was Ihnen nicht gefällt.«
»Mir gefällt nicht, daß Sie allein mit einem Chinee sind.«

»Wenn Sie etwas über diesen chinesischen Gentleman wissen, Justin, dann wäre ich froh, davon zu erfahren.«
»Wie heißt er?«
»Ich dachte, Sie hätten ihn wiedererkannt?« Der Inhalt von Li Wongs Erklärung und die Tatsache, daß er sie zurückgelassen hatte, machten mich vorsichtig, sogar Justin gegenüber, dem ich vertraute.
»Nun, für mich sehen die alle gleich aus, und Sie sollten mit keinem von denen etwas zu tun haben, Fremont. Die Chinesen sind schmutzig, verschlagen, diebisch und unmoralisch!«
»Sie überraschen mich, Sir«, sagte ich sanft. Aber der Tonfall meiner Stimme täuschte. Ich kann Vorurteile überhaupt nicht leiden. Meiner Meinung nach werden wir Frauen so vielem ausgesetzt, daß ich nicht weiß, wie eine Angehörige meines Geschlechtes sich *nicht* mit denen, die ebenso unterdrückt werden, identifizieren kann. Aber natürlich gehörte Justin nicht meinem Geschlecht an, und seine Absichten waren zweifelsohne ehrenwert. Ich sollte ihn nicht voreilig verurteilen.
»Ja«, sagte er. »Nun, Sie überraschen mich ebenso, Fremont. Haben da so einen schmutzigen Chinesen im Büro!« Er kniff die Augen zusammen. »Und, was könnte so einer wie der schon haben, was wert ist, getippt zu werden? Wer war der Chinese, und was haben Sie für ihn geschrieben?« Ich schaute Justin in die Augen und war kaum mehr in der Lage, meine Meinung zurückzuhalten.
»Ich kann es Ihnen nicht sagen. Meine Kunden und ihre Geschäfte haben genau das gleiche Recht auf Vertraulichkeit wie Ihre, Justin.«
»Blödsinn! Ich bin Anwalt, und Sie sind nur eine, nur eine –«
»Nur eine Frau, die Sachen für andere Leute abtippt?« Ich öffnete die mittlere Schublade meines Schreibtisches und ließ das rote Band hineinfallen. Ich ließ die Lade hör-

bar zuschnappen und sah Justin wieder an. »Wie würde es *Ihnen* gefallen, Herr Anwalt, wenn ich jemandem erzählte, der zufällig nachfragen würde, daß Sie mein Klient sind, und den Inhalt dessen, was ich für Sie abtippe, preisgäbe?«

Justin errötete und sah aus, als fühlte er sich unbehaglich, worüber ich mich wiederum freute.

Er räumte ein: »Dieser Punkt geht an Sie. Aber es gibt da immer noch einen Unterschied.«

»Ich nehme an, Sie sind gekommen, um mir beim Mittagessen Gesellschaft zu leisten, da Sie Ihres wohl in dem Beutel haben, den Sie gerade unter Ihrem Ellbogen zerdrücken.«

»Ja, das stimmt. Und Sie weichen dem Problem aus, Fremont.«

Ich nahm eine Aktenmappe hervor und legte beide Blätter hinein. Später würde ich den Brief, den ich noch zu Ende schreiben mußte, wieder herausnehmen und die Aktenmappe mit einer Aufschrift für Mr. Li Wongs Erklärung versehen. Ich holte die Schlüssel aus meinen Rocktaschen hervor und schloß die Mappe in die Schreibtischschublade ein. Ich sagte: »Was ich vermeiden will, ist ein Streit. Aber da Sie so hartnäckig sind, werde ich Ihnen etwas sagen, Justin. Meine Kunden sind mir genauso wichtig, wie Ihre Klienten es für Sie sind. Meine Arbeit verdient den gleichen Respekt wie die Ihre, ganz gleich, wer von uns mehr verdient. Ich vertraue jeder Person, die durch diese Bürotür kommt, so wie ich es bei Ihnen tat, als Sie das erste Mal hier hereinkamen. Ich werde für einen Chinesen genausogern maschineschreiben, wie ich es für einen Italiener, einen Schweden, einen Schwarzen, einen Deutschen oder einen Amerikaner mache. Also, sind Sie immer noch daran interessiert, daß wir zusammen Mittag essen? Wenn Sie es nämlich nicht sein sollten, dann würde ich auch liebend gern allein essen!«

Justin ließ mich allein mit der Bemerkung, er sei der Meinung, ich bräuchte wohl etwas Zeit, um mich wieder zu beruhigen. Sein Ego war so ausgeprägt, daß er sich aufführte, als wäre sein Abgang seine eigene Idee gewesen. Dabei war es doch sehr deutlich, daß ich ihn hinausgeschickt hatte. Männer! Sie sind alle verrückt, am verrücktesten ist jedoch das gelegentliche Verlangen nach ihrer Gesellschaft.

Ich hatte gehofft, daß Mr. Li Wong um die Ecke oder unten im Buchladen warten würde, bis Justin gegangen war, um dann zurückzukommen und seine Schriftstücke zu holen, aber er kam nicht. Glücklicherweise kamen andere Klienten, die mich von der Sache ablenkten, und ich dachte nicht wieder an Mr. Li Wong oder an Justin, bis ich am Ende des Tages meine Schreibmaschine zudeckte und mich darauf vorbereitete zu gehen. Dann fiel mir ein, daß ich den Brief, den ich genommen hatte, um die Erklärung des chinesischen Gentlemans vor den möglicherweise neugierigen Augen Justins zu schützen, immer noch nicht ganz abgetippt hatte.

Ich öffnete die Schreibtischschublade, in der hauptsächlich Mr. Edgar Allan Partridges Sammlung von Erzählungen zu finden war. Ich hatte sie auf drei Aktenmappen verteilt, denn die vielen Seiten hätten nicht in eine einzige allein gepaßt. Ich wünschte mir, er würde kommen und sie abholen. Er hätte schon längst hiergewesen sein müssen, selbst der neu genannte Termin war schon vorbei. Ich nahm die Aktenmappe ohne Aufschrift, nach der ich gesucht hatte, und schloß die Schublade wieder. Aus den Augen, aus dem Sinn, das war der beste Weg, um mit E.A.P. umzugehen.

Mit einem Seufzer – ich war wirklich mehr als bereit, diesen Arbeitstag zu beenden – deckte ich die Schreibmaschine wieder ab und tippte den Brief. Dann legte ich ihn zu den anderen erledigten Aufträgen, die noch abgeholt und bezahlt werden mußten, und versah die Mappe, in der der

Brief versehentlich den Tag verbracht hatte, mit L.W. für Li Wong. Jetzt konnte ich endlich gehen.
Dennoch blieb ich stehen, die Türklinke schon in der Hand. Hatte ich nicht etwas vergessen? Ich runzelte die Stirn und blickte prüfend durch den Raum. Dann schloß ich einen Augenblick lang die Augen, und meine Stirn glättete sich wieder. Ich hatte nichts vergessen, ich war einfach durcheinander. Um ehrlich zu sein, war ich immer noch verwirrt wegen des Vorfalls mit Justin.
Ich konnte diesen jedoch nicht so einfach abschütteln. Die Dinge, die ich sonst nach getaner Arbeit als erfrischend empfand, wie ein geruhsames Bad in der Wanne, eine einfache Mahlzeit, die ich zu mir nehme (meine Talente erstrecken sich nicht unbedingt auf die Kochkunst), wenn ich auf dem Fensterbrett im Wohnzimmer sitze und dabei den aufziehenden Nebel beobachte, der sich in den Straßen ausbreitet, all diese Dinge konnten meine innere Unruhe nicht vertreiben. Schließlich legte ich den Roman beiseite, den ich erfolglos versucht hatte zu lesen, und widmete mich dem Problem, mit dem ich offensichtlich doch zu kämpfen hatte.
Vielleicht war ich Justin gegenüber ungerecht gewesen. Er hatte sein ganzes Leben in San Francisco verbracht, und vielleicht war seine Einstellung den Chinesen gegenüber durchaus berechtigt. Dennoch hatte auch ich recht mit meiner Meinung über meine Klienten und die Arbeit. Dieses Dilemma war mir nur allzu vertraut. Eine meiner Lehrerinnen in Wellesley sagte immer: »Caroline, es ist durchaus möglich, im Recht zu sein und trotzdem seine Meinung für sich zu behalten. Manchmal ist es sogar der klügere Weg.«
Würde ich es denn nie lernen? Wahrscheinlich nicht, wahrscheinlich würde ich mir weiterhin immer wünschen, akzeptiert und dafür geliebt zu werden, was ich bin, und nicht nur für einen Teil von mir. Wahrscheinlich hätte ich weiterhin das Gefühl, daß ich eine Heuchlerin wäre, wenn ich

meinen Mund immer dann halten würde, wenn es die Gesellschaft von einer »Lady« (wie ich diesen Ausdruck mit seinem falschen aristokratischen Beiklang verachtete) meiner Herkunft und Erziehung verlangte. Und wie sehr verabscheue ich Heuchler!
Deshalb würde ich zweifellos weiterhin solche Männer wie Justin angreifen, mit denen ich eine Art Liebesaffäre hätte haben wollen.
Als ich feststellte, daß ich mir eine Liebesaffäre mit Justin wünschte, mußte ich wirklich schmunzeln. Darin lag auch der Grund meiner Verwirrung – ich hatte Angst, daß meine Angewohnheit, meine Meinung frei zu äußern, mir diese Chance genommen hatte. Durch diese Erkenntnis ging es mir besser.
Ich stand von meinem Stuhl auf, legte das Buch auf den Tisch unter der Lampe und ging in die Küche, um mir eine Tasse Tee zu machen. Während ich darauf wartete, daß das Wasser im Kessel kochte, hörte ich Michael Archer, der in seiner Küche unter mir hin und her ging. Ich hatte eine Idee. Warum nicht, dachte ich mir.
Hastig zog ich den Morgenrock aus und das nächste Kleid an, das ich in die Hand bekam. Es war zufällig eines meiner etwas feminineren Kleidungsstücke aus cremefarbenem Baumwollstoff, das über und über mit Rosenblüten verziert war. Mein Haar band ich zu einem Knoten, den ich am Hinterkopf befestigte. Als ich gerade auf dem Weg nach unten war, fiel mir der Teekessel ein, und ich ging wieder hinauf, um ihn abzustellen. Diese Verzögerung ließ mich unsicher werden. Wenn mich Michael nun für schamlos hielte, wenn ich zu dieser späten Stunde und uneingeladen noch seine Gesellschaft aufsuchte, was dann? Es war fast neun Uhr.
Aber dann versicherte ich mir, daß Michael Archer anders war. Er war auf seine Art anders, wie ich es auf meine war; und er konnte wohl kaum durch einen Mangel an

Konventionen aus der Ruhe gebracht werden. Zudem war er gut zwanzig Jahre älter als ich, und er würde wohl kaum mehr in diesem Besuch sehen als den Zweck, für den er gedacht war. Glücklicherweise hatte ich recht (ich glaube nicht, daß mein Ego zwei Zurückweisungen am selben Tag verkraftet hätte).

Als ich vom Treppenabsatz aus rief, kam Michael aus seiner Bibliothek und sagte: »Fremont! Womit habe ich dieses Vergnügen verdient?«

»Ich hatte gehofft, wenn Sie die Störung entschuldigen wollen, daß Sie mir bei einer Angelegenheit helfen könnten. Es dauert nicht lange – ich bin mir bewußt darüber, daß es für einen Besuch schon sehr spät ist.«

Er kam nahe genug heran, so daß ich das Vergnügen in seinen Augen sehen konnte, mit dem er mich so oft anschaute. Michaels Augen wechselten von Blau zu Grau, aber ich hatte noch nicht herausbekommen, womit das zusammenhing.

Heute abend waren sie jedenfalls blau. Er sagte: »Solange es keine übermäßige physische Kraftanstrengung erfordert oder mehr als ein Minimum an manuellem Geschick, bin ich gern bereit zu helfen.«

»Erforderlich sind nur mentale Anstrengung und ein Vorrat an Wissen, was Sie bestimmt auch besitzen.«

»Sie machen mich neugierig. Kommen Sie herein. Ich habe mein Abendessen gerade beendet und trinke Kaffee. Möchten Sie auch einen?«

»Ja, gern. Danke.«

Er ließ mich in der Bibliothek zurück, um eine zweite Tasse zu holen, und ich hatte endlich die Gelegenheit, mir die Bücherregale genauer anzuschauen. Die Bücher waren in bestimmte Gruppen unterteilt, hatten aber untereinander keine erkennbare Reihenfolge, denn die Autoren waren nicht alphabetisch geordnet. Direkt vor mir befand sich der Abschnitt mit dem Themenbereich Archäologie. Links da-

von waren Geschichtsbücher, die mit den Griechen und Römern begannen, oder war es Mythologie? Und ...
Er kam zurück, und ich setzte mich, seiner Geste folgend, ans andere Ende des Sofas, auf dem er zuvor gesessen hatte. Davor stand ein großer niedriger Teetisch, auf dem seine Tasse und die Teekanne standen, daneben ein buntes Durcheinander von Büchern und Papieren. Er sah irgendwie gemütlich aus in seinem dicken Strickpullover, der den Farbton eines Burgunderweines hatte.
»Mir ist heute etwas passiert, was mich beunruhigt«, begann ich und stockte. Ich wünschte mir, ich hätte anders begonnen.
»Es tut mir leid, das zu hören.«
»Ich, ähem, hatte eine Meinungsverschiedenheit mit einem Freund, und es ist möglich, daß ich mich geirrt habe. Wenn ich mehr über San Francisco und seine Einwohner wüßte, hätte ich mich auch nicht so benommen, wie ich es getan habe. Um zur Sache zu kommen, es wäre sehr hilfreich für mich, wenn ich etwas über die Chinesen und über ihren Charakter so ganz allgemein erfahren könnte. Ich dachte, daß Sie mir da vielleicht weiterhelfen könnten!«
Ich konnte mir fast bildlich vorstellen, wie sich Michaels Gedanken in Bewegung setzten, als er die verschiedenen Dinge, die er mir sagen könnte, im Kopf ordnete. Daher war ich auch nicht überrascht, als er mit seinem scharfen Verstand die richtige Annahme äußerte: »Sie sind einem Chinesen begegnet, ich nehme an, in Ihrem Büro. Und das führte irgendwie zu dieser Meinungsverschiedenheit, die Sie mit Ihrem Freund hatten.«
»Genau.«
»Ich kann Ihnen dazu ein paar nützliche Fakten nennen. Sie dürfen gern fragen oder es sagen, wenn ich nicht hilfreich bin.«
»Danke, das werde ich tun.«
»Die Chinesen kamen aus einem einzigen Grund in dieses

Land: um Geld zu verdienen. Und sie sind auch gewillt, dafür hart zu arbeiten. Die ersten Chinesen kamen vor etwa fünfzig Jahren nach San Francisco, zur Zeit des Goldrausches. Dann hatte man andere nachgeholt, und viele kamen allein, um für die Eisenbahn zu arbeiten; sie legten die Schienen durch die Sierra Nevada. Der Westen wäre ohne ihre Arbeitskraft gar nicht so schnell erschlossen worden. Als die transkontinentale Eisenbahnverbindung schließlich fertiggestellt war, hatten Tausende von Chinesen keine Arbeit mehr und auch nicht genug Geld, um nach China zurückzukehren. So kam ein großer Teil von ihnen hierher, wo es bereits ein chinesisches Viertel gab.«

»Wir isolieren sie«, sagte ich, »so wie die Juden in Europa gezwungen wurden, in Ghettos zu leben. Das sind Zustände wie im Mittelalter.«

»Sie beurteilen Amerika zu hart, Fremont. Die Chinesen isolieren sich selbst. Ihre Kultur ist eine ganz andere, und die meisten haben unsere Sprache gar nicht erst gelernt, weil sie vorhatten, nach China zurückzukehren, wenn sie genug Geld verdient hätten, um dort ein besseres Leben führen zu können. Sicherlich sind sie auch hier in San Francisco zu Unrecht diskriminiert worden, vor allen Dingen in den letzten zehn Jahren, als ein Erlaß zu den Tong-Revolten führte.«

»Zu den Tong-Revolten?«

»Ah, Sie wissen also nichts über die Tongs?«

Ich schüttelte den Kopf.

»Chinatown ist eigentlich eine kleine Stadt in der Stadt, eine Gemeinschaft mit seinen eigenen ungeschriebenen Gesetzen und Bräuchen, mit einer eigenen hierarchischen Struktur, die für uns Abendländer schwer zu verstehen ist. Denn sie halten das meiste geheim. Die Tongs sind – nun ja, mir fallen da die schottischen Clans zum Vergleich ein. Und sie haben auch, wie Bruderschaftsorganisationen, die Masons zum Beispiel, verschlüsselte Zeichen und Symbo-

le, deren Bedeutung nur den Eingeweihten, den Mitgliedern eines Tongs, bekannt sind. Die Anführer der Tongs werden zutiefst respektiert – denken Sie wiederum an die Grundherren in Schottland –, und als Gegenleistung für diesen Respekt bekommen die Mitglieder auch viel zurück: das Gefühl der Zugehörigkeit, Sicherheit, ein Identitätsbewußtsein. Und noch mehr als das: Die Tongs verhandeln im Namen ihrer Mitglieder in Geschäftsangelegenheiten, und sie sorgen für deren Versicherung. Dadurch kam es dann auch zu den Revolten. Sie waren die Antwort auf den von mir erwähnten Erlaß, den die Tong-Anführer falsch einschätzten. Das neue Gesetz war gar nicht so furchtbar ungerecht, es drückte einfach den Wunsch aus, daß alle Chinesen Ausweispapiere bei sich tragen sollten, wenn sie arbeiteten. Die Tong-Anführer rieten ihren Mitgliedern, sich zu widersetzen und die Papiere nicht mitzunehmen, aber das Gesetz wurde strikt eingehalten, und die Chinesen verloren zu Hunderten ihre Arbeit. Die Tongs in ihrer Funktion als Versicherungssystem wurden niedergeschlagen, und die Anführer verloren an Respekt, die Leute hatten einfach kein Vertrauen mehr zu ihnen. Aber sie hatten sich auf die Tongs eingelassen und waren auf sie angewiesen, was dazu führte, daß die einfachen chinesischen Leute jedem skrupellosen und starken Führer, der hätte einspringen können, wehrlos ausgesetzt waren.
Und genau das passierte dann auch: Die kriminellen Elemente, die es in dieser Stadt in Hülle und Fülle gab, sprangen ein und füllten die Leere. Das Ergebnis war Gewalt. Aber das ist jetzt vorbei. In den letzten Jahren ist es in Chinatown relativ ruhig geworden. Ich vermute, daß die Tongs sich wieder neu organisieren. Aber sicher bin ich mir nicht.«
Ich hatte das Gefühl, daß Li Wong so ein Tong-Anführer war. Vielleicht hatte er sich während der Auseinandersetzungen im Hintergrund gehalten und hatte nun seine Leu-

te wieder um sich geschart. Mit den Auskünften, die mir Michael gegeben hatte, konnte ich mir viele Ereignisse lebhaft vorstellen. Aber jetzt hatte ich doch noch eine Frage: »Also würden Sie nicht sagen, daß die Chinesen im allgemeinen einen schlechten Charakter haben?«

»Natürlich nicht. Sie sind wie wir, wie die Leute überall auf der Welt. In ihren Reihen gibt es genauso viele gute und schlechte Menschen wie bei uns auch. Die Tong-Auseinandersetzungen sind allen immer noch gut im Gedächtnis, dadurch haben die Chinesen einen schlechten Ruf bekommen, den sie überwinden müssen, das ist alles.«

»Danke.« Ich erhob mich, um zu gehen. »Was Sie mir erzählt haben, hat mir wirklich sehr geholfen.«

Michael Archer stand auf und nahm meine Hand. »Sie haben Ihren Kaffee kaum angerührt. Ich gebe Ihnen eine neue Tasse, frisch aus der Kanne.«

»Nein, danke.«

»Dann beantworten Sie mir wenigstens noch eine Frage, bevor Sie gehen.«

Ich hob fragend die Augenbrauen.

»Ist dieser Freund, mit dem Sie die Meinungsverschiedenheit hatten, ein Mann oder eine Frau?«

»Ein Mann«, sagte ich, mehr jedoch nicht. Aber wie interessant, daß er fragte!

Zu meiner Erleichterung wartete Li Wong an meiner Tür, als ich am nächsten Morgen zum Büro kam. Er sagte in seiner drolligen Art: »Diese bescheidene Person hielt es gestern für notwendig, in Eile zu gehen, und ist nun gekommen, um ihr Dokument abzuholen.«

Ich gab es ihm, und er band es mit dem roten Band, das ich ihm ebenfalls gab, zusammen, steckte es in den Ärmel und ging. Ich hätte ihm gern angeboten, sich zu setzen, um mir etwas von sich zu erzählen, aber er flößte mir zuviel Respekt ein, als daß ich ihn daraufhin angesprochen hätte. Ich

hoffte, er würde wiederkommen oder andere aus seinem Tong schicken; ich wollte Mr. Li Wong gern näher kennenlernen.
Aber dazu würde es gar nicht mehr kommen. Es sah so aus, als ob die Angst vor einem vorzeitigen Tod, die der chinesische Gentleman offensichtlich gehabt hatte, wohlbegründet gewesen war. Denn nicht ganz eine Woche später las ich im »Chronicle«, daß es in Chinatown eine Schießerei gegeben hatte. Der Name der getöteten Person war Li Wong.

DIE MISSION – DER EINEN ODER ANDEREN ART

Ich hatte die Ausgabe des »Chronicle«, die über Li Wongs Tod berichtete, im Buchladen gekauft, um beim Mittagessen darin zu lesen, denn es regnete, und ich hatte nicht vor, nach draußen zu gehen. Ich weiß nicht genau, wie lange ich dort saß, aus dem Fenster starrte und den Regen beobachtete, der wie Tränen die Scheiben hinunterlief, auf denen stand: FREMONT JONES, SCHREIBDIENSTE
So verdreht und durcheinander, wie die Schrift auf der Fensterscheibe von innen zu lesen war, fühlte auch ich mich nach diesen schlimmen Neuigkeiten.
Ich wünschte mir, ich würde mich an den genauen Inhalt der schriftlichen Erklärung, die ich für Mr. Li Wong abgetippt hatte, erinnern. Dann hätte ich alles aufgeschrieben und zur Polizei gebracht. Aber ich konnte mich nur noch an Bruchstücke erinnern, die zusammenhanglos und verwirrend waren. Wie gern hätte ich bei der Suche nach Li Wongs Mörder geholfen, aber ich konnte es einfach nicht, und ich wußte, ich sollte es dabei auch belassen.
Als ich das Büro an diesem Tag verließ, tat ich etwas, das

ungewöhnlich für mich war: Ich nahm das handgeschriebene Manuskript von E.A.P. mit nach Hause. Die Fassung, die ich sorgfältig mit der Maschine abgeschrieben hatte, ließ ich, in der Schublade eingeschlossen, zurück. Warum ich es tat, darüber dachte ich nicht weiter nach – vielleicht erlaubte ich es mir auch erst gar nicht.
In den nächsten Tagen war ich sehr niedergeschlagen, es ging sogar so weit, daß ich nicht einmal so etwas wie Begeisterung aufbringen konnte, als mich Justin im Büro anrief, um nachzufragen, ob ich mich beruhigt hätte. Ich sagte ihm, daß ich ganz ruhig sei, und bedankte mich. Er bemerkte, daß ich mich seltsam anhörte, und ich sagte, ich hätte Halsschmerzen, was tatsächlich auch zutraf. Es ist schon verrückt, daß man immer dann mit einem lästigen körperlichen Problem zu kämpfen hat, wenn man sowieso schon niedergeschlagen ist.
Justin war jedoch bester Stimmung. Er hatte einen weiteren Fall gewonnen und einen wichtigen Klienten hinzubekommen. Ich hatte das Gefühl, daß ich eine Bemerkung über seine Abwesenheit in den letzten zwei Wochen fallenlassen sollte, aber ich ließ es bleiben. Er schlug dieses Mal vor, wir sollten auf Veilchen und Mittagessen verzichten und dafür lieber einen Samstag nachmittag miteinander verbringen. Er sagte, er würde mich in dieses am Strand gelegene viktorianische Luxusetablissement mit dem Namen »Sutro's Baths« führen, und anschließend würden wir dann im »Cliff House« dinieren.
»Solange niemand von mir verlangt, daß ich in Mr. Sutros Badehaus bade, komme ich gern mit«, sagte ich und stellte fest, als ich den Telefonhörer auflegte, daß sich meine Laune etwas gebessert hatte. Bis Samstag waren es noch zwei Tage, und bis dahin hatte ich auch bestimmt meine gute Laune ganz zurückerlangt. Ich hatte davon gehört, daß der Ausblick vom Cliff House atemberaubend sein sollte, war aber in diesem Stadtteil San Franciscos noch nicht gewesen.

Als ich später zu Hause auf meinem Platz am Fenster saß und heißen Tee mit Zitrone und Honig trank, um mich und meinen Schnupfen zu pflegen, hörte ich eine Stimme, die meinen Namen rief – es war die Stimme von Michael Archer. Ich schaute mit Bedauern an mir herab, denn ich trug mein ältestes und wärmstes Wollkleid, ein Kleidungsstück, das so unmodern aussah, daß es noch nicht einmal als Hauskleid bezeichnet werden konnte. Als anständige Frau hätte ich rufen sollen, daß ich nicht angemessen gekleidet war, aber das Hauskleid hatte einen üppigen Kragen, den ich bis zu den Ohren hochschlagen konnte, und es war länger als knöchellang. Seine Gesellschaft aus Gründen des Anstands zurückzuweisen schien mir irgendwie albern, denn ich war wirklich ausreichend bedeckt. Deshalb ging ich zur Tür und rief zu ihm hinunter: »Ich bin hier oben. Wenn Sie sich durch eine Frau, die unangemessen gekleidet ist, nicht zu Tode erschrecken lassen, dann dürfen Sie gern hochkommen.«
»Ich meine doch, daß ich dadurch bis jetzt noch nicht erschreckt worden bin«, sagte er, als er auf dem Treppenabsatz anhielt, seine Hand auf den Geländerpfosten legte und mich kritisch von oben bis unten betrachtete, »obwohl ich sagen muß, daß Sie diesem Wort, meiner Erfahrung nach, eine neue Bedeutung zu geben wissen. Welche Farbe hat Ihrer Meinung nach dieses Kleid, Fremont?«
Ich schniefte; es ließ sich nicht verhindern. »Es war einmal grün, wenn Sie es unbedingt wissen wollen, aber das ist lange her. Kommen Sie in mein Wohnzimmer, Michael. Ich habe gerade am Fenster gesessen und zugeschaut, wie der Nebel über die Stadt zieht.«
»Sie haben wohl einen Schnupfen. Sind Sie sicher, daß Sie am Fenster sitzen sollten?« Er ging zum Fenster, während ich an einem der zwei gemütlichen Sessel stehenblieb, mit denen mein Wohnzimmer ausgestattet war. Er schaute hinaus und sagte: »Sie haben eine schöne Aussicht von hier

oben, schöner als meine unten. Ich hätte nicht gedacht, daß es einen solchen Unterschied macht, eine Etage höher zu wohnen.«
Ich ging zu ihm hinüber. »Ich kann mich gar nicht satt sehen«, sagte ich. »Vermutlich habe ich mich in den Nebel verliebt.« Ich spürte, wie Michael mich anblickte, aber ich schaute nicht auf, um ihn anzusehen. Ehrlich gesagt, stand ich viel zu nahe bei ihm, aber sonst hätte ich auch nicht aus dem Fenster schauen können.
»Eines Tages, Fremont, werde ich Sie mal auf die andere Seite der Bucht, nach Sausalito, mitnehmen. Ich kenne dort einen Ort, der ganz weit oben liegt, noch viel höher, als wir uns hier befinden. Wenn wir bei Sonnenuntergang dort sind, können Sie beobachten, wie der Nebel die Meerесenge unter der Golden Gate passiert. Er wirkt so undurchdringlich, daß man das Gefühl bekommt, man könne den Hügel hinuntergehen und auf ihm entlanglaufen. Dabei bewegt er sich wie eine Ozeanwelle. Und wenn die Sonne untergeht, dann färbt sich der Nebel durch ihre Strahlen zunächst gold-, dann pfirsichfarben, rosa und schließlich ganz dunkelrot.«
»Das muß wunderschön aussehen!«
»Ja. Ich verspreche Ihnen, daß ich Sie eines Tages dorthin führe.«
Wir betrachteten den Nebel noch eine Weile, der wie eine hellgraue Decke aussah, die sich bewegte. Schließlich brach ich das Schweigen und griff nach meinem Teebecher, den ich auf dem Fensterbrett hatte stehenlassen. »Möchten Sie Tee, Michael?«
»Was?« Er tauchte langsam aus seinen Träumen auf. »Oh, nein, danke. Sie klingen eher, als könnten Sie einen ordentlichen Schluck Brandy gebrauchen, Fremont, aus medizinischen Gründen. Ich habe welchen, wenn Sie mir erlauben würden, ihn zu holen?«
»Brandy bringt mich um. Ich bin wirklich nicht krank,

mir geht es gut.« Ich ging zu meinem gewohnten Sessel und setzte mich, Michael nahm im anderen Platz.
»Ich bin heraufgekommen, um Ihnen mitzuteilen, daß ich für etwa eine Woche unterwegs sein werde. Ich möchte Mrs. O'Leary nicht ihr Vergnügen nehmen, deshalb erzähle ich es ihr nicht, aber ich möchte, daß Sie es wissen.«
»Das ist nett von Ihnen, ich wünsche Ihnen eine angenehme Reise.«
Seine Augen funkelten. »Sie fragen mich nicht, wohin ich fahre?«
»Das«, ich mußte schniefen, »wäre unhöflich.«
Michael neigte den Kopf zur Seite und schaute mich prüfend an. »Sie wirken irgendwie ganz anders als sonst. Wenn Sie nicht krank sind, ist denn sonst irgend etwas nicht in Ordnung?«
Ich nahm die Schärpe meines Kleides und begann, sie aufzurollen – ich mache immer so unnütze Dinge, wenn ich nicht sicher bin, was ich sagen oder tun soll. Michael wartete geduldig, bis ich zögernd sagte: »Ich bin nur ein wenig durcheinander.«
»Aha. Ist vielleicht der Freund, mit dem Sie die Meinungsverschiedenheit hatten, der Grund für Ihren Kummer?«
Ich sah überrascht auf, hatte ich doch vergessen, daß er davon wußte. »Nein, ganz und gar nicht. Er hat mich sogar eingeladen, den Samstag nachmittag mit ihm zu verbringen.«
»Das ist doch wohl eher ein Grund, sich zu freuen.«
Ich konnte ihm kaum zuhören, rollte die Schärpe auf und ab und war damit beschäftigt, mich zu einer Entscheidung durchzuringen. Was ich dann auch endlich tat.
»Mich hat etwas aus der Fassung gebracht, das ich letzte Woche in der Zeitung gelesen habe. Vielleicht haben Sie es auch gelesen, über diesen Mord in Chinatown.«
Michaels schönes Gesicht wurde finster. »Li Wong, ja, ich habe darüber gelesen.«

»Sie erinnern sich vielleicht noch daran, daß ich Sie nach den Chinesen fragte ... Nun, Mr. Li Wong war der Anlaß für meine Fragen. Ich vermute, er ist der Tote. Er hat mich sehr beeindruckt, und ich habe mir so gewünscht, ihn näher kennenzulernen, vor allen Dingen, nachdem Sie mir von den Tongs erzählt hatten. Ich war mir sicher, daß Mr. Li Wong ein Tong-Anführer war und daß es faszinierend sein müßte, ihn zu kennen. Und dann, dann –« Ich öffnete die Hände als Zeichen meiner Hilflosigkeit.
»Li Wong kam zu Ihnen, um Ihre Schreibdienste in Anspruch zu nehmen? Er brachte Ihnen etwas, das Sie abschreiben sollten?«
»Nicht ganz.« Ich drehte meinen Kopf weg, weil ich immer noch unentschlossen war, dann wandte ich mich ihm schließlich doch wieder zu.
»Michael, normalerweise behandle ich meine Klienten und das, was sie mir bringen, vertraulich, aber –«
Michael lehnte sich in seinem Sessel nach vorn und legte die Unterarme auf die Oberschenkel. »Sie dürfen sicher sein, daß ich, was immer Sie mir erzählen, für mich behalte.«
Ich seufzte, und das Seufzen ging in ein Schniefen über. Ich wollte wirklich unbedingt darüber sprechen. »Ich vermute, da er jetzt tot ist, spielt es keine Rolle mehr. Nun gut. Einige meiner Kunden oder Klienten, manchmal nenne ich sie so, manchmal so – egal, manche kommen, weil sie nicht schreiben können. Sie haben eine unleserliche Handschrift, oder Sie können nicht auf Englisch schreiben, oder sie haben einfach nie Lesen oder Schreiben gelernt. Diese Leute sagen mir, was sie schreiben wollen, und ich tippe auf meiner Maschine, was sie mir erzählen. Meistens sind es Briefe. Li Wong hatte irgendwie von diesem Teil meiner Arbeit gehört. Er kam zu mir, um mir etwas zu diktieren. Er kann in der englischen Sprache nicht schreiben, obwohl er im Chinesischen sehr gebildet ist oder war.«
»Damit haben Sie recht.«

Nun lehnte auch ich mich nach vorn. »Mich beunruhigt so sehr, daß er offensichtlich wußte, daß sein Leben in Gefahr war, wenn ich bedenke, was ich da für ihn schreiben mußte. Er war nicht paranoid –«, ich zitterte, als ich an E.A.P. dachte, der es zweifelsohne war, »er hat sein Leben geordnet oder so etwas.«
Michael runzelte die Stirn. »Er hat Ihnen sein Testament diktiert?«
»Nein, es war eine Erklärung, die er schriftlich niedergelegt haben wollte, falls ihm etwas zustieße. Ich weiß nicht, was er mit dem von mir getippten Schriftstück gemacht hat, nachdem er es abgeholt hatte. Immer noch warte ich darauf, im ›Chronicle‹ zu lesen, daß die Polizei Hinweise gefunden hat, warum er getötet wurde oder wer es getan hat, aber es erscheint nichts darüber. Jemand muß Li Wongs Erklärung haben, Michael, und derjenige weiß auch, warum er ermordet wurde.«
Mit grimmiger Miene sagte Michael: »Wissen *Sie* es, Fremont?«
Ich schüttelte den Kopf und ließ mich zurück in den Sessel fallen. »Ich kann mich einfach nicht daran erinnern, was in dieser Erklärung stand. Immer wieder habe ich es versucht, aber ich kann mich nicht erinnern.«
»Das überrascht mich. Ich hätte eher gedacht, Sie hätten ein außergewöhnlich gutes Gedächtnis.«
»Habe ich auch, aber Sie verstehen das nicht, Michael. Wenn ich für diese Leute schreibe, dann versuche ich, den Inhalt dessen, was ich da schreibe, zu ignorieren. Das gilt besonders bei den Leuten, die mir ihre sehr persönlichen Angelegenheiten diktieren. Wenn man sich einmal dazu entschlossen hat, dann ist es für einen willensstarken Menschen genauso einfach, sich *nicht* zu erinnern, wie sich zu erinnern. Ich kann mich nur an Bruchstücke dessen erinnern, was Li Wong mir sagte, aber sie sind alle irgendwie durcheinandergeraten. Sie ergeben nicht genug Sinn, um

damit zur Polizei zu gehen. Sie würden überhaupt nicht weiterhelfen.«
Gedankenverloren strich sich Michael über den Bart. Als er mich schließlich ansah, wirkten seine Augen grau und hart wie Stahl. »Fremont, wenn wir dieses Gespräch beendet haben, möchte ich, daß Sie unsere Unterhaltung wieder vergessen. Ich darf Ihnen sagen, daß Sie mit Ihrer Annahme über Li Wong recht hatten. Er war ein bedeutender Mann, wahrscheinlich der wichtigste Mann in der legitimierten Gemeinschaft von Chinatown. In der Zeit der Tong-Revolten verschwand er. Viele Leute nahmen an, daß er nach China zurückgekehrt sei, da er zu den wenigen gehörte, die es sich leisten konnten. Aber er hat sich wohl versteckt. Für die kriminellen Subjekte, sowohl Weiße wie auch Chinesen, bestand die Gefahr, viel zu verlieren, wenn Li Wong wieder auftauchte. In den letzten Monaten ging das Gerücht um, er sei wieder da, aber keiner wußte es ganz sicher. Er wird die Führung seines Tongs wieder übernommen haben, und er war sehr bekannt. Er wird daran gearbeitet haben, daß bestimmte Geschäftsverbindungen für seine Leute wieder geknüpft wurden, und er wird auch die komplizierten und geheimnisvollen Einrichtungen wiederhergestellt haben, durch die die Tongs ihre Versicherung anbieten. Und jetzt ist er tot.«
»Ich verstehe das mit dieser Versicherung nicht. Offensichtlich handelt es sich dabei nicht um die Art, die wir haben, bei der wir eine Police kaufen.«
»Nein, ganz und gar nicht. Kaum einer hier in der westlichen Welt versteht das wirklich. Es hat etwas mit Ehre und Vergeltung zu tun und mit einem umfangreichen Geflecht an Beziehungen, die man spielen läßt, um Dinge in Bewegung zu bringen. Aber das ist jetzt nicht wichtig. Wirklich wichtig ist nur, daß Sie niemals, ich wiederhole, *niemals*, irgend jemandem erzählen, daß Li Wong zu Ihnen gekommen ist. Wir können nur hoffen, daß derjenige, für den

Li Wong die Erklärung verfaßt hatte und die Sie dann geschrieben haben, sie gelesen und dann zerrissen hat. Wenn sie nämlich immer noch existiert und die falschen Leute bekommen sie in die Hände und machen Sie aufgrund der maschinengeschriebenen Fassung ausfindig, nun, diese Leute würden wohl niemals glauben, daß Sie sich nicht an den Wortlaut von Li Wongs Erklärung erinnern können. Kurz gesagt, Ihr Leben wäre in Gefahr.«

Ich spürte, wie mir das Blut aus dem Gesicht wich, als ich langsam und Stück für Stück das Gesagte in mich aufnahm. Ich krächzte: »Sicherlich nicht.«

»Glauben Sie mir. Es war verdammt gut, daß Sie nicht zur Polizei gegangen sind.«

»Aber, aber, die Polizei –«

»Soll die Leute beschützen? Ja, aber nicht alle sind ehrlich, manche sind genauso unehrlich wie die schlimmsten Gauner in der Stadt. Bei Gott, ich wünschte, ich wüßte, was für einer Mrs. O'Learys Ehemann war, auch wenn er jetzt tot ist! Ich möchte wetten, daß sie noch immer mit ihm in Verbindung steht.« Gereizt fuhr er sich über den kurzgeschorenen Kopf. »Ich denke, Sie könnten jetzt einen Brandy gebrauchen.«

»Ich denke, Sie haben recht.«

Michael holte den Brandy, und wie immer erstickte ich fast an diesem Zeug. Es ist jedoch ein beliebtes medizinisches Heilmittel, und da ich es schon oft genug zu mir genommen hatte, wußte ich auch, daß es wahre Wunder wirkte.

Als ich wieder normal atmen konnte, sagte ich zu Michael: »Da ist noch etwas, das mich sehr beunruhigt, und ich denke, ich muß es auch noch erwähnen. Warum wollte Li Wong seine Erklärung auf Englisch geschrieben haben?«

Er langte nach einer Haarsträhne, die mir auf die Schulter gefallen war, steckte sie im Nacken fest, so wie man es bei Kindern macht, und verzog den Mund. »Oh, Sie haben also auch darüber nachgedacht, ja?«

»Natürlich habe ich das, ich bin doch kein Dummkopf!«
»Nein, Sie sind viel zu klug und mutiger, als Ihnen guttut. Wenn wir die Antwort auf diese Frage hätten, dann hätten wir zweifellos auch den entscheidenden Teil dieses komplizierten Puzzles in der Hand. Ich werde darüber nachdenken. Wenn ich etwas herausfinden sollte, dann werde ich es Sie wissen lassen. Was Sie betrifft, so müssen Sie mir versprechen, daß alles, was wir heute abend über Li Wong gesagt haben, unter uns bleibt.«
»Ich verspreche es.«
»Gut. Jetzt muß ich gehen.« Er küßte mich in der gleichen Weise auf die Stirn, wie er mit meinem Haar umgegangen war – so, als wäre ich ein Kind. Wahrscheinlich war ich für ihn ein Kind. Aber als ich beobachtete, wie er die Treppe hinunterging, wünschte ich mir, er hätte mich an einer anderen Stelle geküßt – diesen ungewöhnlichen Wunsch schrieb ich dem Einfluß des Brandys zu.

Ich hielt Mr. Sutros Badehaus, das allgemein »Sutros Palast« genannt wurde, für den merkwürdigsten Ort, den ich je gesehen hatte. Justin erzählte ich allerdings nichts davon, denn ich gab acht auf das, was ich sagte. Ich hatte mich wie eine Dame angezogen – trug sogar einen Hut, aber natürlich kein Korsett – und war fest entschlossen, mich auch wie eine solche zu benehmen.
Warum mir dieser Ort so merkwürdig vorkam, lag an einer Reihe von unterschiedlichen Umständen. Zunächst einmal war das Gebäude enorm groß, auch von der Straßenseite aus gesehen wirkte es riesig. Trat man dann ein, konnte man erkennen, daß es auch nach unten hin noch ein ganzes Stück weiterging, denn es lag an einer Klippe. Das stattliche Haus bestand vorwiegend aus Glas, mit Gewölben und Kuppeln und verschiedenen viktorianischen Schnörkeleien. Außerdem hatte Mr. Sutro das Gebäude, bis auf die Bäder, mit Objekten und Artefakten vollgestellt, die er von sei-

nen Reisen mitgebracht hatte. Sein Geschmack zeigte, daß er viel mit Präsident Roosevelt gemein hatte. Das wiederum bedeutete, daß sein Geschmack nicht der meinige war, denn ich mache mir nichts aus ausgestopften schwarzen Bären, die auf ihren Hinterbeinen stehen und ihre scharfen Zähne zeigen, oder aus abgesägten Stoßzähnen und Elefantenfüßen und Reihen von menschlichen Schrumpfköpfen afrikanischer Pygmäen. Justins Kommentar, das hier sei so gut wie eine »Vorstellung im Zirkus«, hätte meine Erwiderung »oder so schlecht« provozieren können, aber da ich mich von meiner besten Seite zeigte, behielt ich sie für mich.

Die Bäder selbst, Tauchbecken genannt, waren deshalb so merkwürdig, weil sie in so großer Anzahl vorhanden waren – sicherlich hätten auch zwei oder drei davon ausgereicht, aber es gab sechs. Alle waren mit Meereswasser gefüllt, das durch Rohre hineingeleitet wurde, und jedes hatte eine andere Warmwassertemperatur. Vermutlich hatten die verschiedenen Wärmegrade auch eine unterschiedlich heilsame Wirkung auf die Badenden. Wie auch immer, jedenfalls stieg der Dampf in Unmengen auf. Als Justin und ich auf den Galerien entlangspazierten und die Badenden beobachteten, überlegte ich doch wahrhaftig, daß es interessant sein müsse, einen Badeanzug zu erwerben und, wie die Leute es nennen, »einzutauchen«. Ich fragte mich, ob sie hier wohl auch Schwimmunterricht gaben, ich hatte nämlich schon immer das Schwimmen erlernen wollen.

Nachdem wir Sutros Palast ausreichend und zu Justins Zufriedenheit erkundet hatten, gingen wir hinaus und den »Cliff Walk«, einen Weg an den Klippen, entlang. Es gab auch eine Seilbahn, die man bis zu den Seal Rocks nehmen konnte, aber leider fuhr sie – zu meiner Enttäuschung – im Moment nicht. Als ich jedoch zum erstenmal die pazifische Küste richtig überblicken konnte, gab es keinen Grund mehr, enttäuscht zu sein. Oh, war das atemberaubend! Das Geräusch der Brandung, wenn sie gegen die felsigen Klippen donnerte, faszinierte mich, und der feine Sprühregen der Gischt, der durch den Wind in mein Gesicht geweht wurde, gefiel mir sehr. Mein Hut wurde mir mehr zur Last, als daß er Zierde war, und ich setzte ihn ab. Es störte mich auch nicht im geringsten, daß der Wind die Nadeln aus meinem Haar riß und es um meinen Kopf peitschte.

»Das ist einfach wunderbar!« sagte ich zu Justin. Ich hätte dort für immer stehen bleiben können.

Der Tag war klar und der Himmel blau, und Justin führte mich und zeigte mir die verschiedenen Stellen und Orte in der Landschaft. »Das ist Point Lobos«, sagte er, »und dort, im Norden, liegt Point Reyes. Etwas näher gelegen ist Land's End, und in einer direkten Linie von dort in Richtung Meer liegt Mile Rock. Auf Mile Rock gibt es einen Leuchtturm. Es ist heute so klar, daß Sie die Farallon-Inseln sehen können – wenn Sie dort hinüberschauen, weit entfernt am Horizont, diese dunklen Flecken. Sie sind dreißig Meilen von hier entfernt. Dort, können Sie sie sehen?«

»Ja, ich sehe sie«, sagte ich. Während Justin noch sprach, hatte mich allerdings schon irgend etwas gestört. Ein kleiner Schatten hatte sich auf meine Freude über diesen wilden, schönen Ort gelegt, obwohl ich nicht feststellen konnte, warum.

Als wir dann im Cliff House zu Mittag aßen, hatte ich ihn jedoch schon wieder vergessen. Justins Gesellschaft war noch angenehmer als zuvor, und ich amüsierte mich köstlich. Nach dem Essen sah ich mich im Souvenirladen um und wartete darauf, daß Justin von der Herrentoilette wiederkam. Ich war versucht, einen Bildband über die Küste zu kaufen, aber das wäre unsinnig gewesen, denn ich konnte so oft wiederkommen, wie ich wollte. Da es auch kostenlose Broschüren für Touristen gab, die ebenfalls Bilder enthielten, nahm ich mir eine davon mit.

Es war spät am Abend, ich dachte gerade über den wundervollenTag nach und darüber, wie froh ich war, nach San Francisco gekommen zu sein, da kehrte der Schatten zurück. Meine Broschüre lag neben mir. Ich nahm sie in die Hand, schaute mir die Bilder an und las die Texte, die darunterstanden. Point Lobos ... das kam mir bekannt vor und erinnerte mich irgendwie an einen Leuchtturm. Und dennoch befand sich der Leuchtturm nicht auf dem Point Lobos, sondern eine Meile weiter weg im Meer, und doch ... Plötzlich bemerkte ich den Zusammenhang: Das spanische Wort für Wolf ist Lobo. Point Lobos – Wolves Point. Und Edgar Allan Partridge hatte über einen Leuchtturm auf dem Point of the Wolf geschrieben!
Um ehrlich zu sein, E.A.P. war schon seit einigen Wochen immer wieder einmal in meinen Gedanken aufgetaucht, und ich hatte sie nur noch durch eine große Portion Willenskraft verdrängen können. Jetzt ließ ich die Gedanken an ihn zu. Ich saß da, und mir wurde eiskalt. In meiner Phantasie erschien der Rabe, der sagte: »Nimmermehr.« Nimmermehr. Wenn ich meinen Gedanken einmal erlaube zu wandern, dann weiß ich nie, wohin sie mich führen, aber sie führen mich mit ziemlicher Sicherheit immer dorthin, wo ich sie am allerwenigsten haben möchte. Manchmal sind meine Gedanken absurd, aber manchmal treffen sie genau ins Schwarze. Irgend etwas – irgendwelche absonderlichen (in der düstersten Bedeutung dieses Worts) Umstände hatten Mr. Partridge daran gehindert zu kommen, um das Manuskript abzuholen, das ihm doch so viel bedeutet hatte.
In meinen Gedanken häuften sich die Fragen: Was wäre, wenn wirklich jemand hinter ihm her war? Was wäre, wenn sie ihn erwischt hatten? Was wäre, wenn Partridge sich wirklich in Gefahr befand, so wie auch schon Li Wong? Und die schlimmste aller Fragen war: Was wäre, wenn diese merkwürdigen Geschichten der Wirklichkeit entsprachen?

Drei Nächte lang konnte ich nicht richtig schlafen, und es lag nicht an meiner Erkältung, die war nämlich etwas besser geworden. Es lag daran, daß ich die Gedanken an Edgar Allan Partridge zugelassen hatte und sie jetzt nicht wieder los wurde. Immer dann, wenn ich mich nicht mit einer bestimmten Aufgabe beschäftigte, überfielen mich die Gedanken an ihn und sein Schicksal. Mir fiel es schwer, überhaupt Schlaf zu finden. Bisher hatte ich meinen Kopf auf mein Kissen gelegt und war sofort eingeschlafen. Wenn ich jetzt endlich einmal eingeschlafen war, träumte ich ... und meine Träume waren voller seltsamer Bilder, die seinen Geschichten entsprungen waren.
Während einer Arbeitspause im Büro schloß ich die Schublade auf und nahm das maschinengeschriebene Manuskript von Partridge heraus. Der handgeschriebene Text lag noch immer in meiner Wohnung in Mrs. O'Learys Haus. Schon vor längerer Zeit hatte ich die zweiundneunzig Dollar bei der Bank deponiert und vermerkt, wieviel ich ihm zurückzugeben hatte. Er hatte mir das Geld gegeben, und er hatte mir sein Werk anvertraut, so daß ich das Gefühl bekam, ich sei diesem Mann gegenüber irgendwie verpflichtet. Ich konnte nichts mehr für Li Wong tun, weil ich mich an verläßliche Einzelheiten seiner Erklärung nicht mehr erinnern konnte, und inzwischen glaubte ich auch, ich würde mich nie wieder daran erinnern können. Aber in Mr. Partridges Fall ..., unvermittelt öffnete ich die Mappe, in der sich seine dritte Geschichte befand: »In die Finsternis verdammt.« Ich schaute auf die erste Seite und las.

Ich war ein Säugling und lag in meinem Kinderbett. Ich weiß, daß manche sagen, daß wir keine Erinnerungen mehr an die Zeit haben, als wir so jung waren, aber ich habe sie und schwöre, daß ich tatsächlich die Mächte der Finsternis gespürt habe und daß ich Tränen geweint habe, als ich noch im Mutterleib war. Mein ganzes Leben ist von der starken Überzeugung geprägt, daß ich mich niemals in Sicherheit befinde und daß ich gequält und gedemütigt worden bin. Sie, liebe Leser, werden es bald verstehen, wenn Sie mit mir fühlen.

Wie ich schon erwähnte, war ich ein Säugling und lag in meiner Wiege – das ist meine erste deutliche Erinnerung, die ich besitze. Ein Gesicht erschien über mir, ein Gesicht, verbunden mit einem bestimmten Geruch, der Nahrung bedeutete. Meine kleinen Lippen arbeiteten und saugten umsonst. Ich hatte Hunger und griff nach dem Gesicht. Es kam näher, und obwohl ich noch ein Säugling war, konnte ich es deutlich erkennen. Als ich in dieses Antlitz blickte, das mich füttern würde, begann es plötzlich, sich zu verändern. Ich konnte noch nicht sprechen, hatte keinen Begriff für Mutter, meine Begrifflichkeiten befanden sich auf dem primitivsten Niveau. Sie war Lebens- und Nahrungsspenderin, und ihre Haut war so weiß wie die Milch, die für mich aus ihren Brüsten floß, und ihre Augen funkelten wie dunkle Diamanten, ihr Haar besaß den matten Glanz eines Rabenflügels. Sie, die Nahrung und Leben spendete, wurde vor meinen unschuldigen Augen in einen Dämon verwandelt. Ihre Haut wurde dunkler und nahm einen grünlichen Schimmer an. Die Augen wurden rot und glühend wie Feuer. Ihre Nasenlöcher wurden zu abgrundtiefen Höhlen, und ihr Haar verwandelte sich in ein Nest, in dem sich lauter Würmer krümmten.

Natürlich begann ich zu weinen, als ich diese furchtbare Verwandlung sah. Später begriff ich allerdings, daß diese Reaktion die denkbar schlechteste war. Es war ein Zeichen von Schwäche, wenn man weinte, und meine Mutter verabscheute Schwäche. Deshalb machte sie das Weinen wütend. Aber ich war doch nur ein Säugling, der erstens hungrig und jetzt auch noch verängstigt war. Ich konnte nicht anders, ich mußte einfach weinen. Sie schrie mich an, dann nahm sie mich hoch und hielt mich von sich weg in die

Höhe, statt mich sicher an ihren Körper zu drücken. Und dann ließ sie mich fallen. Ich fiel ganz tief hinab, immer weiter und weiter hinab. Ich erinnere mich daran mit dem gleichen, nicht endenden Angstgefühl, das wir alle in unseren Träumen über das Fallen empfinden.
Mit diesem unendlichen Fall hört meine erste Erinnerung auf. Seither habe ich mich immer gefragt, ob diese Verwandlung, die ich bei meiner Mutter wahrnahm, eine Vision war, die mir von irgendeiner barmherzigen Stelle geschickt worden war, um mich zu warnen. Oder hatte meine Mutter diese Verwandlung selbst bewirkt, um mir die erste der zahlreichen Lektionen, die noch folgen sollten, zu erteilen? Oder wollte sie vielleicht einfach nur sehen, wie ich reagierte?
Jedenfalls versuche ich seither verzweifelt, mein wahres Wesen zu erkennen. War ich wirklich von dieser Frau geboren worden, und hatte ich dasselbe bösartige Wesen? Wer war mein Vater? Warum war ich überhaupt auf diese Welt gekommen? Ich glaube, ich weiß jetzt die Antworten auf diese Fragen. Und Sie, liebe Leser, werden sie auch wissen, wenn Sie mit meiner Geschichte fortfahren.

Eine Horrorgeschichte, jawohl. Und dennoch klang da ein bißchen Wahrheit mit, die uns alle anging, denn wer von uns hatte sich schließlich noch nicht die Frage gestellt, wer wir sind und warum wir in diese Welt geboren wurden. Ich konnte mir nicht helfen, aber langsam glaubte ich wirklich, daß dieser gequälte kleine Mann, der hier mit mir im Büro gesessen und nervös über die Schulter geblickt hatte, dieses schreckliche Erlebnis, wie er es beschrieben hatte, ebensogut am eigenen Leib hätte erfahren können. Irgend etwas hatte aus ihm gemacht, was er war, und irgend etwas hatte ihn auch davon abgehalten, sein Manuskript abzuholen.
Der Säugling, der Angst statt Nahrung bekommen hatte, be-

saß mein ganzes Mitgefühl. Und auch für den Mann, der sich aus diesem Säugling entwickelt hatte, empfand ich so. Ich nahm an, daß Peregrine, der junge Erzähler dieser Geschichte, in Wirklichkeit Edgar Allan Partridge war. So war das mindeste, was ich tun konnte, ihn zu finden, damit ich ihm sein Manuskript wiedergeben konnte. Durch die Veröffentlichung seiner Erzählungen würde er ein gewisses Maß an Anerkennung ernten, und vielleicht würde ihm das helfen, einen Teil seines Lebens zu vergessen, in dem er – in Mr. Partridges Worten ausgedrückt – gequält und gedemütigt worden war.

Ich stand von meinem Schreibtisch auf, ging zum Fenster und dachte nach. Wenn Mr. Partridge nicht paranoid war, würde die Veröffentlichung der Geschichten ihn dann mehr oder eher weniger in Gefahr bringen? Wenn ich ihn nun suchen und auch finden würde, täte ich ihm damit wirklich einen Gefallen?

Ich kam zu der einzig möglichen Schlußfolgerung, daß er, der verlorengegangen war, gefunden werden mußte. Nur ich allein wußte von Edgar Allan Partridges gequälter Existenz und besaß Hinweise, die zu seinem Aufenthaltsort führten. Oder vielleicht besaß ich sie, nämlich dann, wenn ich ihm glaubte und annahm, daß seine Geschichten, die durch Symbole und Metaphern verfremdet waren, der Wahrheit entsprachen. Und das mußte ich als erstes herausfinden: Ob die Geschichten der Wahrheit entsprachen.

Daher würde ich auch mit der einfachsten und verständlichsten Geschichte beginnen, mit der zweiten Geschichte, in der ein Geist in der Mission Dolores spukt.

Meine Suche würde in der Mission beginnen.

SIE KOMMEN IN BATAILLONEN

Da ich am Samstag früher aufhörte zu arbeiten, nutzte ich die Zeit, um am späten Nachmittag die Mission Dolores aufzusuchen. Ich fuhr mit der Straßenbahn in das Missionsviertel, und der Fahrer wies mir den Weg, obwohl ich seine Hinweise gar nicht brauchen sollte. An der Ecke befand sich eine große Kirche im spanischen Stil. Es war die Basilika, die direkt an die Mission grenzte. Man erreichte die Mission und den Friedhof durch ein Tor, das in eine Mauer aus Adobeziegeln eingelassen war. Die Atmosphäre im Innern der Mission war so spürbar anders als draußen, daß ich innehielt.

Ich nahm eine tiefe Stille wahr, die nicht unheilvoll, aber auch nicht friedlich war – sie war irgendwie, so komisch es auch klingen mag, traurig, schmerzensreich. Ich mußte an das Huhn und das Ei denken, und was wohl zuerst dagewesen war. Mit anderen Worten, hatten die Spanier, die Gründer dieser Mission, sie »Nuestra Señora de los Dolores«, also die Schmerzensreiche, genannt, weil dieser Ort so traurig wirkte? Oder wirkte die Mission so traurig, weil sie »Dolores« genannt worden war? Wer würde es je wissen können?

Nachdem ich ausreichend in diesen frevelhaften Gedanken geschwelgt hatte, spazierte ich durch den kleinen Garten bis zum Friedhof. Soweit ich sehen konnte, war ich alleine hier. Um ehrlich zu sein, hätte ich nichts gegen ein bißchen Gesellschaft gehabt. Ich hatte den vagen Plan, nach dem Grab der Frau mit dem Vornamen Elena zu suchen.

Aber ich fand es nicht. Es gab zwar eine Reihe spanischer Namen, aber eine Elena befand sich nicht unter ihnen. Vermutlich wäre es am besten, den Priester ausfindig zu machen, der sich hier aufhielt, und so verließ ich den Friedhof und ging in die Mission.

Das Gebäude war aus denselben Ziegeln wie die Mauer gebaut und überraschend klein. Deshalb mußte die Kirche nebenan wohl erst später erbaut worden sein. Obwohl ich keine Katholikin und auch nicht religiös im konventionellen Sinn war, gefiel es mir in der Mission Dolores. Hier war es kühl, schattig und ruhig, man hatte das Gefühl, als sei man hier sicher und fernab der Welt. Die schmerzvolle und traurige Atmosphäre war nur im Garten und auf dem Friedhof zu spüren, hier seltsamerweise jedoch nicht. Die Wände und die gewölbte Decke der Mission waren mit religiösen Motiven bemalt, und es gab natürlich auch Statuen, die lebensgroß waren und mich ein bißchen erschreckten, bis ich mich an sie gewöhnt hatte. Aber ein Priester war hier nicht.

Ich beschloß, die Treppe zum Glockenturm zu suchen, wo Elena, laut Mr. Partridge, herumspukte. Im hinteren Teil des Gebäudes fand ich eine Tür, die auch dorthin zu führen schien, aber sie war verschlossen. Enttäuscht ging ich wieder in den Garten. Dieses Mal war ich jedoch nicht allein. Eine Nonne spazierte so entschlossenen Schrittes durch den Innenhof, daß ihr schwarzer Schleier und ihr Rock flogen. Ich lief ihr nach, und als ich nahe genug war, um nicht

zu laut sprechen zu müssen, sagte ich: »Bitte warten Sie, ich hätte gern mit Ihnen gesprochen.«
Sie drehte sich um, und ich sah, daß sie sehr jung war. Sie sah aus wie ein gesundes, rotwangiges Kind mit Schleier.
»Ja? Wie kann ich Ihnen behilflich sein?« fragte sie außer Atem und mit leiser Stimme.
Wie sprach man bloß eine Nonne an? Ich suchte in meinem Gedächtnis und sagte: »Schwester, ich benötige eine Auskunft über eine, ähem, alte Legende, die mit der Mission zusammenhängt. Vielleicht könnten Sie mir helfen oder mich an jemanden verweisen, der es kann.«
Es schien, als ob sie die Stirn runzelte, dem Ausdruck ihrer Augen nach zu urteilen, aber es war unmöglich, das zu sehen, denn ihre Stirn war durch die weiße Haube verdeckt. Aus dem, was ich von ihrem Gesicht noch sehen konnte, ließ sich jeder Gedanke so leicht ablesen wie bei Justin. Ich konnte genau den Moment erkennen, als sie die Antwort gefunden hatte, so als ob ein Licht in ihrem Innern angezündet worden wäre. Sie sagte: »Ich denke, Sie sollten es besser mal in der Bibliothek versuchen. Oh, nicht hier, ich meine die große, städtische Bibliothek in der Innenstadt. Ich kenne keine Legenden. Ich bin gerade erst vom Mutterhaus hierhergeschickt worden, um an der Schule gegenüber zu unterrichten. Ich bin noch nicht so lange hier.«
Das konnte ich mir gut vorstellen. Sie hätte nirgendwo schon lange sein können. Vielleicht war sie aber auch um Jahre älter als ich und hatte sich nur durch ihre Tugendhaftigkeit so gut gehalten. Ich fühlte mich, verglichen mit ihr, um einiges älter. Auf alle Fälle hatte ich sowieso schon in der Bibliothek nach einem Buch über Schauergeschichten aus San Francisco geschaut und zu meiner Enttäuschung keins gefunden. Ich sagte: »Vielleicht kennt der Priester welche?«
»Oh«, sie nickte zustimmend mit dem Kopf. »Gewiß könnten Sie ihn fragen, aber heute nachmittag nicht. Er ist in der

großen Kirche und nimmt die Beichte ab. Wenn Sie mich bitte entschuldigen wollen, ich habe einen Botengang zum Pfarrhaus zu machen, und ich will mich nicht verspäten.«
»Natürlich. Verzeihen Sie bitte, daß ich Sie aufgehalten habe.«
Mit einem flüchtigen Lächeln und einem Kopfnicken drehte sie sich um und eilte wieder davon.
Ungeduldig stampfte ich mit dem Fuß auf den Boden. Ich wollte nicht gehen, bevor ich den Priester gesprochen hatte. Jetzt war ich schon so weit gekommen, und außerdem war meine Neugier geweckt worden. Ich schaute zum Glockenturm hinauf und konnte von meinem Standort aus nicht einmal die Glocken sehen. Wenn der Geist Elenas erschiene, dann wäre mein Problem gelöst: Ich sehe den Geist mit eigenen Augen, ergo ist die Geschichte wahr. Natürlich erschien mir kein Geist. Durch das, was ich bis jetzt über Spuk und Geister gelesen hatte, war bei mir der Eindruck entstanden, daß nicht alle Leute in der Lage waren, Geister zu sehen. Bis jetzt hatte ich mein ganzes Leben lang noch keinen einzigen Geist gesehen, aber das war noch kein Grund anzunehmen, daß es keine Geister gab.
Ich unterdrückte eine aufkeimende, aber völlig sinnlose innere Debatte über die Existenz von Geistern. Ich ließ auch die Frage unbeantwortet, ob ich vielleicht eine dieser begnadeten oder gestraften Menschen sei, die die Fähigkeit besaßen, welche zu sehen. Ich öffnete meine pflaumenfarbene Jacke, die gut zu meinem Rock paßte, und schaute auf die Uhr, die an meiner Bluse steckte. Es war fast halb fünf, und ich war schon fast eine Stunde hier. Wie lange nahmen Priester diese Beichten ab? Nun, irgendwann mußte er aufhören. Ich würde einfach in die Kirche gehen und auf ihn warten.
Die Basilika, um mit der lateinischen Bezeichnung zu sprechen, schüchterte mich ein, was die Mission nicht getan

hatte. Ich fühlte mich unbeholfen und fremd. Dennoch hatte ich auf gar keinen Fall vor, jetzt aufzugeben. Als sich meine Augen an die Dunkelheit gewöhnt hatten, sah ich ein paar Leute, die sich in den Bänken zu meiner Linken drängten. Das waren sicherlich die Sündigen, die darauf warteten, daß ihnen die Beichte abgenommen wurde. Ich setzte mich hinter sie und beobachtete interessiert, wie einer nach dem anderen in den großen Holzbeichtstuhl an der Wand ging und nach einer Weile wieder herauskam. Er hatte drei Türen und sah eigentlich eher aus wie ein Kleiderschrank. Da die mittlere Tür geschlossen blieb, vermutete ich, daß der Priester sich dahinter befand.

Während ich wartete, faszinierte mich das Geschehen zunehmend. Ich wünschte mir auf einmal, ich könnte auch die Beichte ablegen und mir würden alle Fehler, die ich in meinem Leben begangen hatte, verziehen. Ich bekam Beklemmungen, als ich darüber nachdachte. Gleichzeitig fröstelte es mich, und ich hatte das Gefühl, als würde mich jemand hinter meinem Rücken beobachten. Das war wie ein typisches Partridge-Gefühl. Ich drehte mich um und schaute prüfend über die Kirchenbänke hinter mir bis zum Ende der Kirche, aber ich sah niemanden. Als ich mich wieder nach vorn drehte, merkte ich jedoch, daß ich inzwischen die einzige war, die noch vor dem Beichtstuhl des Priesters wartete. Jetzt fühlte ich mich etwas mutiger, denn ich war sicher, daß er bald kommen würde.

Hatte der Mann vor, die Nacht darin zu verbringen? Nach weiteren zehn Minuten verlor ich die Geduld, ich hatte keine Lust mehr zu warten. Immer noch war ich die einzige Person in diesem Teil der Kirche, die anderen waren entweder an den Altar getreten oder schon gegangen. Deshalb entschied ich mich, in den Beichtstuhl zu gehen und ihn zu bitten herauszukommen, um mit mir zu sprechen.

Ich öffnete eine der schmalen Holztüren, trat ein und schloß sie hinter mir wieder. Als ich eingezwängt in diesem dunklen

Raum stand, überlegte ich mir, daß Katholiken, die unter Klaustrophobie litten, sicher ohne Absolution sterben mußten. Dann hörte ich ein Geräusch, als ob eine Holztafel zurückgeschoben wurde – sonst nichts.
Schließlich flüsterte eine Männerstimme: »Möchten Sie etwas beichten, mein Kind?«
Ich hörte, daß sie sich in Höhe meines Bauches befand, so daß ich vermutlich nichts anderes tun konnte, als mich hinzuknien, wenn ich gehört werden wollte. Ich kniete also nieder, fühlte mich äußerst seltsam dabei und flüsterte zurück: »Ich bin keine Katholikin, ich bin auch nicht gekommen, um zu beichten. Ich möchte mich gern mit Ihnen über eine recht wichtige Angelegenheit unterhalten, und da niemand wartete –«
Die Stimme unterbrach mich mürrisch: »Ich bleibe bis halb sechs Uhr hier. Wenn Sie mich sprechen wollen, können Sie im Garten der Mission auf mich warten. Und jetzt hinaus mit Ihnen.«
Ich hatte das Gefühl, als hätte ich eine weitere Sünde begangen, die sich nun mit all den anderen auf meinem heidnischen Kopf türmte. Ungewöhnlich sanftmütig ging ich von dannen und wartete, so wie er es mir gesagt hatte.
Ich wartete gar nicht gern in diesem Garten, der von einer Aura der schmerzvollen Traurigkeit umgeben war. Das Gefühl, beobachtet zu werden, wurde so überwältigend, daß ich tatsächlich von meiner Bank aufstand und hinter die Büsche schaute, die den Garten vom Friedhof trennten. Dieser Ruheort der Toten, der mir zuvor recht interessant erschienen war (im allgemeinen wandere ich gern auf alten Friedhöfen herum und lese die Aufschriften der Grabsteine), wirkte jetzt irgendwie bedrohlich.
»Ach, Unsinn!« verkündete ich laut und fühlte mich etwas besser. Ich schaute auf meine Uhr, sah, daß ich nicht mehr lange warten mußte, und setzte mich wieder hin.
Als der Priester schließlich auf mich zukam, überraschte

er mich, denn ich hatte das Tor beobachtet, aber er kam aus der anderen Richtung, nämlich aus der Mission. Als ich seine Stimme vernahm, sprang ich auf, riß die Augen auf und gab sicherlich ein Bild ab, das so gar nicht meinem sonstigen, geschäftsmäßigen Auftreten entsprach.
»Sind Sie diejenige, die in meinem Beichtstuhl war?«
»Ja«, nickte ich und bemühte mich dabei, meine Fassung wiederzugewinnen.
»Ich wollte Sie nicht erschrecken.«
»Ich habe erwartet, daß Sie durch das Tor kommen, das ist alles.«
»Es gibt eine Tür, die Basilika und Mission miteinander verbindet. Ich muß sagen« – er schaute mich von oben bis unten an –, »Sie sind eine recht kühne junge Frau, wenn Sie mir so nachstellen, ohne überhaupt dem katholischen Glauben anzugehören.«
Sein Gesicht drückte Mißbilligung aus, und da er schon zu Anfang diesen starren Blick eines Raubvogels hatte, war ich geneigt, mich in Luft aufzulösen. Ich löse mich allerdings nicht so schnell in Luft auf, und so starrte ich zurück. Dabei stellte ich fest, daß die lange schwarze Robe, die er trug (ich glaube, sie wird Talar genannt), einen Fleck hatte, genau auf der Brust, er hatte wohl beim Mittagessen gekleckert. Ich stellte ebenfalls fest, als ich die Büschel grauer Haare sah, die ihm als Augenbrauen dienten – ansonsten war sein Kopf fast kahl –, daß er kein junger Mann mehr war. Für meine Absichten war das nur gut.
»Das bin ich in der Tat nicht, Sir«, sagte ich.
»Sie sollten mich Pater nennen, egal, was Sie sind«, sagte er und setzte sich neben mich auf die Bank. »Also, was wollen Sie von mir?«
»Ich möchte überprüfen, ob eine Geschichte, die ich über die Mission gehört habe, wahr ist.«
»Erzählen Sie sie mir.«
»Ich habe gehört, daß hier vor vielen Jahren eine Spanierin

mit dem Namen Elena lebte, die sich in den Priester der Mission verliebte und er sich in sie. Sie, ähem –«

»Sie hatten geschlechtlichen Umgang miteinander«, sagte er böse, als sei es die schlimmste Sache der Welt, »und es kam schließlich, wie es kommen mußte – es nahm ein böses Ende für beide.«

»Also ist es wahr«, sagte ich, und meine Stimme klang selbst für mich fremd. Sie kam nur noch als ein Hauchen heraus, und ich hatte sie nicht mehr richtig unter Kontrolle. Bis dahin war mir nicht bewußt gewesen, daß ich gar nicht wollte, daß die Geschichte der Wahrheit entsprach – eigentlich wünschte ich mir, daß *keine* von Mr. Partridges seltsamen Geschichten stimmte.

Der Priester schaute mich ernst aus seinen kleinen Augen an. »Diese Geschichte ist der Allgemeinheit überhaupt nicht bekannt, sie wurde sogar geheimgehalten. Es handelte sich um eine schändliche Tat gegen die heilige Priesterschaft, und ebenso war es eine Gefahr für die Gläubigen!«

»Was ist mit Elenas Geist?« Ein Geist läßt sich doch nicht einfach unterdrücken, dachte ich.

»Der Geist wurde exorziert. Er spukt nicht mehr im Glockenturm. Woher kennen Sie eigentlich diese Geschichte?«

»Ein Bekannter von mir hat sie mir erzählt. Ich, ähem, ich mache mir große Sorgen um ihn. Er scheint verschwunden zu sein. Vielleicht haben Sie ihn gesehen, vielleicht kam er vor mir hierher, um Ihnen dieselben Fragen zu stellen? Ein dünner Mann mit sehr weißer Haut, so als würde er kaum in die Sonne gehen, sehr nervös, trägt normalerweise schwarze Kleidung ...?«

Der Priester antwortete nicht sofort. Er nahm seine Unterlippe zwischen Daumen und Zeigefinger und zog daran – auf eine ziemlich nervöse Art und Weise. Es wurden dabei gelbliche Zähne sichtbar, die nicht besonders attraktiv waren. Mir lief eine Gänsehaut über den Rücken, als er dann

schließlich sagte: »Böse!« Er spuckte dieses Wort geradezu aus.
»Meinen Sie damit meinen Bekannten, Sir?« fragte ich und vergaß dabei ganz, ihn Pater zu nennen.
Er sprang von der Bank auf, fing an, mit den Armen herumzufuchteln, und rief: »Werde ich denn nie davon befreit sein? Was muß ich noch tun, was noch?«
Ich stand auf, und mein Herz schlug heftig in meiner Brust. »Bitte beruhigen Sie sich, Pater, und erzählen Sie mir, was los ist.«
»Ich werde nicht darüber sprechen, verstehen Sie? Und Sie sollten es auch nicht tun, junge Frau, wenn Sie wissen, was gut für Sie ist«, sagte er. Aber dann sprach er doch weiter: »Ich habe nur meine Pflicht getan. Ich habe die Geschichte geglaubt und den Geist sogar selbst gesehen. Dieser Priester, der vor Christus mein Bruder sein sollte, war böse und besessen. Er beschmutzte den Friedhof, indem er diese Frau, die Selbstmord begangen hatte, dort begrub. Sie war eine Hexe, sie verhexte ihn und verwandelte ihn in einen Dämon. Ich weiß es! Ich war noch ein junger Mann, viel zu jung, um mich mit dem Bösen zu befassen, aber ich tat es. Ich fand Elenas Grab und ließ ihre Knochen ausgraben. Der Bischof wollte nicht, daß ich einen Exorzisten hole, aber ich ... ich tat es trotzdem. Ich –« Plötzlich schlug er die Hand vor den Mund, und sein Blick wurde wild.
»Dann haben Sie meinen Bekannten also nicht gesehen«, sagte ich ruhig. Wenn ich mich unter Kontrolle hatte, dann wirkte sich das vielleicht auch ein wenig auf ihn aus. »Sie waren es also nicht, der ihm die Geschichte erzählt hat.«
Der Priester bewegte den Kopf vor und zurück, die Hand immer noch vor dem Mund. Jetzt riß auch er sich ein wenig zusammen. Er hob das Kinn, tat die Schultern zurück und strich das befleckte Vorderteil seines Talars glatt. »Ich habe seit vierzig Jahren nicht mehr darüber gesprochen. Es war in Vergessenheit geraten, und so sollte es auch sein.

Glauben Sie mir, Sie müssen die ganze Sache aus Ihren Gedanken streichen. Ich wünsche Ihnen ebenso, liebes Kind, daß Sie auch diesen Bekannten vergessen, der Ihnen diese böse Geschichte erzählt hat. Wenn er fort ist, so ist das ein großes Glück. Diejenigen, die vom Bösen fasziniert sind, werden ihm ebenso leicht verfallen.«

»Machen Sie sich keine Sorgen«, sagte ich und wollte ihn damit beruhigen. Mir tat dieser Mann leid. Wahrscheinlich war er unter normalen Umständen ein ganz guter Priester und eine nette Person. »Ich werde jetzt gehen. Es tut mir leid, daß ich Sie aufgeregt habe.«

»Warten Sie, kommen Sie zurück. Ich werde Ihnen meinen Segen geben.«

Ich ließ den Priester sein Latein vor sich hin murmeln und das Kreuz vor meinem Gesicht schlagen. Allerdings hatte sein Handeln nicht die gewünschte Wirkung auf mich. Ich fühlte mich nicht gesegnet, sondern äußerst unbehaglich.

An diesem Abend suchte ich Mrs. O'Learys Gesellschaft auf, denn Michael Archer war immer noch unterwegs, und ich wollte nicht allein sein.

Das Wetter war wechselhaft, und als ich die Mission Dolores verlassen hatte und die Straßenbahnlinie entlangspazierte, waren schon zahlreiche dunkle, unheilverkündende Wolken aufgezogen. Immer wieder hatte ich zurückgeschaut, ob mich jemand verfolgte. Ich hätte jedoch nicht anhalten können, um auf denjenigen zu warten. Das hätte ich beim besten Willen nicht tun können, ich mußte einfach immer weitergehen. Mein geliebter Nebel konnte duch die wirbelnden Winde nicht aufziehen. Eine fast unerträglich lange Zeit hielt sich diese bedrohliche Stimmung, und der Sturm ärgerte, reizte und bedrohte mich noch lange, nachdem ich längst wieder zu Hause in der Vallejo Street war. Ich hatte eigentlich damit gerechnet, daß ich mich von dieser Spannung befreit fühlen würde, als der

Sturm gegen acht Uhr abends nachließ, aber das Gefühl trat nicht ein. Statt dessen hatten mich das Krachen des Donners und die Blitze völlig entnervt. Deshalb ging ich, ordentlich mit meinem besten Hauskleid bekleidet, hinunter auf die erste Etage und klopfte an die Tür meiner Vermieterin.
»Dieser Sturm macht mich ganz nervös«, sagte ich. »Könnte ich vielleicht hereinkommen und eine Weile bei Ihnen bleiben?«
»Du meine Güte, Fremont, ich hätt' ja gedacht, 'ne ganze Herde Pferde könnt' Se nich aus der Ruhe bringen! Natürlich können Se reinkommen. Ich freu' mich immer über ein bißchen Gesellschaft.«
Ihr eckiges freundliches Gesicht war ein willkommener Anblick, und ich war froh, daß auch sie ihr Hauskleid angezogen hatte, das ebensowenig fein war wie mein altes Wollkleid.
»Danke«, sagte ich, »das ist nett von Ihnen.«
»Ksch, ksch«, sie scheuchte mich wie eine Glucke in ihren Salon. Sie schaute zur Decke, und in diesem Moment hörten wir, wie der Blitz über uns einschlug. Das elektrische Licht ging aus und wieder an. »Das is so unheimlich. Wir ham nicht oft ein Gewitter in San Francisco, und ich kann mich so gar nich erinnern, wann wir das letzte in diesem Jahr hatten. Setzen Sie sich, Fremont. Trinken Sie 'n Bier? Ich hab' diese Angewohnheit von meinem Mann übernommen, weil der gern mal 'nen Halbes getrunken hat, und ich hab' dann auch mal eins zu mir genommen, nachdem er fort war.«
»Ich würde es gern probieren. Ich habe noch nicht so viele Erfahrungen mit Bier gemacht.« Ich saß auf einem kleinen zweisitzigen Sofa, während sie in die Küche stapfte. Auf einem runden Tisch mit Marmoroberfläche, der direkt neben meinem Ellbogen stand, befanden sich einige gerahmte Photographien. Ich nahm an, daß es sich um die Familie O'Leary handelte, die dort abgebildet war. Das größte

Photo zeigte einen Mann mit einem enormen Schnurrbart in einer Polizeiuniform, die vorn eine Reihe auffallender Knöpfe hatte. Er hatte für die Kamera eine sehr aufrechte und steife Haltung eingenommen, den Hut hatte er abgesetzt und unter den Arm geklemmt. »Ist das Ihr Ehemann?« fragte ich, als Mrs. O'Leary wiederkam.
»Ja, das is er«, sagte sie und nickte. Sie reichte mir einen halben Liter Bier in einem dicken Glaskrug, dann nahm sie das Bild in die Hand und betrachtete es liebevoll. »Ein gutaussehender Mann war er, wenn ich das so sagen kann.«
Ich wollte fragen, wie er gestorben war, aber momentan, mit diesem Sturm und allem anderen, war der Tod wirklich das letzte, worüber ich sprechen wollte. Deshalb sagte ich einfach: »Ja« und nippte an meinem Bier. Es schmeckte bitter, und daran mußte ich mich erst gewöhnen, aber die Luftblasen gefielen mir.
Mrs. O'Leary ließ sich auf einem Stuhl ohne Lehnen nieder, wobei sich ihr üppiger Körper nach beiden Seiten ausdehnte, und wir plauderten über dies und das. Das Licht ging noch einige Male aus und wieder an, aber der Sturm ließ nach. Das Bier und die Tatsache, daß er sich legte, beruhigten meine Nerven. Schließlich hatte ich das Gefühl, ich könnte mich wieder dem widmen, was mich am meisten beschäftigte. Mit Absicht begann ich das Gespräch auf Umwegen: »Wie lange leben Sie schon in San Francisco, Mrs. O'Leary?«
»Mein ganzes Leben lang, Liebes, mein ganzes Leben. Meine Eltern kamen wegen dem Goldrausch, und wie die meisten Leute fanden auch sie kein Gold. Sie verließen die Berge und kamen nach San Francisco zurück.
Hier ließen sie sich nieder, und kaum war das passiert, da kam ich zur Welt.« Sie fuhr mit ihrer Lebensgeschichte fort, die nicht sehr kurz, aber dafür sehr interessant war, und schloß mit den Worten: »Und dann heiratete ich Seamus O'Leary. Er war damals schon bei der Polizei. Wir hat-

ten nie Kinder, eigentlich schade drum. Aber Se können sicher sein, daß wir's oft genug versucht hab'n.«
Ich mußte lächeln, als ich das übermütige Funkeln in ihren Augen sah. Nach einer angemessenen Pause fragte ich: »Wissen Sie vielleicht, ob es auf Point Lobos je einen Leuchtturm gegeben hat? Dort, wo das Cliff House heute steht?«
»Nein, da war war nie einer. Sie haben die Leuchttürme, soweit ich mich erinnern kann, an der Küste entlanggebaut. Der im Meer, in der Nähe von Land's End, ist der nächste von hier. Und das war er schon immer.«
»Oh«, sagte ich und fragte mich, wie mir das für meine Nachforschungen weiterhelfen könnte. Ich bemühte mich, das Gespräch in eine andere Richtung zu lenken: »Da Sie diese gute Verbindung zur Polizei hatten, so hätten Sie doch sicherlich davon erfahren, wenn in den letzten, sagen wir mal, fünfzig Jahren eine Anzahl von Frauen verschwunden wäre, oder?«
»Woran denken Sie, Fremont?« Sie schaute mich kritisch an. »Was immer es ist, halten Sie den Gedanken fest, ich geh' uns noch ein Bier holen. Sagen Se nicht nein, eins mehr schadet Ihnen auch nix.«
Als sie draußen war, versuchte ich herauszufinden, an was ich nun wirklich dachte. Da sich Mr. Partridges Geschichte von der Mission Dolores als wahr herausgestellt hatte (ich wollte jetzt besser nicht darüber nachdenken, wie er davon hatte erfahren können, nachdem der Priester sie so lange – also bestimmt zwanzig Jahre bevor E.A.P. überhaupt geboren war – geheimgehalten hatte), mußte auch an der Geschichte mit dem Leuchtturm ein Fünkchen Wahrheit sein, auch wenn sie nur das Ergebnis einer wirren oder gar kranken Phantasie war.
Meine Vermieterin kam zurück. »Nun erzählen Sie, Fremont, warum fragen Sie nach den vermißten Frauen?«
»Ich will es Ihnen gern erzählen, aber zunächst einmal, bitte, haben Sie von solchen Begebenheiten gehört?«

Mrs. O'Leary nahm einen großen Schluck Bier, wischte mit ihrer Hand über ihren Mund und guckte mich von der Seite an. »Hängt davon ab, welche Frauen Se meinen«, sagte sie.

Ich wollte eigentlich kein Bier mehr und stellte den Bierkrug zur Seite. »Jung, wahrscheinlich auch hübsch. Es muß nicht in San Francisco passiert sein. Ich vermute es zwar, aber es kann auch in der näheren Umgebung gewesen sein, an der Küste irgendwo.«

»Vermißt. Verschwunden oder so? Was Sie wohl meinen, is ermordet, tot, was?«

»Ja. Aber ihre Leichen wurden nie gefunden.«

»Das is 'ne ziemlich komische Frage von jemandem wie Sie, Fremont. Ich weiß nich ... vielleicht war'n se bloß Prostituierte.«

»Ich bezweifle, daß sie das waren.« So gern ich auch das Kind beim Namen nannte, ich konnte es ihr nicht sagen.

»Also, wie sind Sie auf so 'ne Idee gekommen?«

»Ich habe irgendwo eine Geschichte gelesen, ich kann mich nicht mehr daran erinnern, wo, weil ich ziemlich viel lese, das ist nämlich meine liebste Freizeitbeschäftigung – jedenfalls handelte die von einem Mann, der an einer Küste wohnte, wo auch ein Leuchtturm stand. Er verlor wohl, ähem, die Kontrolle über seinen Verstand und seine Taten, und er soll eine Anzahl junger Frauen ermordet haben. Soweit ich mich erinnern kann, wurde behauptet, die Geschichte sei wahr. Ich kann sie nicht vergessen und habe mich gefragt, ob sie wirklich der Wahrheit entspricht. Ich dachte mir, da Sie Verbindungen zur Polizei hatten, könnten Sie vielleicht etwas darüber wissen. Es ist nicht wichtig, wirklich, wahrscheinlich ist es nur unnütze Neugier.«

Sie schüttelte den Kopf. Auf ihren Wangen zeigten sich rote Flecken. »Muß 'ne erfundene Geschichte sein, und ich sag' Ihnen auch, warum. Weil's nämlich gar nich so viele Frauen gibt, die hier so herumlaufen, wenn Se verstehn,

was ich mein'. Männer schießen sich gegenseitig um, aber sie würden keine Frauen umlegen. Oh, vielleicht ab und zu, wenn's mal 'ne Schlägerei in so 'nem Freudenhaus gegeben hat, dann is vielleicht mal eine erschossen worden, aber gleich 'nen ganzen Haufen Frauen? Nein, nein!«
Sie nahm einen Schluck Bier und fuhr fort: »Das heißt, wenn wir über die Chinaleute reden, das is natürlich was anderes.«
Meine Vermieterin erging sich in blutrünstigen Erzählungen über die Art und Weise, wie die jungen chinesischen Frauen von China nach Chinatown gebracht und praktisch zu Sklavinnen gemacht wurden. Es war eine schockierende Geschichte über die Unterdrückung des weiblichen Geschlechts, und ich glaubte langsam, daß es immer so weitergehen würde. Dann stellte ich fest, daß Mrs. O'Leary durch ihr Bier betrunken wurde, und so wollte ich sie nicht gern erleben. Sobald sich die Gelegenheit bot ohne sie zu beleidigen, ging ich.
Als ich die Treppen zu meinem Appartement hochstieg, dachte ich darüber nach, daß mein Streben, die Wahrheit über Edgar Allan Partridge herauszufinden, zu den dunklen Seiten menschlichen Verhaltens geführt hatte. An einem einzigen Tag hatte ich miterlebt, wie sich zwei anständige Menschen – Mrs. O'Leary und der Priester, dessen Name ich nicht erfahren hatte – vor meinen Augen ziemlich häßlich betragen hatten. Ich hatte Wahrheiten erfahren, von denen ich lieber nichts gewußt hätte. Vielleicht sollte ich meine Erkundigungen lieber einstellen.
Aber selbst in dem Moment, als ich es dachte, wußte ich, daß ich damit nicht aufhören würde.

Am nächsten Tag, Sonntag, kehrte Michael Archer von dort zurück, wo auch immer er gewesen sein mochte. Ich sah ihn nicht, aber ich konnte ihn unter mir gehen hören.

Und als ich am Montag morgen mein Büro betrat, bekam ich einen furchtbaren Schreck: Jemand war in mein Büro eingebrochen!

UNERBITTLICH GEHT ES WEITER

Ich hatte noch keine persönlichen Erfahrungen mit Gewalt gemacht. Das einzige Erlebnis in meinem Leben, das annähernd einer Verletzung meiner Person oder meinem Besitz gleichkam, hatte ich im Alter von sieben Jahren gehabt, als ich von einem Kindermädchen einen Klaps auf den Hintern bekommen hatte, weshalb mein Vater sie dann entließ. Er war ein treuer Anhänger der Theorien von Mr. Emerson und Monsieur Rousseau und glaubte nicht an die Wirksamkeit körperlicher Bestrafung. Meine Mutter tat grundsätzlich nie etwas gegen seinen Willen, obwohl sie mich gelegentlich sicher gern erwürgt hätte.

Deshalb wurde ich auch von Gefühlen überrascht, auf die ich nicht vorbereitet gewesen war: Erst sah ich meine Bürotür, die weit offen stand und tiefe Kerben im Rahmen aufwies, die mich an Wunden erinnerten. Als ich dann eintrat und diese Verwüstung vor mir sah, verspürte ich schon auf der Türschwelle so etwas wie Angst. Es war ein Gefühl, das wie eine Welle durch meinen Körper lief, in meinem Kopf begann, den Hals entlangglitt und sich über die

Schulter und die Brust hinunter bis zu den Zehen fortsetzte. Sobald diese Welle der Angst meinen Körper verlassen hatte, setzte die Wut ein. Dieses Büro gehörte mir, *mir*, es war mein Heiligtum, mein Allerheiligstes – wie konnte es jemand wagen, mir so etwas anzutun?

Ich ging durch den Raum zum Schreibtisch und achtete gar nicht darauf, daß ich auf meinen wertvollen maschinegeschriebenen Schriftstücken herumlief. Ich nahm das Telefon und war entschlossen, die Polizei zu rufen. Ich nahm den Hörer ab und hörte die Stimme der Vermittlung sagen: »Die Nummer, bitte«, ... und dann drückte ich mit dem Finger die Gabel hinunter und legte den Hörer auf, ohne ein Wort gesagt zu haben. Trotz der Wut hatte sich mein Verstand gemeldet und so eiskalt und klar einen logischen Schluß gezogen, daß mein Kopf sich abkühlte. Ich sollte die Polizei besser nicht anrufen. Sie würde kommen und Fragen stellen und dann wissen wollen, warum jemand in mein Büro einbrechen wollte. Ich erinnerte mich an Michaels Worte: Niemand durfte von der Erklärung, die ich für Li Wong geschrieben hatte, erfahren, und man konnte nicht allen Polizisten vertrauen.

Dazu kamen auch noch all die Zeitungsreporter, die der Polizei immer auf den Fersen waren. Ich wußte das, weil ich seit Li Wongs Tod zu einer begeisterten Leserin des »Chronicle« geworden war. Ein Bericht über einen Einbruch bei FREMONT JONES, SCHREIBDIENSTE wäre schlecht für das Geschäft.

Ich zog meine Jacke aus, krempelte die Ärmel hoch und machte mich an die Arbeit. Ich hob die Papiere auf, die überall verstreut lagen, und begann, sie zu sortieren. Während ich aufräumte, überlegte ich mir, daß das alles wohl doch nichts mit Li Wong zu tun hatte. Vielleicht hegte jemand einen Groll gegen einen der Rechtsanwälte, für die ich schrieb. Ich hatte nicht die geringste Ahnung, wer an einem kontroversen Fall arbeitete. Selbst Justin ...

Als hätte ich ihn durch meine Gedanken herbeizitiert, trat Justin plötzlich durch die Tür. »O Gott, Fremont!« rief er aus, als er mich auf Knien inmitten all der Papiere sah. »Was ist denn hier geschehen?«
»Sehen Sie sich den Türrahmen an«, sagte ich und fuhr fort, die Papiere aufzusammeln und zu sortieren. Ich bedauerte es inzwischen sehr, daß ich so durch die Dokumente getrampelt war. Die Schriftstücke, die jetzt beschmutzt waren, trugen meine Fußabdrücke.
Justin hatte den Türrahmen untersucht und sich dann hingekauert, um das Schloß zu prüfen. »Ich würde sagen, wer immer es auch gewesen sein mag, hat ein einfaches Werkzeug wie ein Brecheisen oder einen großen Schraubenzieher benutzt. Warum in aller Welt sollte hier jemand einbrechen wollen? Sie bewahren hier doch kein Bargeld auf, oder?«
Ich schüttelte den Kopf.
»Diebe hätten doch auch viel eher im Buchladen eingebrochen als hier, haben Sie sich schon erkundigt, ob sie unten auch Ärger hatten?«
Wieder schüttelte ich den Kopf. Auf diesen Gedanken war ich noch gar nicht gekommen. »Soll ich mal hinuntergehen und fragen?«
Justin war schon halb aus der Tür, als ich ihn zurückrief. »Es wäre mir lieber, wenn Sie es nicht täten, Justin. Ich habe das Gefühl, daß die Sorensons meine Gegenwart in diesem Haus nur dulden. Sie waren bis jetzt noch nicht besonders freundlich zu mir. Ich glaube schon, daß ich irgendwann von ihnen hören würde, wenn sie dasselbe Problem gehabt hätten.«
»Nun ... wenn Sie meinen. Aber, verdammt noch mal, Fremont, das gefällt mir ganz und gar nicht.«
»Mir auch nicht.« Dennoch mußte ich feststellen, daß eigentlich kein größerer Schaden angerichtet worden war. Die Schriftstücke, die ich auf dem Schreibtisch in einem Kasten mit der Aufschrift »erledigte Aufträge« aufbewahrt hatte,

waren in der Zwischenzeit alle abgeholt worden. Nur ein bis zwei Seiten, die ich selbst zerknickt oder beschmutzt hatte, weil ich darübergelaufen war, mußten neu abgeschrieben werden. Es fehlte jedoch nichts. Der überwiegende Teil des Durcheinanders bestand aus Mr. Partridges Manuskriptseiten, die verstreut umherlagen.
»Hm«, sagte Justin, »wer befindet sich noch auf dieser Etage?«
»Keiner. Nebenan ist ein leeres Büro, und ich träume davon, es eines Tages übernehmen zu können. Der übrige Raum steht dem Buchladen als Lager zur Verfügung. Ich habe jedoch noch nie jemanden heraufkommen sehen, so daß ich gar nicht weiß, ob sie ihn tatsächlich benutzen.«
»Ich bin in einer Minute zurück. Keine Sorge, ich gehe nicht hinunter, ich will mir nur mal den Flur genauer ansehen.«
Als Justin gegangen war, stand ich vom Boden auf und ging hinter meinen Schreibtisch. Die arme Schublade, in der ich die Akten eingeschlossen hatte, war von jemandem, der hastig versucht hatte, das Schloß aufzubrechen, stark beschädigt worden. Etwas war jedoch ganz offensichtlich: Was immer der Eindringling gesucht hatte, es war nicht Mr. Partridges Manuskript gewesen, denn die Seiten waren durcheinandergeworfen worden, als hätte sich derjenige darüber geärgert, daß die Schublade nichts anderes enthielt. Ich würde Stunden benötigen, um diese Manuskriptseiten wieder zu ordnen. Aber das mußte jetzt warten. Ich mußte erst die Aufträge noch einmal abschreiben, die beschädigt worden waren und heute abgeholt werden sollten.
Dabei stellte ich fest, daß sich auch Justins Arbeit darunter befand. Das war sicherlich auch der Grund, warum er gekommen war. Ich fand ein zehn Seiten langes Memorandum an einen Richter, das von irgend etwas handelte, und machte mich daran, eine Seite davon abzuschreiben. Ich

war gerade dabei, ein neues Blatt in die Schreibmaschine einzuspannen, als er zurückkam. »Haben Sie etwas gefunden?« fragte ich.
»Nein.«
»Ich habe mir schon gedacht, daß Sie nichts finden werden.«
Ich war wirklich bemerkenswert ruhig geworden, und auch meine Hände zitterten nicht mehr.
»Sieht so aus, als hätte es irgend jemand auf Sie abgesehen, Fremont. Sie haben natürlich die Polizei gerufen.«
»Nein, habe ich nicht. Sie wissen, wie die immer von der Presse belagert wird. Ich wollte nicht, daß dies hier in die Zeitungen kommt. Negative Schlagzeilen würden mein Geschäft ruinieren, und das gerade jetzt, wo es so gut läuft. Wenn Sie mich bitte entschuldigen würden ...« Ich fing an, auf der Maschine zu schreiben.
»Sie haben sie nicht gerufen? Aber – Fremont, würden Sie jetzt vielleicht mal bitte aufhören, auf dieser verdammten Maschine zu tippen, und mit mir reden?«
»Diese verdammte Maschine erledigt gerade die Arbeit, die Sie wohl abholen wollten, Justin. Seien Sie bitte ruhig, ich muß mich konzentrieren, sonst mache ich Fehler.«
Er ging zum Tisch am Fenster, kam dann wieder zurück und schlug dabei die Faust in die Handfläche. Er murmelte ununterbrochen etwas vor sich hin, wahrscheinlich waren es Flüche, die ich aber nicht verstehen konnte. Ich schrieb ohne Unterbrechung weiter, mechanisch wie ein Automat, und hatte schon bald die Seite fertig. »So, jetzt ordne ich sie nur eben noch an die Stelle ein, wo sie hingehört ... bitte sehr, Justin, das macht einen Dollar.«
»Sie sind eine merkwürdige Frau, Fremont Jones.«
»Aber eine sehr gute Schreiberin.« Ich grinste. Mir gefiel es, Justin zur Verzweiflung zu bringen, denn immer, wenn seine Wut verflogen war, wurde er um so liebevoller.
»Hier haben Sie Ihren Dollar.« Und schon erschien sein

sonniges Lächeln. Er sagte: »Ich mache mir Sorgen um Sie, falls Sie es noch nicht wissen sollten. Der Gedanke, daß hier irgend jemand einbricht und alles in Stücke schlägt, gefällt mir nicht. Was wäre denn gewesen, wenn Sie hier gearbeitet hätten? Sie hätten verletzt werden können. Haben Sie irgendeine Idee, was der Einbrecher, der Dieb oder wie immer man ihn nennen soll, hier gesucht haben könnte?«

Ich schaute auf meine demolierte Schublade und zog einen Moment lang in Erwägung, Justin die ganze Wahrheit zu sagen. Ich sollte ihm von meiner Vermutung erzählen, daß es herausgekommen war, daß ich etwas für Li Wong geschrieben hatte. Obwohl ich Justin zutraute, daß er sein Leben für mich einsetzte, wenn mich jemand in seinem Beisein angriff, so traute ich ihm nicht zu, daß er den Mund hielt. Er war ein Mensch, der erst redete und dann überlegte – wie er es schaffte, ein so erfolgreicher Anwalt zu sein, war mir ein Rätsel. Deshalb sagte ich: »Ich glaube, daß es ein Einbrecher war, der nach Geld gesucht hat, so wie Sie es zuerst vermutet haben. Und natürlich fand er hier keins und verwüstete dann mein Büro.«

»Sie sind fest entschlossen, die Polizei nicht anzurufen? Wenn ich schon Ihre Meinung nicht ändern kann, darf ich dann wenigstens für Sie anrufen?«

»Nein. Ich fürchte, daß es an die Öffentlichkeit kommt, Justin. Es ist auch wirklich kaum Schaden entstanden. Der Eindringling hat nicht einmal meine Schreibmaschine angerührt, und sie ist das Wertvollste, was ich besitze. Nun, sosehr ich mich auch immer freue, Sie zu sehen, möchte ich Sie jetzt doch bitten zu gehen. Ich habe noch eine Menge zu erledigen.«

»Ja, das sehe ich. Ich denke, Sie haben recht.« Er ging jedoch nicht sogleich, sondern kam an meinen Schreibtisch, beugte den Kopf herunter und küßte mich rasch auf die Wange.

»Ich könnte es nicht ertragen, Fremont, wenn Ihnen etwas Schlimmes zustoßen würde. Im Laufe der Woche rufe ich Sie an, denn ich glaube, am Wochenende wartet eine Überraschung auf Sie. Auf Wiedersehen.«
»Auf Wiedersehen, Justin.« Ich legte meine Finger auf die Wange. Er hatte gesagt, daß er sich Sorgen machte und daß er nicht wollte, daß mir etwas Schlimmes zustieße. Er hatte mich auf die Wange geküßt. Ich fragte mich, was wohl die Überraschung sein könnte. Und dann dachte ich, daß die menschliche Natur doch einfach nicht unterzukriegen war, denn eine plötzliche Wärme durchflutete mich, obwohl mir doch vorher so kalt gewesen war.
Etwa drei Stunden später saß ich am Tisch vor dem Fenster und wollte mein Mittag essen. Als ich das Brot aus der Papiertüte nahm, dachte ich daran, wie lustig die gemeinsamen Mittagspausen mit Justin früher gewesen waren, bevor seine Anwaltskanzlei begonnen hatte zu florieren. Jetzt hatte er kaum mehr Zeit, mit mir zu essen. Demnächst würde er wahrscheinlich so viel Geld verdienen, daß er sich seinen eigenen Sekretär leisten konnte, und dann würden wir uns gar nicht mehr sehen. Es sei denn ... Nein, an so etwas sollte ich erst gar nicht denken.
Mein fester Entschluß, nicht zu heiraten, stellte mich nun vor die Frage, was ich denn tun sollte, wenn ich verliebt war. Als ich nämlich in Wellesley war, hatte ich nie verstanden, warum meine Kommilitoninnen immer mit verzücktem Blick herumspazierten und Verlobungsringe an die Finger gesteckt bekamen. Ich hatte nur einige wenige Male so etwas wie einen Anflug von Leidenschaft gespürt, aber die Männer in meinem Alter hatten mich nie lange interessiert. Heimlich hatte ich längere Zeit für einen Freund meines Vaters geschwärmt, aber natürlich war daraus nichts geworden, und irgendwann hatte es sich dann von selbst erübrigt. Jetzt aber ...
Ich wußte, daß ich dabei war, mich in Justin zu verlieben.

Wenn er mich berührte, auch wenn es nur mein Arm war, um mich über die Straße zu geleiten, durchfuhr mich ein herrlicher Schauer. Und natürlich wünschte ich mir mehr. Aber wenn ich nicht heiraten wollte, wohin sollten dann diese angenehmen und erregenden Gefühle führen? Ich wußte es nicht, und ich wollte auch nicht mehr darüber nachdenken.

Deshalb schlug ich die Zeitung auf und schaute nach, ob ich Nachrichten aus Chinatown fand, die ein wenig Licht in das düstere Geheimnis um den Mord an Li Wong bringen konnten. Seitdem ich begonnen hatte, die Zeitung so emsig zu lesen, hatte ich sehr viel über meine neue Heimat erfahren. Da sich die Reporter häufig von Skandalen angezogen fühlten, war viel von Korruption und Bestechung die Rede, die in der Geschäftswelt von San Francisco an der Tagesordnung waren. Für mich bestand nur selten Grund, hinunter ins Geschäftsviertel zu fahren. Einzig und allein die Tatsache, daß nur in diesem Teil der Stadt die Straßen eben waren, machte es interessant. Nun, das war nicht ganz richtig, es hieß, daß die Straßen in North Beach genauso eben waren, aber dort war ich überhaupt noch nicht gewesen. Jedenfalls fand ich es verwunderlich, daß im Geschäftsviertel und im Hafen so skandalöse Dinge vor sich gingen, während es in den übrigen Stadtteilen nur erfreuliche Dinge zu geben schien.

Die Schlagzeile des heutigen Tages bestimmte ein Börsenschwindel. Meinen Vater, der sich mit Aktien recht gut auskannte, hätte es vielleicht interessiert, mich jedoch nicht, und ich hoffte, daß ich niemals begreifen müßte, was »Gewinnspannen« und »Anteile« sind oder was »ohne Deckung verkaufen« und all das bedeutete. Ich kaute an meinem Brot und blätterte gemächlich durch die Seiten, bis mir plötzlich eine Schlagzeile ins Auge fiel, die sich am unteren Rand einer Innenseite befand: EINMARSCH JAPANS IN KOREA – ZAR SOLL VERÄRGERT SEIN. Meine Gedanken überschlu-

gen sich – Michael Archer alias Mikhail Arkady Soundso, Japan, der Zar, das Russische Reich ... ich las gebannt weiter. Ich konnte dem Artikel entnehmen, daß Rußland an der Halbinsel Korea als Zugang zum Pazifischen Ozean interessiert war. Wie spannend! Ich hatte gar nicht gewußt, daß Rußland überhaupt so etwas wie eine Marine besaß; soweit ich mich erinnern konnte, war es doch eher ein Reich, das vorwiegend von Land eingeschlossen war. Aber dieser Zar, Nikolaus II., war offensichtlich ein großer Anhänger des Segelns und hatte eine Flotte aufgebaut. Er hatte Pläne mit Korea, die Japan nun vereiteln wollte. Nun war die Frage, ob Rußland mit Japan einen Krieg beginnen würde.
Ich dachte über Michaels Abwesenheit neulich nach. Das war eigentlich wenig sinnvoll, aber Mrs. O'Leary hätte es bestimmt gefallen. Er hatte Japan erwähnt, als würde er dieses fremde Land gut kennen – ein Land, das mir, und vermutlich auch den meisten anderen Amerikanern, noch fremder war als China.
Langsam hatte ich das Gefühl, daß Mrs. O'Leary recht haben könnte und mein Freund Michael Archer wirklich ein Spion war. Wenn das zutraf, so vermutete ich, daß er für unsere Seite arbeitete. Er kannte Rußland durch seinen familiären Hintergrund gut, beherrschte die Sprache und konnte damit für einen Russen gehalten werden. War er vielleicht im Auftrag der Regierung der Vereinigten Staaten unterwegs, um Informationen über einen möglichen Krieg zwischen Rußland und Japan zu sammeln?
Nein, das hätte er zeitlich nicht schaffen können. Er hätte nicht nach Japan und zurücksegeln können, und das in weniger als zwei Wochen – so lange war er nämlich fort gewesen –, das konnte man noch nicht einmal mit einem Dampfschiff schaffen. Aber er hätte mit jemandem Kontakt aufnehmen können, den er an einem abgelegenen Ort getroffen hatte. Oh, wie gern hätte ich ihn danach gefragt, um in seine Geheimnisse eingeweiht zu werden!

Ich dachte noch eine Weile darüber nach und wurde erst durch das Telefonklingeln aus meinen Gedanken gerissen. Der Anrufer war ein Kunde, der eine Anfrage hatte. Ob ich wohl die Zeit hätte, ein Buch für einen pensionierten Professor abzutippen. Natürlich hatte ich Zeit! Mit so einem großen Auftrag konnte ich die Miete für die nächsten Wochen bezahlen. Als ich zum Büro ging, verbannte ich alle leichtsinnigen Gedanken aus meinem Kopf und war festen Willens, meinen Schreibtisch aufzuräumen, bevor der pensionierte Professor wie besprochen am späten Nachmittag erscheinen würde.

Der Professor kam auch wie vereinbart, ebenso wie der Schlossermeister, den ich angerufen hatte, damit er mir ein neues Schloß in meine Bürotür einsetzte. Er konnte auch den Schaden reparieren, der am Schloß der Schreibtischschublade entstanden war. Mein Nachmittag war geschäftig und äußerst erfreulich, und erst als ich am Ende dieses Arbeitstages die Tür abschloß und ging, kamen mir erneut Bedenken. Die schob ich rasch beiseite, indem ich mir bewußtmachte, daß der Einbrecher, oder wie immer man ihn auch nennen mochte, gemerkt hatte, daß er hier nicht fand, wonach er suchte, und deshalb auch nicht wiederkehren würde.
Stellen Sie sich meine Überraschung und Freude vor, als ich auf meinem Flurtischchen eine blühende Gloxinie im Topf vorfand! Eine Karte war beigelegt, auf der folgendes stand:

Da mir die Blumen, die Sie mir gaben, so viel Freude gemacht haben, möchte ich mich dafür revanchieren. Wie Sie sehen, bin ich wieder zurück, und ich hoffe, daß Sie sich in meiner Abwesenheit gut von Ihrem Schnupfen erholt haben.
Mit den freundlichsten Grüßen, Michael

»Ach, wie nett!« rief ich aus. Die Blume war wunderschön; ihre Blütenblätter waren an den gekräuselten Rändern weiß, zur Mitte hin wurden sie jedoch rosafarben, und in der Mitte leuchtete der Blütenkelch dunkelrot. Die Blätter waren so samtig, daß ich sie am liebsten gestreichelt hätte. Ich trug den Blumentopf in das Wohnzimmer und stellte ihn auf eine Seite der Fensterbank, wo ich so oft saß.
Es überraschte mich wenig, daß ich kurze Zeit später fast in meiner Badewanne ertrank, denn ich war völlig erschöpft, und das aus gutem Grund, es war ein sehr anstrengender Tag gewesen. Ich würde mich ein andermal bei Michael für die Gloxinie bedanken.
Am nächsten Morgen, bei meiner zweiten Tasse Kaffee, schrieb ich ihm ein paar Zeilen, um mich zu bedanken. Bevor ich nicht wenigstens eine Tasse Kaffee getrunken habe, kann ich mich solchen Dingen gar nicht widmen. Allein leben hat den großen Vorteil, daß ich am Frühstückstisch nicht mehr höflich sein muß. Als ich aus dem Haus ging, legte ich den Zettel auf seinen Flurtisch, wo er ihn bestimmt finden würde.
Der feine Dunst des Nebels, der sich langsam auflöste, erfrischte mein Gesicht, und die Fahrt mit dem Cable-car war aufmunternd wie immer. Ich hatte die Leute, denen ich auf meinem täglichen Weg zur Arbeit begegnete, schon ein wenig kennengelernt – den Fahrer des Cable-car und den Zeitungsjungen an der Ecke Van Ness Avenue und Sacramento Street, bei dem ich jeden Morgen den »Chronicle« kaufte. Doch, ich war schon recht zufrieden damit, wie gut ich mich eingelebt hatte. Eines Tages würde ich dann sicherlich einen Brief von meinem Vater bekommen, der weniger zornig wäre als der einzige, den ich bis jetzt erhalten hatte, und darin würde er mir dann mitteilen, er habe mir verziehen, daß ich aus Boston fortgegangen sei. Selbst aus der Entfernung besaß Augusta noch das Talent, mich zu quälen. Sie schrieb in regelmäßigen Abständen kurze Brie-

fe, die in schnörkeliger Handschrift (selbst die war prätentiös) verfaßt waren und deren Inhalt allein dazu diente, in mir Schuldgefühle auszulösen. Ich überflog sie und vertraute sie dem Müll an, wo sie meiner Meinung nach hingehörten. Wenn mein Vater sich nur mit mir über das, was ich erreicht hatte, freuen könnte, mit oder ohne das Einverständnis seiner neuen Frau, dann wäre mein Glück vollkommen.
Meine morgendliche Arbeit begann ich damit, eine kurze, muntere Antwort auf Augustas letzten Brief mit der Schreibmaschine zu tippen, in dem ich die neuesten Neuigkeiten mitteilte. Ich war immer erleichtert, wenn ich das hinter mir hatte. Das Buch des pensionierten Professors – es handelte sich dabei um Erinnerungen an seine ausgedehnten Reisen, die in Form von einigen dicken Notizbüchern vor mir lagen – wartete in einer Ecke des Schreibtisches auf mich. Im Moment hatte ich keine kleineren Aufträge zu erledigen. Bevor ich mich jedoch an das Buch des Professors begab, sollte ich besser die Seiten aus Mr. Partridges Manuskript neu schreiben, die durch den Einbruch beschädigt worden waren. Es bestand immerhin noch die Chance, daß der arme Mann wiederkehrte, um seine Geschichten abzuholen. Ich selbst wußte nicht, wie ich weiter herausfinden konnte, was mit ihm geschehen war.
Als ich das Manuskript neu sortierte und die Seiten, die ich neu geschrieben hatte, einfügte, zog mich »In die Finsternis verdammt« erneut in seinen Bann. Ich gab der Versuchung nach und las ein bißchen in der Geschichte über Peregrine. Auf Seite 32 fing ich an:

Ich war drei Jahre alt, als mir der »schwarze Raum« zum erstenmal gezeigt wurde. Hubert, der Diener, brachte mich dorthin. Voller Vertrauen ging ich mit ihm, denn Hubert war immer nett zu mir gewesen, und ich mochte ihn. Hubert war groß, fast so groß wie die Bäume im Winter-

garten Sie waren die einzigen Bäume, die ich jemals gesehen hatte, da ich das Haus nicht verlassen durfte. Hubert hatte hellblonde Haare, wie ein Prinz aus dem Bilderbuch, obwohl sein Gesicht nicht ganz so schön war.

Ich hatte meine kleine Hand in Huberts Hand gelegt und ging mit ihm durch einen Teil des Hauses, in dem ich noch nie gewesen war. Wir gingen den Flur entlang, der hinter einer grünen Tür lag, bogen um die Ecke und stiegen eine schmale Treppe hinauf. »Wohin gehen wir?« fragte ich natürlich.

»Sie werden es schon sehen«, war seine Antwort.

Die Treppe war so steil, daß ich nur mühsam mit meinen kurzen Beinen die Stufen hochkam. Außerdem zog mich Hubert auf sehr unangenehme Weise an meinem Arm hinter sich her. Da ich ihn mochte, beklagte ich mich jedoch nicht. Es kam mir vor, als stiegen wir die gewundene Treppe lange Zeit hinauf und immer noch höher und höher. Das konnte nur bedeuten, daß wir unter das Dach des Hauses kamen. Ich war aufgeregt, denn hier oben gab es einen Raum, der mir sehr gefiel. Seine Wände waren aus Glas, so daß ich hinausschauen und mir vorstellen konnte, ich sei der König und dies sei mein Königreich.

Aber zu diesem Raum gingen wir nicht. Als wir schließlich aus dem engen Treppenhaus traten, waren wir an einer Stelle, die ich nicht kannte. Ich fühlte mich unbehaglich und wollte zurückbleiben, aber Hubert zog an meinem Arm, und ich mußte mit ihm gehen. Er öffnete die Tür zu einem Raum, der ziemlich klein war. Er war zwar größer als ein Kabinett, aber er hatte wie dieses keine Fenster. Nicht ein einziges. Die Wände waren mit so dunklem Holz getäfelt, daß sie aussahen, als seien sie schwarz. Mir fiel dafür ein Wort aus den Märchen ein, die ich so liebte: Ebenholz. Die Wände waren so schwarz wie Ebenholz. Die Form des Raumes war anders als bei allen anderen. Als ich älter war, wußte ich, daß er die Form eines Hexagons besaß, aber mit meinen drei Jahren bemerkte ich nur, daß er anders aussah. Die Decke des Raumes lief auf einen Punkt zu, der hoch über meinem Kopf lag. Auf dem Boden lag kein Teppich. Decke und Boden waren aus demselben dunklen Holz wie die Wände. Nicht ein einziges Möbelstück gab es hier, kein Spielzeug, kein Buch, nichts.

»Sie werden eine Weile hierbleiben, Master Peregrine.«

Da ich drei Jahre alt war, fragte ich natürlich: »Warum?« Ich fragte immer warum, obwohl ich wußte, daß es die Leute erzürnte, besonders meine Mutter, deren Zorn ich besser aus dem Weg ging.

»Es gehört zu Ihrer Erziehung«, sagte Hubert. »In diesem Raum werden Sie lernen, stark zu sein und sich nicht zu fürchten.«

Ich spürte, wie meine Unterlippe anfing zu zittern, und bemerkte ganz richtig: »Ich darf nicht weinen.«

»Das ist richtig. Sie müssen sich so hinstellen.« Hubert führte es mir vor, und da ich schon immer ein gehorsames Kind gewesen war, machte ich nach, was mir die einzige männliche Person, die ich kannte, vormachte. Ich verschränkte die Hände hinter dem Rücken und stellte mich breitbeinig hin. Hubert kam zu mir, berührte mein blankes Knie – ich trug kurze Hosen und Kniestrümpfe – und sagte: »Drücken Sie Ihre Knie durch, Master Peregrine.« Und ich machte es. »So ist es gut«, sagte Hubert. Er richtete sich wieder zu seiner voller Größe auf und schaute auf mich hinunter. »Ich werde Sie nun allein lassen. Es wird dunkel sein, wenn ich die Tür schließe. Aber was auch geschieht, Sie müssen in dieser Haltung stehen bleiben, kein Muskel darf sich bewegen. Sie dürfen nicht schreien und nicht weinen. Denken Sie daran, daß Sie lernen sollen, stark zu sein und sich nicht zu fürchten. Wenn die Zeit um ist, werde ich kommen und Sie holen. Haben Sie mich verstanden?«

»Ich möchte nicht hierbleiben«, sagte ich.

»Sie müssen«, sagte Hubert mit fester Stimme und schloß die Tür.
Augenblicklich herrschte tiefe Dunkelheit, und es war so still, daß es in meinen Ohren hämmerte. Ich vernahm ein Wimmern und wußte, daß es von mir gekommen war. Meine Hände umklammerten sich fester, und ich preßte die Knie so heftig gegeneinander, daß ich das Gefühl hatte, sie müßten jeden Moment brechen. Da ich es nicht ertragen konnte, in die Dunkelheit zu schauen, schloß ich die Augen, aber das machte es noch schlimmer, und ich öffnete sie wieder. Meine Wimpern klebten, mein Gesicht war feucht – ich hatte bereits versagt. Ich weinte, aber nur leise, vor mich hin. Ich wollte meine Wangen abwischen, aber dafür hätte ich meine Haltung aufgeben müssen.
Sie mögen sich fragen, liebe Leser, warum dieses dumme Kind nicht einfach tat, was es wollte, denn es war doch allein, und niemand konnte sehen, was es machte. Ach, Sie werden die grausame Wahrheit noch erfahren.
Einige Zeit verstrich, vielleicht war es eine Ewigkeit, wer vermag dies schon zu sagen? Ich merkte gerade, daß ich an die Grenzen meiner Durchhaltekraft gekommen war, da spürte ich plötzlich, wie ein Wind aufkam – in einem abgeschlossenen Raum, in dem es keinen Wind geben sollte. Denn Wind kam nur durch die Fenster herein, wenn sie offenstanden, das wußte ich, und hier waren gar keine Fenster. Zunächst war mir der Wind willkommen, denn er trocknete mir die Tränen vom Gesicht. Aber dann vernahm ich, oder vielleicht fühlte ich es nur, ein pochendes Geräusch: bum, bum, bum, bum, *wie ein lauter Herzschlag. Es war nicht mein eigenes Herz, das ich in meiner Brust spürte, flatternd wie ein Kanarienvogel im Käfig, den die Katze ärgert.*
Bum, bum, bum. *Ich konnte immer noch nichts sehen, aber ich wußte es. Die Tür war nicht geöffnet worden, es gab in diesem Raum kein Versteck, aber ich wußte es. Ich*

wußte, daß ich in dieser schrecklichen Dunkelheit nicht mehr allein war. Meine Knie knickten ein, und ich fiel und fiel und fiel. Ich fiel in die tiefe, schwarze Dunkelheit.
Was dann geschah, weiß ich nicht, denn ich habe keine Erinnerung mehr daran. Bis Hubert mich in die Arme nahm, mich aufhob und ich meine Augen öffnete. Ich sagte mit der zarten Stimme eines dreijährigen Kindes: »Ich habe versagt.« Versagen war ein Begriff, den ich leider schon zu gut kannte.
Hubert sagte: »Dies war die erste Probe, Master Peregrine, andere werden folgen.«

Die Qual des kleinen Jungen rührte mich zu Tränen. Ich würde nicht aufhören, nach dem Verbleib von Mr. Partridge zu forschen.
Wo, wie und vor allen Dingen wann ich meine Ermittlungen fortsetzen sollte, das war noch die Frage. Die Tage waren alle schon verplant, und Mitte der Woche stellte sich heraus, daß der Samstag es auch schon war. Justin rief an und erzählte mir, daß ich ihn unbedingt begleiten müsse, sobald ich an diesem Tag das Büro geschlossen hätte. Er wolle mir etwas sehr Aufregendes zeigen – eine große Überraschung!

DIE ENTDECKUNG DER VERWUNDBARKEIT

Wohin fahren wir?« fragte ich und starrte aus dem Fenster der Pferdedroschke, die Justin für den Ausflug gemietet hatte. Wir befanden uns immer noch auf der Sacramento Street, hatten gerade die Van Ness Avenue überquert und fuhren nun in Richtung Westen.

»Sie werden schon sehen«, sagte er.

»Gehört das Fahrtziel mit zu der ›großen Überraschung‹?«

»Das könnte sein.« Er zog eine Augenbraue hoch, und ich hatte den Eindruck, er versuchte, geheimnisvoll auszusehen. Die Wirkung ging allerdings etwas verloren, da seine Mundwinkel zuckten.

»Geben Sie mir einen Tip«, neckte ich ihn.

»Keine Hinweise und auch keine Fragen mehr. Sie sollten eigentlich die Augen schließen. Aber wenn ich es mir recht überlege, hätte ich doch eine Augenbinde mitbringen müssen, denn Sie würden sicherlich blinzeln, auch wenn Sie mir versprechen würden, nicht zu gucken, Fremont. Ihre unstillbare Neugier würde Ihnen viel zu sehr zu schaffen ma-

chen. Da ich jedoch die Augenbinde nicht mitgenommen habe, könnten Sie doch wenigstens Ihren Mund halten, damit so etwas wie Spannung aufkommen kann.«
»Hm, hm«, gab ich zur Antwort, gehorchte und sagte nichts mehr. Natürlich hatte ich tagelang überlegt, welcherart diese »Überraschung« sein könnte. Eigentlich hatte ich mir erhofft, daß es sich dabei um einen Ausflug auf die andere Seite der Bucht handeln würde, um Justins Eltern kennenzulernen. Wenn ich mich recht an die früheren Gespräche erinnerte, lebten sie in Berkeley, wo sein Vater als Professor an der »University of California« arbeitete. Ich wäre gern dorthin gefahren, auch wenn ich die Eltern Cameron nicht hätte kennenlernen können. Aber wir fuhren in die entgegengesetzte Richtung, einen anderen Hügel hinauf und weiter auf die alte Festung Presidio zu.
Kurz bevor wir das Gelände erreichten, bog der Fahrer jedoch in eine andere Straße ein, deren Name ich leider nicht mitbekam, weil ich mir die interessanten viktorianischen Häuserfassaden anschaute, an denen wir vorbeifuhren. Wir kamen an einigen Häusern vorbei, bis wir wieder abbogen, in die Pacific Avenue, und kurze Zeit später hielt die Droschke an.
»Wir steigen hier aus«, sagte Justin und reichte mir die Hand, um mir hinauszuhelfen. Er bezahlte den Kutscher, während ich auf dem Gehsteig wartete und mich fragte, ob ich für das, was mich erwartete, auch die richtige Kleidung trug. Ich hatte das pflaumenblaue Kostüm an, das nur unwesentlich eleganter war als meine übliche Alltagskleidung.
»Jetzt müssen Sie sich umdrehen«, sagte Justin und berührte meine Schulter, »und das Haus vor Ihnen betrachten.«
Was ich auch tat. Es war keine Villa – die Villen befanden sich vorwiegend auf Nob Hill, auf der anderen Seite der Van Ness Avenue –, aber es war ein sehr schönes Haus, das hellgrau angestrichen war und weiße Zierleisten hatte. Es war

schmaler als die Nachbarhäuser zu beiden Seiten und unterschied sich von ihnen durch ein dunkelgraues Mansardendach und die elegante Ausführung des Hauseingangs: Auf beiden Seiten eines flachen Portikus mit einem spitz zulaufenden Sims befanden sich zwei schlanke Säulen.
»Die Überraschung befindet sich in diesem Haus?« fragte ich.
Statt mir zu antworten, ergriff Justin meine Hand und wollte mich die Treppe hinaufführen. Ich protestierte und blieb stehen. »Wirklich, Justin, Sie hätten mich vorher warnen sollen, daß Sie mich mit zu Ihren Freunden nehmen, um sie kennenzulernen. Was ist denn der Anlaß –«
Justin unterbrach mich, indem er sich umdrehte und seinen Zeigefinger auf meine Lippen legte. Er holte einen Schlüssel aus seiner Tasche hervor, schwenkte ihn mit einer dramatischen Geste in der Luft wie ein Zauberkünstler, drehte sich dann um und steckte ihn ins Türschloß.
»Voilà!« rief er aus und öffnete mit Schwung die Haustür.
Natürlich wollte er, daß ich eintrat, aber ich war mir noch nicht so sicher, ob ich das überhaupt tun sollte. Obwohl ich gewiß keine ängstliche Person bin, so bin ich doch auch nicht leichtsinnig, und ich hatte wirklich nicht die geringste Vorstellung, was mich auf der anderen Seite der Tür erwartete. In Justins unschuldigem Gesicht stand jedoch ein strahlendes Lächeln, und seine Augen waren voller Vorfreude. Ich wollte ihn nicht enttäuschen und trat über die Türschwelle.
Es passierte nichts – niemand warf sich auf mich. Statt dessen empfing mich eine angespannte Stille, wie man sie in leerstehenden Häusern oft spüren kann. Ich hörte Justins Schritte hinter mir, dann schloß er die Tür. Ich drehte mich zu ihm um und sagte: » Was –« Und wieder legte er seine Finger auf meine Lippen.
»Kommen Sie, Fremont«, sagte er sanft, »ich möchte Ihnen etwas Schönes zeigen.«

Er führte mich einen schmalen Flur ohne Teppich entlang. Ich schaute nach beiden Seiten und blickte durch die geöffneten Türen in leere Räume hinein. Im hinteren Teil des Hauses befand sich ein großer Raum, den wir durch einen Bogen zu unserer Rechten betraten, und Justin ließ meine Hand los. Dieser Raum war möbliert, aber ich hatte kaum Zeit, mir die Möbel anzusehen. Ein großes Erkerfenster mit vielen Scheiben nahm fast die ganze Rückwand ein. Mir blieb fast das Herz stehen, und mein Atem stockte. Durch das Fenster sah ich das blaue Wasser der Bucht von San Francisco mit den Booten, die aus dieser Entfernung wie kleine Punkte aussahen, und dahinter die grünen und braunen Hügel von Marin. »Oh, ja!« rief ich aus und eilte ans Fenster, »was für eine großartige Aussicht!«
Justin folgte mir, legte mir seinen Arm um die Schultern und zog mich nah an sich heran. »Wie ich schon gesagt habe, wunderschön. Das ist meine Überraschung. Das Haus gehört mir, Fremont. Ich habe es erst diese Woche gekauft, und Sie sind mein erster Gast. Ich wollte, daß Sie die erste sind, mit der ich dies alles teile.«
»Ich fühle mich geehrt, und ich bin beeindruckt.« Ich blickte zu ihm hoch. Er sah sich die Aussicht nicht an, sondern blickte auf mich hinunter. Mein Herz klopfte. Aus dem höflichen, ziemlich schüchternen Menschen, den ich inzwischen ganz gut kennengelernt hatte, war ein Mann geworden, in dessen Augen heftiges Verlangen stand und dessen Lippen Leidenschaft ausdrückten.
Er berührte meine Wange und fuhr mit den Fingerspitzen die Linie meines Kinns entlang. Das Verlangen in seinen Augen wurde stärker und flackerte wie ein Lichtstrahl in einem Sternsaphir auf. »Ich werde sehr erfolgreich sein, Fremont, sehr, sehr erfolgreich«, sagte er, als ob das Versprechen, erfolgreich zu sein, Ermutigung und gleichzeitig Berechtigung für sein Vorhaben war.
Er brauchte jedoch gar keine Erlaubnis, ich wollte, daß er

mich küßte. Seine Verwandlung gefiel mir, ebenso wie seine kraftvolle Hand, als er mein Kinn nahm und seinen Mund auf meinen drückte. Ich hatte die Lippen geöffnet, weil ich gerade »Herzlichen Glückwunsch!« sagen wollte, aber dazu kam ich nicht mehr. Justins Zunge machte sich meine geöffneten Lippen zunutze.
Es war unser erster richtiger Kuß und ganz anders als die Küsse, die ich bis jetzt bekommen hatte. Seine Zunge weckte sogleich meine Begierde. Ich hätte ihn am liebsten in mich aufgesogen.
In uns war das Feuer der Leidenschaft entfacht worden, wir hatten weder die Muße noch die Zeit, um auf Zärtlichkeiten zu achten. Um ehrlich zu sein, könnte ich nicht mehr sagen, wie es kam, daß meine Jacke und dann meine Bluse aufgeknöpft waren und wer von uns beiden es getan hatte. Aber es war Justin, der die Bänder meines Mieders löste und mir Jacke und Bluse über die Schultern zog, so daß sie zu Boden fielen. Justin kniete vor mir, befreite meine Brüste vom Mieder und nahm die bebenden Brustwarzen nacheinander zwischen seine Lippen. Ich dachte, ich müßte sterben.
Ich gab ein Stöhnen von mir, das sich anhörte, als käme es von einem gequälten, wilden Tier. Dann vergrub ich meine Hände in seinem Haar, preßte ihn näher an mich heran und schloß die Augen. Mein Verstand versuchte, die Oberhand über all diese köstlichen Empfindungen und Gefühle zu gewinnen. Seine Hand glitt unter meinen Rock, und ich dachte: Ich sollte ihn stoppen. Ich wollte sagen: »Nicht mehr weiter«, und vielleicht tat ich es auch, aber er ließ sich nicht aufhalten. Und ich wollte es auch gar nicht wirklich.
Ich hatte das Gefühl, als hätten sich alle Knochen in meinem Körper aufgelöst, als wären sie durch die Hitze, die wir ausströmten, dahingeschmolzen. Ich spürte, wie die Säfte meines Körper so stark strömten, daß es schon unanstän-

dig zu nennen war, aber dennoch war es natürlich und richtig, und es trug dazu bei, daß mir noch heißer wurde. Justins Mund war wieder auf meinem, und seine starken und geschickten Hände halfen mir, mich auf den Teppich vor die wundervolle große Fensterfront zu legen. Es war eine Erleichterung, nicht mehr auf diesen kraftlosen Beinen stehen zu müssen. Wieder hörte ich dieses Stöhnen, das mir entfuhr. Justins Zunge, die meine Leidenschaft entfacht hatte, schnellte über meine Haut, und ich brannte. Ja, ich brannte! Ja, ich hatte Feuer gefangen! Seine Hände berührten mich, und ich trug unter meinem Rock nichts weiter als meine Strümpfe. Wann war das geschehen? Ich hatte keine Zeit, darüber nachzudenken, denn Justins Hände berührten mich an einer Stelle, an der mich noch nie jemand berührt hatte.

Ich hielt die Luft an und riß die Augen auf. Justins Gesicht war nur wenige Zentimeter über mir, und ich öffnete den Mund, um etwas zu sagen. Aber wieder war sein Mund auf meinem, und noch einmal sog ich ihn in mich auf. Dieses Mal ließ ich mich fallen.

»Du warst noch Jungfrau«, sagte Justin.

Er lag neben mir, sein Oberkörper war vollständig bekleidet, obwohl seine Krawatte etwas gelockert war, sein Unterkörper war entblößt. Sein Glied, das noch vor kurzer Zeit riesig gewirkt hatte, lag nun schlaff in einem kleinen Nest aus goldenem Haar, das dunkler als sein Kopfhaar war. Ich hätte gern diesen wandelbaren, magischen Schaft berührt, aber ich wagte es nicht, was natürlich angesichts der Dinge, die er mit mir getan hatte, komisch war.

»Hat es dich überrascht?« fragte ich. Ich war ein wenig unsicher, ob ich diese Erfahrung nun genossen hatte oder nicht. Es war schmerzhaft gewesen, aber nicht sehr. Wenn ich es mir recht überlegte, würde ich es gern noch einmal machen. Da ich nun wußte, worum es ging, würde ich vielleicht auch den Schlußteil etwas mehr genießen können. »Nun ja. Ich hoffe, ich habe dir nicht weh getan. Und ich habe auch nicht an das Blut gedacht. Dies ist ein neuer Teppich.«

Er sah so bestürzt aus, daß ich lachen mußte. Dann setzte ich mich auf und schaute es mir selbst an. »Du brauchst dir keine Sorgen zu machen«, sagte ich, »ich bin nicht verletzt, es hat nur wenig geblutet, und das Blut ist auf meinen Petticoat getropft. Ich werde es auswaschen müssen.« Aber erst später, dachte ich, als ich meinen Rock wieder richtete, um mich zu bedecken. Dann legte ich mich wieder hin, denn ich war erschöpft.

Jetzt wurde Justin zum erstenmal zärtlich. Er stützte sich auf den Ellbogen und strich mir sanft das Haar aus dem Gesicht. Er beugte seinen Kopf hinunter, küßte meine Wange und erkundigte sich liebevoll: »Hat es dir gefallen?«

»Ja, bis auf das, was zum Schluß kam, damit hatte ich nicht gerechnet«, antwortete ich ehrlich.

»Aber du warst so, so –«

»Leidenschaftlich? Ja, das war ich, aber du warst es doch auch, und ich habe nur darauf reagiert.«

Justin nahm meine Hand und schlang seine Finger in meine. »Du bist so eine ungewöhnliche Frau. Ich weiß nie, was ich von dir halten soll. Seit Wochen habe ich das hier schon geplant, seit der Zeit, als ich sicher wußte, daß ich mir ein Haus wie dieses leisten kann. Ich konnte dich nicht in meine alte Wohnung mitnehmen, weißt du, das war ein noch schlimmeres Loch als mein Büro. Aber in dem Moment, als ich dieses große Fenster sah, dachte ich: Hier ist der Ort, an dem ich zum erstenmal mit Fremont schlafen werde. Ich wußte allerdings nicht, daß es sich dabei um dein allererstes Mal handeln würde.«

Ich wandte den Kopf ab und sah aus dem Fenster. Es wäre schön gewesen, dachte ich, wenn die Sonne unterginge und der Himmel sich rosa und gold färben würde. Aber das

geschah natürlich nicht, der Himmel war immer noch blau. Was Justin und ich gemacht hatten, hatte nicht viel Zeit in Anspruch genommen. Irgendwie machte mich das traurig.
»Deine Überraschung«, flüsterte ich, ohne es zu wollen. Dann merkte ich, was ich da gesagt hatte. Ja, es war eine Überraschung gewesen. Tat es mir etwa leid, daß ich sie zugelassen hatte? Ich wußte es wirklich nicht, aber in diesem Moment fühlte ich mich fremd, leer und allein, obwohl Justin bei mir war, und noch vor kurzer Zeit hatte er mich im wahrsten Sinne des Wortes vollkommen ausgefüllt. Ich verstand nicht so ganz, warum ich mich so fühlte.
Justin hatte sich ebenfalls aufgesetzt und war dabei, seine Hose anzuziehen. Er sagte: »Komm mit mir, ich zeige dir das ganze Haus. Ich werde dir erzählen, was ich mit all den Räumen vorhabe.«
»Ich denke, du solltest mir zuerst das Badezimmer zeigen«, bemerkte ich. »Ich muß mich erst einmal wieder zurechtmachen.«

An diesem Abend begann ich, ein Tagebuch zu führen. Ich hatte immer darüber gespottet und es als sinnlose Beschäftigung bezeichnet, die Tage in einem Buch schriftlich festzuhalten. So etwas brachte man den Damen bei wie das Sticken. Aber ich hatte das Bedürfnis, jemandem meine Gedanken mitzuteilen. Und es gab niemanden, dem ich sie hätte erzählen können oder dem ich eine der vielen Fragen hätte stellen können, die mich beschäftigten. Ist denn jeder Mensch nach dem ersten Mal so furchtbar aufgeregt und fühlt sich gleichzeitig unbefriedigt? Wäre es anders gewesen, wenn ich damit bis nach der Eheschließung gewartet hätte? Ich *konnte* doch gar nicht bis dahin warten, denn ich *wollte* nicht heiraten. Und ich war in Justin verliebt. Jedenfalls dachte ich das. Natürlich war ich es!
Dem Tagebuch konnte ich alles anvertrauen, und ich bekam auch keine Schuldzuweisungen zurück. Die Schuldgefüh-

le entstanden in meinem Innern. Ich glaube nicht, daß es so etwas wie Schuld überhaupt gibt, und doch war sie da.

Der Sonntag war immer ein ziemlich ruhiger Tag, an dem ich nicht zur Arbeit gehen mußte. Mrs. O'Leary verbrachte den ganzen Morgen in der Kirche, und manchmal blieb sie dort bis in den Nachmittag hinein. Ihr gesellschaftliches Leben spielte sich rund um die Kirche ab. Ich saß am Fenster, mit dem Buch in der Hand, das ich nicht las, und dachte darüber nach, daß ich vielleicht etwas versäumt hatte, weil ich ohne den traditionellen Glauben aufgewachsen war. Die Kirche bot einen Ort, an dem Freundschaften geschlossen werden konnten, und der Glaube war ein gemeinsames Band, das die Menschen zusammenhielt. Die Religion wirkte wie ein Gerüst gegen Schuldgefühle, die ich ununterbrochen empfand. Mir taten Muskeln weh, die ich nie zuvor benutzt hatte, und jede Bewegung erinnerte mich daran.

Unsinn! sagte ich mir und stand von meinem Fensterplatz auf. Ich sollte mich besser anziehen, hinausgehen und etwas unternehmen – und dabei standhaft die Schuldgefühle beiseite schieben. Hatte ich sie nicht immer für die größte Zeit- und Energieverschwendung der Welt gehalten?

Ich ging in mein Schlafzimmer, legte mein Hauskleid ab und legte es über das Fußende des Bettes, wo ich es später schneller zur Hand hätte. Als ich zu meinem Kleiderschrank ging und überlegte, was ich anziehen könnte, warf ich einen kurzen Blick in den langen Wandspiegel und sah meinen blassen Körper. Ich stellte mich davor und schaute mich an – was ich nicht oft tat.

Eigentlich, so dachte ich, habe ich einen ganz schönen Körper. Er war nicht üppig oder sinnlich, dafür war ich viel zu mager, aber meine Brüste waren groß genug, um zu gefallen. Ich berührte sie leicht und dachte an Justins Mund, der sie ganz und gar nicht sanft berührt hatte. Meine Taille

war genau richtig geschnitten, und meine Beine waren lang und wohlgeformt.
Hatte ich ihm gefallen?
Wenn er nur ... wenn er nur ... was? Im Spiegel sah ich, wie sich meine Augen weiteten, als ich plötzlich die Antwort auf die nur teilweise formulierte Frage wußte. Wenn er nur ein zweites Mal mit mir geschlafen hätte, dieses Mal ein bißchen langsamer – und zärtlicher, vielleicht oben im Haus, wo sein Bett stand. Ich hatte es gesehen. Ich hätte ihn gern an die Hand genommen und zum Bett geführt, um dann zu sagen: »Noch einmal. Laß uns noch einmal miteinander schlafen, und dann berühre ich dich überall, so wie du es bei mir gemacht hast.« Mir stiegen Tränen in die Augen, und ich haßte diese Tränen wie auch diesen Zustand, verwirrt zu sein und Gewissenbisse zu haben. Einen winzig kleinen Moment lang haßte ich mich sogar selbst – zum erstenmal in meinem Leben.
Der Augenblick ging vorüber, ich ließ ihn vorübergehen und holte aus meinem Schrank ein Kleid, das mich besonders weiblich aussehen ließ: Es war aus cremefarbener Baumwolle, hatte einen hohen Kragen und eine spitzenbesetzte Passe, und auch die Ärmel hatten Bordüren aus Spitze. Der Rock war weit und in der neuen Länge, er ging mir bis kurz über die Knöchel. Dann steckte ich die Haare auf. Jetzt war ich so feingemacht, und es gab keinen Ort, wo ich hingehen konnte.
Auf der Treppe traf ich Michael Archer. Um genau zu sein, ging er vor mir die Treppe hinunter, und als er mich hinter sich gehen hörte, wartete er, bis ich herankam.
»Vielen Dank noch einmal für die Gloxinie«, sagte ich, als er mich von oben bis unten musterte und seine Lippen sich zu einem anerkennenden Lächeln formten. »Ich hoffe doch, daß Sie die Nachricht gefunden haben.«
»Ja, das habe ich. Sie müssen sich nicht bedanken. Ich sehe, daß Sie gerade hinausgehen.«

»Wie Sie ja wohl auch.« Plötzlich fiel mir der Zeitungsartikel über Rußland und Japan ein, und ich fragte mich, ob ich ihn dazu bringen konnte, mir seine Geheimnisse zu erzählen. Auf den letzten Stufen hielt ich an und sagte vorsichtig: »Ich vermute, Sie haben ein bestimmtes Ziel, zu dem Sie gehen?«
»Ja, das ist richtig«, sagte er und schaute mich interessiert an, den Kopf leicht zur Seite geneigt. »Aber ich habe keinen Begleiter. Darf ich nach Ihren Plänen für diesen schönen Sonntag nachmittag fragen?«
»Ich gehe nur spazieren. Sie haben allerdings recht, es ist wirklich ein zu schöner Tag, um in der Wohnung zu bleiben.«
Michael ging zwei Stufen hinunter, drehte sich dann um und schaute mich erneut von oben bis unten an. Er sagte: »Ich frage mich nur ... Sie sind so elegant gekleidet.«
»Nun, es ist Sonntag«, sagte ich, als ob ich mich rechtfertigen müßte.
»Das ist es in der Tat, und ich habe mich gerade gefragt, ob Sie mich wohl begleiten würden. Ich fahre mit dem Boot hinaus in die Bucht. Segeln Sie, Fremont?«
»Ich habe es schon gemacht, zwar noch nicht so oft, aber ich werde nicht seekrank. Ich würde Sie sehr gern begleiten.«
Er reichte mir seine Hand, ich gab ihm meine, und dann führte er mich die verbleibenden Stufen hinunter.
»Wir müssen nur Obacht geben, daß Sie nicht ins Wasser fallen und Ihr Kleid ruinieren.«
»Möchten Sie, daß ich mich umkleide? Es würde nicht lange dauern, und ich würde mich beeilen.«
»Nein. Sie sind noch schöner als das Wetter, meine liebe Fremont. Haben Sie keine Angst, ich werde gut auf Sie achtgeben.«

Michaels Boot war klein, schnell und hatte Schratsegel, die an einem einzelnen Mast aufgetakelt waren. Der Name

»Katya« war am Heck aufgemalt. Als ich mich erkundigte, wer Katya war, nach der das Boot benannt worden war, sagte Michael geheimnisvoll: »Sie lebt nicht mehr.« Er sagte es auf eine Weise, daß sich jede Nachfrage erübrigte.
Michael bewies, daß er das Boot ziemlich geschickt steuern konnte, daher nahm ich an, daß er oft allein segelte. Ich konnte ihm nicht helfen, die Segel zu setzen, aber ich übernahm das Steuer und hielt uns auf Kurs, während er gelegentliche Korrekturen vornahm.
Mein erster Ausflug in die Welt des Hafens von San Francisco war mindestens genauso interessant wie das Segeln selbst. Bevor wir zur Anlegestelle der kleinen Schiffe kamen, waren wir an den großen Schiffen vorbeigekommen, die von zahlreichen emsigen Männern, meist Chinesen, entladen wurden. Mich überraschte, daß diese Aktivitäten an einem Sonntag stattfanden, und äußerte dies auch. Michael erklärte, daß die Chinesen unsere religiösen Vorstellungen von einem »Ruhetag« nicht teilten, und die Schiffahrtsgesellschaften beuteten ihre Arbeitskraft aus, indem von ihnen verlangt wurde, an sieben Tagen in der Woche zu arbeiten.
Ich hatte den schwer arbeitenden Chinesen interessiert zugeschaut, und sie erinnerten mich an etwas, aber es fiel mir beim besten Willen nicht ein. Ich dachte nicht mehr daran, und schon waren wir ein ganzes Stück die Bucht hinausgefahren. Michael war am Steuerrad, und ich saß am Heck und genoß die Bewegung des Bootes und den frischen Wind, der meine Wangen entlangstrich. Da fiel es mir plötzlich und ohne besonderen Anlaß wieder ein, so wie es oft geschieht, wenn man ununterbrochen und erfolglos versucht, sich an etwas zu erinnern: »Trans Hawaii-Handelsgesellschaft.« Ich hatte noch Li Wongs Worte im Ohr und sah ihn vor mir, wie er den Bindestrich mit einer seitlichen Bewegung des Fingers andeutete. Und mich sah ich auch, wie ich diesen Namen mit der Maschine auf das Papier schrieb.

Ich stand vorsichtig auf und ging zu Michael hinüber. Er wandte den Kopf, lächelte mir über seine Schulter hinweg zu und sagte: »Geht es Ihnen gut?«

»Ja.« Wir sprachen mit lauter Stimme, um uns über den Wind in den Segeln und dem Rauschen des Wassers hinweg, das unter dem Schiffsrumpf entlangschoß, zu verständigen. Ich stellte die Füße weit auseinander, um die Balance zu halten, und beugte mich hinüber zu ihm. »Michael, mir ist gerade etwas eingefallen, das Li Wong betrifft.«

Sein lächelndes Gesicht wurde sofort aufmerksam. »Erzählen Sie es mir.«

»Es gibt nicht viel zu erzählen.« Ein Windstoß riß eine Haarsträhne los und peitschte sie mir durchs Gesicht. Im gleichen Augenblick schwankte das Deck ein wenig, und ich verlor die Balance. Er reichte mir eine Hand, um mich zu halten, die andere Hand behielt er am Ruder. Als ich mich wieder gefangen und das Haar aus meinen Augen entfernt hatte, sagte ich: »Es handelt sich nur um einen Firmennamen, den er erwähnte: Trans Hawaii-Handelsgesellschaft.«

»Können Sie sich erinnern, in welchem Zusammenhang er ihn erwähnte?«

»Nicht mehr genau. Ich könnte mir vorstellen, daß Li Wong dabei war, mit ihnen, also mit dieser Gesellschaft, eine Art Abkommen zu treffen, und daß er es schriftlich festhalten wollte, damit es nicht verlorenginge. Falls ihm etwas zustoßen würde, was dann natürlich auch prompt geschah. Kennen Sie diese Handelsgesellschaft, Michael?«

Er blickte finster und nickte kurz.

»Und?« fragte ich und kämpfte erneut mit einer Haarsträhne, die mir vor den Augen hing.

»Lassen Sie mich darüber nachdenken. Sie setzen sich jetzt besser wieder hin oder halten sich an der Reling fest, Fremont. Ihre Schuhsohlen haften nicht sehr gut an Deck.«

Er hatte recht. Als ich unter dem Schiffsbaum herkam, zog ich den Kopf ein und ging dann weiter zum Bug des Boo-

tes, wo ich mich mit beiden Händen festhielt. Der Wind hatte den Knoten auf meinem Kopf durcheinandergebracht, deshalb löste ich ihn und ließ mein Haar locker nach hinten fallen. So war es viel angenehmer!
Wir waren an der Insel Alcatraz vorbeigekommen, befanden uns jetzt am äußersten Ende der Bucht und segelten in Richtung der Golden Gate Bridge. Ich schob meine sorgenvollen Gedanken an Li Wong beiseite, bis mir erneut etwas einfiel und ich mich auf den Weg zurück zu Michael machte. Er beobachtete amüsiert, wie ich vorsichtig und manchmal rutschend auf ihn zukam.
»Sie sind nicht sehr lange irgendwo zu halten, oder? Genausowenig wie Ihr Haar, wie ich sehe.«
Dieses Mal verließ ich mich nicht allein auf meine Beine, um mich aufrecht zu halten. Ich trat neben Michael und hielt mich an der kleinen Reling hinter seinem Rücken fest. Er stand am Steuer und sah aus wie der Dirigent eines Symphonieorchesters, der auf einem Podium steht, das von einem Geländer umgeben ist. Ich stand dadurch zwar sehr nahe bei ihm, aber ich hatte einen besseren Halt.
»Ich habe eine Frage«, sagte ich über seine Schulter hinweg.
»Und die wäre?« Er drehte den Kopf nicht um.
»Könnten wir zum Mile Rock segeln? Ich möchte mir gern den Leuchtturm ansehen.«
»Ich kann es versuchen.« Michael reckte den Hals, als ob er etwas hörte, das ich nicht verstehen konnte. »Die See ist heute relativ ruhig, aber wir müssen durch die Meerenge der Golden Gate segeln, und die Strömung kann dort sehr tückisch sein, auch wenn das Meer ganz ruhig erscheint. Ich hatte eigentlich beabsichtigt, in der Bucht zu bleiben.«
»Ach, bitte, ich möchte ihn wirklich gern sehen.«
»In Ordnung, aber es kann ziemlich stürmisch werden.«
»Das macht mir nichts aus.«
Das Boot in Richtung Süden zu steuern, nachdem wir unter der Golden Gate hindurchgefahren waren, stellte sich als

eine reichlich abenteuerliche Angelegenheit heraus. Ich hielt das Ruder fest, während Michael sich an den Segeln zu schaffen machte, und ich wünschte mir, ich hätte mehr Ahnung von dem, was ich machte. Das Boot fühlte sich in meinen unerfahrenen Händen wie ein lebendiges Wesen an, es pulsierte und hob und senkte sich, zitterte und schoß dann plötzlich nach vorn. Als wir unseren neuen Kurs erreicht hatten, überließ ich Michael das Ruder und ging noch einmal an den Bug, wo ich den besten Blick hatte.

Wir segelten dicht an Mile Rock vorbei, und ich schaute hinauf zum Leuchtturm. Dabei mußte ich an E.A.P.s seltsame Geschichte mit der Linse denken, die das Licht aß. Wie schon der Name andeutete, war der Mile Rock ein einzelner riesiger Felsen, gegen den die Brandung erbarmungslos krachte. Es mußte dort einen Leuchtturmwärter geben, aber wie jemand an so einem Ort leben sollte, konnte ich mir nicht vorstellen. Nach einem genaueren Blick, soweit es Wind und Gischt in meinem Gesicht zuließen, war ich jedoch nicht der Meinung, daß dies der Ort sein könnte, um den sich Mr. Partridges Geschichte drehte. Verschiedene Einzelheiten stimmten einfach nicht überein. Aber es gab natürlich noch andere Leuchttürme, und vielleicht konnte ich Michael Archer an dem einen oder anderen Tag dazu überreden, mich auch dorthin zu bringen. Ah ja, das war etwas, worüber ich mir schon einmal Gedanken machen könnte!

Meine Gedanken gingen jedoch (wie so oft) ihren eigenen Weg. Durch den Wind rief Michael meinen Namen: »Fremont!«, und ich ging zurück zu ihm. Er sagte mir, ich solle mich im Heck hinsetzen und mich dort gut festhalten. Er hatte vor, das Ruder festzubinden, um die Segel neu zu setzen, damit wir zurück zum Land's End wenden und dann in die Bucht einfahren konnten. Er ging davon aus, daß es schwierig sein würde zu wenden, und so war es dann auch tatsächlich. Als ich ihm bei dieser Arbeit zuschaute,

ging ein neues Bild von Michael durch meine sündigen Gedanken, das höchst beunruhigend war.
Dieser Mann, der an Land ein feiner, belesener Gentleman war, elegante Kleidung trug und einen gut gestutzten graumelierten Bart hatte, war ein vollkommen anderer Mensch, als er und sein Boot sich der widerspenstigen See stellten.
Ich hatte nie zuvor bemerkt, wie kraftvoll Michael war; jetzt fiel mir seine Stärke jedesmal auf, wenn er Arme oder Beine bewegte oder anspannte. Schon die Art, wie er den Kopf in den Wind hielt, zeigte, daß hier ein Mensch in seinem Element war. Und er mochte zwar etwa zwanzig Jahre älter sein als ich, aber er war immer noch im besten Alter.
Auf dem Ozean war Michael also in seinem Element, ich dafür aber absolut nicht in meinem. Ich saß an der Stelle, die er mir zugewiesen hatte, und konnte nichts anderes machen, als mich an beiden Seiten der Reling festzuklammern. Ich fühlte mich hilfloser als je zuvor in meinem Erwachsenenleben. Ich bewunderte Michael, aber jetzt begann ich auch, mich vor ihm zu fürchten.
Das Deck neigte sich gefährlich, als das Boot sich schlingernd drehte. Die Planken knarrten und ächzten wie ein Lebewesen, das nur unter Protest und widerwillig seinem Herrn gehorcht. Michael kam vom Auftakeln zurück, um das Steuer wieder loszubinden. In seinen Augen spiegelte sich das Licht, und sie leuchteten; auf seinem Gesicht lag der Ausdruck reinster Freude. Ich konnte mir vorstellen, daß er einem Feind gegenüber schonungslos, wütend und wahrscheinlich siegreich sein würde.
Ich fühlte mich wie eine Närrin. Ich kannte diesen Mann doch kaum, worauf mich Mrs. O'Leary auch immer hinwies, und hatte mich ihm und seinem Wohlwollen in dem Moment ausgeliefert, als ich das Boot betreten hatte. Wenn er wollte, dann konnte er mich einfach in die See stoßen, ohne daß es irgend jemand bemerken würde. Das wäre

dann mein Ende, denn ich konnte nicht schwimmen. Ich würde tief hinabsinken, und dann würde aus mir eine Mahlzeit für die Bewohner der Tiefe werden.

DAS SPIEL IST SCHON IM GANGE

Michael warf mich nicht über Bord. Statt dessen zog er seine Cordjacke aus, reichte sie mir mit der Bemerkung, ich sähe verfroren aus, und ich war dankbar für die Wärme, die sie spendete. Als wir wieder auf ruhigem Kurs waren, bat er mich, das Ruder zu übernehmen, während er in der Luke unter Deck herumwühlte. Er kam mit einem alten Pullover, den er sich über den Kopf zog, und einer Flasche mit irgendeiner Flüssigkeit zurück. »Whisky«, sagte er und schwenkte die Flasche hin und her, »kein Getränk, das Damen bevorzugen! Ich habe auch keine Gläser. Möchten Sie trotzdem einen Schluck, Fremont, um auch noch die letzte Kälte aus Ihrem Körper zu vertreiben?«

Die Hände immer noch am Ruder, schaute ich voller Abscheu auf die Flasche und antwortete: »Nein, danke schön.« Meine Furcht vor ihm war verschwunden. Es kam mir vor wie ein seltsames Zwischenspiel, das beendet worden war, aber der Gedanke, mich mit ihm zu betrinken, behagte mir überhaupt nicht.

Michael öffnete die Flasche und nahm einen großen Schluck daraus. »Ah!« sagte er zufrieden, steckte den Korken wieder auf die Flasche und klopfte ihn rasch mit dem Handballen hinein. »Das war eine ordentliche Fahrt, die wir da hinter uns gebracht haben.«
»Erfrischend«, sagte ich nicht ohne Schärfe in der Stimme. Michael lachte. Nachdem er die Whiskyflasche in einer Taurolle verstaut hatte, stemmte er die Hände in die Hüften, neigte den Kopf zur Seite und schaute mir zu, wie ich das Ruder bediente. »Sie wären eine gute Seglerin, wenn Sie es wollten, Fremont.«
Ich zog skeptisch eine Augenbraue hoch.
»Sie steuern mit ruhiger Hand, und was noch wichtiger ist, Sie besitzen die wichtigste Eigenschaft, die ein Segler braucht.«
»Und die wäre, wenn ich fragen darf?«
»Furchtlosigkeit«, sagte Michael und kam zu mir herüber, um das Steuer wieder zu übernehmen.
»Ich war aber nicht ganz ohne Furcht«, sagte ich, trat zur Seite und wandte den Blick ab, denn ich wollte nicht über Furcht sprechen.
»Dann haben Sie sie bewunderswert unter Kontrolle gehabt.«
»Das will ich hoffen.«
»Möchten Sie, daß ich Ihnen die Grundbegriffe des Segelns beibringe? Natürlich nicht heute, wir haben für heute genug gegen die Wellen gekämpft. Aber wenn Sie interessiert sein sollten, dann könnten wir ein paar Segelstunden vereinbaren.«
Ich war wirklich in Versuchung und sagte zögernd: »Ich denke, ich sollte erst schwimmen lernen.«
»Selbstverständlich!« Michael verzog das Gesicht. »Ich hatte vergessen, daß man den meisten Damen diese Fertigkeit nicht beibringt.«
»Danach, vielleicht ...« Ich hörte auf zu sprechen, drehte

ihm den Rücken zu und lehnte mich an die Steuerbordreling. Ich betrachtete die steilen, in die Bucht ragenden Uferseiten von San Franciscos Hügeln, an denen wir vorbeiglitten. Mein Dilemma war, daß ich nicht wußte, ob ich ihm vertrauen konnte oder nicht.

Ich merkte, wie das Boot seinen Kurs änderte und das Deck sich neigte, als es die neue Richtung einschlug. Überrascht drehte ich mich um, und der Wind peitschte mir das Haar ins Gesicht.

»Wohin fahren Sie?« wollte ich wissen. »Ich dachte, wir würden jetzt wieder zurück zur Anlegestelle segeln.«

»Es dauert noch mehr als eine Stunde, bevor der Nebel aufzieht, und ich möchte etwas mit Ihnen besprechen. Ich habe gerade festgestellt, daß wir nie mehr so ungestört sein werden wie auf diesem Boot.«

Wie gut ich das wußte!

»Deshalb habe ich vor, kurz an der Küste von Alcatraz vor Anker zu gehen, so daß wir miteinander reden können, ohne gegen den Wind anbrüllen zu müssen.«

Ich wollte gern zurück, aber ich war auch neugierig darauf, was Michael mit mir besprechen wollte. Wie üblich, gewann auch jetzt die Neugier, und ich protestierte nicht, als er uns an eine recht geschützte Stelle manövrierte und den Anker auswarf. Als er die Segel gesichert hatte, kam er zu mir ans Heck, dem einzigen Ort auf dem Boot, wo wir sitzen konnten.

»Ich bin ganz Ohr«, sagte ich.

»Nein, sind Sie nicht«, sagte Michael neckend. Der Ausflug an diesem Nachmittag hatte ihn in Höchststimmung versetzt, und er hatte auch schon eine gesunde Gesichtsfarbe bekommen. In seinen Augen, die denselben blaugrauen Ton wie das Wasser der Bucht hatten, schimmerte das Licht, und seine Wangen waren gerötet. »Sie bestehen im Augenblick eigentlich nur aus Haaren, Fremont, und aus einer Jacke, die um einige Nummern zu groß für Sie ist!«

»Die Jacke ist warm, und das Haar kann wieder gerichtet werden.«
Ich war fest entschlossen, mich von Michaels fröhlichem Charme nicht betören zu lassen. »Aber meine Neugier will endlich befriedigt werden! Sagen Sie mir doch bitte endlich, worüber Sie mit mir so ungestört, wie wir es jetzt sind, reden wollten.«
»Li Wong.«
»Haben Sie etwas Neues erfahren?«
»Ich habe mich gefragt, ob Ihnen noch etwas eingefallen ist, was er über die Trans Hawaii-Handelsgesellschaft gesagt hat.«
»Nein. Er erwähnte nur diesen und, ich glaube, noch einen anderen Firmennamen. Aber was er genau sagte ... das fällt mir immer noch nicht ein.«
Michael sah mir so fest in die Augen, daß ich das Gefühl hatte, er würde mir nicht glauben. Ich starrte mit unbewegter Miene zurück.
»Wir haben doch irgendwie Holmes und Watson gespielt, Sie und ich«, sagte er, »das ist doch so, oder?«
Ich nickte und fragte mich, was er damit sagen wollte.
»Sie sind Holmes, und ich bin Watson«, fuhr er fort.
»Obwohl es sicherlich umgekehrt sein sollte.«
»Oh, das denke ich nicht. Ich bin ziemlich zufrieden damit, den Watson für Sie zu spielen, Fremont, allerdings mit einer Ausnahme.«
»Und die wäre?«
»Partner wie Watson und Holmes müssen unbedingtes Vertrauen zueinander haben, und Sie haben mir Ihr Vertrauen noch nicht geschenkt.«
Ich war mehr als erstaunt. »Wie kommen Sie zu dieser Schlußfolgerung, Michael?«
»Ich kann es fühlen, und ich habe so meine Erfahrung in diesen Dingen. Ich weiß, daß Sie mir nicht alles erzählt haben.«

Jetzt kam zum Ausbruch, was ich vorher ebenfalls empfunden hatte – es war Wut. »Wie können Sie die Dreistigkeit besitzen, mir zu sagen, ich würde Ihnen nicht vertrauen, wenn ich an diesem Nachmittag mein Leben in Ihre Hände gelegt habe? Wir hätten kentern können, oder Sie hätten mich über Bord werfen können, und ich kann doch nicht schwimmen!«
»Pscht, ganz ruhig!«
»Ich werde mich von Ihnen nicht besänftigen lassen wie ein Pferd!«
Meine Gefühle gerieten ziemlich außer Kontrolle, aber das machte mir nichts aus. Die Tatsache, daß er im Recht war, hatte damit nicht das geringste zu tun. »Und wer sind Sie denn, daß Sie von Vertrauen sprechen? Sie haben mir viele, viele Dinge auch nicht erzählt. Ich weiß nicht einmal, wer Sie wirklich sind. Wie können Sie hier so einfach sitzen und mich auffordern, Ihnen zu vertrauen?«
Michael fragte ruhig: »Was möchten Sie gern wissen?«
Diese einfache Frage, die er so sanft stellte, nahm mir ein wenig den Wind aus den Segeln. Ich holte tief Luft und wagte den Schritt nach vorn. »Michael Archer, sind Sie so etwas wie ein Spion?«
Seine Mimik blieb bewegungslos, er blinzelte nicht einmal, aber trotzdem reagierte er: Die Rötung seiner Wangen ließ etwas nach, und hinter die Pupillen seiner Augen fiel ein trüber Schleier wie ein Vorhang, der vor ein Fenster gezogen wird.
»Eine interessante Frage«, sagte er. »Ich frage mich natürlich, wie Sie darauf kommen.«
»Das ist keine Antwort.«
»Sicherlich hat unsere wißbegierige und klatschwütige Vermieterin Sie auf diese Idee gebracht.«
»Vielleicht, aber Sie dürfen mir ruhig zutrauen, daß ich selbständig denken kann.«
»Oh, das traue ich Ihnen durchaus zu. Ich bewundere

Ihren Verstand sehr, Fremont Jones. Aber ich fürchte, ich habe Sie unterbrochen, bitte sprechen Sie weiter.«

»Nun gut. Ich bin zu dem Schluß gekommen, daß diese Idee, die zugegebenermaßen von Mrs. O'Leary stammt, aus den verschiedensten Gründen berechtigt zu sein scheint. Für einen Pensionär sind Sie eigentlich noch zu jung, es sei denn, Sie wären ausgesprochen reich gewesen, was aber nicht den Anschein hat. Das allein läßt schon vermuten, daß Sie in irgendeiner Art für die Regierung arbeiten, ein Dienst, für den man normalerweise abberufen wird. Sie beherrschen sicherlich die russische Sprache wie ein Russe, so, wie es Ihnen in Ihrem Elternhaus beigebracht wurde. Als wir neulich über das Erdbeben redeten, da sprachen Sie von Japan, als wüßten Sie sehr viel über dieses Land, das so weit von uns entfernt liegt. Und Ihre Abwesenheit kürzlich fällt zufällig mit einer Angelegenheit zusammen, über die ich gelesen habe, nämlich, daß es vielleicht zwischen Rußland und Japan zum Krieg wegen Korea kommt. Deshalb frage ich Sie noch einmal: Sind Sie ein Spion, Michael?«

Michael entspannte sich, lehnte sich zurück und rieb sich die Hände auf den Oberschenkeln. Seine Augen wurden wieder klar, und er lachte leise in sich hinein. »Oh, sehr gut gemacht! Der großartige Holmes hätte es nicht besser machen können. Nun erzählen Sie mir mal, mein lieber Holmes, haben Sie Ihre Erkenntnisse auch schon mit Mrs. O'Leary besprochen?«

»Nein, das habe ich nicht.« Ich schüttelte ungeduldig den Kopf.

»Gut, ich bitte Sie auch inständig, dies nicht zu tun.«

»Trotzdem, da wäre immer noch unser Problem«, betonte ich.

»Ach ja, die Sache mit dem Vertrauen. Sie geben also zu, daß Sie mir nicht alles erzählt haben, was Sie über Li Wong wissen?«

»Ich halte tatsächlich etwas zurück«, gab ich zu. Ich erzählte ihm nicht, daß er zu dem Zeitpunkt, als ich es ihm hatte sagen wollen, nicht dagewesen war. Denn es stellte sich heraus, daß ich so ein nützliches Werkzeug in der Hand haben würde, um Michael seine Geheimnisse zu entlocken.
Er schaute mich forschend an, und sein Blick war so intensiv, als wolle er in mich hineinsehen und meine Seele ergründen. Dann strich er sich über den Bart, fuhr mit der Zunge über die Lippen, um sie zu befeuchten, und sagte: »Ich kann Ihre Frage nicht beantworten. Aber ich kann es auf Umwegen tun und werde Ihnen von Katya erzählen.«
Katya! Ich merkte, wie ich die Augen aufriß. Dennoch blieb ich ruhig und wartete ab.
»Katya wäre heute meine Frau, wenn sie noch leben würde. Das ist etwa zwanzig Jahre her, und wir waren beide noch jung. Ich lernte sie in Rußland auf einer Geschäftsreise kennen. Ich konnte ihr nicht erzählen, worum es sich bei diesem Geschäft handelte. Verstehen Sie das, Fremont?«
Ich nickte ernst. Spione müssen unter Eid schwören, daß sie sich nicht offenbaren, auch denen gegenüber nicht, die ihnen nahestehen. Wie hatte ich nur so naiv, oder so eingebildet, annehmen können, daß Michael mir davon erzählen würde?
Er fuhr mit seiner Geschichte fort und schaute mich dabei nicht an. Sein Blick glitt über das Meer, und ich bezweifelte, daß er das Wasser überhaupt wahrnahm. Was er sah, das waren seine Erinnerungen. »Ich habe Katya geliebt, und ich war der Grund, warum sie starb.«
Trauer und Sehnsucht erschienen auf seinem Gesicht und erklangen in seiner Stimme! Ich streckte die Hand aus und legte sie auf Michaels Hand, die auf seinem Oberschenkel ruhte. Ich hätte ihn gern getröstet, obwohl ich annahm, daß es kaum möglich war.
»Katya erfuhr von einer gefährlichen Sache, weil sie mir so nahestand. Sie merkte nicht, wie gefährlich es wirklich

war, und ich sagte es ihr nicht, weil ich ihr sonst hätte verraten müssen, warum ich mich wirklich in Rußland aufhielt. Meine Katya wurde ermordet, weil sie schon zuviel wußte.«
In diesem Moment bemerkte Michael, daß meine Hand auf seiner ruhte. Er drehte die Handfläche nach oben und ergriff meine Finger, gleichzeitig drehte er sich um und sah mich an. »Niemand in diesem Land weiß von Katya, Fremont. Ich habe es noch nicht einmal meinen Eltern erzählt, als ich hierher zurückkehrte.«
»Das tut mir so leid«, sagte ich. Michaels Finger hielten meine so fest, daß es schmerzte.
»Es ist vorbei, und es ist schon lange her.«
»Aber Sie lieben sie doch immer noch. Ich kann es doch sehen und spüren.«
»Ja.« Michael drückte meine Finger noch einmal, dann ließ er meine Hand los und legte seine Hände aufs Gesicht. Dann rieb er seine Augen und Wangen, strich seinen Bart bis zur Bartspitze glatt und atmete dabei aus, als wolle er den Schmerz loswerden. »Jetzt müssen wir uns aber wieder um unser Problem kümmern. Sie dürfen mir schon glauben, wenn ich Ihnen sage, daß ich mir Sorgen um Ihre Sicherheit mache, Fremont. Der Mord an Li Wong ist eine ernste Angelegenheit. Ich bitte Sie sehr darum, mir zu vertrauen und mir zu sagen, was Sie mir verheimlicht haben.«
Damit war ich entwaffnet und erzählte Michael von dem Einbruch in mein Büro sowie von meiner Entscheidung, nicht zur Polizei zu gehen. Er schwieg, als ich von dem Vorfall erzählte, und stellte am Schluß nur eine Frage: »Weiß jemand außer Ihnen davon?«
»Nur Justin. Er kam gerade ins Büro, als ich die Schriftstücke vom Boden auflas.«
»Wer ist Justin?« Ich spürte, daß ich errötete, bevor ich in Gedanken eine Antwort formulieren konnte, was Michael natürlich auch bemerkte.
»Aha«, sagte er, »es ist sicherlich der junge Mann, mit dem

Sie die Meinungsverschiedenheit hatten und anschließend den Samstag verbrachten. Und dann noch viele Samstage, habe ich recht?«

»Ja, in jeder Hinsicht. Sie brauchen sich keine Sorgen wegen Justin zu machen. Er ist ungefähr in meinem Alter und hat gerade seine Rechtsanwaltskanzlei eröffnet. Er ist auf meiner Seite. Und er zeigte auch wirklich Verständnis, als ich ihm erzählte, ich wolle nicht, daß irgend jemand, auch nicht die Polizei, davon erführe. Es wäre nämlich schlecht für mein Geschäft.«

»Hm, hm. Und Sie mögen ihn ganz gern.«

Wieder errötete ich. »Das könnten Sie so sagen, ja.«

Michael wandte den Kopf ab, fuhr mit der Hand durchs Haar, obwohl es so kurz geschnitten war, daß der Wind es nicht durcheinanderbringen konnte, und sagte schließlich: »Also, zwei, nein, sagen wir, drei Dinge sind mir bezüglich des Einbruchs bei Ihnen klar. Erstens: Der Einbruch wurde von einem Amateur verübt und könnte möglicherweise nichts mit Li Wong zu tun gehabt haben. Ein Profi hätte Ihr Büro nie so durcheinandergebracht und wäre auch in der Lage gewesen, die Türen zu öffnen, ohne dabei die Schlösser aufbrechen zu müssen. Zweitens: Wenn es etwas mit Li Wong zu tun hatte, dann hat jemand von der Erklärung erfahren, wußte aber nicht, worum es ging. Drittens: Daher wurde die Erklärung weder gefunden noch haben diejenigen sie erhalten, für die sie gedacht war. Vielleicht hat Li Wong seine Meinung geändert und sie vor seinem Tod vernichtet. Auf jeden Fall denke ich, Fremont, daß der Einbruch doch noch ein Segen für Sie war. Denn wer immer es auch gewesen ist, weiß jetzt wenigstens, daß Sie die Erklärung nicht haben, wenn wir davon ausgehen, daß sie es war, wonach sie gesucht haben.«

»Abgesehen von der ersten Sache, die Sie erwähnten, habe ich mir das auch so überlegt. Und ich nehme doch an, Michael, daß Sie auch nicht mehr über Li Wong erfahren

haben, als Sie schon wußten, bevor Sie gefahren sind.«
»Noch nicht, aber ich bleibe an der Sache dran.« Er stand auf, streckte sich und zeigte in eine Richtung.
»Schauen Sie zur Golden Gate hin. Wir befinden uns im Wettlauf mit dem Nebel vor uns.«
Dieses Rennen erwies sich als sehr aufregend. Die weiße Nebelbank drohte in der Ferne wie ein amorphes Biest, das sich langsam näherte. Die Katya sprang um ihr Leben und gewann, unter Michaels ausgezeichneter Führung, das Rennen. Aber auch nur um ein Haar, oder vielleicht sollte ich sagen: um einen Hauch.
Als ich an diesem Abend zu Bett ging, dachte ich über Michael und Katya nach. Welch eine traurige Geschichte, und irgendwie war es auch ein bißchen romantisch, wenn ich mir überlegte, daß er sie immer noch liebte und zweifellos ledig geblieben war, um ihre Erinnerung zu bewahren und ihr treu zu bleiben. Mir fiel ein, daß Michael alles eingestanden hatte, abgesehen von der Tatsache, daß er ein Spion war. Ich sollte doch mehr als zufrieden sein, daß er mir genug vertraute, um mir von dieser Liebe zu erzählen, von der er niemandem sonst erzählte.
Ich drückte mich in meine Kissen. Es gab nur ein Problem: Ich war damit nicht zufrieden! Auch wenn ich mir sagte, daß diese Unzufriedenheit wahnsinnig war. Ich setzte mich auf und schlug verärgert gegen die Kissen. Was war nur mit Michael Archer, daß ich ihm nicht vertrauen konnte?
Die Antwort auf diese Frage wußte ich nicht. Ich schlief ein, und meine Gedanken kreisten immer weiter darum, so daß ich die ganze Nacht Alpträume hatte.

Bis ich Justin wiedersah, hatte ich genügend Zeit gehabt, um einen ausführlichen schriftlichen Dialog mit meinem Tagebuch über die Angelegenheit zwischen Justin und mir zu führen. Mitte der Woche erschien er, wie früher, mit einem großen Beutel in der Hand, in dem sein Mittagessen war, und demselben bekannten, fröhlichen Lächeln im Gesicht. Ich war unglaublich froh, ihn zu sehen, und wollte ihm sogleich in die Arme fallen, tat es jedoch nicht. Ich blieb abwartend, um zu sehen, was er machen würde. Meine Absicht war, mich ganz nach ihm zu richten, jedenfalls bis zu einem gewissen Maße.

Ich sagte: »Ich freue mich, dich zu sehen, Justin.«

»Ich weiß, ich hätte dich anrufen sollen.« Er ließ den Beutel auf meinen Schreibtisch fallen, ging um ihn herum und zog mich in seine Arme. »Ich hoffe, dies wird dich dafür entschädigen.« Er küßte mich lange und gut.

Mein Körper, der schon ziemlich viel von ihm gelernt hatte, antwortete wundervoll leidenschaftlich. Es gelang mir jedoch, die Fassung zu wahren. Hilfreich war dabei die Tatsache, daß wir uns in meinem Büro befanden. Als ich mich von ihm löste, lachte ich ein wenig und sagte: »Ein Kuß wie dieser entschädigt für eine ganze Menge Dinge.«

»Kannst du eine lange Mittagspause machen? Zwei Stunden? Ich dachte, wir könnten eine Straßenbahn nehmen und unser Brot im Golden Gate Park essen. Bist du schon einmal dort gewesen?«

»Nein, bin ich noch nicht.« Ich überlegte kurz und entschied schnell: Wenn ich heute nachmittag eine Stunde länger bliebe, dann könnte ich mitkommen. »Ja, das klingt sehr gut. Gib mir bitte noch eine Sekunde, dann schreibe ich schnell ein Schild, wann ich wiederkomme, und hänge es auf.«

Das tat ich auch, und wir gingen. Dann saßen wir auf dem Rasen, und Justin schwärmte davon, wie wunderbar der Park doch erst sein würde, wenn man ihn fertiggestellt hätte. Einen Moment lang vermißte ich den Common und den Public Garden in Boston mit den Enten und Booten. Ich erzählte Justin davon und auch ein wenig aus meiner Kindheit, von meiner Mutter und meinem Vater.

»Ich bin erstaunt, daß du so eine Umgebung verläßt«, bemerkte er.
»Ich wollte unabhängig und selbständig sein, so wie ich es dir schon erzählt habe.« Ich ließ mich von dem Unterton in seiner Bemerkung nicht beirren. »Und wie sind deine Eltern so, Justin?«
»Meine Eltern?« Seine Augenbrauen zogen sich zusammen. »Was weißt du über meine Eltern, Fremont?«
»Nur das, was du mir beim ersten Mal, als wir zusammen ausgingen, erzählt hast. Als du dich vorstelltest, sagtest du mir, daß dein Vater ein Professor ist und in Berkeley wohnt.«
»Oh, jetzt erinnere ich mich. Nun ja, um die Wahrheit zu sagen, sehe ich sie momentan nicht so oft. Wir verstehen uns nicht gerade besonders gut. Sie, ähem, sie waren mit der Wahl meines Berufes nicht einverstanden.«
»Ich nehme doch mal an, daß sie stolz sind, einen Anwalt in der Familie zu haben. Vor allen Dingen, da du so viel Erfolg hast! Sicherlich hast du ihnen von deinem neuen Haus erzählt, oder? Deine Mutter freut sich doch bestimmt darüber. Also, meine Mutter würde das sicher tun, wenn sie noch leben und im Umkreis von zweihundert Kilometern wohnen würde. Dann wäre sie ständig bei mir und würde mich mit Ratschlägen erschlagen und mir Möbelstücke, Pflanzen und Deckchen und sogar Vogelkäfige vorbeibringen, und ich würde das meiste davon nicht einmal brauchen können!«
»Ich möchte es ihnen im Moment einfach noch nicht erzählen. Und was die Möbel und all das angeht, so hatte ich gehofft, *du* würdest mir helfen. Was meinst du? Geh am Samstag nicht ins Büro, sondern begleite mich statt dessen. Wir gehen in die Stadt und kaufen ein. Aber nicht soviel, denn ich kann es mir im Moment nur leisten, einen Raum einzurichten.«
»Ich weiß nicht –«

»Ich bin sicher, du kennst dich besser mit diesen Dingen aus als ich, und ich bräuchte wirklich deinen Rat. Na komm schon, sag, daß du es machst.«
Ich war versucht einzuwilligen, aber ich erinnerte mich an meinen Dialog mit dem Tagebuch und schüttelte den Kopf.
»Nein. Du mußt dein Haus wirklich allein einrichten. Außerdem habe ich viel zuviel zu tun. Ich komme kaum mit der Zeit aus, die ich für das Büro eingeplant habe. Ich kann mir nicht leisten, es auch nur für einen Tag zu schließen, nicht einmal am Samstag.«
Justin zog einen Schmollmund, aber das hielt nicht lange an. Ich bot ihm die Hälfte meiner Orange an, die ich gerade geschält hatte. Er nahm sie geistesabwesend, starrte dabei in die Ferne und war in Gedanken versunken. Zufrieden saß ich mit ihm in der warmen Sonne, den unvergleichlichen Duft der Orange an meinen Fingern und den süßen Geschmack im Mund.
Ich dachte, wie gut es doch wäre, einen Freund, einen Liebhaber zu haben. Ohne mir etwas dabei zu denken und als wäre es die natürlichste Sache der Welt für mich, ihn zu berühren, streichelte ich Justins Hand, auf die er sich stützte.
Er drehte sich zu mir um und lächelte. Ich lächelte zurück und war so glücklich.
»Schau doch«, rief Justin, »ein Eisverkäufer. Komm, Fremont, ich kaufe uns eine Eistüte.«
Hand in Hand liefen wir über den Rasen und lachten wie die Kinder.
Als es dann darum ging, den Entschluß einzuhalten, den ich am Ende meines Tagebuchdialoges gefaßt hatte, fiel es mir doch ziemlich schwer.

»Pst!« Mrs. O'Leary steckte ihren Kopf durch die Tür und fing mich ab, als ich am nächsten Tag zur Arbeit gehen wollte. »Hier rein, Fremont. Ich hab' Neuigkeiten für Sie.«

»Ja?« Da sie flüsterte und die Tür hinter mir schloß, wurde ich neugierig.
»Sie erinnern sich doch noch daran, was Se mich gefragt haben, über die Frauen, und daß die vielleicht irgendwo an der Küste beim Leuchtturm ermordet wurden, ja?«
»Ganz sicher erinnere ich mich daran.«
»Nun, ich hab' herumgefragt. Hab' ein oder zwei ganz interessante Reaktionen gekriegt.« Sie faltete die Hände unter ihren ausladenden Brüsten, wippte auf den Fersen und sah aus, als hätte sie es genossen, diese »Reaktionen« hervorzurufen. »Und das habe ich herausbekommen: Es waren zwei, drei Mädchen, die vor ein paar Jahren dort oben bei Bodega Head vermißt und nie wiedergefunden wurden. Die Suche wurde viel zu schnell wieder aufgegeben. Der Captain wäre nie damit einverstanden gewesen, wenn das in seinem Revier passiert wäre.«
Wie interessant! »Wo ist dieses Bodega Head, und gibt es dort einen Leuchtturm?«
»Es liegt nördlich von hier, nich weit weg. Der Leuchtturm is auf Point Reyes, aber das gehört alles zusammen, Fremont. Von einem Ort zum andren is es auch nich sehr weit. Wie haben Se noch mal davon erfahren?«
»Ich habe irgendwo darüber gelesen, und ich konnte es einfach nicht vergessen.«
Mrs. O'Leary schaute mich mißtrauisch an. »Das is aber ziemlich komisch, wenn man bedenkt, wie teuflisch schwer es war, überhaupt jemanden dazu zu kriegen, daß er mir was erzählt. Ich hab' mir gesagt, da wird wohl was vertuscht. Eigentlich wird über Sachen, die vertuscht werden sollen, nicht berichtet.«
Das wurde ja immer interessanter! Hastig sagte ich: »Irgend jemand hat trotzdem darüber berichtet, wie hätte ich sonst davon erfahren? Ich war doch vor zwei Jahren noch gar nicht hier.«
»Hm.« Sie wippte noch ein bißchen vor und zurück und

schien immer noch mißtrauisch zu sein. »Ich sag' Ihnen, was ich denke, Miss Fremont Jones. Ich denk', daß Mr. Archer derjenige is, der Ihnen das erzählt hat, und Se woll'n es bloß nich zugeben.«

»Michael?« rief ich aus.

»Oh, sind wir schon bei Michael, ja? Warum sollte mich das auch überraschen, ich hab' ja mitbekommen, wie dick Se beide befreundet sind.«

»Mrs. O'Leary, bitte. Michael Archer war ab und zu nett zu mir, das ist alles. Wir stehen uns ganz bestimmt nicht so nahe. Würden Sie mir bitte erzählen, warum Sie der Auffassung sind, daß er etwas über das Verschwinden der vermißten Frauen weiß, wenn die Sache doch, wie Sie selbst sagten, geheimgehalten wurde?«

»Weil Bodega Head auf halbem Weg zwischen Point Reyes und Fort Ross liegt, und von Fort Ross, da kommen doch die Russen her. Das is deren Heimat, das muß einfach vertrautes Gebiet für ihn sein, Fremont, muß einfach so sein.«

»Das wußte ich nicht.« Meine Gedanken wirbelten durcheinander. Ich mußte in mein Büro gehen, wo es ruhig war und ich nachdenken konnte. Ich ergriff stürmisch die Hände meiner Vermieterin und drückte sie. »Danke. Vielen Dank dafür, daß Sie sich die Mühe gemacht und sich in dieser Angelegenheit für mich umgehört haben. Es ist doch immer höchst erfreulich, wenn man seine Neugier befriedigen kann. Jetzt muß ich aber gehen!«

»Passen Se auf sich auf, Fremont«, sagte sie freundlich und klopfte mir auf die Schulter. Offensichtlich war mir die vermutete Nähe zu Michael Archer verziehen worden. Schau'n Se zu, daß Se nich in Schwierigkeiten geraten!«

Als Antwort erhielt sie von mir ein strahlendes Lächeln. Später, als ich mich beeilte, um das Cable-car nicht zu verpassen, fragte ich mich, wie groß die Schwierigkeiten wohl waren, in die ich geraten könnte – oder in denen ich mich bereits befand.

Nachdem ich mein Büro erreicht hatte und schließlich am Schreibtisch saß, beugte ich mich hinunter und klopfte auf die verschlossene Schublade. Dann sagte ich ruhig: »Ich habe dich nicht vergessen, Edgar Allan Partridge. Ich glaube sogar, daß ich in dieser Sache wirklich vorwärtskomme!«
Die Frage war nun, wie ich jetzt weiter vorgehen sollte. Ich dachte den ganzen Morgen lang darüber nach, während ich die Memoiren des Professors abschrieb. Glücklicherweise fand ich sie äußerst langweilig (für ihn war das natürlich weniger glücklich), so daß sie einfach abzuschreiben waren. Meine Finger flogen über die Tasten, während meine Gedanken ganz woanders waren.
Es konnte doch nicht möglich sein, daß zwischen Michael Archer und Edgar Allan Partridge eine Verbindung bestand. Das wäre wirklich ein zu großer Zufall. Dennoch schien es das beste zu sein, meinem ersten Impuls, Michael zu fragen, ob er mit mir in seinem Boot nach Bodega Head segeln würde, nicht nachzugeben.
Zunächst mußte ich die geographischen Verhältnisse der Küste von Nordkalifornien studieren. Wie weit war Bodega Head von San Francisco entfernt, und was war mit Point Reyes? Wie sollte ich dort hinkommen, wenn nicht in einem Boot? Und wenn ich dort angelangt wäre, würden sie mir erlauben, den Leuchtturm zu betreten? Ich hatte lauter Fragen, und nichts wäre mir angenehmer gewesen, als Urlaub zu machen, das Büro zu schließen und mich direkt auf den Weg zu machen.
Aber das konnte ich nicht tun! Ich nahm das Blatt Papier, das ich jetzt vollgeschrieben hatte, aus der Schreibmaschine und spannte ein neues ein. Da klingelte das Telefon, und als ich den Hörer abhob, meldete sich seltsamerweise niemand. Nachdem ich mehrmals »Hallo« gesagt und angestrengt gelauscht hatte, falls die Verbindung schlecht sein sollte, legte ich auf. Diese Unterbrechung war gar nicht so schlecht, denn sie bremste meine rasenden Gedanken.

»Eile mit Weile«, zitierte mein Vater immer für mich, seine eilige und dickköpfige Tochter.
Ich sollte doch etwas gezielter vorgehen: Zunächst einmal der Gang zur Bibliothek, um die Landkarten zu studieren. Wenn ich schon einmal da war, dann konnte ich mir auch gleich die zwei oder drei Jahre alten Zeitungsausgaben heraussuchen. Mrs. O'Leary hätte sich schließlich auch irren können, wenn sie meinte, daß da etwas vertuscht wurde. Immerhin gehörte sie auch zu den äußerst mißtrauischen Menschen. Vielleicht fand ich irgend etwas. Ich könnte das Büro heute eine halbe Stunde früher schließen. Es blieb jetzt bis nach sieben Uhr hell, deshalb hätte ich auch genügend Zeit.

Ich konnte es kaum erwarten! Aber der Rest des Tages verlief gar nicht gut. Ich glaube, daß es böse Geister gibt, die für das Auge unsichtbar bleiben. Sie wissen irgendwie, wann man etwas unbedingt erreichen will, und legen einem dann gern und erfolgreich Steine in den Weg. Den ganzen Nachmittag über kamen laufend Kunden in mein Büro. Darunter befanden sich auch drei kleine alte Damen, die gemeinsam kamen. Jede wollte mir ihre Briefe an die Verwandtschaft diktieren, und das war so zeitaufwendig! Ich hätte sie gern wieder fortgeschickt, aber ich brachte es nicht über das Herz.
So geschah es dann also, daß ich nicht eine halbe Stunde früher gehen konnte, sondern das Büro am Abend sogar noch eine halbe Stunde später als sonst abschloß. Als ich den Schlüssel im Schloß drehte, sah ich jemanden aus den Augenwinkeln. O nein, bitte keinen weiteren Kunden, es war doch schon so spät. Als ich mich umdrehte, war jedoch niemand zu sehen. Das war ziemlich seltsam, aber irgenwie auch erleichternd.
Noch mehr böse Geister, dachte ich, als ich die Treppe hinunterging. Wahrscheinlich dieselben, die mir noch zwei

weitere Anrufe beschert hatten, bei denen sich niemand meldete. Diese nervtötenden kleinen Kreaturen hatten sich heute wirklich selbst übertroffen!
In der Bibliothek hatte ich jedoch heute Glück und fand eine detaillierte Landkarte der nordkalifornischen Küste. Mrs. O'Leary hatte vollkommen recht gehabt, denn Bodega Head und Bodega Bay lagen im Norden, nicht weit entfernt von Fort Ross, während Bodega im Süden nahe genug an Point Reyes lag, so daß es ohne weiteres in das Gebiet eines umherwandelnden, mondsüchtigen Leuchtturmwärters fallen konnte.
Ich konnte auch erkennen, daß ich dorthin nur mit dem Boot gelangen würde. Der einzig befahrbare Weg, der in diese Richtung führte, lag zu weit landeinwärts, und man mußte eine Gebirgskette überqueren, um zu den Bodegas an die Küste zu kommen. Eine Fahrt auf dem Landweg sah äußerst gefährlich aus, ganz abgesehen davon war sie zeitraubend. Natürlich war ich keine Seglerin und hatte keine Ahnung, wie lange die Fahrt über das Meer dauern würde, aber es war zu schaffen. Ich würde schon einen Weg finden ... *wenn* ich mich entschließen würde zu fahren.
Als ich am Tisch saß und die Karte sorgfältig studierte und mir Notizen machte, fühlte ich mich ständig beobachtet. Ich versuchte, dieses Gefühl nicht weiter zu beachten, aber es gelang mir nicht. Schließlich drehte ich mich abrupt um, weil ich dachte, ich könnte jemanden dabei ertappen, daß er mich beobachtete. Ich hätte vielleicht eine dunkle Figur sehen können, die sich hinter die Regale zurückzog. Aber da war nichts. Ich zuckte mit den Achseln, machte eine Skizze von dem Teil der Landkarte, auf dem das Gebiet zwischen Golden Gate und Fort Ross verzeichnet war, und stellte die Karte wieder ins Regal.
Die Bibliothekarin half mir mit den alten Zeitungsausgaben und schlug vor, daß ich nicht in den Zeitungen aus San Francisco nachsehen sollte, sondern vielmehr in der Wo-

chenzeitschrift »Fort Ross Register«, um darin Nachrichten zu finden, die mich interessierten. Daher saß ich im Zeitschriftensaal und hatte die Ausgaben der »Register« aus den letzten drei Jahren vor mir, als mich erneut dieses bedrohliche Gefühl beschlich, daß jemand hinter mir stand. Ich ignorierte es, so lange ich konnte, dann drehte ich mich blitzschnell um – und sah niemanden. Ich war ganz allein im Zeitschriftensaal.

Ich dachte mir einen kleinen Reim aus, den ich vor mich hin sang. »E.A.P., laß mich in Ruh und geh.« Er war zwar dumm und kindisch, aber irgendwie fühlte ich mich dadurch etwas besser. Sicherlich hatte die Abschrift des Manuskriptes dazu beigetragen, daß nun auch bei mir dieser Verfolgungswahn einsetzte, weil ich mit ihm fühlte, dabei war alles nur reine Einbildung.

Bald hatte ich mich ganz in die Zeitungen vertieft. Abwechselnd las ich genauer und überflog dann wieder die Seiten, bis ich schließlich in einer Ausgabe vom 10. September 1902 einen Artikel fand, in dem von einer Miss Ethel Faragon, 18 Jahre, berichtet wurde, die als vermißt galt. Es wurde angenommen, daß sie ertrunken war. Eine Photographie von ihr gab es nicht. Sie war wie immer in ihrem Katboot die Küste von Bodega Bay bis Fort Ross gesegelt und hatte ihre wöchentlichen Besorgungen erledigt. Sie war nicht zur gewohnten Zeit zurückgekehrt, ihr Boot wurde später zerschellt an den Felsen von Point Reyes gefunden. Die Namen der Eltern und Geschwister waren aufgeführt und ein Aufruf, sich zu melden, falls jemand sie noch lebend gesehen hatte. Es war sogar von einer kleinen Belohnung für Informationen die Rede.

Aha! dachte ich. Wenn Mrs. O'Leary recht damit hatte, daß es sich um eine Sache handelte, die vertuscht werden sollte, dann war diese nicht vor Miss Faragons Verschwinden geschehen. Ich nahm diese Ausgabe des »Register« als Ausgangspunkt und suchte dann in den folgenden Ausgaben weiter, überflog die Seiten, ging mit der Fingerspitze über die Kolumnen, bis meine Augen müde wurden.

Einen weiteren Artikel über eine vermißte Frau gab es nicht. Was ich jedoch fand, war ein kleines Inserat auf der Rückseite der Januar-Ausgabe des »Register« von 1904. Die Anzeige lautete folgendermaßen: ZEHN DOLLAR BELOHNUNG FÜR HINWEISE ÜBER DEN VERBLEIB VON MISS JENNIE WEBSTER AN J. O. WEBSTER, MARSHALL. Marshall bedeutete nicht, daß J. O. Webster ein Mann des Gesetzes war. So hieß eine Stadt, die ich auf der Landkarte gesehen hatte. Ich schaute in meinen Notizen nach. Ja, da war sie, und sie lag sogar noch näher an Point Reyes als Bodega. Aha, aha!

Gütiger Himmel! Durch die Fenster im Zeitschriftensaal konnte ich kein bißchen Himmel mehr sehen, nur noch den grauweißen Abendnebel. Ich griff nach der Uhr, die an meiner Bluse steckte. Es war acht Uhr dreißig, ich hatte die Zeit ganz vergessen und mußte jetzt meinen Heimweg zur Vallejo Street durch die neblige und undurchdringliche Dunkelheit antreten. Keine sehr angenehme Aussicht!

Allein der Gedanke daran weckte in mir die allzu bekannte Paranoia des Mr. Partridge.

HINTER DER DUNKLEN LINSE

Als ich auf dem Treppenabsatz der Bibliothek stand und vergeblich versuchte, durch den Nebel zu schauen, der so dicht und undurchdringlich war wie Watte, bedauerte ich die Tatsache, daß ich doch nur recht wenig Geld besaß. Wenn ich noch im Haus meines Vaters wohnen würde, dann hätte ich nicht gezögert, mir ein Taxi zu rufen. Ich zitterte, nicht vor Kälte, sondern wegen der Feuchtigkeit, und setzte die Kapuze meines Umhangs auf. Aber wenn ich in Boston wäre, dachte ich und versuchte, mich aufzuheitern, dann würden Augusta und ihr sicherlich schauriger Neffe im Salon warten, um sich auf mich zu stürzen, sobald ich durch die Haustür trat. Dieser Gedanke bewirkte, daß ich mich sofort besser fühlte, und so machte ich mich auf den Weg zur Straßenbahnhaltestelle, die nur einen Häuserblock entfernt war.
Paranoia kann so zermürbend sein! Überall hörte ich Schritte, aber ich war ganz allein, und vor mir lag eine dunkle Nebelwand. Ich habe noch nie gern gewartet, selbst bei optimalen äußeren Bedingungen tue ich es nicht gern.

Nun stand ich am Haltestellenschild der Straßenbahn, trat von einem Fuß auf den anderen und blendete das Geräusch der Schritte aus, indem ich den monotonen kindischen Reim immer wiederholte.
Ich wünschte, ich hätte eine Waffe bei mir – selbst ein Regenschirm wäre besser als nichts. Die Waffe der Damen, die Haarnadel, sprach mich hingegen gar nicht an. Vielleicht lag es daran, daß ich nicht so gern einen Hut trug. Immer wieder mußte ich daran denken, wie leicht es für jemanden war, der vorhatte, mir etwas anzutun, sich im Nebel zu verbergen, sich dann anzuschleichen und mich heimtückisch und hinterhältig zu überfallen.
Die Straßenbahn kam erst nach einer halben Stunde, so kam es mir zumindest vor, obwohl es wohl nur fünf Minuten waren, und ich stieg dankbar seufzend ein. Meine Verfolgungsängste gingen sogar so weit, daß ich genau beobachtete, ob jemand nach mir einstieg, aber es folgte mir niemand. Ich befand mich in Sicherheit und dachte nun über die Informationen nach, die ich in der Bibliothek zusammengetragen hatte.

Am nächsten Morgen ging ich so früh in mein Büro, daß der Nebel noch in den Straßen lag. Aber am Tage wirkte er nicht mehr ganz so bedrohlich. Das Licht, das durch den dichten Nebel fiel, verlieh ihm einen perlenfarbenen Glanz. Auf meinem Gesicht fühlte sich der feuchte Dunst erfrischend an. Obwohl ich wenig geschlafen hatte, war ich hellwach und voller Energie. Ich wollte unbedingt mit meinen Plänen vorankommen, die ich gemacht hatte, als ich nicht hatte schlafen können.
Mein größter Wunsch war es, Edgar Allan Partridge zu finden, um ihm die maschinengeschriebene Fassung seiner Geschichten auszuhändigen. Der andere, ebenso dringliche Wunsch, den ich hatte, war zum Teil eigennützig und durch meine Neugier hervorgerufen worden. Ich wollte

herausfinden, ob die geheimnisvollen und seltsamen Geschichten der Wahrheit entsprachen. In der langen, schlaflosen Nacht hatte ich mir gesagt, daß es besser wäre, diesen Wunsch aufzugeben. Ich war jedoch unvernünftigerweise davon überzeugt, daß diesem Mann etwas Schreckliches zugestoßen war und daß sich in seinen Geschichten Hinweise befanden, die nicht nur ein schreckliches Geschehen andeuteten, sondern auch sein Verbleiben erklärten. Immer wieder waren mir diese Gedanken durch den Kopf gegangen, und ich war immer wieder am gleichen Punkt angekommen, wie eine Katze, die sich in den Schwanz beißt.
So hatte ich gegen zwei Uhr in der Nacht einen Plan gemacht, welche Schritte ich nacheinander unternehmen wollte, um wie Holmes an mein Ziel zu kommen. Aber ich würde sie ohne Watson gehen, denn Michael Archer sollte daran nicht beteiligt werden. Es würde noch lange dauern, bis ich die Spuren dieses seltsamen Vorfalles auf dem Boot, als ich mich so vor ihm gefürchtet hatte, würde abstreifen können – wenn überhaupt.
Nachdem ich mein Büro eine gute Stunde früher als sonst betreten hatte, schloß ich die Tür hinter mir ab, da ich bemerkt hatte, daß die Sorensons nirgends in ihrem Buchladen zu sehen waren und ich mich deshalb allein im Gebäude befand. Ich ging zu meinem Schreibtisch, nahm den Plan aus meiner Handtasche, setzte mich hin und zog das Telefon zu mir herüber. Schritt eins: Ich entnahm die Telefonnummer des »San Francisco Chronicle« der heutigen Ausgabe und rief dort an.
»Guten Morgen«, sagte ich, »ich würde gern jemanden von der Nachrichtenzentrale sprechen.« Als er ans Telefon kam, erklärte ich ihm, daß ich einen Mann ausfindig machen wollte, der in den letzten Jahren wahrscheinlich als Reporter bei ihnen gearbeitet hatte. »Ein Mr. Edgar Allan Partridge. Er ist noch relativ jung, hat einen schmächtigen

Körperbau, vortretende Augen und ein schmales Gesicht, schwarze Haare und eine sehr weiße Haut.«
Nein, sie hatten nie von ihm gehört. Es hatte auch nie jemand mit diesem Namen oder dem äußeren Erscheinungsbild für den »Chronicle« als Reporter gearbeitet. Als nächstes versuchte ich es bei der Abendzeitung, aber das Resultat war dasselbe. Wenn Mr. Partridge die Wahrheit gesagt hatte, als er behauptete, er sei Reporter, dann war er sicherlich außerhalb von San Francisco tätig gewesen.
Ich strich den ersten Punkt durch und fuhr mit Schritt zwei fort, dem Fernsprechbuch, das ich aus einer Schreibtischschublade genommen hatte. Wie dumm ich mir jetzt vorkäme, wenn ich die Adresse und Telefonnummer von Edgar Allan Partridge in diesem Buch finden würde! Ich schlug hastig die Seiten um, bis ich bei P angekommen war. Aber ich konnte keinen einzigen Partridge finden. Das bedeutete natürlich noch nicht, daß es keine Partridges in der Stadt gab. In San Francisco, wie auch in Boston, besaß nur ein geringer Teil der Bevölkerung ein Telefongerät zu Hause. Ich schlug das Buch wieder zu und zog die Schublade auf, um es wieder zurückzulegen.
Im gleichen Moment fiel mir zum erstenmal ein, daß Edgar Allan Partridge möglicherweise gar nicht der richtige Name dieses Mannes war. Ich fragte mich, ob er vielleicht Peregrine hieß, so wie der Junge aus der Geschichte »In die Finsternis verdammt«. Dann überlegte ich weiter, daß Peregrine auch »Wanderfalke« bedeutete, und ein Falke war ein Vogel, so wie Partridge, was »Rebhuhn« hieß, auch ... also blätterte ich durch die Seiten mit dem Buchstaben F und suchte nach Falcon oder Falconer, aber ich fand keins von beiden. Nun gut, welche verwandten Vogelarten gab es noch? Habicht – Hawk ... ich stürzte mich auf die Namen, die mit einem H begannen: Ha, Han, Hau, Hav – keine Hawks dabei. Aber dafür zweimal Hawkinson! Ich hatte schon den Hörer abgenommen, als ich innehielt. »Jetzt

übertreibst du aber, Fremont Jones!« schimpfte ich laut mit mir und war froh, daß ich mich noch rechtzeitig hatte bremsen können. Ich wäre mir reichlich albern vorgekommen, wenn ich den armen Hawkinsons hätte erklären müssen, wie ich auf ihre Nummer gekommen war.

Ich strich auch Schritt zwei durch.

Schritt drei lautete: Bringe in Erfahrung, ob es für die Stadt San Francisco ein Adressenverzeichnis gibt. Das hatte jedoch noch zu warten, bis die Stadtbibliothek öffnete, deshalb beschäftigte ich mich eine Stunde lang damit, auf der Schreibmaschine zu schreiben. Die Bibliothekarin teilte mir dann mit, daß es kein städtisches Verzeichnis aller Adressen in San Francisco gab. Nun, soviel also zu dem einfachen Versuch, etwas über den Verbleib von Mr. Partridge herauszufinden. Eigentlich tat mir der fehlgeschlagene Versuch auch nicht leid, denn so hatte ich das Gefühl, ich hätte eine Rechtfertigung dafür, daß ich meine Neugier befriedigen konnte. Dem Ausflug an die Küste stand nun nichts mehr im Wege.

Ich machte eine kurze Pause, um die Bürotür aufzuschließen, und ging dann zu Schritt vier über, der aus einer Frage bestand: Wie miete ich mir ein Boot? Michael hätte mich sicher in seinem Boot hinausgefahren, aber das kam gar nicht in Frage. Ich würde Justin um Rat fragen und müßte dafür lügen. Er war mir gegenüber einfach zu fürsorglich. Wenn ich ihm die Wahrheit sagte, dann würde er die Sache selbst in die Hand nehmen wollen. Und das war wiederum nicht das, was ich wollte! Ich hatte Justin in dieser Woche bereits schon einmal angelogen. Er hatte mich für Freitag abend zum Essen eingeladen, und ich hatte ihm erzählt, ich könne nicht kommen, da ich Mrs. O'Leary versprochen hatte, mit ihr zum Abendmahl ihrer Kirchengemeinde zu gehen. Ich war noch nicht wieder in der Lage, mit Justin allein zu sein. Denn ich war mir nicht sicher, ob ich mich an den Entschluß würde halten können, den ich nach langem und ausführlichem Dialog mit meinem Tagebuch gefaßt hatte.

Ich griff nach dem Telefon, zog die Hand aber wieder zurück und stand vom Schreibtisch auf. Ich ging zum Fenster, um mir einen kleinen Aufschub zu gönnen. Der Nebel hatte sich aufgelöst. Ich öffnete das Fenster, schaute hinaus und lauschte dem Betrieb unten auf der Straße. Mein ganzes Leben lang hatte ich es gehaßt zu lügen, und ehrlich gesagt, beherrschte ich noch nicht einmal die kleinen Notlügen, die man im Umgang mit anderen lernt, um höflich zu bleiben. Ich zitterte, als ich die spiegelverkehrten Buchstaben meines Namens mit dem Finger auf dem Glas nachfuhr. Der Besuch der Mission Dolores war nichts im Vergleich zu dem, was ich jetzt vorhatte. Ich fragte mich bei Tag nochmals, was ich mich schon am Abend zuvor gefragt hatte: Wollte ich wirklich meine Erkundungen fortsetzen, die mich in die dunkle und verrückte Welt von Edgar Allan Partridge führten? War mir wirklich so sehr an ihm gelegen, daß ich Leuten wie Michael, Mrs. O'Leary und Justin, die sich doch um mich sorgten, so unehrlich und hinterlistig begegnete? »Das ist deine letzte Gelegenheit«, murmelte ich vor mich hin. Wenn ich mich erst einmal entschlossen hatte, dann konnte ich nicht mehr zurück, selbst dann nicht, wenn ich wahnsinnig werden würde. Ich ging vom Fenster weg und wandte meine Aufmerksamkeit wieder Schritt vier zu.

Ich nannte der Telefonvermittlung Justin Camerons Nummer im Büro und hörte es klingeln. Er meldete sich selbst, und es lag ein offizieller Ton in der Stimme, den ich von ihm nicht kannte. Er klang fast wie eine andere Person, so, wie ein vornehmer Anwalt sich anhören mag, und ich war richtig beeindruckt.

»Ich rufe aus rein geschäftlichen Gründen an«, sagte ich in meiner offiziellen Stimme, die etwas anders war als seine. »Ich habe einen Klienten, der neu in dieser Gegend ist und

der mich um Rat gebeten hat, den ich ihm aber nicht geben kann. Vielleicht könntest du mir weiterhelfen?«
»Wenn ich kann«, sagte er vorsichtig.
»Es handelt sich dabei nicht um eine juristische Angelegenheit. Er möchte den Namen einer vertrauenswürdigen Person wissen, die Boote vermietet und die ihn die Küste entlang bis Fort Ross und zurückbringen kann.«
»Hmm«, machte Justin nachdenklich, »gibt es einen bestimmten Grund, warum dieser Mensch mit dem Boot fahren möchte? Meiner Ansicht nach fahren die meisten Leute mit dem Zug dorthin. Das ist doch viel einfacher.«
Warum hatte ich daran nicht selbst gedacht? Ich fühlte mich wie ein Dummkopf, als ich hastig sagte: »Einen Moment bitte, Justin, ich werde mal fragen« und dann die Hand auf die Sprechmuschel des Hörers legte, als ob ich wirklich mit einem Klienten redete. Ich zählte bis zehn, bevor ich fortfuhr: »Er sagt, er sei dir sehr dankbar, daß du den Zug erwähntest. Er hatte nämlich angenommen, daß die Züge nicht in Richtung Norden fahren würden. Und ich selbst war gänzlich unwissend in dieser Angelegenheit. Vielen Dank, daß ich deine Zeit in Anspruch nehmen durfte.«
»Für dich, Fremont, nehme ich mir gern die Zeit. Ich bin jedoch im Augenblick wirklich sehr beschäftigt –«
»Natürlich. Auf Wiederhören, Justin.« Ich legte schnell auf und nahm mir erneut das Telefonbuch, um die Nummer der South-Pacific-Eisenbahn herauszusuchen. Schon bald erfuhr ich, daß es tatsächlich Zugverbindungen gab, die an der Küste entlang in den Norden sowie in den Süden führten, und daß es auch eine Fährverbindung zur Eisenbahnstrecke in Richtung Norden gab, die in Sausalito begann. Ich mußte nur zum Bahnhof gehen, um mir einen Fahrplan und eine Fahrkarte zu holen. Ich war froh, daß ich mir kein Boot mieten mußte. Auch wenn es ziemlich einfallslos von mir gewesen war, nicht selber an die Bahn zu denken,

so hatte ich dennoch das Gefühl, daß mein kleiner Betrug an Justin recht erfolgreich gewesen war. Der Gedanke daran erfüllte mich mit einer sonderbaren Freude, über die ich lieber nicht nachdenken wollte.
Zur Mittagszeit machte ich mich auf den, wie sich bald herausstellte, ziemlich weiten Weg zum Bahnhof, der südlich der Market Street in einem Viertel lag, in dem ich noch nie zuvor gewesen war. (Die Endstation meines Zuges aus Boston vor einigen Monaten war in Oakland gewesen. Von dort aus nahm man die Fähre, die über die Bucht fuhr.) Als ich die Market Street überquert hatte, fand ich mich in einer Gegend wieder, in der es etwas rauher zuging als in den Stadtteilen, die ich kannte. Hier trieben sich offensichtlich viele der Arbeitslosen herum, und die Art und Weise, wie sie mich ansahen, gefiel mir überhaupt nicht. Ich ging schnell und entschlossenen Schrittes weiter und schaute weder nach rechts noch nach links. Ich war unauffällig gekleidet, trotzdem machten einige der Männer schlüpfrige Bemerkungen, als ich vorbeiging. Ich war versucht, ihnen das eine oder andere unanständige Wort zu erwidern, aber ich hielt den Mund. Wenigstens hatten sie meinen Wortschatz stark erweitert!
Endlich erreichte ich mein Ziel. Der Fahrkartenverkäufer war mir äußerst behilflich bei der Planung meiner Fahrt, obwohl er die Augenbrauen bis weit über die Ränder seiner Brillengläser hochzog, als ich ihm die Haltestellen nannte, an denen ich aussteigen wollte. Auf alle Fälle, so sagte er mir, würde ich, mit Ausnahme von Fort Ross, einen Wagen mieten müssen, um vom Zug bis zu meinem Zielort zu gelangen. Mit einem vorgetäuschten zuversichtlichen Lächeln versicherte ich ihm, daß ich mich schon darauf vorbereitet hätte. Eigentlich war ich aber völlig unvorbereitet, was diese Fahrt betraf. Erst als ich auf den Fahrplan geschaut hatte, war mir überhaupt bewußt geworden, daß ich irgendwo auf dieser Strecke würde übernachten müssen.

Unerschrocken zahlte ich die Fahrkarte und schob sie, zusammen mit dem Fahrplan, tief in meine geräumige Handtasche.
Vor dem Bahnhof befand sich ein billiger Verkaufsstand, dessen Waren meine Aufmerksamkeit erregten: Regenschirme, Spazierstöcke, Bambusrohre, und dazwischen glänzte immer wieder ein Stück hartes Metall. Ich hielt an, um näher hinzuschauen und dachte: O ja! Das ist genau das richtige.
»Lassen Sie mich doch bitte mal einen Blick darauf werfen, ja, genau den da möchte ich sehen.« Ich zeigte auf den Gegenstand. Die Händlerin war eine Chinesin, deren breites Lächeln eine Reihe Zähne zeigte, die abgebrochen waren und fleckig aussahen. Sie verbeugte sich und gab mir einen eleganten Spazierstock aus schwarzem Holz. Der Griff war aus Silber und hatte die Form einer geschlossenen Pfingstrosenblüte. Da das Gegenstück ebenfalls auslag, konnte ich sehen, daß man diesen Spazierstock auseinandernehmen konnte. Im Inneren war eine Art lange, dünne Klinge verborgen, die ein Zwischending aus Messer und Degen war. Meinen Spazierstock konnte ich jedoch nicht auseinandernehmen. »Zeigen Sie mir bitte, wie es funktioniert.« Sie lächelte wieder, verbeugte sich und führte mir vor, wie ich ihn zu handhaben hatte. Ich mußte sie bitten, es mir ein zweites Mal zu zeigen, denn der kleine Auslöseknopf war so geschickt in die Pfingstrosenblüte eingefügt, daß er dem bloßen Auge verborgen blieb. Wenn man allerdings erst einmal wußte, wo er war, dann konnte man ihn ganz einfach ertasten. Außerdem war die Geheimwaffe so gearbeitet, daß ich sie auch als Spazierstock verwenden konnte, denn er hatte die richtige Höhe für mich. »Ich nehme ihn«, sagte ich. »Wieviel kostet er?«
Ich wußte, daß man mit Straßenhändlern feilschen sollte, aber weil diese Frau so mutig gewesen war, trotz ihrer Zähne zu lächeln, bezahlte ich den Preis, den sie mir nannte,

und war äußerst zufrieden. Als ich dann so mit meiner eleganten neuen Waffe losmarschierte, fühlte ich mich gleich nicht mehr so verletzlich, auch wenn ich hoffte, niemals jemanden damit niederstechen zu müssen.
Von diesem Augenblick an ging ich nie wieder ohne meinen Spazierstock aus dem Haus. Am Abend übte ich so lange, den Degen zu ziehen, bis ich es in Sekundenschnelle konnte. Ich übte sogar das Stoßen und Stechen mit der Waffe. Manchmal kam ich mir dabei etwas albern vor, aber insgesamt war ich doch froh, daß ich ein Mittel in der Hand hatte, um mich zu verteidigen.

Die Geschichte, die ich mir für die anderen zurechtgelegt hatte, war, daß ich eine Freundin der Familie besuchen wollte, die in San Jose wohnte. Am Samstag morgen in aller Frühe wollte ich aufbrechen und irgendwann am Sonntag zurückkehren. Die erdachte Freundin mit dem Namen Ruth Livingston würde mir ihre Kutsche samt Kutscher schicken, so daß ich auf dem Hin- und Rückweg gefahren würde. Den Namen der Freundin, einige Details über sie und ihren Familienhintergrund hatte ich auf ein Blatt Papier geschrieben, das ich in meiner Tasche so lange bei mir trug, bis ich alles auswendig wußte. Natürlich hatte ich mir selbst eine Kutsche gemietet und wartete am Samstag morgen nervös darauf, daß sie mich abholte. Ich würde den Transport und auch die weiteren Reisekosten mit den zweiundneunzig Dollar bezahlen.
Die Kutsche kam pünktlich und fuhr mich zu der Anlegestelle, von der aus die Fähre mich und die anderen Zugreisenden nach Sausalito bringen würde. Der Tag war schön und klar, und als ich einmal unterwegs war, verflog die Nervosität, und ich war aufgeregt und voller Vorfreude. Ich hatte meinen Spazierstock und eine gut gepackte Reisetasche dabei, und mein Plan war so gut es ging ausgearbeitet. Schließlich war ich schon allein mit der Eisenbahn unter-

wegs gewesen und war durch das ganze Land gefahren. Was konnte da noch passieren?

Das Gefährt, das ich am Bahnhof von Point Reyes mietete, erwies sich als weitaus teurer und viel weniger stabil, als ich gehofft hatte. Es war ein klappriger Wagen, der von einem Maultier gezogen und von einer der unansehnlichsten männlichen Gestalten, denen ich je begegnet war (und nun leider doch), geführt wurde.

»Sie wollen zum Leuchtturm?« hatte er gefragt und den Kopf zur Seite gelegt. Wahrscheinlich hatte er das getan, um mich besser mit seinem trüben Auge sehen zu können, über dem anderen Auge hing das Lid fast vollständig herunter. Sein Gesicht war schmutzig, und seine Hände waren es auch. Und seine Kleidung konnte man einfach nicht beschreiben.

Ich bemühte mich, nicht vor lauter Widerwillen die Nase zu rümpfen. »Ja, das möchte ich, denn ich bin fest entschlossen, ihn mir anzusehen. Aber wenn Sie die Fahrt nicht machen möchten, dann findet sich vielleicht jemand anders –«

»Gibt hier keinen anderen, Lady«, sagte diese unansehnliche Kreatur. »Weiß gar nicht, was Se da den ganzen Weg rausfahren woll'n, besonders an so 'nem Tach wie heute!«

Er legte den Kopf in den Nacken und schaute zum Himmel, der tatsächlich mit grauen Wolken verhangen war, die so tief hingen, daß wir direkt unter ihnen zu stehen schienen. Der Wind war kalt und wehte uns heftig die Meeresluft herüber.

»Leuchttürme interessieren mich sehr«, sagte ich mit fester Stimme, »und da ich nun einmal hier bin, möchte ich mir den Leuchtturm von Point Reyes auch gern ansehen. Wenn Sie mir bitte den Preis nennen wollen, den Sie verlangen?«

Er nannte ihn mir, und nachdem ich mich vergewissert hatte, daß er für diesen Wucherpreis auch auf mich warten und zum Bahnhof zuückbringen würde, bezahlte ich ihn auch. Wir holperten nun auf einem schmalen Weg in ein langgestrecktes, enges Vorgebirge hinein, wo die Landschaft zunehmend rauher und karger wurde. Ich mußte mir widerwillig eingestehen, daß ich sowohl die Abneigung des Mannes gegen die Fahrt in diese Gegend als auch den hohen Preis, den er dafür verlangte, verstehen konnte. Nie zuvor in meinem Leben hatte ich einen abgelegeneren Ort als diesen hier gesehen.

Der Wind wehte stürmisch und versuchte, mir den auberginefarbenen Umhang zu entreißen. Als es ihm nicht gelang, schrie und jammerte er mir auf höchst unangenehme Weise in die Ohren. Ich zitterte nicht nur vor Kälte, als ich den Umhang dichter um mich zog. An einem solchen Tag hätte der Mann in Mr. Partridges Geschichte die große Linse füttern müssen. Selbst ich verspürte schon den Drang zu heulen, um den Wind zu übertönen. Kein Wunder, daß dieser arme Mann wahnsinnig geworden war, wenn es ihn wirklich gegeben hatte. Meine Erlebnisse auf dieser Fahrt waren bis jetzt entmutigend gewesen, und ich begann zu glauben, daß ich Edgar Allan Partridges Geld verschwendete.

Ich war am späten Morgen des Vortages in Fort Ross angekommen. Die Zugfahrt war sehr ruhig und ereignislos verlaufen. Die Landschaft war interessant gewesen, aber ich war vor lauter Aufregung gar nicht dazu gekommen, sie zu genießen. Der Zug kam fahrplanmäßig an, und nachdem ich ausgestiegen war und den Gepäckträger nach dem Weg zu den Büros des Register gefragt hatte, ging ich zu Fuß weiter. Ich hatte mich zuvor schriftlich angemeldet, so daß der Herausgeber bereits auf mich wartete. Das Gespräch mit ihm erwies sich jedoch als komplette Zeitverschwendung.

Er hatte Edgar Allan Partridge weder gesehen noch von ihm gehört, und ganz gewiß hatte er ihn – und das betonte er

nachdrücklich – nicht eingestellt, und auch niemanden, der dieser Beschreibung entsprach. Weiterhin behauptete er, nicht mehr über das Verschwinden von Ethel Faragon zu wissen als das, was in seiner Zeitung berichtet worden war. Es wurde immer noch angenommen, daß sie bei einem Bootsunglück ertrunken war. Nein, er könne mir den Weg zum Haus ihrer Eltern nicht zeigen, da diese kurz nach Ethels Unfall zu ein bißchen Geld gekommen waren und die Gegend verlassen hatten. Und er wüßte auch nicht, wohin sie gezogen waren.
Nein, er habe nichts von einer Miss Jennie Webster gehört, die in Marshall vermißt gemeldet worden war; er habe die Anzeige in seiner Zeitung nicht gesehen. Man könne schließlich nicht von ihm erwarten, daß er jede einzelne Zeitungsanzeige las, oder? Und warum fragte ich nach anderen vermißten Mädchen, wenn ich doch, wie ich behauptete, eine alte Bekannte von Ethel Faragon sei? Ob ich nicht eher eine Reporterin wäre, die irgendeinen Schmutz ausgraben wolle, um Schlechtes über Fort Ross zu schreiben. Ich versicherte dem Mann, daß ich keine Reporterin sei, und machte mich schleunigst davon. Ich fühlte mich, als hätte ich vollkommen versagt, und wanderte mit hochroten Wangen so lange durch die Straßen, bis ich mich wieder beruhigt hatte. Dann fiel mir ein, daß Michael Archer wahrscheinlich irgendwann in Fort Ross gelebt hatte, und ich blickte mich interessiert um. Ich bemerkte, daß diese Stadt nicht mehr so aufstrebend und wohlhabend war, wie sie es einmal gewesen sein mußte. Vermutlich war dafür der Rückgang des Fellhandels verantwortlich. Schließlich fand ich auch ein Hotel, das mir seriös genug erschien, um es zu betreten, und aß dort meinen Mittagsimbiß. Dann ging ich zum Bahnhof zurück und wartete auf den Zug, der mich zu meinem nächsten Ziel bringen sollte.
Es war später Nachmittag, als ich in Tomales aus dem Zug stieg. Tomales lag landeinwärts, in einiger Entfernung von

der Wasserstraße Tomales Bay. Am Bahnhof fand ich auch einen Kutscher, so wie es mir der hilfsbereite Fahrkartenverkäufer in San Francisco geraten hatte. Die Kutsche sollte mich einige Meilen südwärts nach Marshall bringen, wo ich übernachten müßte. Ich wies den Kutscher an, mich zum »Gasthof« in Marshall zu bringen, in der leisen Hoffnung, es gäbe dort einen. Tatsächlich gab es ihn auch, er war klein, aber sauber. Nachdem ich meine Reisetasche in meinem kleinen Zimmer abgestellt hatte, machte ich mich auf den Weg, um Mr. J. O. Webster noch vor Einbruch der Nacht zu finden.

Es war nicht schwierig, ihn ausfindig zu machen. Da in Mr. Websters Zeitungsanzeige keine Adresse angegeben war, an die man eine Antwort hätte schicken können, hatte ich erwartet, daß der Ort so klein war, daß jeder jeden kannte. Ein Zeitungsjunge, der das Abendblatt auf der Straße verkaufte, sagte mir, wohin ich gehen mußte.

Ich erfuhr schnell, daß Webster seine Jennie wiedergefunden hatte. Er stellte sie mir im hinteren Raum des Geschäftes vor, das in Familienbesitz war. An Jennies Rock hing ein Kleinkind mit Apfelbäckchen. Die unerwartete und – wie es schien – außereheliche Empfängnis war der Grund gewesen, warum sie von zu Hause fortgelaufen war. Sie war von selbst zurückgekehrt, ihre Eltern hatten ihr verziehen, und jetzt war Jennie mit einem Mann verheiratet, der das Kind so liebte, als sei es sein eigenes.

Ich ging, bevor Webster oder seine Tochter auch nur daran denken konnten, mich nach meinem Interesse an ihrem kurzen Verschwinden zu fragen. Ich hatte auch nicht vor, ihr augenscheinliches Glück dadurch zu stören, daß ich sie nach dem Verschwinden anderer junger Frauen in dieser Gegend fragte, so wie ich es ursprünglich geplant hatte.

Später verbrachte ich eine unruhige Nacht in einem harten und schmalen Bett. Wenn ich überhaupt geschlafen hatte, so war es jedenfalls kein erholsamer Schlaf gewesen, der mir gutgetan hatte. Genausowenig war das fettige Frühstück, mit dem mich der Gasthof versorgte, meinem Magen bekommen. Als krönenden Abschluß war es auch noch schwierig, einen Kutscher zu finden, der mich zurück nach Tomales bringen sollte, wo ich den Zug nach Point Reyes nehmen wollte. Zu guter Letzt waren wir verwegen durch den dichten Nebel gesaust, damit ich dort rechtzeitig ankam.

Und jetzt dieser Mann mit dem Glasauge, dreckig, übelriechend und mürrisch und kaum zu ertragen. Sein Wagen schlingerte über eine besonders häßliche Unebenheit, und ich hielt mich mit beiden Händen an der Holzbank fest, um das Gleichgewicht halten zu können. »Nur Mut, Fremont!« befahl ich mir selbst und versuchte, angesichts der schwierigen Situation, in der ich mich befand, doch noch zu lächeln, denn meistens geht es einem dann besser. Aber meine Gesichtsmuskeln dehnten sich nur so weit, daß daraus eine Grimasse wurde.

Die felsige Landzunge, auf der wir quietschend und holpernd vorwärts rollten, war fast so schmal wie eine Brücke. Wenn ich nach links oder rechts schaute, konnte ich nichts weiter entdecken als graue Wolken, die in den phantastischsten Formen vom Wind vorangetrieben wurden. Die Möwen, die heftig mit ihren Flügeln schlugen, stiegen scheinbar aus dem Nichts empor, und wenn sie dann einen Fallwind erwischten, spreizten sie die Flügel weit, um wieder ins Nichts hinabzustoßen. Die Wirkung auf mich war allerdings beunruhigend. Mein Verstand sagte mir, daß wir sehr hoch sein mußten, aber tief aus meinem Innern kam leise das Wort: Abgrund.

Ich klammerte mich noch fester an den Holzsitz. Gerade als ich einen fürchterlichen Moment lang entsetzliche Panik verspürte, ging der Weg nach links weiter, und ich sah, daß wir fast unmerklich sehr weit nach oben gekommen waren. Das Land, oder was man davon sehen konnte, lag vor uns wie eine runde, flache Tischdecke. In der Mitte, in einiger Entfernung, stand der Leuchtturm von Point Reyes. Ich faßte wieder Mut. Als es einen Moment lang windstill war, hörte ich das Donnern des Ozeans, und irgendwie half mir das, mich zu orientieren. Ich saß aufrecht und gerade, den Kopf erhoben. Diese Fahrt war trotz aller Widrigkeiten nicht umsonst gewesen. Durch diese unangenehme Begegnung mit dem Herausgeber des Register hatte ich zumindest erfahren, daß Mrs. O'Leary wahrscheinlich recht gehabt hatte: Wenn neben Ethel Faragon auch noch andere junge Frauen verschwunden waren, dann war es nicht erwähnt und demnach vertuscht worden. Und ich wußte auch noch nicht, was ich beim Leuchtturm noch entdecken würde ...

»So, weiter fahre ich nich«, sagte der Kutscher und verdrehte das Auge in meine Richtung. Er hielt das Maultier in einer Entfernung von etwa einhundert Metern vom Turm an. Obwohl ich mich fragte, warum er mich nicht direkt dort hinfuhr, war ich doch froh, aus dem unbequemen Gefährt aussteigen zu können, um den Rest des Weges zu Fuß zu gehen.

Ich ließ meine Reisetasche unter dem Sitz stehen, nahm meinen Spazierstock und sprang auf die Erde. »Sie werden hier auf mich warten«, erklärte ich bestimmt.

»Hab' ja gesagt, ich mach's«, willigte er widerstrebend ein.

Ich drehte mich um und erlaubte mir einen Moment lang, die trostlose Schönheit dieses Ortes in mich aufzunehmen. Dann machte ich zwei Schritte, hielt an und rief zurück zum Kutscher. »Es könnte auch eine halbe Stunde dauern!«

Er murmelte irgend etwas, das ich als nochmalige Versicherung, daß er warten würde, auffaßte. Was blieb mir auch anderes übrig?

Dann schritt ich vorwärts und schaute zum Leuchtturm hinauf. Je näher ich kam, desto höher ragte er in den grauen, unruhigen Himmel. Die Turmspitze war ganz aus Glas. Drinnen wartete die große Linse: Aß sie das Licht?

Ich ging weiter und tastete nach dem magischen Knopf im Griff des Spazierstocks. Ich war bereit, dem Leuchtturmwärter zu begegnen, der in Vollmondnächten zu einem Wahnsinnigen, einem Werwolf wurde.

WO MAG SIE NUR SEIN?

Der Leuchtturm war in Betrieb, vermutlich, weil der Tag so grau war – seine große Linse drehte sich und warf einen Lichtstrahl weit hinaus. Auf der landeinwärts gelegenen Seite stand ein einstöckiges Holzhaus, das einst einen weißen Anstrich gehabt hatte, jetzt aber scheckig aussah. Das war zweifellos das Haus des Leuchtturmwärters, der zu sehr damit beschäftigt gewesen war, die Linse zu füttern, als daß er sein Wohnhaus hätte schön anstreichen können. Ich blieb stehen, prüfte meinen Spazierstock, tastete nach dem verborgenen Auslöseknopf, wohlwissend, daß ich vielleicht innerhalb der nächsten Stunde die geheime tödliche Waffe herausholen müßte. Aber wo war der Leuchtturmwärter? In welches Gebäude sollte ich zuerst gehen?
Als ich zögerte, öffnete sich die Tür des schäbigen Hauses. Ich traute kaum meinen Augen. Eine Frau, die weder jung noch besonders attraktiv war, stand im Eingang, aber sie grüßte nicht.
»Guten Morgen«, sagte ich und kam näher.
Sie war klein, feingliedrig und hatte perlenartige Augen.

»Wir bekommen hier draußen nicht viel Besuch«, sagte sie, neigte den Kopf zur Seite und schaute mich von oben bis unten an.
»Das kann ich mir vorstellen. Sie leben hier ziemlich einsam.«
»Und wer sind Sie? Weshalb sind Sie gekommen?«
»Ich, äh ...« Ich fuhr mit der Hand über die Stirn, überlegte schnell, vertraute meinem Gefühl und nannte meinen richtigen Namen nicht. »Ich bin Carol Freeman. Leuchttürme sind gewissermaßen ein Hobby von mir, es ist also nichts Geschäftliches oder so. Ich reise in dieser Gegend umher und wollte einfach nur mal den Leuchtturm von Point Reyes aus der Nähe sehen.«
Die Frau reckte den Hals und blickte über meine rechte Schulter. »*Er* hat sie also hierhergebracht, ja? Nun, wenigstens weiß er, daß er Abstand halten muß.«
»Ähem, ja, äh«, äußerte ich unsicher.
»Ein Hobby von Ihnen? Na ja, manche von uns haben weder Zeit noch Geld für so einen Luxus! So, Sie haben ihn jetzt gesehen, haben einen Blick darauf geworfen, jetzt können Sie wieder gehen.«
Diese bemerkenswert unfreundliche Frau trat zurück und wollte die Tür schließen.
»Warten Sie bitte! Sind Sie die Leuchtturmwärterin?«
»Ich bin die Frau vom Leuchtturmwärter. Er is dort oben.« Sie deutete mit dem Kopf ruckartig in die Richtung des Turms.
»Könnte ich ihn wohl mal sprechen? Wissen Sie, äh, ob ich ihm ein paar Fragen stellen könnte, über den Leuchtturm, über dieses Licht, die Linse und so?«
»Wenn er Lust hat, wird er wohl mit Ihnen sprechen, solang Se das sind, was Se behaupten, und nich jemand, der hier Unruhe stiften will.« Sie trat aus dem Haus, schloß die Tür hinter sich und ging mit energischen Schritten über den kahlen Steinboden.

»Ist, äh, Mrs. ...?«
»Fuchs ... Agatha Fuchs is mein Name. Mein Mann heißt Henry.«
»Mrs. Fuchs, ist denn jemand hier draußen gewesen, der versucht hat – wie sagten Sie es –, Unruhe zu stiften?«
Agatha blickte mich mit ihren dunklen Knopfaugen kurz an, und dann schaute sie wieder fort. »Könnte sein. Sie müssen das Henry fragen. Ich rede nicht gern.« Sie blieb stehen und legte eine Hand an die hohe, schmale Tür des Leuchtturmes. »'türlich is Henry auch nich sehr gesprächig.«
Da ich vorgewarnt war, stellte ich Henry Fuchs anfangs nur die Frage, ob ich mal oben auf den Leuchtturm gehen dürfte, um den Lichtscheinwerfer zu sehen.
Er willigte ein. Auf der endlosen Wendeltreppe konnten wir überhaupt nicht sprechen, selbst die Hügel von San Francisco hatten mich auf so einen Anstieg nicht vorbereiten können.
Von der Glaskuppel in der Spitze stiegen wir weiter hinauf, bis wir zu einer Plattform kamen, auf dem sich der Scheinwerfer befand. Man konnte einmal um ihn herumgehen. Das war in der Tat eine große Linse. Sie war ein imposantes Gebilde mit unzähligen Spiegelfacetten, die das Licht, das im Innern entstand, reflektierten und vergrößerten. Ich konnte nicht direkt in das helle Licht schauen, das sich langsam drehte, es hätte mich geblendet wie die Sonne. Ich fühlte Respekt und ein bißchen Angst, als ich einmal um sie herumging.
Ja, man konnte sich tatsächlich eine Geschichte ausdenken, die von diesem ehrfurchtgebietenden Objekt handelte. Und wenn man wahnsinnig war oder unter Drogen stand und phantasierte, dann hätte man sich auch einbilden können, daß diese große Linse ein empfindendes Lebewesen war, das das Licht verschlang und es dann hinausschleuderte. Ich hatte nicht den geringsten Zweifel,

daß Edgar Allan Partridge gesehen hatte, was ich jetzt sah, und daß er seine krankhafte Phantasie eingesetzt hatte, um darüber zu schreiben.
Jetzt wurde es Zeit, weitere Fragen zu stellen.
Henry Fuchs stand nicht weit entfernt von mir. Er schaute nicht zum Licht, das er hüten sollte, sondern in die andere Richtung, zum bewölkten Himmel und auf die wütende See. Er war ein großer, hagerer Mann mit grauen Haaren, der ein verblichenes kariertes Hemd und graue Hosen trug. Sein Aussehen – er war sicherlich nicht der Mann aus der Geschichte – brachte mich auf meine erste Frage. Ich ging zu ihm hinüber.
»Mr. Fuchs, wie lange sind Sie schon der Leuchtturmwärter von Point Reyes?«
Er wandte mir seinen Kopf zu, blieb aber stehen. »Bin schon seit ein paar Jahren hier. Warum fragen Sie?«
Ich hielt den Spazierstock ganz fest in der Hand, denn ich spürte die Spannung, die von Fuchs ausging. Ich war auf der Hut. »Ich habe einen Freund, der auch der Grund meines Interesses an Leuchttürmen ist. Vor kurzem ist mein Freund verschwunden, und ich denke, daß er vielleicht hiergewesen sein könnte. Ich habe mich nun gefragt, ob Sie ihn wohl gesehen haben. Er heißt Partridge, aber er hat vielleicht seinen richtigen Namen gar nicht genannt. Er ist etwa ein Kopf kleiner als Sie, hat dunkle, fast schwarze Haare, die ziemlich lang sind, er trägt einen Schnurrbart, und er ist sehr dünn.«
Fuchs rieb sich die grauen Stoppeln am Kinn. »War keiner hier, der so aussieht. Hier kommt nur selten einer vorbei. Das ist das Gute, wenn man Leuchtturmwärter ist. Die Leute lassen einen in Ruhe.« Er sah mich durchdringend an.
Ich kümmerte mich nicht weiter darum und zog es vor, auf den Punkt zu kommen. Da ich noch im dunkeln tappte, hoffte ich, daß er sich als Leuchtturmwärter verpflichtet

fühlen würde, Licht in diese Dunkelheit zu bringen. »Es werden da so Geschichten erzählt, vielleicht sind es auch nur Gerüchte, über einen früheren Leuchtturmwärter.«
»Sie haben also davon gehört, ja?«
»Ich würde gern wissen, ob das, was ich gehört habe, den Tatsachen entspricht.«
Henry Fuchs schaute mich lange und prüfend an. Schließlich sagte er: »Der Mann, der vor mir und meiner Frau hier war, lebte allein. Ist nicht gut, Leuchtturmwärter zu sein, wenn du nicht verheiratet bist. Das ist zu einsam hier. Da kann ein Mann schon den Verstand verlieren, und das passierte mit ihm, er ist komplett verrückt geworden, der arme Junge.«
»Was hat er denn gemacht?« Mir wurde plötzlich eiskalt.
»Alles, was ich weiß, hab' ich gehört, so wie Sie. Daß er nachts an die Klippen gegangen ist und den Mond angeheult hat. Die arme Seele versuchte, eine Frau zu finden, die mit ihm hier draußen leben würde. Manche sagen sogar, daß er einige Frauen gegen ihren Willen mitgenommen hat. Ich glaube, daß er sehr verzweifelt war. Ich kann das verstehen, ganz sicher kann ich das gut verstehen.« Henry nickte traurig.
»Hat er, äh, hat er die Frauen verletzt, die er mitgenommen hat?«
»Nein. Wenn er sie verletzt hätte, dann würde er jetzt irgendwo im Gefängnis sitzen, oder? Das hätten sie doch wohl nicht verheimlichen können, oder? Hören Se mal, Miss – wie, sagten Sie, war Ihr Name?«
»Fre-Freeman.« Ich holte tief Luft; jetzt hätte ich ihn noch fast vergessen! »Caroline Freeman.«
»Miss Freeman, Sie vergessen besser, daß ich mit Ihnen über den armen alten Eubie gesprochen habe. Mir wurde gesagt, ich soll mit niemandem über ihn und das, was passiert ist, sprechen. Es waren schon andere Leute hier, und da hab' ich nix gesagt.« Drohend bewegte er seinen kno-

chigen Finger vor meinem Gesicht hin und her. »Ich hab' Ihnen vertraut, weil Se aussehen wie 'ne anständige Frau. Jetzt gehen Se bloß nicht los und bringen mich dazu, daß ich bereue, was ich getan hab'.«

»Das mache ich bestimmt nicht!« versicherte ich ihm eilig. »Meine größte Sorge gilt meinem Freund. Ich weiß, daß auch er von diesem bedauernswerten Mann gehört hat, der vor Ihnen hier der Leuchtturmwärter war. Dieser Eubie, das muß doch sein Spitzname sein, wie heißt der Mann richtig?«

»Ich weiß es nicht. Alles, was ich weiß, is, daß er Eubie genannt wurde. Hab' den Kerl nie gesehn, er war schon weg, als ich und meine bessere Hälfte kamen.«

Ich wagte nicht, noch weitere Fragen zu stellen, deshalb sagte ich: »Ich frage mich, wohin er wohl gegangen ist. Hoffentlich in ein Krankenhaus, wo ihm die Leute helfen konnten.«

Henry legte den Kopf schief, das war eine Eigenart, die er mit seiner Frau gemeinsam hatte. »Ich denke, daß er Freunde hatte, die ihm halfen«, sagte er langsam und nachdenklich, »dieselben Freunde, die das mit den Frauen in Ordnung brachten. Jetzt sag' ich aber kein Wort mehr. Kommen Se wieder mit runter. Ich glaube, daß Se überhaupt nicht an so einem Prachtexemplar von einem Leuchtfeuer interessiert sind.«

»Oh, doch, das bin ich aber! Es ist so majestätisch und ehrfurchtgebietend ...« Ich schwärmte noch ein bißchen weiter, und meine Begeisterung war so überzeugend, daß sich Henry in einer ausführlichen Erklärung erging, wie die große Linse funktionierte und wie man sie bediente. Zumindest bei diesem Thema strafte er die Bemerkung seiner Frau Lügen, er würde nicht viel reden. Als ich mich schließlich verabschiedete, fanden Henry Fuchs und ich uns ganz sympathisch.

Der Glasäugige war mir nicht im mindesten sympathisch.

»Wird auch Zeit«, schnaubte er und gab mir kaum die Gelegenheit, mich zu setzen. Schon trieb er das Maultier schnalzend an, und wir holperten davon.
Auf dem Rückweg zum Bahnhof von Point Reyes ließ ich mir den Namen Eubie immer wieder durch den Kopf gehen. Eubie, Eubie, Eubie – dieser Name erinnerte mich an etwas, aber ich konnte nicht herausfinden, was es war. Ich war jedenfalls so in Gedanken vertieft, daß ich nicht wahrnahm, wie anstrengend diese Fahrt war. Als der Himmel sich schließlich öffnete und es anfing zu regnen, war ich überrascht.

Hätte ich meinen Umhang nicht gehabt, wäre ich völlig durchnäßt gewesen. So aber waren mein Rock und meine Jacke nur feucht. Aber mein Kopf war naß, und als der Zug schließlich kam, war mir durch und durch kalt. Da die Bahn nicht voll war, konnte ich den Umhang auf dem Sitz ausbreiten, in der – wahrscheinlich vergeblichen – Hoffnung, er möge ein wenig trocknen.
Plötzlich fühlte ich mich erschöpft und legte den Kopf zurück. Die Augen fielen mir von ganz allein zu ... und unerklärlicherweise schlich sich Justin in meine Gedanken! Ich sah sein liebes Gesicht vor mir, die hohe Stirn und die hellen Haare, die ihm immer ins Gesicht fielen, das verschmitzte Lächeln und den unschuldigen Ausdruck in seinen Augen. Ich vermißte ihn und empfand dabei einen Schmerz, der vom Herzen ausging und sich über den ganzen Körper verteilte.
Ich sollte nicht an Justin denken, es war sinnlos, und es gab wichtigere Dinge, denen ich mich widmen sollte. Sosehr ich es jedoch versuchte, es wollte mir nicht gelingen, die Erinnerungen an Justins Gesicht über meinem und seine süßen Umarmungen zu vergessen.
So ging das einfach nicht weiter! Mühsam öffnete ich die Augen, setzte mich aufrecht hin und schüttelte den Kopf, um

die Gedanken zu vertreiben. Aber selbst mit geöffneten Augen sah ich immer noch sein Gesicht. Und nicht nur das, ich sehnte mich ganz eindeutig nach seiner Gegenwart!

Ich halte mich nicht für eine sentimentale Frau. Bis jetzt bin ich auch noch nicht in Ohnmacht gefallen. Ich bin sowieso der Meinung, daß eine Ohnmacht wohl eher durch die engen Korsetts als durch Empfindsamkeit hervorgerufen wird. Das mag die Erklärung dafür sein, warum ich das Problem auch noch nie hatte. Dennoch lehne ich es ab, von meinen eigenen Gefühlen so beherrscht zu werden. Stellen Sie sich vor, wie demütigend es für mich war, als ich feststellen mußte, daß ich mich nicht nur nach meinem »lieben Freund« Justin sehnte, sondern jetzt auch noch Tränen in den Augen hatte. Ich drehte das Gesicht zum Fenster und wischte sie mit dem Handrücken fort. Dann fing ich an, mir gut zuzureden und den Lauf meiner Gedanken dem steten Rhythmus anzupassen, den die Räder des Zuges auf den Gleisen vorgaben.

Schon das gleichmäßige Rattern, das sich auf meinen Körper übertrug, war tröstend. Ich stellte fest, daß diese beiden Tage schwieriger gewesen waren, als ich es mir je hätte träumen lassen. Mein kleiner Vorrat an Mut war so ziemlich aufgebraucht, und ich war auch körperlich erschöpft. Ich fühlte mich zudem einfach einsam, auch wenn ich das nur ungern zugebe.

Fremont Jones fühlte sich einsam? Gott bewahre! Ich war es aber, und es war müßig, es zu leugnen. Ich wünschte mir einen Begleiter auf meiner Suche – und so hatte mein Verstand eine naheliegende Verbindung hergestellt: Justin ist ein Begleiter, und schon waren sein Gesicht und die dazugehörigen Gefühle, die es in mir wachrief, in meinen Gedanken erschienen.

Aha! Da ich es nun begriffen hatte, fühlte ich mich auch gleich nicht mehr so einsam. Ich habe schon oft gedacht, daß

man eigentlich alles erreichen kann, wenn man sich selbst erst einmal verstanden hat.
Im Nu fühlte ich mich etwas frischer. Kurze Zeit später fuhr der Zug in den Bahnhof von Sausalito ein, und ich war damit beschäftigt, mich und meine verschiedenen Gepäckstücke auf die bereitstehende Fähre zu schleppen. Hier regnete es nicht mehr – aus dem Regen war dichter Nebel geworden. Die Aussicht, meine Stadt wiederzusehen, die auf der anderen Seite der Bucht lag, munterte mich so auf, daß mich meine feuchten Kleider nicht mehr störten.
Als ich an der Reling der Fähre lehnte, verfiel ich ins Grübeln und dachte über den Grund meiner Reise, über Edgar Allan Partridge, nach. Ich dachte nicht an Partridge, den Menschen, sondern an Partridge, den Schriftsteller. Er war ein Schriftsteller, der die Fähigkeit besaß, wahre Begebenheiten in die Form der traditionellen Schauergeschichte einzubinden. Warum hatte er gerade dieses und kein anderes Mittel gewählt, um sich auszudrücken? War es nur deshalb geschehen, weil er eines Tages in den Spiegel geschaut und eine gewisse Ähnlichkeit mit Edgar Allan Poe festgestellt hatte? Oder war da erst die Bewunderung für Poe gewesen, die ihn veranlaßt hatte, sowohl Poes Aussehen als auch seinen Stil zu imitieren? Bewunderte Mr. Partridge Mr. Poe, weil sie beide die gleichen morbiden Ansichten teilten? Oder hatten sich diese bei Partridge erst eingestellt, als er Poes Geschichten gelesen hatte? Wie konnte man sich nur dazu entscheiden, so seltsam, düster und grotesk zu sein, wenn die ganze Welt so hell und schön war?
Das Groteske war ein Teil der Romantik und eine Reaktion auf die lange (und öde!) Vorherrschaft des Rationalismus während des siebzehnten und achtzehnten Jahrhunderts. Ich ging in Gedanken eine Reihe von Schriftstellern durch, die Schauergeschichten geschrieben hatten. Vielleicht kam ich so ein bißchen weiter.
Ich schloß die Augen und hielt mein Gesicht in den Wind. Als

ich mit der Zunge über die Lippen fuhr, schmeckte ich das Salz. Ganz sicher war Edgar Allan Partridge, oder wie auch immer sein richtiger Name lauten mochte, der Peregrine aus der Geschichte. Er hatte sich in Lebensumständen befunden, und befand sich wahrscheinlich immer noch, die unerträglich für ihn waren. Mit seinen Geschichten versuchte er, seiner Misere zu entfliehen. Sie sollten die Welt schockieren, um auf sich aufmerksam zu machen.
Und ich war seine auserwählte Helferin. Jawohl! Ich wünschte mir inbrünstig, ich hätte sein Manuskript bei mir, um mit dieser neuen Erkenntnis die Grenzen zwischen Wirklichkeit und Vorstellung zu ergründen. War E.A.P. einer dieser Freunde gewesen, die zum Leuchtturm von Point Reyes gekommen waren, um den armen, verrückten Eubie zu holen? Und wenn er Peregrine war, wer war denn dann diese schreckliche, mächtige Hexe von einer Mutter?
Mir lief ein Schauer über den Rücken, so sehr hatte ich mich mit diesen Fragen selbst geängstigt. Vor meinem inneren Auge sah ich Peregrines Mutter in einem scharlachroten Kleid, und ihr Gesicht glühte – *sie* war die große Scheinwerferlinse, die das Licht schluckte. Dieses Bild wurde in der Geschichte nicht erwähnt, ich hatte diese Verbindung selbst hergestellt, und sie könnte begründet sein.
Als ich die Augen wieder öffnete, beschloß ich, lieber nicht mehr über Mr. Partridges Geschichten nachzudenken, bis ich sie wieder vor mir liegen hatte. Auf jeden Fall war die Fähre schon äußerst weit gekommen, während ich noch in meine Gedanken vertieft gewesen war. Wir näherten uns schon der Anlegestelle und waren fast zu Hause!
Als ich an zu Hause dachte, mußte ich an Mrs. O'Leary denken. Was wäre denn, wenn ich beichten müßte, daß meine Geschichte vom Besuch in San Jose nur eine List gewesen war? Was wäre, wenn ich ihr vom armen, verrückten Leuchtturmwärter von Point Reyes erzählte? Ob sie wohl mit Hilfe ihrer Kontakte Eubies wahre Identität heraus-

finden könnte? Und auch die seiner Freunde? Wenn ich deren Namen wüßte, dann hätte ich bestimmt auch Edgar Allan Partridges richtigen Namen. Sicherlich könnte ich Mrs. O'Leary überreden, mir zu helfen, und dann könnten wir Edgar Allan Partridge aus seinem Elend erlösen. Mitten in dieser zuversichtlichen und aufgeregten Stimmung vernahm ich plötzlich eine warnende Stimme. Es war die von Mr. Archer. Was wäre denn, wenn Mrs. O'Learys Ehemann einer dieser unehrlichen Polizisten gewesen war? Waren es dann die Verbindungen, die Mrs. O'Leary hatte, nicht auch? Zweifellos handelte es sich dabei doch um die alten Kameraden ihres Mannes!

»Nein«, sagte ich, »das glaube ich einfach nicht.«

»Wie bitte?« sagte ein Mann, der neben mir stand. Ich war so in Gedanken gewesen, daß ich ihn gar nicht bemerkt hatte. Mir war auch nicht aufgefallen, daß ich diese Worte tatsächlich laut geäußert hatte. »Entschuldigung«, sagte ich, »ich habe nur laut nachgedacht.«

»Aber das macht doch nichts«, antwortete er mit einem etwas zu freundlichen Lächeln, das ich lieber nicht wahrnehmen wollte.

Auf alle Fälle erreichte die Fähre in diesem Moment mit einem heftigen Stoß die Anlegestelle. Ich nahm die Reisetasche in die eine Hand, hielt den Spazierstock fest in der anderen und eilte so zur Landungsbrücke. Ich war zu dem Entschluß gekommen, daß ich, sobald ich wieder in der Vallejo Street war, mit Mrs. O'Leary sprechen würde. Ich hatte viel mehr Grund, ihr zu vertrauen als Michael Archer. Schließlich hatte er sozusagen schon zugegeben, daß er ein Spion war, was ihn automatisch als nicht vertrauenswürdig erscheinen ließ. Oder etwa nicht?

Ich schoß durch die Haustür und rief: »Mrs. O'Leary?« Keine Antwort. Ich ließ meine Reisetasche am Fuß der Treppe fallen, klopfte an die geschlossene Wohnungstür und fragte noch einmal höflich: »Mrs. O'Leary?« Ich klopfte noch einmal und sagte, mit dem Gesicht dicht an der Tür: »Ich bin es, Fremont. Ich bin wieder da und würde gern mit Ihnen sprechen.« Wieder kam keine Antwort. Ich trat von der Tür zurück und lauschte, ob ich Geräusche im Haus hören konnte. Nichts, kein einziger Laut. Es schien niemand im Haus zu sein.

Manchmal bin ich wirklich ein wenig dümmer als andere. Ich hätte mich doch daran erinnern müssen, daß es Sonntag nachmittag war. Zu dieser Zeit war meine Vermieterin oft mit ihren Kirchenfreunden zusammen. Ich mußte mich mit meinem Eifer zurückhalten, bis sie an diesem Abend wiederkam.

Auf dem Treppenabsatz der zweiten Etage blieb ich stehen und rief zweimal Michael Archers Namen. Ich erwartete allerdings nicht, daß er erscheinen würde. Wenn er im Haus gewesen wäre, dann hätte er mich nach Mrs. O'Leary rufen hören und mich bestimmt begrüßt. Meine Annahme war richtig – kein Michael weit und breit.

Also war ich allein im Haus. Dabei fieberte ich sprichwörtlich danach, meine Vermieterin zu sprechen. Ich raste die restlichen Treppen zu meiner eigenen Wohnung hoch, ins Schlafzimmer hinein, wo ich meine Reisetasche auf das Bett schleuderte und sie eilig auspackte. Ich fing an, mich auszuziehen, und schaute dabei über die Schulter zurück auf mein Bett, das mich lockte. Die Erschöpfung, die ich lange unterdrückt hatte, überkam mich jetzt ganz plötzlich. Ich legte mich mit Chemise und Petticoat ins Bett und fiel in einen tiefen, traumlosen Schlaf.

Als ich aufwachte, war es dunkel geworden. Ein Blick durch die offene Schlafzimmertür zeigte mir, daß der Flur dunkel war. Im Haus herrschte überall Stille. Offensichtlich war Mrs. O'Leary noch nicht nach Hause gekommen, und Michael Archer ebenfalls nicht.

Ich nahm ein Bad, zog ein anderes Kleid an und versuch-

te, beim Abendessen eine Zeitschrift zu lesen. Irgendwie wurde ich abgelenkt und lauschte, ob ich jemanden kommen hörte. Wo blieben sie denn nur? Die Nacht war angebrochen, und das Haus war still wie ein Grab!
Hatte ich denn überhaupt die Haustür abgeschlossen, als ich nach Hause gekommen war? Ich konnte mich nicht mehr daran erinnern und beschloß, daß ich besser nach unten gehen sollte, um nachzusehen.
Aber das machte mir jetzt weniger Sorgen. Mrs. O'Leary war noch nie so lange fort gewesen, selbst an einem Sonntag nicht. Meine Schritte hallten auf den Stufen wider. Ich hatte zwar oben das Licht angemacht, bevor ich hinunterging, aber ich ging nach unten in die Dunkelheit hinein. Im Türschloß steckte innen ein Schlüssel, aber es war nicht meiner, und die Tür war *nicht* abgeschlossen! Ich fühlte mich wie ein Dummkopf, als ich den Schlüssel im Schloß umdrehte. Wenn man sich das einmal überlegte: Ich hatte nackt und halb eingeschlafen in meiner Badewanne gelegen! Da hätte doch jeder einfach eintreten können, um mit mir zu machen, was er wollte! Es wäre mein eigener Fehler gewesen, wenn ich die Tür nicht nach mir abgeschlossen hätte und er hineinspaziert wäre!
Aber Moment mal – wenn ich den Schlüssel nicht aus dem Schloß ziehen würde, dann könnten weder Mrs. O'Leary noch Michael ihren Schlüssel von außen ins Schloß stecken. Ich streckte meine Hand aus, zog den Schlüssel heraus und legte ihn auf den Flurtisch. Es kam mir komisch vor, daß Mrs. O'Leary hinausgehen würde und ihr Haus so viele Stunden unverschlossen ließe. Ich verschränkte die Arme und rieb sie, weil mir nicht gefiel, was ich fühlte. Ich bekam eine Gänsehaut und hatte einen Knoten im Magen. Irgend etwas stimmte hier nicht.
Ich ließ eine Lampe im Flur brennen und ging die Treppen wieder hinauf. Auf meinem Flurtischchen lag ein Briefumschlag, in meiner Eile hatte ich ihn gar nicht bemerkt.

Ich öffnete ihn und fand eine Nachricht darin:

Liebe Fremont, ich bin zu meiner kranken Schwester gerufen worden und muß jetzt zu ihr. Ich weiß nicht, wie lange ich bleiben werde, aber machen Sie sich keine Sorgen. Hoffentlich hatten Sie eine schöne Zeit in San Jose. Passen Sie auf sich auf!
Viele Grüße, Maureen O'Leary

Maureen – ein schöner Name. Ich hatte ihren Vornamen gar nicht gekannt. Nun, da hatte ich meine Erklärung, warum das Haus leer war. Ich faltete das Blatt mit der Nachricht wieder zusammen, steckte es in den Briefumschlag und legte diesen auf den Tisch zurück. Trotzdem fühlte ich mich unbehaglich. Ich nahm den Umschlag wieder in die Hand und ging zu meinem Fensterplatz, wo ich die Nachricht ein zweites Mal las.
Sie hatte nie erwähnt, daß sie eine Schwester hatte. Es wurde hier auch nicht erwähnt, wo diese Schwester lebte. Aber das war es nicht, was mir komisch vorkam. Mir war die ebenmäßige, schräge und gut lesbare Schrift aufgefallen. Mrs. O'Leary hatte mir jedoch erzählt, daß ihre Handschrift sehr unleserlich sei, deshalb hatte ich auch schon mehr als einen Brief für sie abgeschrieben. Dabei hatte es sich um Briefe an ihre Freunde gehandelt, aber niemals war ein Brief an ihre Schwester dabeigewesen. Wenn sie eine Schwester hätte, dann hätte ich doch sicherlich auch Briefe an sie schreiben müssen, oder? Wenn Maureen O'Leary diese Nachricht geschrieben haben sollte, wäre sie dann in dieser schönen Schrift verfaßt worden?
Ich glaubte das nicht und konnte mir auch nicht vorstellen, daß Mrs. O'Leary über Nacht wegginge und den Schlüssel steckenlassen würde. Wahrscheinlich hatte sie es aber doch getan und dann jemanden gebeten, diese Nachricht an mich für sie zu schreiben. Vielleicht war es doch ihre Hand-

schrift, und sie hatte mich nur gebeten, die Briefe zu schreiben, um mir Arbeit zu geben, gewissermaßen als nett gemeinte kleine Täuschung. Ich hatte eigentlich schon genug Probleme, um mir jetzt auch noch neue Schwierigkeiten auszudenken. Deshalb sollte ich die Nachricht besser so hinnehmen, wie sie war, und mich darüber freuen, daß sie sie mir hinterlegt hatte.
Ich seufzte, drehte den Kopf zum Fenster und schaute hinaus. Die Nacht hatte sich wie eine Decke über die Stadt gebreitet, selten war sie so klar und nebelfrei wie heute. Die Lichter fielen wie Diamanten auf die Falten der Decke. Schön, aber nicht unbedingt friedlich. Jedenfalls nicht heute nacht. Ich fühlte mich einsamer denn je, seit ich nach San Francisco gekommen war.
Ich würde bestimmt nicht lange allein im Haus sein, Michael könnte jeden Augenblick kommen. Aber wäre seine Rückkehr auch wirklich ein Trost für mich?

Eubie, Eubie ... Eubie. Schließlich fiel es mir ein, es war natürlich Hubert! Nun, sagen wir mal, es bestand zumindest die Möglichkeit, daß es sich bei Eubie um eine Kurzform von Hubert handeln könnte. Hubert, der Diener, den der Junge Peregrine liebte und dem er vertraute, auch wenn dieser der treue Ergebene seiner Mutter war. Hätte der richtige Hubert nicht auch den Haushalt verlassen können, um Leuchtturmwärter von Point Reyes zu werden?
Ich saß in meinem Lesesessel, hatte Mr. Partridges Manuskript auf dem Schoß und war froh, daß ich es vom Büro nach Hause mitgenommen hatte. Ich blätterte durch die Seiten und suchte einen Abschnitt, an den ich mich vage erinnern konnte. Da war er auch schon. Er begann auf Seite 115 in »In die Finsternis verdammt«:

Ich bekam sie nicht wieder heraus. Ich versuchte alles, nahm Getränke zu mir, die scheußlich schmeckten, nahm eine Feder, mit der ich meinen Gaumen kitzelte, knetete meinen Bauch mit beiden Händen, bis sowohl meine Hände als auch meine Bauchmuskeln wund waren, warf mich gegen das Treppengeländer, das mir bis zum Bauch ging, und zwar so heftig, daß ich meine Rippen krachen hörte. Aber dies alles half nicht, sie kam nicht wieder heraus. Oh, ich übergab mich viele Male, aber es gelang mir nicht, diese furchtbare Kröte aus mir herauszuwürgen.

Sie hatte mich natürlich dazu gebracht, daß ich sie herunterschlucken mußte. Sie hielt mir einfach so lange die Nase zu, bis ich nicht mehr anders konnte und den Mund öffnete. Und dann steckte sie mir die Kröte in den Mund. Das Biest war kalt und klebrig, und es wußte, wohin es mußte. Es kletterte schon von ganz allein meinen Rachen hinunter. Ich konnte spüren, wie es sich an meinem Gaumen bewegte wie ein Stück gefrorenes, zähes Eis. Ich würgte, und meine Mutter hielt mir den Mund mit beiden Händen zu. Mein Würgen nutzte mir nichts, denn die Kröte kroch immer weiter. Und dann mußte ich schlucken. Es war ein Reflex, den ich nicht mehr verhindern konnte. Die Kröte rutschte meinen Rachen hinunter wie ein eiskalter Klumpen aus Schleim.

Mutters Lachen klang wie ein Glockenspiel, und ihre Augen funkelten wie helle Sterne. Sie war zufrieden. Natürlich war sie das, denn sie hatte mich den Dämon schlucken lassen.

Die Tage vergingen, und nichts geschah, bis auf meine verzweifelten geheimen Versuche, die Kröte wieder zu erbrechen. Ich begann zu glauben, daß die schwarze, rotäugige Kröte nur eine der Illusionen gewesen war, die Mutter herbeizauberte, und ein weiterer Test für mich, den ich zu bestehen hatte. Und ich hatte ihn glänzend bestanden, denn ich verbarg meine Pein vor ihr und war verzweifelt bemüht, auch weiterhin die freundliche Zuwendung zu bekommen, die sie mir jetzt gab. Du bist jetzt einer von uns,

Perry, summte sie mir leise vor. Und sie hatte recht, denn ich fing an, mich zu verändern.
Ich fragte mich, ob sie auch Hubert verwandelt hatte, indem sie ihn eine Kröte hatte schlucken lassen –

Ich hörte ein lautes Poltern und eine Stimme, die fluchte: »Verdammt noch mal! Fremont! Fremont, machen Sie das Licht an. Ich weiß, daß Sie da oben sind!«
Gemächlich ging ich in den Flur, machte das Licht an, schaute Michael Archer kühl an und sagte: »Wie ich sehe, war mein Hindernis wirkungsvoll. Wenn Sie mich gerufen hätten, anstatt weiterzugehen, dann hätte ich Ihnen gesagt, daß Sie mich nicht stören sollen, und Sie hätten sich diese Unannehmlichkeit erspart.«
Ich hatte einen schwarzen Garnfaden über den Treppenabsatz gespannt, den Faden dann an einem Blecheimer befestigt, und der war dann von dem Stuhl heruntergepoltert. Genau so war es auch beabsichtigt gewesen.
Michael befreite sich von dem Garn, das um sein Hosenbein gewickelt war, und sagte: »Würde es Ihnen etwas ausmachen, mir zu erzählen, warum zum Teufel Sie eine Falle auf Ihrer Treppe aufstellen?«
»Ich wollte wissen, ob ich damit jemanden fangen kann«, sagte ich herablassend. Michael stand auf der obersten Stufe und schaute zu mir hinauf. Er war sich wohl nicht sicher, ob er wütend oder amüsiert sein sollte. »Nun, darf ich denn jetzt zu Ihnen hinaufkommen?«
»Es wäre mir lieber, wenn Sie nicht kämen. Falls es Ihnen entgangen sein sollte: Mrs. O'Leary befindet sich außer Haus, sie hat auch die Stadt verlassen ...«
»Ich hatte so etwas vermutet, deshalb bin ich auch heraufgekommen. Ich wollte mit Ihnen sprechen, um herauszufinden, warum sie um diese Zeit noch nicht zu Hause ist. Ich dachte mir, daß vielleicht etwas nicht in Ordnung sein könnte.«

»Hat Sie Ihnen denn keine Nachricht hinterlassen?«
»Wäre ich dann hier, wenn sie es gemacht hätte?«
»Warum nicht? Nun gut ..., sie hat mir eine Nachricht hinterlassen, die besagt, daß sie zu ihrer kranken Schwester fahren und dort bleiben wollte. Da kam mir einfach der Gedanke, daß ich allein und ungeschützt mit einem Mann im Haus wäre, nämlich mit Ihnen. Deshalb habe ich diese Falle gebaut, die mich warnen sollte, falls dieser besagte Mann – oder ein anderer – sich in meinen Wohnbereich wagen würde. Es hat doch gut funktioniert, oder? Aber jetzt muß ich mir wohl etwas anderes ausdenken. Diese Falle würde Sie wohl kaum ein zweites Mal überraschen ...«
Michael, der immer noch auf der obersten Stufe stand, strich sich verwirrt über den Kopf. »Fremont, seien Sie doch nicht so streng mit mir. Sie können doch nicht allen Ernstes meinen, daß ich –«
»Ich bin der Auffassung, daß gewisse Formen des Anstands gewahrt bleiben müssen«, sagte ich in einem ziemlich häßlichen Ton und hob das Kinn so hoch, daß ich auf ihn herabblicken konnte. »Ich mag zwar unabhängig sein, Mr. Archer, aber ich weiß sehr wohl, was sich schickt und was nicht. Da wir uns das Treppenhaus teilen und es keine Tür zwischen Treppe und Flur gibt, die ich abschließen kann, habe ich das Bedürfnis, mich zu schützen.«
»Sie haben Ihren Verstand verloren!« erklärte Michael und ging die Treppe hinunter. »Keine Angst, Miss Jones, nach dieser Erfahrung hier werde ich mich Ihnen von nun an nicht mal mit einer zehn Meter langen Eisenstange nähern!«
»Sehr gut!« rief ich hinter ihm her.
Ich weiß, daß ich sehr unhöflich sein kann – das wurde mir, als ich heranwuchs, oft genug gesagt –, und ich hoffte, daß ich unhöflich genug gewesen war, um Michael Archer eine Weile auf Abstand halten zu können. Ich hatte keine Angst um den Verlust meiner Tugendhaftigkeit oder was davon

noch übriggeblieben war. O nein! Ich machte mir einfach Sorgen um meine Sicherheit. Vielleicht hatte ich sogar Angst um mein Leben – und natürlich auch um das von Mrs. O'Leary.

WER SEINE WÜNSCHE ZÄHLT

Ich kämpfte in dieser Nacht mit äußerst gemischten Gefühlen, was dazu führte, daß ich am nächsten Tag äußerst unkonzentriert war. Ich machte dauernd Fehler, egal, was ich abtippte. Selbst bei den Memoiren des pensionierten Professors, die ich sonst immer bevorzugt dann abgetippt hatte, wenn meine Gedanken ganz woanders waren, passierte es mir. Schließlich stieß ich den Stuhl zurück, rollte zum Schreibtisch und vergrub das Gesicht in den Händen. So würde ich nicht weiterkommen!
Ich hängte ein Schild mit der Aufschrift BIN SOFORT ZURÜCK an meine Bürotür und ging hinunter in den Buchladen, wo ich versuchte, mich mit Krista Sorenson zu unterhalten, um mich abzulenken. Dieses Gespräch war allerdings so unterhaltsam wie Zähneputzen. Da ich aber schon mal da war, kaufte ich mir die neueste Ausgabe des »Collier«, auch wenn sie kein weiteres Abenteuer von Sherlock Holmes enthielt, und nahm sie mit nach oben. Ich legte sie auf den Tisch, stellte mich ans Fenster und schaute hinaus. Ich fragte mich, wie ich an eine Schriftprobe

mit Michaels Handschrift kommen könnte. Hätte ich doch bloß seine Nachricht behalten, die er der Gloxinie beigelegt hatte! Er besaß eine schöne Handschrift, daran konnte ich mich noch gut erinnern. Ob sie allerdings mit der übereinstimmte, in der Mrs. O'Learys Botschaft verfaßt worden war, das konnte ich nicht mehr sagen. Oh, wie ich mir jetzt wünschte, ich hätte diese Nachricht aufgehoben. *Wer seine Wünsche zählt, ist immer reich genug!* Soweit zu unserem hilfreichen Sprichwort des Tages!

Es konnte einfach nicht so weitergehen. Ich sollte in der Mittagspause noch einmal in die Vallejo Street gehen und mich in Michaels Wohnung umgucken. Natürlich nur, wenn er nicht da war. Was machte der Mann nur den ganzen Tag? Ich hatte wirklich nicht die geringste Ahnung, geschweige denn, daß ich gewußt hätte, ob er seine Türen verschloß oder nicht. Was mich betraf, so hatte ich gestern abend einige glücklose Stunden darüber nachgedacht, ob es wohl weise wäre, meine zu verschließen. Ich war zu dem Schluß gekommen, daß es nicht gut und daß ich viel sicherer wäre, wenn ich mich weiterhin so hochnäsig und prüde verhalten würde. Solange Michael nicht wußte, daß ich ihn in Verdacht hatte, etwas mit Mrs. O'Learys Abwesenheit zu tun zu haben, solange wäre ich nicht in Gefahr, ebenfalls beiseite geschafft zu werden.

Es ist furchtbar, wenn man einer Person, die man bewundert, plötzlich mißtraut. Und ich hatte Michael Archer wirklich bewundert. Er war amüsant, charmant, intelligent, und er kannte sich in der Welt aus. Er sah gut aus, war ein dunkler und irgendwie exotischer Typ, so wie es die Russen nun einmal waren. Ganz abgesehen davon hatte ich ältere Männer schon immer äußerst attraktiv gefunden. Aber …

Aber er hatte praktisch zugegeben, daß er ein Spion war. Und ich hatte ihm auch noch erzählt, daß Mrs. O'Leary es ebenfalls glaubte – meine Güte, wie dumm von mir. Mir ge-

fiel der Gedanke gar nicht, daß Michael ein Lügner war, aber er mußte lügen. Spionen wird das Täuschen und Betrügen beigebracht, es gehört schließlich zu ihrer Arbeit. Konnte diese rührende Geschichte von Katya nicht auch erfunden sein, um mein Mitgefühl zu erregen? Aber natürlich! Seine scheinbar freundliche Sorge um mein Wohlbefinden, seine heitere, fröhliche Art, in der er darauf bestand, daß wir Watson und Holmes waren, die den Fall Li Wong lösen wollten – all das könnte auch eine Täuschung sein. Die ganze Zeit über hatte ich gemerkt, daß mich jemand verfolgte, dieser Jemand hätte Michael Archer sein können. Spionen wird auch beigebracht, wie man Leuten unbemerkt folgt. So etwas nannten sie, glaube ich, Überwachung.
Wenn ich nur einen kleinen Hinweis darauf finden würde, daß Michael Archer mit dem Verschwinden von Mrs. O'Leary etwas zu tun hatte, dann wäre ich nicht immer so hin- und hergerissen in meinen Gefühlen. Ich würde direkt zur Polizei gehen. Wenn ich herausfände, daß Michaels Handschrift mit der Nachricht, die angeblich von Mrs. O'Leary war, übereinstimmte, dann wäre das ein ausreichender Beweis für mich!

Ich konnte sie mir richtig vorstellen, wie sie da in der Haustür stünde, ihr massiger Körper würde fast den ganzen Flur einnehmen, und sie würde sagen: »Was machen Se denn um diese Zeit zu Hause, Fremont?« Aber Mrs. O'Leary war nicht da. Die Tür war abgeschlossen worden, und ich schloß sie wieder hinter mir ab, als ich eingetreten war. Die zweite Etage war ruhig und ziemlich düster.
»Michael, sind Sie zu Hause?« rief ich, aber es kam keine Antwort. Ich ging weiter in meine Etage. Ich hatte mir überlegt, daß es so aussehen sollte, als wäre ich zum Mittagessen nach Hause gekommen, falls mich jemand überraschen würde. Nachdem ich es soweit vorbereitet hatte,

ging ich wieder ins Treppenhaus und blieb dort einige Minuten stehen, um zu horchen. Dann schlich ich vorsichtig die Treppe hinunter. Ich war eindeutig allein im Haus. Keine von Michaels Türen war geschlossen, geschweige denn abgeschlossen. Sehr gewitzt von ihm. Sicherlich wollte er den Anschein erwecken, daß sein Leben ein offenes Buch sei. Ich ging in den großen zweigeteilten Raum, wo an den Wänden ein Buch neben dem anderen stand (natürlich nicht offen). Ich meinte, dort einen Schreibtisch gesehen zu haben. Jawohl, da stand er auch, ein großes Pult, dessen Rollade geöffnet war. Auf der Schreibtischplatte lagen viele Schriftstücke durcheinander.

Da lagen Briefe *an* Michael, aber keiner *von* Michael. Ich nahm mir nicht die Zeit, sie zu lesen, und war sorgfältig darauf bedacht, daß ich den Stapel nicht durcheinanderbrachte. Da waren auch Rechnungen, aber die konnte ich gar nicht gebrauchen. Dieser Mann mußte doch auch eigene Notizen gemacht haben, es mußte doch irgendein Papier mit seiner Handschrift geben! In den Fächern des Schreibtisches waren noch mehr Rechnungen, weitere Briefe in Umschlägen, einige Postkarten, alte Theaterprogramme, Briefmarken ...

Plötzlich hörte ich ein Geräusch! Oh, du meine Güte, es war die Haustür, die zugeschlagen wurde! Er kam zurück! Ich rannte zum Eingang, und als ich ihn erreicht hatte, hörte ich Michaels Schritte auf der Treppe. Es war zu spät, ich konnte nicht mehr in meine Wohnung zurück, ohne daß er mich bemerkt hätte. Was ich jetzt benötigte, war eine dreiste Lüge. Aber mir fiel so schnell nichts ein. Ich mußte mich verstecken! Ein Blick zurück bestätigte mir meine Vermutung, daß es in diesem Wohnzimmer mitsamt der Bibliothek kein Versteck gab. Das einzige Möbelstück, das groß genug war, um sich darunter zu verbergen, war das Sofa, und das stand mitten im Raum. Dahinter befand sich ein Lampentisch, auch das war kein Versteck.

Ich hielt den Atem an. Glücklicherweise trug ich nicht die vielen bauschigen und raschelnden Unterröcke! Ich wagte mich hinaus in den Flur. Durch das Geländer konnte ich auf Michaels Kopf blicken, als er die Treppe hinaufkam. Einen schrecklichen Moment lang blieb mir fast das Herz stehen, und ich erstarrte wie das Kaninchen vor dem Gewehr. Dann bewegte ich mich jedoch leise den Flur entlang zum vorderen Raum – Michaels Schlafzimmer. Hier gab es gleich zwei mögliche Verstecke: das Bett und der Kleiderschrank. Ich kroch unter das Bett und lag dort zitternd und horchte.

Er kam ins Schlafzimmer! Ich wartete darauf, jeden Moment seine Stimme über meinen donnernden, verängstigten Herzschlag hinweg zu hören, die mir befahl: »Fremont, kommen Sie unter dem Bett hervor!« Statt dessen summte er ein Lied vor sich hin, das ziemlich unmelodisch klang. Durch den schmalen Spalt zwischen der fransigen Kante der Bettdecke und dem Boden sah ich seine schwarzen Schuhe. Dann quietschte das Bett und senkte sich, und ich machte mich so flach wie möglich, als er sich darauf setzte und seine Schuhe auszog. Seine Socken waren ebenfalls schwarz. In der Hacke der einen Socke war ein kleines Loch, das bald gestopft werden mußte.

Das Bett quietschte erneut. O du lieber Gott im Himmel, er wird doch jetzt kein Nickerchen machen wollen! Dann werde ich stundenlang hier unten eingeklemmt sein. Aber kaum hatte ich das gedacht, da gingen die schwarzen Socken einmal um das Bett herum, ich vernahm ein Klicken und dann das leichte Knarren von Holz – Michael hatte den Kleiderschrank geöffnet, und ich dankte dem Himmel, daß ich das richtige Versteck gewählt hatte!

Er zog sich um, dann saß er wieder auf dem Bett, zog summend die Schuhe wieder an, und dann sah ich, wie die Schuhe davongingen, das Summen wurde leiser.

Ich lag mit der Wange auf dem kalten und harten Holzbo-

den und machte eine interessante Entdeckung: Die Angst hält sich nicht ewig! Der pochende Pulsschlag in meinen Ohren hatte sich längst wieder gelegt, und meine Hände waren auch nicht mehr feuchtkalt. Und während der ganzen Zeit hatte mein Verstand zuverlässig wie ein Uhrwerk gearbeitet, selbst als es so schien, als würde mein Versteck entdeckt werden. Natürlich hatte mir mein gutes Gehör geholfen. Auch jetzt konnte ich Michaels Schritte auf der Treppe nach unten hören. Dann folgte wieder das Geräusch der Haustür, die geschlossen wurde, und schließlich konnte ich ausatmen, meine Arme strecken und unter dem Bett hervorkommen.
Aha! Als ich mir den Staub von den Kleidern wischte, sah ich, daß ich für meine Qualen belohnt wurde. Michael Archer hatte seine Aktentasche liegenlassen. Sie lag auf dem Boden neben dem Kleiderschrank. Eine Schranktür war geöffnet, darüber hingen eine Krawatte und ein Hemd. Ich fand es interessant, daß Michael Archer nicht übermäßig ordentlich war, obwohl ich es angenommen hatte.
Ich machte mir zwar keine Sorgen mehr, daß ich noch einmal überrascht werden könnte, aber mir lief auch die Zeit davon. Ich mußte zurück ins Büro, deshalb versuchte ich auch gar nicht erst, aus den Dokumenten, die sich in der Aktentasche befanden, schlau zu werden. Aber ich konnte erkennen, daß die Handschrift auf den Unmengen an Blättern nicht mit der übereinstimmte, mit der Mrs. O'Learys Nachricht geschrieben worden war. Eigentlich schade, denn so war die ganze Aufregung umsonst gewesen. Ich hatte die Nachricht in meine Rocktasche gesteckt, um sie vergleichen zu können. Mir war nach dieser Entdeckung allerdings kaum leichter ums Herz.
Gerade wollte ich die Blätter zurück in die Tasche legen, da siegte meine Neugier, und ich schaute sie mir genauer an. Es ging nur um Forschung und Wissenschaft – aber was wurde da erforscht? Auf dem Blatt, das ich zufällig ausge-

wählt hatte, um die Handschriften miteinander zu vergleichen, ging es um Pilze. Um Pilze? Ich setzte mich auf eine Ecke des Bettes und überflog einige andere Seiten. Oleander, Rhododendron, Eisenhut ... ich mußte blinzeln und kam nur widerwillig zu dem Schluß, daß es sich offensichtlich um ganz bekannte und gewöhnliche Pflanzenarten handelte. So wie der Champignon die bekannteste Pilzart war. Und doch hatten sie und auch die weiteren Pflanzen, die noch erwähnt wurden, eines gemeinsam – sie waren alle giftig. Ach so, Michael Archer forschte also darüber, wie er die Leute vergiften konnte – wie beruhigend!

»Du bist wirklich der willkommenste Anblick, den meine Augen in der letzten Zeit gesehen haben«, rief ich nicht allzu zurückhaltend aus.
»Ich bin froh, das zu hören«, sagte Justin, der in meiner Bürotür stand. Er schloß sie, das Glöckchen klingelte fröhlich, und er kam durch den Raum auf meinen Schreibtisch zu. »Ich habe dir etwas mitgebracht«, sagte er und holte schwungvoll den Arm hinter seinem Rücken hervor.
»Blumen! Wie nett von dir, daß du mir immer Blumen mitbringst. Danke, Justin.« Es war ein Bund aus kleinen rosafarbenen Rosen, der in fedrigen grünen Farn eingebettet war. Die Rosen wurden durch ein Band zusammengehalten, das hellrosa war und farblich sehr gut paßte.
»Dieser Blumenstrauß wird am Kleid getragen.«
»Ich weiß«, sagte ich glücklich und fuhr mit dem Finger über das Band.
»Ich hoffe, du wirst ihn jetzt gleich tragen und mit mir kommen. Du hast doch sicherlich für heute genug gearbeitet.«
»Es ist fünf Uhr, und ich höre normalerweise um diese Uhrzeit auf. Woran hast du denn gedacht?« Ich war eigentlich müde gewesen, aber mit einemmal war die Müdigkeit verflogen.

»Ich dachte, wir könnten ins Fairmont Hotel gehen. Im Hofgarten ist dort um diese Uhrzeit immer eine Harfenspielerin. Sie spielt wirklich himmlisch!« Justin zwinkerte mit seinen blauen Augen. Ich fand, daß er selbst wie ein Engel aussah. Ganz bestimmt war er ein männlicher Engel, der eine Versuchung für die weiblichen Menschen darstellte. Er versuchte weiter, mich zu überreden. »Wir könnten Sherry trinken und der Harfenistin bei ihrem Spiel lauschen, und hinterher könnten wir eine Kleinigkeit essen.«
Ich schaute auf meine weiße Plisseebluse und den schlichten blauen Rock. Ich hatte mich nicht umgezogen, nachdem ich mich unter Michaels Bett versteckt hatte, und fühlte mich immer noch staubig, ob ich es war oder nicht. »Ich bin für das Fairmont nicht richtig gekleidet«, sagte ich.
»Du bist vollkommen korrekt gekleidet. Wir sind hier doch in San Francisco, weißt du noch? Die Leute tragen hier, was sie wollen. Und der Blumenstrauß wird deine Kleidung noch verschönern.« Justin beugte sich über den Schreibtisch, legte seine Hand unter mein Kinn und zog mein Gesicht zu seinem hinüber. Seine Augen und seine Stimme wurden zärtlich. »Außerdem siehst du immer schön aus, ganz egal, was du trägst. Wir waren schon seit Tagen nicht mehr miteinander aus. Bitte!«
Ich gab mich geschlagen. »Gut. Ich fände es auch schön.«
Wir nahmen das Cable-car bis zum Hotel, das nicht weit entfernt war. Wie immer verspürte ich leichte, aber angenehme Schauer, wenn wir die Straße überquerten und Justins Hand meinen Ellbogen berührte. Dasselbe geschah, als er mir beim Ein- und Aussteigen half und dabei meine Taille berührte. Ich war froh, daß wir uns in der Öffentlichkeit befanden, so konnte ich das Unvermeidliche noch ein wenig aufschieben.
Justin besorgte uns einen Tisch in einer lauschigen und abgeschiedenen Ecke, die nach zwei Seiten hin von riesigen Farnen und einer spitzen Fächerpalme abgeschirmt wur-

de. Mit der leisen Harfenmusik im Hintergrund fühlte ich mich wirklich, als wäre ich auf einer grünen Oase im Himmel gelandet. Wie schön war es doch, die Sorgen und den Argwohn zu vergessen!
Wir sprachen nicht viel miteinander, als wir unseren Sherry tranken und die Harfenistin spielte. Als Justin vorschlug, daß wir an unserem Tisch sitzen bleiben sollten, um eine leichte Mahlzeit einzunehmen statt eines umfangreichen Abendessens im Speisezimmer, willigte ich gern ein.
»Ich muß dir etwas sagen«, bemerkte Justin, als die Harfenspielerin eine Pause einlegte. Sein ernster Tonfall störte die glückselige Stimmung etwas, in der ich mich gerade befand.
»Ja, sicher, schieß los!«
»Du weißt, daß mein Büro ganz gut läuft.«
»Ja, und ich freue mich für dich. Mein Schreibdienst geht auch ganz gut.«
»Dann werden es wohl auch keine schlechten Nachrichten für dich sein, die ich dir jetzt erzählen werde, Fremont.«
Ich zog die Augenbrauen hoch.
»Ich habe einen Sekretär eingestellt, und ich benötige deinen Schreibdienst nicht mehr. Natürlich habe ich keine Schreibmaschine so wie du, aber der Sekretär wird die Schriftstücke auf die traditionelle Weise erstellen, nämlich mit der Hand.«
»Ich werde deine Aufträge nicht vermissen, und ich freue mich für dich, daß du jetzt einen Sekretär hast. Aber ich vermute, daß dies bedeutet, ich werde dich nicht mehr so häufig zu Gesicht bekommen.« Als ich das sagte, fiel mir im gleichen Moment ein, daß ich Justin schon längst nicht mehr so häufig sah wie früher. »Wann hast du deinen Sekretär eingestellt?«
»Vor ein paar Wochen.«
Ich nickte. »Dein Sekretär ist natürlich ein Mann.« Ich hätte mir am liebsten auf die Zunge gebissen, aber es war

mir schon herausgerutscht. Justin grinste, und die Haarsträhnen fielen ihm ins Gesicht.

»Natürlich, Anwaltssekretäre sind immer männlich.«

»Eine Frau könnte diese Arbeit genausogut verrichten«, sagte ich, wollte mich aber gar nicht mit ihm darüber streiten. Es war eher eine nachdenkliche Feststellung.

Justin lehnte sich in seinem Stuhl zurück und schaute mich mißbilligend an. »Ich möchte behaupten, du willst demnächst selbst eine Anwältin sein, Fremont! Eine Frau als Anwaltssekretär? So etwas hat es noch nie gegeben.« Er warf seinen Kopf zurück und schickte mit dieser Bewegung die exzentrische Haarsträhne an ihren Platz zurück.

Ich lächelte. »Vielleicht habe ich das auch nur gesagt, weil ich ein klein wenig eifersüchtig war. Ich muß zugeben, daß ich es nicht besonders gern hätte, wenn du eine Anwaltssekretärin beschäftigen würdest, Justin. Und ich werde es vermissen, wenn du nicht mehr so oft in meinem Büro vorbeischauen wirst wie früher, als ich es gerade eröffnet hatte.«

Der Ober kam, um die Teller fortzuräumen und das Dessert anzubieten. Ich lehnte es ab, Justin jedoch nicht. Während der kurzen Gesprächspause wählte er aus, und ich dachte darüber nach, daß er in ungewöhnlich kurzer Zeit zu Erfolg gekommen war. Das lag sicherlich an San Francisco, denn hier war alles anders. In Boston eröffneten die jungen Männer nicht gleich ein eigenes Anwaltsbüro. Sie gingen zu etablierten Firmen und fingen dort von unten an, auch wenn die Firma zufällig dem Vater gehörte. So war es jedenfalls meinen Freunden von früher ergangen.

Justin bestellte Kokosnußkuchen, und ich wünschte mir, ich hätte den Nachtisch nicht abgelehnt, denn Kokosnuß aß ich für mein Leben gern. Ich hatte mir Kaffee bestellt und mußte mich wohl jetzt damit begnügen. Als der Kellner wieder gegangen war, sagte ich: »Du wirst in ein größeres

Büro umziehen müssen, wenn du jetzt auch noch einen Sekretär hast. Der Raum, in dem du zur Zeit arbeitest, ist wohl kaum groß genug für zwei Leute.«

»Oh, habe ich dir das denn nicht erzählt? Ich kann gar nicht glauben, daß ich das nicht getan haben sollte. Ich habe schon ein neues Büro und bin im letzten Monat umgezogen.«

»Nein«, ich schüttelte den Kopf, »das hast du mir nicht erzählt.« Es war gut, daß ich nicht die Sacramento Street entlanggelaufen war, um ihn zu besuchen. Ich wäre sicherlich sehr verwirrt gewesen.

»Na ja«, sagte Justin und verstreute schwungvoll die Kokosspäne, »ich war so beschäftigt, daß ich es einfach vergessen habe. Das Büro ist auf der Montgomery Street, das macht es auch etwas schwieriger, dich mal eben zu besuchen.«

»Hm«, machte ich unverbindlich und trank meinen Kaffee. Er war zwar köstlich, aber ich warf immer wieder einen neidischen Blick auf die leckere Kokosnuß. Dabei überlegte ich, wie in aller Welt Justin es eigentlich geschafft hatte, sich ein Haus zu kaufen und gleichzeitig die Miete für ein neues Büro im Geschäftsviertel aufzubringen. Es zeugte zwar nicht gerade von guten Manieren, aber wieder einmal siegte meine Neugier. »Justin, hast du nicht einen geradezu sensationellen Aufstieg als Anwalt erlebt? Es ist noch nicht allzulange her, da haben wir beide im City of Paris gesessen und unsere Pennies zählen müssen. Wir wußten nicht, ob wir uns überhaupt diesen Mittagsimbiß leisten konnten.«

Er wurde rot. Da seine Haut so blaß war, konnte er es nicht verbergen, obwohl er den Kopf einzog. Als er ihn wieder hob, ließ die Röte etwas nach, und er sah aus wie eine Katze, die den Kanarienvogel gefangen hatte. »Ich habe dir erzählt, Fremont, daß ich Glück gehabt habe. Ich hatte einen wirklich lukrativen Klienten, der einer Körperschaft angehörte. Bitte laß uns jetzt nicht mehr über das Geschäft sprechen, laß uns über uns sprechen.«

Über uns sprechen! Lächerlich, wie ein Wort mit drei Buchstaben so bedeutungsvoll klingen konnte. »Uns?«
»Wann kommst du wieder mit zu mir in mein Haus?«
»Ich, äh, ich dachte, wir hätten uns darauf geeinigt«, ich versuchte, mich vorsichtig auszudrücken, »daß du es allein einrichten wirst. Du hattest doch auch daran gedacht, deine Mutter zu fragen, ob sie aus Berkeley herüberkommt und dir hilft, erinnerst du dich nicht mehr daran?« Er hatte das zwar nicht so gesagt, aber ich wollte ihn ablenken.
»Ich habe niemals so etwas gesagt! Aber das ist jetzt nicht wichtig. Ich habe jedenfalls zwei Räume fertig eingerichtet, die Küche und das Frühstückszimmer. Kannst du kochen, Fremont? Vielleicht kommst du mal und kochst für mich.«
»Ich bin keine gute Köchin«, gab ich zu und stellte meine Kaffeetasse ab.
»Du überraschst mich.« Justin zwinkerte wieder mit den Augen und grinste. »Ich dachte, daß du das sehr gut beherrschen würdest, Fremont Jones.«
»Meine Kochkünste sind gerade mal ausreichend. Weißt du, wir hatten nämlich eine Köchin zu Hause, und deshalb habe ich es nie gelernt. Kochen ist eine Fertigkeit, von der ich immer dachte, daß ich sie nicht beherrschen müßte.«
Justin wischte einen letzten Kokosnußkrümel von seinem Mund, lehnte sich über den Tisch und sagte mit vertraulicher Stimme: »Dann werde ich das Essen besorgen. Komm doch schon bald, dann essen wir im Frühstückszimmer.«
Ich wußte, daß ich nicht mehr länger ausweichen und ablenken konnte. Mit einem Blick auf die Palme und die schützenden Farne, die den Eindruck vermittelten, man sei zumindest etwas ungestört, beugte ich mich ebenfalls nach vorn und sagte mit ruhiger Stimme: »Ich glaube, ich habe verstanden, was du mir sagen willst. Du hast ein schönes Haus, Justin. Aber ich kann es nicht in der Art und Weise mit dir zusammen genießen, wie du es dir wünschst.«
»Natürlich kannst du das!« Justin lächelte selbstsicher,

streckte seine Hand aus und legte sie auf meine. Das war eine zu vertrauliche Geste für einen öffentlichen Raum, und ich entzog ihm meine Hand.
Ich hatte das dumpfe Gefühl, als wäre ich dabei, einen großen Verlust zu erleiden, und niemand anders wäre daran schuld als ich selbst. Ich riß die Augen ganz weit auf, so daß es mir vorkam, als fielen sie mir jeden Moment aus dem Kopf, und flehte ihn an: »Justin, können wir nicht einfach nur ... Freunde sein?«
Ganz plötzlich kehrte Justin Cameron den Anwalt heraus, indem er sich sammelte, sehr aufrecht und gerade hinsetzte und das Kinn nach vorn streckte. »Erkläre mir bitte, was du damit meinst – einfach nur Freunde.«
»Ich meine damit«, ich schluckte heftig und dachte an den langen und höchst schwierigen Dialog mit meinem Tagebuch, » ich meine damit, daß ich nicht so mit dir zusammensein kann, wie wir neulich in deinem Haus zusammengewesen sind.«
»Du schienst mir aber gar nicht so abgeneigt zu sein. Ich hatte das Gefühl, daß es dir gefallen hat.«
»Das hat es auch.« Ich mußte lächeln, aber meine Lippen zitterten. »Aber diese ... Vorfälle können Folgen haben, an die man denken sollte.«
»Ich glaube, daß es in der Verantwortung der Frau liegt, an die Folgen zu denken. Und Frauen haben Möglichkeiten und Methoden, die du auch kennen müßtest.«
»Ich *habe* über die Folgen nachgedacht«, warf ich schnell ein. »Und deshalb möchte ich auch, daß wir einfach nur Freunde bleiben, Justin. Ich mag dich sehr ...« Ich stockte, denn die Wahrheit war, daß ich ihn nicht nur einfach mochte.
»Und ich mag dich, Fremont«, sagte Justin mit einem flehenden Blick. »Ich mag dich sogar sehr gern.«
Bemerkenswert, wie schnell aus dem Anwalt ein Liebender werden konnte.

Wenn ich jetzt nicht weitermachte, dann würde ich nie mehr in der Lage sein, das zu sagen, was gesagt werden mußte. »Weil ich dich so gern habe, hast du auch das Recht zu erfahren, daß ich beschlossen habe, niemals zu heiraten. Ich will nicht heiraten, Justin, und deshalb sollten wir auch nur Freunde sein. Denn die Konsequenz aus unserem Beisammensein wäre gezwungenermaßen, daß wir heiraten, und das will ich nicht.«
Justin lachte einmal kurz auf, und seine Haare flogen nach vorn. Er sah so merkwürdig glücklich und erleichtert aus. »Um Himmels willen, Fremont, wenn das alles ist, was dich bedrückt, dann kannst du es jetzt vergessen! Ich möchte auch nicht heiraten. Wir sind füreinander gemacht, du und ich!«

Justin bestand darauf, mich in einer Droschke nach Hause zu bringen. Als das Pferd mit klappernden Hufen vor dem Haus in der Vallejo Street stehenblieb, sah ich, daß die erste und die dritte Etage dunkel waren. Im zweiten Stockwerk waren jedoch alle Fenster hell erleuchtet.
»Warten Sie hier, Kutscher, ich geleite die Dame noch zur Tür«, sagte Justin vornehm, als er mir aus der Droschke half. Wir gingen die Treppe hinauf, und oben auf dem Absatz klemmte ich den Spazierstock unter den Arm, so daß ich den Schlüssel aus meiner Handtasche holen konnte. Als ich gerade dabei war, ging ein Licht an, und die Haustür öffnete sich.
»Guten Abend, Fremont«, sagte Michael Archer, der eine sehr elegante weinrote Smokingjacke aus Seide mit schwarzem Samtrevers trug. Ich schaute ihn mit offenem Mund an.
»Das muß Ihr Freund, äh –«
»Justin«, sagte ich und gewann langsam meine Fassung wieder. »Justin Cameron, und dies hier ist mein Nachbar, Michael Archer.«

»Guten Tag«, sagte Justin höflich.
Ich drehte mich mit dem Rücken zu Michael. »Vielen Dank für diesen Abend, Justin.« Ich hörte mich wie ein unbeholfenes Schulmädchen an, das zu Hause abgeliefert wird, und so fühlte ich mich auch.
»Es war mir ein Vergnügen«, antwortete Justin. Er blickte rasch über meine Schulter, beugte den Kopf hinunter und küßte mich auf die Wange. »Ich hoffe, ich werde bald wieder dieses Vergnügen haben«, sagte er laut genug, damit Michael es auch verstehen konnte. »Jetzt sage ich gute Nacht. Nett, Sie kennengelernt zu haben, Archer.«
»Ebenso«, erwiderte Michael.
»Gute Nacht, Justin.« Ich winkte lächelnd, als er in die Droschke stieg. Dann drehte ich mich um, stürmte durch die Tür und knallte sie hinter mir zu. Ich versetzte ihr noch einen zusätzlichen Stoß mit meinem Spazierstock, um meinen Ärger kundzutun, denn eigentlich hätte ich viel lieber Michael Archer einen Stoß verpaßt!
»Gutaussehender junger Kerl«, fing Michael an, aber ich hatte nicht die Absicht, ihn den Satz beenden zu lassen.
»Was in aller Welt haben Sie sich dabei gedacht, uns so die Tür vor der Nase aufzureißen. Sie sind nicht mein Vater, der auf mich wartet, wenn ich mit einem Mann ausgehe!«
Michael trat einen Schritt von mir zurück und hielt beide Hände hoch in die Luft. »Immer sachte, Fremont!«
Ich ging auf ihn zu und schüttelte den Stock. »Selbst Mrs. O'Leary, so neugierig sie auch sein mag, hätte immerhin den Anstand besessen und im Flur auf mich gewartet, bevor sie mich überfallen hätte.«
»Ich habe Sie doch gar nicht überfallen. Ich war nur beunruhigt, als Sie nicht nach Hause kamen, und wollte mich vergewissern, daß mit Ihnen alles in Ordnung ist.«
»Ich bin Ihnen keine Rechenschaft darüber schuldig, wo ich mich aufhalte, Michael. Wie ich schon erwähnte, sind Sie nicht mein Vater, und ich wäre Ihnen dankbar, wenn Sie

sich um Ihre eigenen Angelegenheiten kümmern würden und sich aus meinen heraushielten!« Ich stürzte zur Treppe und schlug bei jedem Schritt mit dem Spazierstock auf den Boden. Selten war ich so wütend gewesen.
Michael stellte sich mir in den Weg und rieb sein Kinn. »Vermutlich bin ich alt genug, um Ihr Vater sein zu können. Aber ich versichere Ihnen, liebe Fremont –«
»Ich bin nicht Ihre liebe Fremont.« Ich hob den Spazierstock und versetzte seinem Arm einen Stups. »Wenn Sie mir jetzt bitte aus dem Weg gehen könnten.«
Mit einer schnellen, reflexartigen Bewegung griff Michael den Stock und riß ihn mir aus der Hand. Seine Augen funkelten, als er ihn untersuchte. »Ich habe bemerkt, daß Sie es sich zur Angewohnheit gemacht haben, diesen schönen Gehstock immer mitzunehmen. Ich hoffe, Sie haben sich nicht verletzt, vielleicht den Knöchel verstaucht?«
»Das ist kein Gehstock, und ich habe mich auch nicht verletzt«, sagte ich schnippisch. Als ich in sein Gesicht blickte, wußte ich, daß er das auch gar nicht angenommen hatte. »Geben Sie ihn mir sofort zurück!«
»Faszinierend!« sagte Michael. Seine flinken Finger hatten den verborgenen Knopf gefunden, und er zog langsam den Degen hervor.
Er weiß es, dachte ich, er weiß, daß ich in seiner Wohnung herumgeschnüffelt habe – was wird er wohl jetzt mit mir machen? Mein Herz pochte wie wild, und meine Wut, die ich zuvor verspürt hatte, war verflogen. Ich wollte jetzt nur noch meine Waffe wiederhaben. »Das ...« Ich piepste, räusperte mich und versuchte es erneut. »Das ist mein Eigentum, und ich wäre Ihnen dankbar, wenn Sie es mir wiedergeben würden.«
»Natürlich«, sagte Michael sanft. Er ließ den Degen wieder zurück in die Scheide gleiten und machte eine formvollendete Übergabe daraus, indem er sich verbeugte und die Hacken zusammenstieß. Er trug allerdings dabei Haus-

schuhe, die dem Ganzen irgendwie die Wirkung nahmen.
»Danke«, sagte ich und versuchte, nicht vor lauter Erleichterung zu seufzen. Ich hatte ziemlich weiche Knie.
»Ich hoffe, Sie wissen auch damit umzugehen?«
»Ich habe es geübt.«
»Aha!«
»Wenn Sie jetzt bitte zur Seite gehen würden.«
Er ignorierte meine Bitte. »Da Sie geübt haben, muß das wohl bedeuten, daß Sie das Bedürfnis haben, sich zu schützen.«
»Sie sind heute abend sehr scharfsinnig, Watson.«
»Sie hatten dieses Bedürfnis schon, bevor Sie diese, äh, Falle auf dem Treppenabsatz aufbauten. Ich glaube, Sie tragen diesen Spazierstock schon fast drei Wochen bei sich.«
»Watson, jetzt haben Sie schon wieder recht gehabt. So, wenn es Ihnen nichts ausmacht, dann würde ich gern die Treppe hinaufgehen, vor der Sie gerade stehen, denn ich hatte einen langen Tag und bin müde.«
»Natürlich. Entschuldigen Sie bitte!« Er trat zur Seite und deutete mir mit einer Geste an, daß ich vorgehen solle. Endlich!
Ich rauschte an ihm vorbei, aber als ich meinen Fuß auf die unterste Stufe stellte, ergriff Michael von hinten meinen Arm und zog mich zu sich zurück. Sein Bart berührte meine Wange, und er zischte mir ins Ohr: »Vor wem haben Sie Angst, Fremont?«
Ich wandte meinen Kopf und blickte in stahlgraue Augen, die nur wenige Zentimeter von mir entfernt waren. Ich beschloß, ebenso hart wie Stahl zu sein, und sagte: »Ich weiß es nicht, aber wer immer er ist, er kann sicher sein, daß ich mich verteidigen werde.«
Michael ließ mich gehen. Als ich die Treppen hinaufging, hörte ich ihn vernügt lachen. Er murmelte etwas vor sich hin, und es hörte sich so an wie: »Eine vortreffliche Frau!«

DIE LAGE SPITZT SICH ZU

Als ich fünf Jahre alt war, bekam ich eine Reihe von Hauslehrern, aber keiner von ihnen blieb lange bei uns. Ich war seit meiner Geburt völlig von der Außenwelt abgeschnitten, aber ich war mir dennoch bewußt darüber, daß die Lehrer nicht meinetwegen gingen, sondern wegen der äußerst befremdenden Situation in unserem Haus. Ich war ein intelligentes Kind, das begierig und gern lernte. Das größte Glück bedeutete es für mich, wenn ich ein neues Buch geöffnet vor mir liegen hatte.

Nur eine Sache gefiel mir ebensogut wie die Bücher: Wenn ich in dem kleinen Raum mit den vielen Fenstern stand und hinaus in die Welt schaute, die ich nicht betreten durfte.

»Wir gehen nicht hinaus«, sagte Mutter. »Wir können außerhalb dieser Mauern nicht überleben.«

»Warum?« fragte ich. Wir führten dieses Gespräch mindestens einmal im Jahr, und der Ablauf war immer gleich. Aber ich mußte einfach immer wieder fragen.

»Lieber Perry, weil wir anders sind. Hier sind wir stark und mächtig, da draußen sind wir schwach. Du bist mein Sohn,

mein eigenes liebes Kind, und du bist so wie ich. Und so wie ich wirst auch du in diesem Haus bleiben. Für immer!«
Natürlich war ich, zumindest anfangs, ein viel normaleres Kind, als sie glauben wollte. Daher wünschte ich mir auch um so leidenschaftlicher hinauszugehen.
Ich konnte von dem kleinen Raum, der sich ganz oben im Haus befand und Kuppel genannt wurde, kilometerweit schauen. Ich stellte mir vor, ich sei ein Prinz, der in einem verwunschenen Turm eingesperrt war, und vor mir lag mein Königreich. Eine böse Fee hatte mich entführt, mich hier eingesperrt und mir erzählt, daß sie meine richtige Mutter sei.
Es gab nur ein Problem bei dieser Vorstellung. Soweit ich feststellen konnte, wenn ich über mein Königreich blickte, mußte die böse Fee, die sich als meine Mutter ausgab, ebenfalls eine Königin oder Prinzessin sein, denn unser Haus war wie ein Schloß. Um dieses Haus war eine Mauer aus Eisen gezogen, und überall waren schräge Dächer, Türme und Schornsteinschlote. Es schien mindestens genausogroß zu sein wie die Häuser der Umgebung, die ich sehen konnte, wenn nicht noch größer. Die anderen großen Häuser waren prachtvoll wie unseres und lagen ebenfalls auf den Hügelspitzen.
Ich beschloß, daß meine richtige Mutter in einem Königreich auf der gegenüberliegenden Seite des Wassers leben müßte. Sie war eine gute und schöne Königin, und mein richtiger Vater, der König, war ebenfalls gut und hatte große Macht. Sie wußten nicht, wo ich war, deshalb kamen sie auch nicht, um mich zurückzuholen. Sie hätten sonst mit der bösen Fee gekämpft, die behauptete, meine Mutter zu sein. Eines Tages würde ich einen Weg aus diesem Schloß finden, um mich von diesem bösen Fluch zu befreien. Und dann würde ich auf die andere Seite des Wassers fahren.
Die furchtbaren Prophezeiungen meiner Mutter, was mit mir geschehen würde, wenn ich mich aus dem Haus wag-

te, dienten einzig und allein der Abschreckung. Außerdem hatte sie ihren Dienern die Anweisung gegeben, mich davon abzuhalten, das Haus zu verlassen. Der Tag kam schließlich doch, und ich war neun Jahre alt. Mein derzeitiger etwas älterer Hauslehrer war gerade eingenickt, als ich einen Aufsatz schrieb. Und ich entwischte.

Ich wußte, daß ich nicht rennen durfte, denn das machte zuviel Lärm. Ich hatte so oft darüber nachgedacht, daß ich mir schon einen Fluchtweg zurechtgelegt hatte, dem ich nun folgte, und ich verließ das Haus durch eine selten genutzte Seitentür. Ich atmete die frische Luft ein und wartete, daß etwas Schreckliches geschehen würde – aber nichts geschah. Vielleicht wirkte ihr böser Zauber nicht außerhalb der Mauern unseres Hauses. Vielleicht war das der Grund, warum meine Mutter mir nicht erlaubte, nach draußen zu gehen!

Ich war jedoch noch nicht erlöst, denn ich mußte durch das Tor in der Eisenwand kommen, dann erst wäre ich frei. Es war doch nur ein Tor, und dies war kein Schloß, und es gab auch keinen Pförtner. Aber es würde sicherlich verschlossen sein. Auf der Mauer und dem Tor befanden sich Eisenspitzen – ob ich da wohl hinüberklettern konnte? Vielleicht, aber es wäre um vieles leichter, einfach durch das Tor zu gehen.

Es war abgeschlossen, und ich konnte auch nicht hinüberklettern. Auch wenn ich den Mut besäße, über diese scharfen Spitzen zu klettern, so gab es doch keine Möglichkeit, sich festzuhalten, und auch keinen Halt für die Füße. Verbotene Tränen liefen mir über das Gesicht, als ich die eisernen Gitterstäbe des Tores umfaßte und auf die Straße schaute. Die Freiheit lag direkt vor mir, und ich hatte keine Möglichkeit, sie zu erlangen. Das war wirklich mehr, als ich verkraften konnte. Zum erstenmal in meinem Leben hatte ich den Wunsch zu sterben.

Schließlich drehte ich mich um. Ich war besiegt worden und bereit zurückzugehen. Nun wollte ich wenigstens unbemerkt in den Unterrichtsraum zurückkehren, das war das Beste, was ich hoffen konnte.

Da haben wir sie endlich, dachte ich. Das ist die Beschreibung von Peregrines Haus! Ich wußte, daß ich sie in dieser Geschichte gelesen hatte.

Ich hob die Augen und schaute auf das Haus meiner Mutter, mein Gefängnis. Ich hatte es noch nie von außen betrachtet. Jetzt traf mich der Anblick der außergewöhnlichen und bizarren Fassade wie ein Schlag.

Das Klingeln meiner Bürotürglocke ließ mich von den Seiten der Geschichte »In die Finsternis verdammt« aufschauen. Also, diese Unterbrechung kam nun wirklich sehr ungelegen! Außerdem war es fünf Uhr. Ich hätte doch das Schild GESCHLOSSEN an die Tür hängen sollen.
Als ich jedoch die junge Frau sah, die eintrat, war ich froh, es nicht getan zu haben. Ich wußte schon, bevor sie sich vorstellte, wer sie war. Für eine Angehörige ihres Volkes war sie viel zu groß und schlank, und das auffällige und markante Gesicht bewies, daß sie eine Verwandte Li Wongs sein mußte.
Ich stand sofort auf und sagte für den Fall, daß sie meinen anfänglichen Unmut bemerkt hatte, freundlich: »Ich bin Fremont Jones. Wie kann ich Ihnen helfen?«
»Mein Name ist Meiling Li«, sagte sie und neigte ihren Kopf leicht nach vorn. »Ich glaube, Sie haben meinen Großvater gekannt, Sun Wong Li.«
»Ja, er war zweimal hier bei mir. Ich habe ihn als Li Wong kennengelernt.«
»So wurde er auch meistens genannt. Ich möchte Ihnen erklären, warum ich hier bin. Das Haus Li ist nun ein Haus der Frauen. Großvater, Vater und Brüder, sie sind alle

nicht mehr da. Mutter und Großmutter sprechen kein Englisch und verlassen Chinatown nie. Sie haben mich gebeten, Miss Fremont Jones zu finden.«
Ich konnte mir nicht helfen, aber ich war von der Enkelin genauso beeindruckt, wie ich es von Li Wong gewesen war. Sie erzählte ihre traurige Geschichte in knappen Worten, mit einer anziehend rauhen Stimme und ohne den geringsten Akzent. Meiling trug die schlichte schwarze Kleidung, die von vielen Chinesen bevorzugt wird. Sie hatte einen langen Kaftan an, der vorn geknöpft, an den Seiten jedoch geschlitzt war. Darunter trug sie eine enganliegende schwarze Hose. Die Kleidung sah so gut aus und wirkte so bequem, daß ich mir sofort wünschte, ich könnte ebenfalls Hosen tragen. Sie schien in meinem Alter zu sein, hatte aber nicht diese unterwürfige Haltung, wie ich erfreut feststellte. Ihr schwarzes Haar glänzte und hatte einen bläulichen Schimmer, und sie trug es wie ich locker im Nacken zusammengefaßt. Ich hatte das Gefühl, daß ich vielleicht in Meiling eine verwandte Seele gefunden hatte, und wünschte mir, wir könnten Freundinnen werden.
»Ich habe Ihren Großvater sehr bewundert«, sagte ich, »und es tat mir sehr leid, von dieser Tragödie zu hören.«
Statt zu antworten, neigte sie ihren Kopf, aber ich hatte schon zuvor bemerkt, daß ihre sehr dunklen Augen noch dunkler wurden.
»Wir haben einen sehr großen Verlust erlitten«, sagte sie, als sie den Kopf hob, »aber mein Volk ist Leid gewöhnt.«
»Das rechtfertigt es aber keinesfalls oder macht es irgendwie weniger schmerzvoll.«
»Nein, aber Ihr Volk scheint mein Volk für Vieh zu halten und zu denken, daß wir keine Gefühle haben.«
»Ich versichere Ihnen, daß ich so etwas nicht denke, und ich werde alles tun, was in meiner Macht steht, um Ihnen zu helfen. Sie sagten, daß Ihre Mutter und Großmutter Sie gebeten haben, mich aufzusuchen?«

»Ja. Mir wurde gesagt, ich solle Sie zu ihnen bringen. Sie möchten mit Ihnen sprechen, und ich soll übersetzen. Und wie ich schon sagte, sie verlassen Chinatown nicht. Sie müssen keine Angst um Ihre Sicherheit haben, Miss Jones. Wenn Sie bei mir sind, wird Ihnen nichts geschehen.«
»Bitte nennen Sie mich Fremont. Und ich würde Sie gern Meiling nennen, wenn ich darf.«
»Wie Sie wünschen.«
Ich lächelte, um das Eis zu brechen, aber was ich auch sagte oder tat, Meilings Gesichtszüge verzogen sich kaum. Nun, vielleicht konnte ich es sogar verstehen, denn dies war eine ernste Angelegenheit für die Familie Li.
Dann sagte sie: »Lassen Sie uns gehen, Miss, äh, Fremont!«
»Gewiß. Geben Sie mir nur einen Moment, um die Sachen hier fortzuräumen und das Büro abzuschließen.« Ich spürte die wachsamen dunklen Augen Meilings auf mir ruhen, als ich Mr. Partridges Manuskript in die Schublade legte, sie abschloß, dann die Schreibmaschine abdeckte, meine Handtasche und den Spazierstock nahm und meinen Umhang über den Arm hängte. Ich gab ihr mit einer Geste zu verstehen, daß sie vor mir aus dem Büro gehen solle. Als ich das Büro abschloß, sagte Meiling ernst: »Ich habe Jiu-Jitsu gelernt.«
Ich schaute auf. Das klang so, als könnte ich etwas tun, was sie veranlassen würde, Jiu-Jitsu bei *mir* anzuwenden. Ich beschloß, diese Information nicht auf die leichte Schulter zu nehmen. Lächelnd sagte ich: »Das ist ja großartig! Es ist bestimmt sehr nützlich, so etwas zu beherrschen, und ich würde auch liebend gern Jiu-Jitsu lernen. Sie müssen mir davon erzählen. Ist es denn beispielsweise üblich, daß chinesischen Mädchen Jiu-Jitsu beigebracht wird?«
Und so plapperte ich weiter und überhäufte Meiling den ganzen Weg die Treppe hinunter und die Sacramento Street entlang mit Fragen über diese Kampfkunst. Sie war nicht sehr entgegenkommend, aber ich erfuhr, daß man den mei-

sten Mädchen diesen Unterricht nicht gewährte. Sie hatte ihn erteilt bekommen, weil sie darauf bestanden hatte und weil sie Li Wongs Enkelin war. Wir waren doch verwandte Seelen, so wie ich es bereits vermutet hatte. Für mich bedeutete das wohl, daß ich niemanden finden würde, der mir Jiu-Jitsu-Unterricht gab, aber ich bildetete mir ein, daß ich sie ein bißchen aus der Reserve gelockt hatte.

Meiling und ich sprachen weiter über die Kampfkunst und darüber, daß es klug sei, sich selbst verteidigen zu können – zumindest sprach ich darüber –, während wir an einem Straßenblock vorbei bis zur California Street gingen und die Straßenbahn nach Stockton nahmen. Dort stiegen wir aus und kamen nach Chinatown.

Obwohl ich selten um Worte verlegen bin, so fehlen sie mir jetzt doch, um den ersten Eindruck, den ich von Chinatown gewann, richtig wiederzugeben. Michael Archer und andere Leute nach ihm hatten mir erzählt, daß Chinatown wie ein eigenständiges Dorf sei, das sich im Herzen von San Francisco befand. Aber das hatte mir nicht geholfen, eine Vorstellung davon zu bekommen, was ich dann tatsächlich mit eigenen Augen zu sehen bekam. Da ich in Neuengland aufgewachsen bin, habe ich gewisse Assoziationen, Erwartungen, die an das Wort »Dorf« geknüpft sind. Obwohl ich sofort wußte, daß diese nicht auf Chinatown zutrafen, hätte ich mir bis zu diesem Tag, an dem ich es zum erstenmal sah, nie vorstellen können, wie anders doch eine fremde Kultur sein konnte.

Die Straßen waren dunkler und schienen enger zu sein als die in den anderen Stadtteilen. Obwohl Juni war und etwa sechs Uhr abends, waren viele der hellen, farbenfrohen Lampen und Papierlaternen in den Türen und Fenstern schon erleuchtet. Mir fielen die kräftigen Farben auf, die uns Amerikaner eher abschrecken, denn wir sind, wie unsere englischen Vettern, durch die Vorliebe für Pastellfarben, die bei König Edward vorherrschte, geprägt worden.

Die Gebäude waren eher in dunklen Farbtönen gehalten, was entweder beabsichtigt oder durch die natürliche Verwitterung des Holzes geschehen war. Aber ansonsten waren sie beunruhigend vielfarbig geschmückt. Ein hohes Gebäude, vielleicht war es ein Geschäftshaus, aber das konnte ich nicht erkennen, hatte beispielsweise in jedem der drei Stockwerke einen Balkon. Jeder Balkon war rot, gelb, violett und grün gestrichen. Hier und da sah ich Gold aufblitzen, und wo immer ich vorbeikam, sah ich Schlangen und Drachen, die sich um Lichtpfähle wanden und über Hauseingängen und in den dunklen Fensternischen lauerten.
Meiling ging zu schnell für mich. Ich wollte gern überall anhalten und mir alles anschauen, aber ich mußte mit ihrem schnellen Tempo Schritt halten. Sie ging, ohne etwas zu sagen, und war nicht im mindesten daran interessiert, die Führerin zu spielen, während ich mich mehr denn je in meinem Leben als Touristin fühlte. Alle Schilder, die sich an den Läden und Straßenecken befanden oder mit Girlanden verziert über den Straßen hingen, waren auf Chinesisch und so unverständlich für mich wie eine Geheimschrift. Nur ein einziges Mal sagte Meiling etwas. Als wir eine Straße überquerten, sagte sie: »Tang Yahn Gai – in Ihrer Sprache bedeutet das Sacramento Street.« Aber durch diese kleine Vertrautheit fühlte ich mich noch fremder.
Ich hatte das Gefühl, daß ich eigentlich ziemlich verloren war, und dennoch hatte ich so viel Interesse an meiner Umgebung, daß es mich nicht kümmerte. Ich fand auch meine Begleiterin interessant, die sich mit schnellen, langen und anmutigen Schritten vorwärts bewegte. Sie bewegte sich ganz anders als die anderen Chinesinnen. Ich beobachtete, daß die Leute uns neugierig ansahen, aber sobald sich Meiling ihnen näherte, wandten sie ihren Blick ab. War es der Respekt, den sie ihr zollten, oder gingen sie uns einfach nur aus dem Weg? Ich konnte es nicht sagen.

Die Straße wurde enger. Ich hatte den Eindruck, daß die Händler in Chinatown ihre Läden im Erdgeschoß hatten und darüber wohnten, denn ein Haus sah aus wie das andere. Wenn es so etwas wie ein Wohnviertel geben sollte, dann hatten wir es noch nicht erreicht. Je enger die Straße wurde, desto schmaler wurden auch die Ladenfassaden, alles war dicht an dicht zusammengedrängt. Die Atmosphäre wurde düsterer, die Lichter weniger, und die Abstände zwischen den Laternen wurden immer größer.
Meiling bog jetzt in eine Straße ein, die so eng war, daß wir nicht mehr nebeneinandergehen konnten. Da ich zurückfiel, überließ ich ihr die Führung. Dunkelgraue Holzhäuser ragten auf beiden Seiten vier Stockwerke hoch, und dann und wann war ein düsterer Hauseingang weit geöffnet, in dem sich Schatten hin und her bewegten. Meiling ging jetzt sogar noch schneller, und ich mußte fast laufen, um mithalten zu können. Ich war froh, in dieser fremden Umgebung den vertrauten Spazierstock in meiner Hand zu fühlen, und streckte ihn bei jedem Schritt sehr weit nach vorn.
Die enge Straße endete an einer Ziegelsteinmauer, deren heller gelber Anstrich durch die düstere Atmosphäre gedämpft wurde. An mehreren Stellen bröckelte die Farbe auch schon ab. In die Mauer war ein hölzernes Tor eingelassen, das wundervolle Schnitzereien aufwies, einen Rundbogen hatte und rot angestrichen war. In die Verzierungen waren auch chinesische Schriftzeichen eingearbeitet, die ich nicht lesen, aber dennoch verstehen konnte: Sie betreten das Reich der Familie Li. Meiling, die dazugehörte, hielt nicht an, sondern ging sofort durch das Tor. Ich folgte ihr mit einem Gefühl der Ehrerbietung, als ich ebenfalls hindurchtrat.
Wie außerordentlich geheimnisvoll und schön es hier war! Man mußte den schmalen düsteren Pfad hinuntergehen, und dann, wenn man das Wohlwollen der Familie genoß, durfte man das weitläufige, fast gänzlich verborgene An-

wesen der Lis betreten. Wir befanden uns auf einem gepflasterten Hof, dessen Ausmaße gigantisch erschienen verglichen mit dem, was ich bis jetzt von Chinatown gesehen hatte. Wir waren von langen und niedrigen Gebäuden umgeben. Sie kamen mir vor wie von eleganten Säulen getragene Arkaden, aber als ich der vorwärts eilenden Meiling folgte, bekam ich doch den Eindruck, als hätten diese Häuser schon bessere Tage gesehen. Dieser Ort wirkte auf mich trostlos und verlassen und strahlte sogar so etwas wie Verzweiflung aus. Vielleicht war das aber auch nur wieder einmal meine lebhafte Phantasie, die da mit mir durchging. Jedenfalls gingen wir unter dem spitzen Dach eines Vorbaus entlang, durch eine große rote Tür und betraten das Gebäude, das vermutlich das Haupthaus der Lis war. Wir kamen in eine Art Eingangshalle, deren Decke von Säulen gestützt wurde, um die sich Drachen wanden. Am hinteren Ende dieser Halle befand sich in der schattigen Dunkelheit ein Gong aus Messing, der das spärlich einfallende Licht reflektierte. Meiling verschwand in einen Flur, der rechts abging, und ich folgte ihr.

Die Flurdecke war niedrig, und von beiden Seiten gingen viele Räume ab. Am Ende des Flures hing ein Vorhang aus Perlen, durch den Meiling trat. Als ihr Körper den Vorhang teilte, erzeugten die Perlen ein Geräusch, das sich anhörte, als seien sie zerbrechlich und spröde. Als ich hindurchtrat, klang es ebenso, und sie fühlten sich in meinem Nacken und auf den Schultern wie glattes Eis an. In dem großen Raum, den wir betreten hatten, lag ein kostbarer Teppich mit Blumenmuster auf dem Boden, und zwei kleine weißhaarige Frauen saßen zu beiden Seiten eines langen, niedrigen Tisches. Eine Frau stand auf, als wir eintraten, und mit einem kurzen Blick auf Meiling verbeugte sie sich demütig vor der anderen Frau und huschte davon.

In Meiling ging eine Veränderung vor. Ihre Schritte wurden langsamer und kürzer. Ihr ganzer Körper wurde irgendwie weicher und kleiner. Ich nahm nicht an, daß ich dazu ebenso fähig sein konnte, aber ich hatte ganz gewiß Respekt vor dieser alten Frau mit einem Gesicht, das aussah, als sei es aus Elfenbein. Sie saß auf ihrem Stuhl als sei er ein Thron. Meiling verneigte sich tief. Sie hatte die Hände in die Ärmel geschoben und sprach Chinesisch. Die kleine alte Frau neigte ihren Kopf mit den weißen Haaren und antwortete etwas. Da richtete Meiling sich wieder auf und bedeutete mir, daß ich näher kommen solle.

»Dies ist meine ehrwürdige Großmutter, Li Kwan, die Ehefrau von Li Wong. Sie ist nun der Familienvorstand. Meine Mutter, Suyin, fühlt sich nicht wohl und wird unserem Gespräch nicht beiwohnen können.«

»Ich fühle mich geehrt«, sagte ich und verbeugte mich, so wie Meiling es getan hatte.

Neben mir erschien ein Diener. Er hatte sich so lautlos genähert, daß ich erschrak, und er gab mir zu verstehen, daß er mir meine Sachen abnehmen wolle. Ich reichte ihm nur ungern meine Handtasche, den Umhang und den Spazierstock und sah erleichert, daß er nicht damit verschwand, sondern sie auf eine Truhe legte, die reich mit Ornamenten verziert war. Sie stand an der Wand neben dem Perlenvorhang.

Die Großmutter, Li Kwan, sagte etwas, als der Diener sich um die Sachen kümmerte, und ich schenkte ihr wieder meine ganze Aufmerksamkeit. Meiling übersetzte: »Die ehrwürdige Li Kwan möchte, daß ich Ihnen mitteile, daß wir etwas verloren haben, was für uns sehr wertvoll ist. Wir glauben, daß Sie uns helfen könnten, diesen Gegenstand wiederzufinden.«

Ach du meine Güte, dachte ich und wußte im gleichen Moment, daß ich ihnen nicht helfen konnte, aber ich senkte höflich meinen Kopf. Das Beisammensein mit den Chinesinnen ließ mich höflicher werden, als es Tausende von Lektionen in gutem Benehmen je bewirken konnten.

Meiling war mit meiner kleinen Verbeugung nicht zufrieden, ihr Stirnrunzeln vermittelte mir, daß ich antworten sollte. Ich räusperte mich und spürte die ersten Anzeichen von Unbehagen. »Ich weiß nicht, wie ich Ihnen helfen könnte, aber ich will es auf jeden Fall versuchen.«
Dann fand ein kurzer, aber sonderbarer und melodischer Austausch zwischen Meiling und ihrer Großmutter statt, und schließlich drehte sich Meiling wieder zu mir um. »Wir haben erfahren, daß mein Großvater kurz vor seinem Tod in Ihrem Büro gewesen ist. Sie besitzen eine Maschine und die Fähigkeit, damit Wörter in Englisch aufs Papier zu bringen, stimmt das?«
»Ja«, sagte ich und nickte, »das stimmt. Sie haben diese Maschine heute in meinem Büro gesehen. Sie wird Schreibmaschine genannt.«
»Und mit dieser Schreibmaschine haben Sie etwas für Li Wong geschrieben?«
»Ja, das habe ich gemacht.«
»Sie werden uns jetzt bitte sagen, worum es dabei ging.«
»Ich ... ich kann es nicht. Ich würde es tun, wenn ich könnte, bitte glauben Sie mir das, aber ich kann es nicht.«
Meiling runzelte wieder die Stirn, als sie mich ansah, dann drehte sie sich jedoch um und gab wieder, was ich gesagt hatte.
Die kleine alte Frau sagte in scharfem Ton ein Wort, das ich auch ohne Übersetzung verstand: »Warum?«
»Ist Ihnen der Begriff der Vertraulichkeit bekannt?«
»Ja, natürlich«, antwortete Meiling, »es bedeutet, daß das, was geheim ist, auch geheim bleiben soll. Aber wir sind die Familie von Li Wong, und er ist gegangen, um sich zu unseren Ahnen zu gesellen. Es gibt keinen Grund, das Geheimnis noch länger zu wahren. Deshalb werden Sie uns jetzt auch sagen, was wir erfahren möchten.«
Eine herrische Geste ihrer Großmutter bedeutete Meiling, daß sie übersetzen solle, was sie gerade zu mir gesagt hat-

te. Während sie übersetzte, überlegte ich mir eine Antwort, von der ich hoffte, daß sie akzeptiert würde. Als mich Meiling wieder anschaute, sagte ich: »Ich schreibe für viele Leute vertrauliche Angelegenheiten, wie ich es auch für Ihren Großvater getan habe. Um der Vertraulichkeit willen vergesse ich die Worte, sobald ich sie auf das Papier gebracht habe. Wirklich, ich kann mich nicht mehr daran erinnern, was ich für Li Wong geschrieben habe. Ich wünschte mir, ich könnte es. Ich habe es sogar oft versucht, denn ich war von Ihrem Großvater so beeindruckt und so beunruhigt, als ich von dem Mord an ihm erfuhr.« Ich hielt inne, während Meiling es weitergab, dann fuhr ich fort: »Ich kann Ihnen nur sagen, ich hatte den Eindruck, daß er seine Worte niedergelegt haben wollte, falls ihm etwas passieren sollte, als eine Art Schutz vielleicht. Ich kann mir vorstellen, daß es sich dabei um irgendein Geschäftsabkommen gehandelt haben könnte und daß vielleicht ein oder zwei Firmen daran beteiligt waren. Ich habe den Namen der einen behalten, den der anderen jedoch nicht. Ich erinnere mich noch an die Trans Hawaii-Handelsgesellschaft.«

Sie konnte vielleicht kein Englisch verstehen, aber den Firmennamen kannte Li Kwan. Sie rang nach Luft und legte die Hand auf den Mund.

»Das sind schlechte Nachrichten«, sagte Meiling.

»Das tut mir leid«, antwortete ich und fragte mich, ob die Chinesen vielleicht auch dazu neigten, wie die Griechen den Boten zu töten, der die schlechte Nachricht überbrachte. Ich fügte lahm hinzu: »Vielleicht habe ich mich auch geirrt.« Aber das war nicht der Fall, denn der Firmenname war das einzige, woran ich mich erinnern konnte. Die Erinnerung an Li Wong, als er mit dem Zeigefinger den Bindestrich in die Luft malte, hatte mir das bestätigt. Wieder sprach Li Kwan, und Meiling hörte zu. Ich wartete nervös, denn mir gefiel gar nicht, wie die Dinge sich entwickelten. Meiling sagte wieder etwas zu mir: »Ich werde Ihnen erzählen, was uns abhanden gekommen ist. Mein Großvater hat einen wertvollen Gegenstand aus diesem Haus genommen, der seit vielen Jahrhunderten im Besitz der Familie ist. Er hat es etwa in der Zeit getan, als er zu Ihnen gegangen ist, also ein paar Tage vor seinem Tod. Bei dem Gegenstand handelt es sich um die Figur der Göttin Kwan Yin. Sie ist aus Jade und sehr wertvoll, nicht nur, weil sie alt und nicht zu bezahlen ist, sondern auch deswegen, weil Li Kwan nach dieser Göttin Kwan Yin benannt wurde und ihr gegenüber eine ganz spezielle Ergebenheit empfindet. Wir möchten wissen, ob er Sie über die Figur hat schreiben lassen und darüber, was er mit ihr vorhatte. Haben Sie sie vielleicht sogar gesehen?«

»Nein«, sagte ich und schüttelte den Kopf, »ganz bestimmt nicht. Er hat die Figur nicht erwähnt, und er hatte sie auch ganz bestimmt nicht bei sich, als er in mein Büro kam.«

Meiling wandte den Kopf ab, als sie diese Information an Li Kwan weitergab. Die Spannung, die in diesem Zimmer herrschte, gefiel mir ganz und gar nicht. Während Meiling und ihre Großmutter einen ziemlich langen Dialog führten, bewegte ich mich langsam und Schritt für Schritt auf die Truhe zu, wo meine Sachen lagen. Als ich mich vorwärts bewegte, sagte mir mein siebter Sinn, der plötzlich erwachte, daß wir drei zuvor nicht allein gewesen waren. Es bewegten sich an den beiden für mich sichtbaren Ausgängen Schatten hin und her, obwohl sich keine weitere Person in diesem Raum aufhielt. Der dritte Ausgang, der durch den Perlenvorhang verdeckt war, befand sich in meinem Rücken, und ich bezweifelte nicht, daß sich auch dort ein Schatten bewegte.

Das Gespräch zwischen Li Kwan und Meiling war lebhaft geworden. Ich stellte fest, daß die chinesische Sprache nicht immer so melodisch klang, ich vernahm auch manche rauhe Kehllaute. Die Truhe war nun in Reichweite – endlich! Ich legte den Umhang so unauffällig wie möglich über meinen Arm, nahm meine Handtasche und den Spazierstock in die Hand und sagte, als Meiling sich umdrehte, fröhlich: »Wenn weiter nichts ist, dann wäre ich jetzt soweit und würde gern gehen.«

»Meine Großmutter möchte nicht, daß Sie gehen«, sagte Meiling. Das kam nicht unbedingt überraschend für mich, ich hatte so etwas schon befürchtet.

Ich schob den Bügel meiner Handtasche über den Arm, über dem der Umhang hing, so daß ich eine Hand frei hatte. »Ich glaube, es wird dunkel draußen, und ich muß jetzt wirklich gehen. Ich bin nicht so gern nach Anbruch der Dunkelheit noch auf der Straße.«

Meiling ging auf mich zu. Die Schatten in den Türeingängen blieben, wo sie waren. »Nehmen Sie doch bitte unsere Gastfreundschaft für heute nacht an«, sagte sie. »Meine Großmutter glaubt, daß Sie sich besser an die Figur und an den Auftrag von Li Wong erinnern werden, wenn Sie die Nacht unter diesem Dach verbracht haben. Li Wongs Schriftstück ist verschwunden, wissen Sie. Keiner weiß, was darin stand. Und wir müssen es wissen! Die Ehre der Familie Li steht auf dem Spiel.«

»Ich verstehe das«, sagte ich. Meine Muskeln waren zum Zerreißen gespannt. Ich hatte nicht die geringste Ahnung, was ich jetzt machen sollte, aber ich wußte, daß ich schnellstens etwas tun mußte! »Ich muß jedoch leider Ihre Gastfreundschaft ablehnen. Würden Sie das bitte Ihrer Großmutter mitteilen? Bitte sagen Sie ihr auch, daß ich verspreche, sofort wiederzukommen, wenn ich mich an etwas erinnern sollte. Wenn ich etwas über diese Figur in Erfahrung bringe, dann würde ich Sie natürlich auch sofort darüber informieren. Sagen Sie es ihr bitte, Meiling!«

Ich verspürte sowohl Überraschung als auch Dankbarkeit, als Meiling – die ja Jiu-Jitsu beherrschte – kurz vor mir ste-

henblieb und sich umdrehte, verbeugte und sich an ihre Großmutter wandte. Ich ging langsam rückwärts, und mit einem Blick über meine Schulter sah ich, daß die Schatten in den Türen schwarzgekleidete Männer waren, die nun in den Raum gelaufen kamen.
Die kleine Großmutter mit dem elfenbeinfarbenen Gesicht gab einen scharfen Befehl, der vermutlich »Packt sie euch!« bedeutete. Ich verweilte jedoch nicht länger, um es herauszufinden. Mein rechter Daumen strich über die silberne Pfingstrosenblüte und den Auslöseknopf.
Mit einer eleganten, geübten Bewegung zog ich den Degen mit meiner rechten Hand aus dem Spazierstock und steckte den Stock in den Bund meines Rocks. Als ich den Degen vor mich hielt, waren alle meine Sinne geschärft, und mein sogenannter siebter Sinn war sogar wachsamer als sonst.
Während Meiling beim Befehl ihrer Großmutter herumfuhr, sagte ich, und meine Stimme war eiskalt: »Ich werde Ihnen nicht gestatten, mich hier festzuhalten. Ich habe Ihnen die Wahrheit gesagt und mich korrekt verhalten, und ich werde jetzt gehen. Ich warne Sie, bleiben Sie zurück!«
Mein siebter Sinn ließ mich herumwirbeln. Ich warf den Umhang, den ich vom Arm gerissen hatte, dem Mann über den Kopf, der sich mir von hinten näherte. So konnte er meinen Vorstoß auf den Durchgang mit dem Perlenvorhang nicht mehr stoppen, denn er sah nichts mehr und hatte sich im Umhang verheddert. Aber Meiling hatte lange Beine, und sie hatte zwei Helfer. Ich rannte den endlosen Korridor mit der niedrigen Decke entlang und war mir sicher, daß aus einer dieser Türen, die auf den beiden Seiten lagen, irgend etwas oder irgend jemand kommen würde, um mich aufzuhalten.
Aber das geschah nicht, und ich stürzte in die Eingangshalle, war für kurze Zeit orientierungslos und suchte in der Dunkelheit nach der Haustür. Es war tatsächlich dunkel geworden, so wie ich vermutet hatte. Die hinteren Ecken

des Raumes waren stockfinster. Hinter mir hörte ich das Geräusch von Schritten, die sich näherten, es blieb nicht mehr viel Zeit. Ich lief in die Richtung, in der ich die Eingangstür vermutete. Meine Verfolger waren schon zu nah, ich mußte wohl stehenbleiben und kämpfen.
Als ich mich umdrehte, hatte ich noch flüchtig den Gedanken, daß ich meinen Degen nicht gern gegen Meiling erheben wollte. Aber es war gar nicht Meiling, die sich auf mich stürzte. »Ich möchte niemanden von euch verletzen!« brüllte ich, aber ich haute mit dem Degen um mich und fühlte einen entsetzlichen Stolz, als ich den Arm von einem von ihnen traf, der vor Schmerz aufschrie. Es war dunkel, und ich war so aufgeregt, daß ich kaum sehen konnte, was ich tat. Ich schlug wieder um mich, aber dieses Mal traf der Degen nicht. Ich drehte mich um und rannte los, und glücklicherweise rannte ich genau gegen die Tür.
Wie konnte ich diese Tür jetzt öffnen? Zwei Männer liefen auf mich zu, und ich konnte sie nicht gleichzeitig im Auge behalten *und* nach einem Türknauf suchen. Meiling war dicht hinter ihnen. Ich ließ meine Handtasche von der Schulter auf die Hand gleiten, griff ihren Bügel und schlug einem der Männer damit direkt ins Gesicht. Der Schlag war so heftig, daß er zurücktaumelte und zu Boden ging. Der andere Mann griff mit beiden Händen nach mir, aber ich täuschte einen Angriff mit dem Degen vor, und als er zurücksprang, begriff ich, daß sie unbewaffnet waren und nicht verletzt werden wollten. Sie konnten mich nur fassen, wenn sie nahe genug herankommen konnten, und ich wollte ihnen das nicht ermöglichen!
Also schwang ich den Degen und zeichnete eine Acht in die Luft. Dann schob ich die Handtasche wieder auf die Schulter, so daß ich meine linke Hand wieder frei hatte, und griff hinter mich. Ich schrie irgend etwas, ich weiß nicht, was, aber ich hatte instinktiv begriffen, daß ein durchdringendes Kriegsgeschrei nützlich sein könnte. Schließlich

fanden meine Finger auch in meinem Rücken einen Hebel. Ich drückte ihn herunter, und die große Tür öffnete sich so plötzlich, daß ich fast nach hinten gefallen wäre.
Im Vorbau brannte eine einsame Lampe, und seltsamerweise erkannte ich so klar und deutlich, wie es offenbar nur unter höchstem Streß möglich ist, daß der kugelförmige rote Lampenschirm vom weitaufgerissenen Maul eines Drachen gehalten wurde und daß der Sockel die Form eines gewundenen Drachenkörpers hatte. Die arme Kreatur sah aus, als würde sie sich überhaupt nicht wohl fühlen.
Diese Beobachtung machte ich aus den Augenwinkeln, als ich bereits über den leeren Hof bis zum Torbogen lief. Nachtluft, Dunkelheit und – Nebel. Geliebter und willkommener Nebel, der mich verbergen konnte und mich in seine kühlen Schwaden hüllte. Daß dies ebenfalls bedeuten würde, daß ich nicht wußte, wohin ich ging, störte mich in diesem Moment nicht. Ich wurde langsamer, ging auf eine Seite der langen schmalen Gasse, tastete nach einer Häuserwand und lehnte mich keuchend dagegen. Als ich wieder genug Luft bekam, horchte ich in die Stille: Sie hatten die Verfolgung aufgegeben.
Solange ich mich noch in dieser Gasse befand, war ich jedoch noch nicht in Sicherheit. Auch der Nebel konnte mich nicht ausreichend schützen. Meiling kannte die Gasse sicherlich wie ihre Westentasche, und die anderen ebenfalls. Sie sammelten gewiß in diesem Moment ihre Kräfte und bewaffneten sich, so daß sie schon bald die Verfolgung wiederaufnehmen konnten. Also durfte ich mich nicht länger ausruhen und mußte meinen Degen noch bereithalten.
Ich bewegte mich die Gasse entlang, indem ich mich an den Häusern entlangtastete. Der Nebel war hier dicht und undurchdringlich. Jedesmal, wenn meine tastenden Finger ins Leere faßten, da, wo ein Hauseingang war, schlug mir das Herz bis zum Hals, aber niemand packte mich.
Mir kam der Gedanke, daß der Streit zwischen Meiling und

ihrer Großmutter bedeuten könnte, daß Meiling nicht damit einverstanden gewesen war, mich gegen meinen Willen festzuhalten. Ich hatte natürlich hart gekämpft, aber hätte Meiling mich dennoch nicht gefangen, wenn sie es wirklich gewollt und versucht hätte? Jedenfalls hatten sie und die Diener der Familie die Verfolgungsjagd wohl aufgegeben, denn ich hatte schon die Kreuzung erreicht, wo die Gasse auf die Straße führte. Wenn sie vorgehabt hätten, mich weiterhin zu verfolgen, dann hätten sie es auch bis hierhin getan.

Bevor ich in die Straße einbog, steckte ich meinen zuverlässigen Degen zurück und hatte wieder einen harmlosen Spazierstock. Dann stopfte ich auch meine Bluse wieder ordentlich in den Rock und freute mich darüber, daß mir meine Handtasche geblieben war, auch wenn ich den Verlust meines Umhangs zu beklagen hatte. Jetzt war alles wieder gut, und ich befand mich in Sicherheit. Ich war ziemlich munter, was ich auf den heftigen Adrenalinstoß zurückführte, und ging die Straße hinunter ...

Dann bemerkte ich, daß ich mich im Nebel und in der Dunkelheit hoffnungslos verlaufen hatte. Und ich konnte kein einziges Schild lesen oder irgend jemanden nach dem Weg fragen! Als ob das nicht genügte, erschienen mir nun auch die Straßen, die tagsüber so faszinierend gewesen waren, düster und unheilvoll. Das letzte Adrenalin war aufgebraucht, und ich hatte nur noch Angst.

NIMMERMEHR? NICHT UNBEDINGT!

Ich fand es nicht besonders gerecht, daß ich so gekämpft hatte und unversehrt entkommen war (obwohl ich es verrückterweise auch ziemlich genossen hatte, wenn ich ehrlich bin), nur um dann solche Ängste auszustehen, weil ich mich in Chinatown verlaufen hatte.

Fremont Jones hatte sich verirrt und war zu Tode verängstigt. *Fremont* hatte sich verirrt? Ich straffte die Schultern, hob meinen Spazierstock hoch und sagte zu mir selbst, daß sich eine Fremont niemals verirren konnte. Ich ging mit großen Schritten weiter und in den Nebel hinein. Die ganze Zeit mußte ich daran denken, daß sich John C. Fremont, mein Namensvetter und großer Entdecker, sicherlich niemals verirrt hatte. Vielleicht hatte er zeitweise seine Umgebung nicht einordnen können, aber er wäre einfach weitergegangen. Sein Blut floß in meinen Adern – wenngleich auch ein wenig schwächer, deshalb sollte ich ihm auch nacheifern.

Aber die Straßen waren wie ein Labyrinth, und durch den dichten Nebel konnte ich kaum etwas wiedererkennen.

Jetzt war auch mein feines Gehör eher Strafe als Segen, denn ich hörte Geräusche, die ich lieber nicht vernommen hätte. Mal hörte ich ein merkwürdiges Stöhnen, ohne daß ich jemanden sah, dann ein Krachen und ein Ächzen, so als ob gekämpft wurde, dann hörte ich gedämpfte Stimmen, die fremde Laute von sich gaben, und plötzlich einen erstickten Schrei. Dunkle Gestalten, deren Gesichter ich nicht sehen konnte, drängten sich an mir vorbei. Sie gingen so leise vorwärts, als seien sie riesige Mäuse. Ich zwang mich, nicht stehenzubleiben, sondern immer weiterzugehen. Was mich dabei am meisten störte, war das stete, quälende Wissen darum, daß ich nicht hierhergehörte.
Plötzlich ergriff jemand meinen Arm! Ich schrie auf, und sofort legte sich mir eine Hand auf den Mund, um den Schrei zu ersticken. Ich sträubte mich dagegen und versuchte, in die Hand zu beißen.
»Fremont? Hör auf! Wahrhaftig, du bist es wirklich!« Er nahm die Hand fort und stellte sich vor mich hin. Dabei hielt er meinen Arm fest, etwas zu fest für meine Begriffe!
»Justin Cameron!« Ich konnte meinen Augen kaum trauen, aber es war tatsächlich Justin, der groß und blaß mit einer Melone auf dem Kopf vor mir stand. Ich hatte ihn noch nie zuvor mit einem Hut gesehen.
»Was in aller Welt machst du hier?« fragte er ungläubig.
»Du wirst meinen Arm noch verletzen!« bemerkte ich. »Ich bin aber trotzdem froh, dich zu sehen, Justin. Ich gebe zu, daß ich mich verlaufen habe, und wäre dir dankbar, wenn du mir helfen könntest.«
»Ja, sicherlich tue ich das.« Sein Griff lockerte sich etwas. »Ich war zwar gerade auf dem Weg zu einem Geschäftstermin, aber der kann warten. Ich werde dich nach Hause begleiten, und auf dem Weg wirst du mir dann sicherlich auch erzählen, weshalb du allein und am Abend in Chinatown warst. Das schickt sich nämlich nicht, weißt du, das schickt sich ganz und gar nicht.«

Ich unterließ es, mich zu erkundigen, woher sich Justin das Recht nahm, für mich zu entscheiden, was sich schickte und was nicht, obwohl ich dieses Thema ein andermal gern wiederaufgreifen wollte. »Ich nehme eine Pferdekutsche, die mich zur Vallejo Street bringt. Wenn du mir dabei helfen würdest, eine zu finden, dann könntest du doch auch noch deinen Geschäftstermin wahrnehmen. In welche Richtung sollen wir gehen?«
»Hier entlang.« Justin nahm mich am Arm und steuerte mit mir in dieselbe Richtung, die ich zuvor schon eingeschlagen hatte. Ich fragte mich, ob ich den Weg nicht vielleicht auch allein gefunden hätte. Ich wäre im Moment auch lieber nicht mit Justin unterwegs gewesen, sosehr ich ihn auch mochte, aber ich hatte im Augenblick keine Lust, mit ihm zu sprechen. Als er so energisch mit mir sprach, war mein spontanes Bedürfnis, mich in seine Arme zu werfen und an ihn zu klammern, schnell wieder vergangen.
»Keine Widerrede«, sagte Justin und blieb hartnäckig, »ich werde dich jetzt nach Hause bringen.«
Ich wollte mich nicht mit ihm streiten, aber ich würde ihm auch nicht gestatten, mich nach Hause zu begleiten. Ich war erschöpft, dennoch konnte ich nicht umhin zu bemerken: »Es ist schon ungewöhnlich, daß ein Anwalt noch so spätabends einen Geschäftstermin in Chinatown hat.«
»Nicht unbedingt.«
Ich dachte darüber nach, während wir an eine Ecke kamen, die tatsächlich ein Straßenschild in englischer Sprache trug: California Street. Justin sagte: »Wir könnten dort unter der Straßenlaterne warten und dann eine Kutsche anhalten.«
Es wehte ein leichter Wind, der nicht bis in die engen und dichtbevölkerten Straßen von Chinatown gedrungen war. Er wirbelte den Nebel vor sich her, und zeitweise klarte es sogar auf. Trotz meiner Müdigkeit arbeitete mein Verstand noch gut genug, und ich äußerte, was mir zuvor aufgefal-

len war. »Ich hatte eigentlich den Eindruck, daß du die Chinesen nicht besonders magst, Justin. Es überrascht mich jetzt doch, daß du für sie arbeitest.«
Er schaute mich mit einem Achselzucken an. »Du mußt deine Klienten nicht mögen, vor allen Dingen nicht, wenn sie Geld haben. Manche von diesen Chinesen haben Unmengen an Geld.«
»Nicht –« Ich hielt inne. Jetzt hätte ich doch beinahe gesagt: *Nicht die Familie von Li Wong, die hat jetzt nämlich gar kein Geld mehr.* Aber ich wollte Justin oder sonst irgend jemandem nicht erklären, warum ich in Chinatown war.
»Nicht was?«
»Nicht alle haben Geld!«
»Oh, damit hast du natürlich recht.« Justin schaute über seine Schulter und klopfte mit dem Fuß auf den Boden. Es war keine Droschke weit und breit zu sehen. Er schob die Hände in die Taschen und schaute mich wieder an. Wir standen an einer Stelle, die nebelfrei war, und ich konnte sehr gut sehen, daß er mich scharf anblickte. Er sagte: »Du bist fasziniert von diesen Leuten, nicht wahr, Fremont? Ich möchte wetten, daß der alte Li Wong dein Mitgefühl ausgenutzt hat, indem er so tat, als hätte er überhaupt kein Geld, aber er war sehr reich. Er hat nur nicht darüber gesprochen.«
»Ich wußte gar nicht, daß du Li Wong kanntest, Justin.«
»Ich kannte ihn auch gar nicht, ich habe ihn in deinem Büro gesehen, erinnerst du dich nicht mehr?«
Ich erinnerte mich noch sehr gut daran. Aber ich hatte ebensogut noch in Erinnerung, daß Justin gesagt hatte, er würde diesen Mann nicht kennen.
Justin hob den Arm, um die Droschke anzuhalten, die sich näherte. Das Pferd klapperte mit den Hufen und hielt an. Ich räusperte mich und sagte: »Ähem, Justin, ich werde allein nach Hause fahren. Ich bin dir sehr dankbar für deine Hilfe, du bist auch genau im richtigen Augenblick mit mir

zusammengestoßen. Jetzt komme ich aber wieder gut allein zurecht.«

»Ich weiß, wie ein Gentleman sich zu benehmen hat, auch wenn du von Zeit zu Zeit vergißt, dich wie eine Dame zu benehmen«, sagte er gereizt. »Ich werde mit dir fahren und dafür sorgen, daß du sicher nach Hause kommst, denn du scheinst dir um deine Sicherheit wenig Gedanken zu machen.«

Er öffnete die Kutschentür, und ich setzte einen Fuß auf den Tritt, denn ich konnte den Kutscher nicht mehr länger aufhalten. Das Pferd schnaubte und tänzelte schon. Dünner Nebel wirbelte um meine Füße und legte sich um meine Schultern.

Ich blieb beharrlich bei meiner Meinung und sagte: »Ich bin sehr müde und möchte allein sein und mit niemandem sprechen. Und außerdem wäre dein Klient wenig erfreut, wenn du nicht erscheinen würdest.« Ich kletterte in die Kutsche, aber zu meiner Bestürzung drängte sich Justin nach mir hinein. Ich rückte jedoch nicht weiter, um ihm Platz zu machen, sondern griff statt dessen zu einer weiblichen List, denn ich war inzwischen schon ziemlich verzweifelt. Mit sanfter Stimme schmeichelte ich: »Laß mich jetzt bitte fahren. Ich werde mich ein andermal mit dir treffen. Und dann koche ich das Abendessen, das du dir von mir gewünscht hast.«

Aha! Im Nu hatte ich Erfolg. Justin zog den Fuß zurück und tippte mit dem Finger an seinen Hut. »Wenn das so ist, Fremont, dann sage ich gute Nacht, aber ich warne dich. Ich werde dich garantiert beim Wort nehmen! Kutscher, Sie können fahren.«

»Vallejo Street«, wies ich den Kutscher an, als das Pferd davontrabte. Ich war so müde, daß das Schaukeln der Kutsche mich fast in Schlaf fallen ließ.

Wie das Schicksal es so wollte, waren meine Qualen für diesen Abend leider noch nicht zu Ende. Unten im Flur brannte Licht, und in mir regte sich eine leise Hoffnung: Mrs. O'Leary ist wieder da, dachte ich.
Aber natürlich war sie es noch nicht. Als ich die Haustür schloß, kam Michael Archer die Treppe hinunter.
Ich runzelte die Stirn und fuhr ihn schroff an: »Seien Sie so gut und lassen Sie mich bitte in Ruhe. Ich möchte nicht hören, was Sie gerade sagen wollten.« Ich ging die Treppe hinauf, als würde ich ihn nicht wahrnehmen, so daß er zurückweichen mußte.
»Sie haben Ihren Umhang verloren«, bemerkte er, als ich an ihm auf dem Treppenabsatz der zweiten Etage vorbeiging. »Sie trugen ihn noch, als Sie heute morgen aus dem Haus gingen.«
Ich verdrehte die Augen, was er nicht sehen konnte, denn ich hatte ihm bereits den Rücken zugekehrt. Also wirklich, das ging jetzt zu weit! »Der Verbleib meines Umhangs geht Sie gar nichts an, Mr. Archer!« sagte ich und blickte über die Schulter zurück. »Ich habe einen äußerst anstrengenden und langen Tag hinter mir und habe nicht vor, hier zu verweilen, um mich mit Ihnen zu unterhalten. Gute Nacht!«

Am nächsten Morgen fand ich auf dem Treppengeländer in meiner Etage einen Brief. Ein Blick auf meinen Namen, der auf dem Briefumschlag geschrieben stand, bestätigte mir, daß er von Michael war. Nach dem, was ich alles durchgemacht hatte, um eine Probe seiner Handschrift zu bekommen, würde ich wohl nie wieder vergessen, wie sie aussah! Ich wollte den Brief jetzt nicht lesen, sondern mich darauf konzentrieren, was mir heute nacht eingefallen war. Deshalb steckte ich den Umschlag in meine Handtasche und machte mich auf den Weg zur Arbeit. Während der Fahrt mit dem Cable-car gönnte ich mir die kleine Zerstreuung

und dachte darüber nach, wie weit wohl Michaels Giftforschung gediehen war und ob er wohl schon jemanden vergiftet hatte, aber dabei beließ ich es dann auch.
Ich erreichte das Gebäude, in dem sich mein Büro befand, so früh, daß ich noch vor den Sorensons da war. Ich schloß die Haustür auf und hinter mir wieder ab, ging nach oben und wiederholte die Prozedur bei meiner Bürotür. Dann setzte ich mich hin und entfernte die Abdeckung meiner Schreibmaschine. Ich zog nicht mal meine Jacke aus, sondern machte mich eifrig ans Werk. Ich legte meine Finger auf die Tasten und schloß die Augen.
Ich tippte: *Im Falle meines vorzeitigen Todes ist es mein Wunsch, daß die betreffenden Personen erfahren ...*, und dann hörte ich auf. Ich kniff die Augen noch fester zusammen und konzentrierte mich so stark, daß aus dem Schwarz, das ich hinter meinen geschlossenen Augenlidern sah, schließlich Rot wurde. Ich bekam Angst, daß meine Augen ganz blutunterlaufen wären, und entspannte sie ein wenig, ohne sie jedoch zu öffnen.
Na los, na los, erinnere dich, erinnere dich doch endlich! befahl ich mir leise. Es würde mir sicherlich auch noch gelingen. Wenn sich mein Kopf schon nicht an den genauen Wortlaut erinnern konnte, dann konnten es vielleicht meine Finger. Ich begann, mit geschlossenen Augen zu tippen, und versuchte, mich selbst in Trance zu versetzen. Wenn man eine als Medium geeignete Person in Trance versetzen konnte, dann würde ich das wohl auch bei mir selbst machen können.
Aber leider war ich keine Madame Blavatsky! Ich öffnete die Augen und schaute bestürzt auf das, was ich geschrieben hatte.

amdkot ehtke tim osoj jey theiww shif poveraltkj his t ehtime tiems the futosghdimpleksks ...

Es ging so erbärmlich weiter, die ganze Seite lang. Ich seufzte und riß das Blatt aus der Schreibmaschine. Es hatte einfach keinen Zweck, ich würde mich niemals daran erinnern. Ich rieb mir die Arme, denn sie schmerzten nach den ungewohnten Übungen mit dem Degen, nach all dem Schlagen und Stoßen und den Figuren, die ich gestern in die Luft geboxt hatte. Etwas verspätet hoffte ich, daß der Mann, dessen Arm ich getroffen hatte, nicht zu schwer verletzt war. Und ich hoffte ebenfalls, daß die Familie Li nicht hinter mir her war, um mir aus Rache einen Arm oder ähnliches abzuschneiden. Es wird gesagt, daß die Chinesen Vergeltung üben!

Der Tag ging langsam vorüber, wie so oft, wenn man sich genau das Gegenteil erhofft. Der einzig schöne Moment war, als der pensionierte Professor vorbeischaute, um mir einen stattlichen Geldbetrag für seine Memoiren zu überreichen. Es war eine beeindruckende Menge an Manuskriptseiten zusammengekommen, und er schien äußerst zufrieden zu sein. Er erklärte, daß er seine maschinengeschriebenen Seiten gern binden lassen wolle. Vielleicht hatte er die ganze Zeit über gewußt, daß sein stockender und umständlicher Stil nicht unbedingt geeignet war, veröffentlicht zu werden. Ich hoffte es jedenfalls, denn er schien ein netter alter Mann zu sein, und ich wünschte ihm nicht, daß er eine Ablehnung seines Werkes erfahren mußte.

Kurz vor fünf Uhr hörte ich ein Rascheln. Mein Blick ging zur Bürotür, von wo das Geräusch kam, und ich griff gleichzeitig mit meiner Hand zum Spazierstock. Ich hatte es für das beste gehalten, meine Waffe dicht bei mir am Schreibtisch aufzubewahren. Wie lange ich mich noch so wenig sicher fühlen würde, das wußte ich nicht. Aber ich hoffte, daß es nicht mehr allzulange so weitergehen würde, denn es wurde zunehmend nervenaufreibender.

Ich konnte niemanden durch das fast undurchsichtige Glas erkennen, einen menschlichen Umriß auf der anderen Sei-

te konnte ich jedoch ausmachen. Jetzt hörte ich das Rascheln nicht mehr. Da ich überzeugt war, daß jemand dagewesen und vielleicht immer noch anwesend war, und weil ich nicht mehr vor Angst zitternd hinter meinem Schreibtisch hocken wollte, nahm ich meine Waffe und ging zur Tür. Ich atmete tief ein und riß die Tür auf. Die kleine Glocke protestierte mit heftigem Klingeln.
Ein Paket lag vor der Tür. Es war ein größeres Paket, mehr oder weniger quadratisch und in Papier gewickelt, das die Schlachter benutzen. Es war mit einer Schnur, einer roten Schnur, zugebunden. Ich hob es hoch und bemerkte, daß es sehr weich war, es gab bei meiner Berührung nach. Aha! dachte ich und versuchte, den Inhalt zu erraten. Ich trug das Paket zu meinem Schreibtisch, schnitt die Schnur durch, und nachdem ich das Papier abgewickelt hatte, sah ich meine Vermutung bestätigt; mein Umhang befand sich darin. Mein auberginefarbener Umhang! Ich hielt ihn hoch, und etwas flatterte heraus, es war eine Nachricht auf sauberem gelbem Reispapier, das unten auf einer Seite ein schönes orientalisches Muster aus Vögeln und grünen Zweigen trug. Die Nachricht war von Meiling und lautete folgendermaßen:

Liebe Miss Jones, meine Großmutter wollte Ihnen keinen Schaden zufügen. Sie akzeptiert, was Sie uns erzählt haben. Wir verstehen, warum Sie so handelten, wie Sie es taten, und hoffen, daß Sie uns verzeihen werden. Ich bitte Sie inständig um Verzeihung.
Ihre Meiling Li

Tränen der Erleichterung traten mir in die Augen. Ich nahm meinen Umhang in die Arme – ich hatte ihn wirklich ungeheuer gern – und vergrub mein Gesicht darin. Meine Spannung löste sich. Es würde keine Vergeltung geben, ich müßte nicht mehr versuchen, mich zu erinnern, es war vorbei! Wenigstens für mich, wenn auch nicht für die Frauen der Familie Li. Ich hoffte, daß sie ihre Figur aus Jade wiederfinden würden, aber ich war nicht diejenige, die ihnen dabei helfen mußte. Vielleicht würde ich eines Morgens lesen, daß Li Wongs Mörder gefaßt worden war, aber ich bezweifelte das doch sehr, es war schon zu viel Zeit vergangen. Ich hätte Meiling gern eines Tages wiedergesehen, aber ich bezweifelte das ebenso. Ganz gewiß würde ich mich nicht noch einmal nach Chinatown wagen, um nichts in der Welt. Ich hatte meine Lektion gelernt.

Das Telefon auf meinem Schreibtisch klingelte. Ich nahm ab; es war Justin. Er hoffte, daß es mir gutginge und daß ich besserer Laune sei, und er wollte gern einen Termin für das versprochene Abendessen, welches ich für ihn kochen wollte, ausmachen.

Ich mußte lächeln bei dem vertrauten Klang seiner Stimme – in meiner Welt war alles wieder in Ordnung – und verabredete mich mit ihm für Samstag abend. Als ich den Hörer auflegte, schimpfte ich ein wenig mit mir, weil ich so schroff zu ihm gewesen war. Wie dumm war ich doch am gestrigen Abend gewesen. Er hatte schließlich nur wie ein typischer Mann gehandelt. Die meisten Frauen mochten es, wenn man sich um sie kümmerte, manchmal gefiel es sogar mir, aber zu dem Zeitpunkt eben nicht. An Justin war doch auch gar nichts auszusetzen, er war ein wunderbares Exemplar der männlichen Gattung. Und ich würde mir erst im Laufe der Woche Sorgen darüber machen, daß ich solch eine miserable Köchin war.

Am Donnerstag nachmittag nutzte ich aus, daß es noch lange hell blieb, um auf den Nob Hill zu spazieren. Ich hatte eine Kopie der Seite aus »In die Finsternis verdammt« bei mir, die Peregrines Haus beschrieb. Wenn ich den Leuchtturm aus »Der Mann im gläsernen Turm« finden konnte – und ich war überzeugt davon, daß ich es bereits

getan hatte –, dann konnte ich sicherlich auch Perrys Haus finden. Natürlich müßte ich dann auch seiner furchtbaren Mutter gegenübertreten, aber vielleicht war sie auch gar nicht so furchtbar! Ich zügelte meine Gedanken und ging weiter. Oder besser gesagt, ich stieg aufwärts – mein Gott, was war der Hügel steil!
Nach dem ersten Block kam ich nur noch mühsam vorwärts. Dennoch konnte ich Fortschritte bei meiner Suche feststellen, die Häuser wurden immer größer. Mir kam der Gedanke, daß diese Leute einfach keinen Geschmack hatten.
Ich biß mir auf die Lippe und sagte laut zu mir: »Fremont Jones, das war ein unwürdiger Gedanke, du hörst dich schon an wie deine Mutter.« Wie wahr! Ich hatte mehr von meiner Mutter in mir, als ich zugeben mochte. Und ich vermißte meinen Vater. Augusta schickte pflichtbewußt immer noch ihre Briefe, aber er schrieb mir nicht. Ich biß mir wieder auf die Lippen und schob die Traurigkeit beiseite.
Ich schaute links, ich schaute rechts. Hier standen Seite an Seite die großen, prächtigen und protzigen Häuser von Räuberbaronen und respektablen Geschäftsleuten. Ich fragte mich, woher sie ihre Architekten hatten, denn nicht eines dieser riesigen Häuser war in einem einzigen, definierbaren Stil gebaut. Hier fand sich eine kunterbunte Mischung der verschiedensten Baustile. Und ich erfand einen neuen Begriff dafür: opulent-eklektischer Viktorianismus! Ich fand, daß das ganz hübsch klang und außerdem äußerst treffend war.
Wenn ich keinen Erfolg haben würde, so hätte ich mich zumindest körperlich betätigt und gleichzeitig einen Rundgang durch Nob Hill gemacht. Dann sah ich sie plötzlich: die Kuppel! Ich hatte den höchsten Punkt des Hügels erreicht, und auf der anderen Straßenseite befand sich das auffallendste Bauwerk von allen, das sich in den Himmel zu recken schien. Mr. Partridge hatte es bizarr genannt, aber

ich fand diese Beschreibung nicht ganz zutreffend. Ich hätte es eher als grotesk bezeichnet. Aber so wie manche Tiere, wie zum Beispiel das Rhinozeros, die so häßlich und befremdend waren, daß sie einen dennoch faszinierten und nach längerer Betrachtung sogar schön wurden, so war es auch mit diesem Haus.
Der neugotische Baustil war erkennbar. Was es so wunderbar häßlich machte, war die Mischung der verschiedensten gotischen Stile, die ich ausmachen konnte. Der Hauptteil des Hauses war perpendikulär und ragte hoch empor wie eine Kathedrale, hatte gemeißelte Spitzbögen, Maßwerk an den Fenstern und Ausstülpungen an den Dachrinnen, die nur Wasserspeier sein konnten. Der eine Seitenflügel sah aus wie eine Burg, deren Festungsmauern und Türme mit Schießscharten und Parapetts ausgestattet waren. Auf der gegenüberliegenden Seite (das Gebäude war allerdings asymmetrisch, daher war es nicht genau auf der anderen Seite) befand sich ein Flügel, der viele Ecken und merkwürdig geformte Fenster hatte und mit den verspielten und verschlungenen Schnörkeln der Carpenter Gotik dekoriert war. Bei diesem Hausflügel stimmten die Ausmaße und Proportionen nicht. Er sah aus, als hätte man bei seinem Bau die Kontrolle verloren. Er ragte schief über den Rest des Hauses hinweg wie ein Kind, das zu schnell gewachsen und nun viel größer war als seine Eltern. Der höchste Punkt des Hauses war die Glaskuppel, die sich auf einem achteckigen Turm befand.
Einen Moment lang dachte ich, daß ich jemanden in der Kuppel gesehen hätte, aber als ich die Augen zusammenkniff und genauer hinsah, war niemand da. Vielleicht war es nur eine Täuschung durch den Lichteinfall gewesen. Ich zuckte mit den Achseln und konzentrierte mich wieder auf die Betrachtung dieses unglaublichen Bauwerkes. Das Haus war vollkommen aus Holz gefertigt worden, was ich bemerkenswert fand, obwohl ich wußte, daß Steine schwer er-

hältlich gewesen waren, es jedoch reichlich Holz in dieser Gegend gab. Ich überquerte die Straße und stand dann direkt vor dem Haus. Ich schaute durch das Gitter aus Eisen. Der Zaun war ebenfalls aus Eisengittern, oben befanden sich die Spitzen. Sowohl Tor als auch Zaun waren mindestens drei Meter hoch.
Das war Peregrines Haus und Peregrines Eisenzaun mit den Spitzen. In meiner Phantasie sah ich den kleinen Jungen vor mir, der sich an das Tor klammerte, das er nicht öffnen konnte. Das kleine Gesicht, mit dem er sich an die Gitterstäbe preßte, war tränenüberströmt. Es war ein blasses, schrecklich dünnes Kind mit riesigen grauen Augen. Ich streckte die Hand aus, legte sie an das Tor und gab ihm einen Stoß. Es war abgeschlossen. Der arme Perry, er konnte nicht hinaus, und ich konnte nicht hinein.
Ich trat einen Schritt zurück, kaute auf meiner Unterlippe und versuchte zu entscheiden, was ich tun sollte. Verfluchtes San Francisco, das noch nicht einmal ein städtisches Adressenverzeichnis hatte. Nun, jemand würde doch wohl wissen, wer hier wohnte. Mrs. O'Leary würde es bestimmt wissen, aber ich wollte jetzt nicht über Mrs. O'Leary nachdenken. Ich konnte nur ein Geheimnis zur Zeit lösen. Li Wong hatte ich aufgegeben, das lag jetzt hinter mir. Nun hatte ich Perrys Haus gefunden und würde bald auch Edgar Allan Partridge finden. Ich könnte ihm sein Manuskript geben, und das wäre es dann. Zu Mrs. O'Leary würde ich kommen, wenn sie an der Reihe war. Hoffentlich war sie bis dahin von selbst wieder zurückgekehrt und konnte mir dann sagen, wer diesen verdammten Brief geschrieben hatte!
Ich schaute mir diese gotische Mißbildung ein letztes Mal lange an, um sie mir einzuprägen. Und dann wandte ich mich ab und machte mich auf den Rückweg, den Hügel hinunter. Dabei überlegte ich mir, daß ich vielleicht meine Zurückhaltung aufgeben sollte, um Michael Archer zu fragen, wer hier wohnte. Er würde es wahrscheinlich wissen.

»Warten Sie, o bitte, warten Sie!«
Was? Diese Stimme kannte ich! Ich wirbelte so schnell herum, daß ich fast den Halt auf der steilen Straße verloren hätte.
»Oh, Sie sind es. Ich wußte, daß Sie es sind, Miss Jones. Miss Jones, Sie sind gekommen, Miss Jones!«
Ich lief los. Ich war bereits ziemlich weit den Hügel hinuntergegangen und konnte noch nicht sehen, wer mich da rief, aber ich hörte das heftige Klappern des Eisentores. Es wurde geöffnet.
Und da stand niemand anderes als Edgar Allan Partridge.

WELCH EIN FALL!

Er hatte den Schnurrbart abrasiert, und sein Gesicht wirkte dadurch erschütternd jung. Sein Haar war gewachsen und hing ihm unordentlich über die Schultern. Die Augen schienen viel zu groß für das abgemagerte Gesicht, aber sie leuchteten. Er war aufgeregt, und sein schmächtiger Körper zappelte voller Erwartung, als er mich näher kommen sah.

»Guten Tag, Mr. Partridge«, sagte ich.

»Oh, ich kann es nicht glauben, ich kann es nicht glauben!« rief E.A.P. aus und hüpfte von einem Fuß auf den anderen. Ich stellte fest, daß er seine krankhafte Neigung, alles ständig zu wiederholen, nicht verloren hatte.

»Ich freue mich sehr, Sie zu sehen«, sagte ich, »da ich Sie nämlich schon seit einiger Zeit suche. Sie leben vermutlich in diesem Haus?«

»Ja.« Er blickte verängstigt über die Schulter, als ob er erwartete, daß jeden Moment jemand herauskäme und ihn ergreifen wollte.

»Ich habe Ihr Manuskript schon seit Wochen fertiggeschrie-

ben, Mr. Partridge. Ich denke, daß Ihre Geschichten wirklich ausgezeichnet sind, denn sie sind sehr ungewöhnlich. Gewiß sollten Sie sie veröffentlichen können. Ich war ganz beunruhigt, als Sie nicht wiederkamen, um sie abzuholen.«
»Ich weiß, ich, äh, ich wollte wirklich sehr gern kommen. Aber, aber ...« Er rang unglücklich die Hände, krümmte die Schultern und schaute hinunter auf den Bürgersteig.
»Aber irgend etwas hielt Sie davon ab.«
»Ja!« Er schaffte es doch wirklich, in dieses eine Wort unendlichen Schmerz hineinzulegen, seine schwarzen Augenbrauen zogen sich über den traurigen Augen zusammen, die blutleeren Lippen zitterten. Er tat mir so leid. Wie hatte ich Edgar Allan Partridge jemals für einen Mann halten können? Er war doch noch ein Junge, er konnte kaum älter als achtzehn Jahre alt sein! »Sie sind außerordentlich talentiert, Mr. Partridge«, sagte ich herzlich.
»Oh! Oh« – wieder schaute er ängstlich über seine Schulter –, »glauben Sie das wirklich?«
»Und ob ich das glaube!«
»Ich bin Ihnen für Ihre Beurteilung sehr dankbar, aber, aber ich muß jetzt wieder hineingehen. Ich sollte nicht hier draußen sein, aber ich war oben in der Kuppel und habe Sie gesehen. Wenigstens dachte ich, Sie seien es, und dann kam ich herunter, und Sie waren es ...« Er schaute noch einmal hinter sich und krümmte sich so sehr zusammen, daß es schmerzte, ihn anzusehen.
»Sie dürfen da nicht wieder hineingehen«, sagte ich eilig, da er begonnen hatte, sich langsam auf das Tor zuzubewegen, »bis wir ausgemacht haben, wann Sie Ihr Manuskript wiederbekommen. Da ist auch noch die Sache mit der Bezahlung zu regeln. Ich fürchte, ich kann Ihnen den Restbetrag, den Sie von den zweiundneunzig Dollar noch bekommen, nicht geben. Wissen Sie, als ich anfing, nach Ihnen zu suchen, war ich zunächst unsicher, wie ich vor-

gehen sollte. Ich dachte, ich sollte die Wahrheit Ihrer Geschichten prüfen, da Sie behaupteten, sie beruhten auf wahren Begebenheiten –«

»Oh, das tun sie auch!« unterbrach er mich und nickte so heftig mit dem Kopf, daß seine Haare flogen. Dann riß er die Augen weit auf und zuckte am ganzen Körper, als hätte ihn etwas erschreckt. Er griff nach meinem Handgelenk, zog mich hinunter und dicht an sich heran. »Aber Sie dürfen das nicht sagen, jedenfalls nicht hier auf der Straße. Jemand könnte Sie hören! Und dann, und dann –« Edgar Allan Partridge richtete sich plötzlich auf und ließ mein Handgelenk los. Auf seinem Gesicht erschien der Ausdruck größter Verwirrung.

»Und dann – was, Mr. Partridge?«

Er rieb seine Stirn, und ich bemerkte, daß seine Fingernägel schmutzig waren. Als ich neben ihm gekauert hatte, war mir auch der schlechte Geruch, der von ihm ausging, aufgefallen.

»Ich weiß nicht«, sagte er. »Ich kann nicht denken. Aber, aber, sie werden mich holen, wissen Sie. Ich muß wieder hineingehen! Deshalb bin ich auch nicht wiedergekommen. Ich kann sie nicht allein lassen. Ich kann sie nicht einmal für eine Minute allein lassen, ich kann einfach nicht sicher sein bei ihnen. Ich muß die ganze Zeit auf sie aufpassen!«

Erneut bewegte er sich auf das Tor zu. Ich mußte jetzt entschlossen auftreten.

»Wenn Sie das Haus nicht verlassen können, dann wäre es Ihnen vielleicht recht, wenn ich Ihnen das Manuskript bringen würde? Je eher, desto besser. Ich könnte es Ihnen doch schon morgen vorbeibringen, wie wäre das?«

Edgar Allan Partridge, der sicherlich nicht so hieß, da war ich mir jetzt doch sicher, klammerte sich an die Eisenstäbe des Tores. Sein Gesicht leuchtete einen Moment lang auf wie das eines glücklichen Kindes. »Würden Sie das tun? Würden Sie das wirklich tun? Für mich?«

»Ganz sicher mache ich das«, sagte ich und nickte. »Ich komme morgen um diese Zeit wieder, um Ihnen Ihr Manuskript zu bringen.«
»Morgen ...«, sagte E.A.P. sehnsuchtsvoll. Dann schritt er durch das Tor und schlug es hinter sich zu.
»Ja, morgen, um die gleiche Zeit«, wiederholte ich, denn ich befürchtete, daß er es vergessen würde. »Sie stehen dann hier am Tor, um mir zu öffnen.«
»Das mache ich auf jeden Fall, ich verspreche es.«
Er hob den Torriegel kräftig hoch und ließ ihn dann ins Schloß fallen. Das Ganze schien über seine Kräfte zu gehen, denn er schnappte nach Luft, zitterte und sagte dann: »Sie sind nett, Miss Jones. Ich habe es schon einmal gesagt und sage es wieder: Sie sind ein Geschenk des Himmels. Das ist mehr, als ich verdiene.« Er ließ den Kopf hängen, drehte sich um und trottete zur Tür seines monströsen Hauses. Ich hob meine Hand, um ihm zum Abschied zu winken, aber als er die riesige Haustür erreicht hatte, drehte er sich nicht mehr um.
Als er sie aufstieß, rief ich plötzlich und gebieterisch: »Peregrine!«
Er riß den Kopf herum, sein Gesicht war verzerrt. »Was? Wer ruft nach Perry?«
»Ich war es. Ich wollte nur noch einmal sagen, daß ich morgen um diese Zeit hier sein werde. Auf Wiedersehen, Mr. Partridge.«
Ich lächelte und winkte. Er trat rückwärts in die tiefe Dunkelheit hinein. Zögernd hob er die Hand, aber die Tür ging zu, bevor er mein Winken erwidern konnte.

Am nächsten Tag kam ich zur verabredeten Zeit wieder. Ich hatte weder Michael noch Justin fragen wollen, und mir war auch niemand anderes eingefallen, deshalb wußte ich weder Peregrines Familiennamen noch wußte ich etwas über seine Familie. Ich hatte mich mühsam den Hügel hinauf-

geschleppt, war bepackt mit der Last seiner Geschichten und kam nun ziemlich atemlos am Eisentor an. Ich kam mir so verloren vor, wie er normalerweise aussah, als ich feststellte, daß er nicht auf mich wartete.
Nachdem ich meine Last unter den anderen Arm geklemmt hatte, untersuchte ich erneut das Tor. Da mußte es doch irgendwo eine Klingel geben, die man betätigen konnte, oder irgendeine andere Vorrichtung, mit der der Besucher jemanden rufen konnte, der ihm das Tor öffnete.
Aber sie lebten tatsächlich sehr abgeschieden, denn es gab nichts dergleichen. Ich trat ein paar Schritte zurück und verlor beinahe das Gleichgewicht, als ich zur Kuppel hinaufschaute. Die untergehende Sonne tauchte die Fensterscheiben, die nach Westen gingen, in glühendes, bronzefarbenes Licht. Ich konnte niemanden in der Kuppel erkennen. Eigentlich müßte ich nur am Tor rütteln und rufen. Ganz gewiß würde ich nicht gehen, ohne diese geheimnisvollen Geschichten losgeworden zu sein!
Das Tor war zu schwer, als daß ich damit wirkungsvoll hätte klappern können – alles, was ich zustande brachte, war ein Ächzen von schwerem Metall. Es war dennoch offensichtlich laut genug, oder Perry war bereits auf dem Weg gewesen, denn die Haustüre öffnete sich, und er lief eilig den Weg entlang.
»Ich hatte schon Angst, Sie hätten es vergessen«, sagte ich erleichtert.
»Sie haben meine Geschichten? Sie haben sie mir wirklich mitgebracht?« fragte er eifrig. »Reichen Sie sie mir durch!« Er streckte seine knochigen Finger flehend durch die Gitterstäbe. Ich hatte sowohl die handgeschriebenen als auch die maschinengeschriebenen Seiten in eine Schachtel für Maschinenpapier gelegt. Ich hätte ihm den Gefallen tun können, aber diese Art der Übergabe paßte nicht in meinen Plan. Deshalb sagte ich: »Ich freue mich, Sie Ihnen zu geben, wenn Sie mir das Tor öffnen.«

»Nein, nein«, sagte er fast flüsternd, »sie werden uns hören. Sie werden es wissen, wenn ich das Tor wieder öffne. Ich muß meine Geschichten haben, und dann muß ich laufen, ich muß fliegen!« Perry verdrehte die Augen so heftig, daß das Weiße zu sehen war. Seine Paranoia war schlimmer als je zuvor.
Ich trat näher an das Tor heran. Komisch, daß er jetzt so in Eile war, da er sich doch offensichtlich auf mein Kommen vorbereitet hatte. Er hatte gebadet, ich konnte selbst aus dieser Entfernung den sauberen Geruch wahrnehmen. Er hatte auch sein Haar gewaschen, denn die Haarspitzen waren noch feucht. Die Nägel seiner Finger, mit denen er gierig greifen wollte, waren eine Spur sauberer, obwohl sie keinesfalls manikürt waren. Erneut tat er mir leid, aber dies war meine letzte Chance, um meine Neugier zu befriedigen. Nach alldem, was ich getan hatte, um ihn zu finden, hatte ich mir das doch verdient, oder?
»Ihre Geschichten befinden sich in dieser Schachtel, und ich werde sie Ihnen wie versprochen aushändigen. Aber ich hatte gehofft, daß Sie mich hereinbitten würden. Ich würde mir so gern einmal das Innere Ihres schönen Hauses ansehen.«
»Sie wollen ... hereinkommen?« Er blinzelte, und seine ausdrucksvollen Augenbrauen zogen sich erstaunt nach oben.
»Ja, wenn Sie mich hereinbitten würden. Ich würde gern Ihre Mutter kennenlernen, und vielleicht wäre sie – oder wären Sie – so freundlich und führten mich ein wenig herum. *Natürlich* möchte ich Ihr Haus gern besichtigen, es ist eins der prachtvollsten Häuser in San Francisco. Das wissen Sie doch sicher, oder?«
»N-n-nein, nein, nein, nein!« Dieses Übermaß an Negationen wurde von einem so heftigen Kopfschütteln begleitet, daß die feuchten Haarsträhnen aufblitzten. Er erschreckte mich ganz ordentlich!

»Nun gut. Ich werde Ihnen jetzt die Schachtel durchreichen, Perry.« Ich hielt sie ihm mit beiden Händen hin, denn sie war schwer, und es war nicht einfach, sie senkrecht zu halten. »Seien Sie vorsichtig«, warnte ich ihn. »Halten Sie sie ganz fest.«

Trotz meiner Warnung riß er die Schachtel durch die Stäbe und ließ sie fallen. Aber er hatte Glück, denn die Schachtel ging an den Nähten nicht auseinander.

»Oje!« rief Perry aus und fiel auf die Knie, um sie wieder aufzuheben. Als er die Schachtel in der Hand hielt, beruhigte er sich wieder. Die Versuchung, sein Werk anzuschauen, war offensichtlich so groß, daß er alle Bedenken vergaß. Er nahm den Deckel ab und las den Titel laut vor, den ich seiner Geschichtensammlung gegeben hatte:

»›Drei geheimnisvolle und wahre Geschichten‹ von Edgar Allan Partridge. Das bin ich, nicht wahr? Ich hatte es fast vergessen. Es scheint schon so lange her zu sein ...«

»Ja, das ist der Name, den Sie mir nannten. Aber es ist nicht Ihr richtiger Name, oder?«

Er blickte mich wachsam an, und in seinen Augen deutete sich der Wahnsinn wieder an. »Mein richtiger Name, wer kennt meinen richtigen Namen schon? Wer weiß schon, wer ich wirklich bin?«

Mich fröstelte, aber ich blieb hartnäckig. »*Sie* wissen es! Ihr Vorname ist Peregrine, stimmt das?«

»Perry, ich bin Perry. Zumindest *war* ich Perry ...«

Das eine Knie noch auf dem Boden, drehte er seinen Oberkörper, um zur Haustür zu schauen. Er hatte sie offengelassen, aber ich konnte nur erkennen, daß es dunkel im Haus war.

»Sie müssen einen Familiennamen haben!«

Perry schaute mich mit einem ausdruckslosen Blick an und sagte kein Wort.

»Nennen Sie mir den Namen Ihrer Mutter. Ihr Familienname wird derselbe sein.«

Er schüttelte langsam und schwerfällig den Kopf, als ob der Gedanke an seine Mutter ihn so schwer werden ließ, daß der dürre Hals ihn nicht mehr tragen konnte.
Nun, immerhin war er noch hiergeblieben. Mein hartnäkkiges Nachfragen hatte ihn noch nicht so sehr erschreckt, daß er ins Haus flüchten mußte. Um ihn noch ein wenig aufzuhalten, schlug ich vor: »Schauen Sie sich Ihr Manuskript an. Sehen Sie sich an, wie schön es maschinengeschrieben aussieht!«
Perry beugte seinen Kopf sehr vorsichtig nach vorn und blätterte eine Seite nach der anderen durch. Ein Lächeln ging über sein Gesicht und ließ ihn knabenhaft aussehen. »Nett«, murmelte er, »sehr nett.«
Ich nutzte die Gelegenheit und flüsterte durch die Gitterstäbe des Tores, was nur er verstehen konnte: »Werden Sie mich nun hineinbitten?«
Aber Peregrine hatte mich schon längst vergessen. Er hatte sich in seine eigene Welt zurückgezogen. Wahrscheinlich war es die Welt, in der er diese phantastischen Geschichten erfunden hatte, die auf der Realität basierten. Ich würde wohl nie erfahren, wie sehr sie der Wirklichkeit entsprachen, denn er drückte das Manuskript und die Schachtel an seine eingefallene Brust und stand auf. Schnell und leichtfüßig wie ein Kind rannte er den Weg hinauf und durch die Haustür. Sie schlug krachend hinter ihm zu.
Ich stand vor dem Tor, rieb mir die Arme und schaute wie betäubt auf den Deckel der Schachtel, den er auf dem Weg hatte liegenlassen. Es war vorbei. Ich hatte meine Pflicht getan. Warum war ich dann bloß so unzufrieden und hatte das Gefühl, daß da noch etwas ungeklärt war?

Am Samstag nachmittag um drei Uhr schloß ich mein Büro und machte mich auf den Weg zum Fleischmarkt, wo ich ein Steak kaufte. Das Gemüse hatte ich schon früh am Morgen vor der Arbeit besorgt, denn ich hatte noch in Erinnerung, daß unsere Köchin immer sagte, Gemüse müsse frühmorgens gekauft werden. Ich hatte einige schöne Pilze und Tomaten, die nicht gekocht werden mußten, erstanden, denn mir war bei diesem Unternehmen sehr an Lebensmitteln gelegen, die *nicht* gekocht werden mußten. Dann hatte ich von der Bäckerei an der Ecke ein langes Sauerteigbrot erstanden, das die Bewohner San Franciscos sehr mögen. Auch mir schmeckte es inzwischen richtig gut. So kam ich vollbeladen, aber glücklich mit meinen Einkäufen nach Hause. Ich hoffte, daß ich an diesem Abend ein recht anerkennenswertes Mahl für Justin zubereiten würde.

Ich nahm ein Bad und zog mich mit Sorgfalt an. Ein Teil der großzügigen Bezahlung, die ich für die Memoiren des Professors erhalten hatte, war in den Kauf eines neuen Kleides geflossen, denn ich hatte begonnen, mich auf das Ereignis zu freuen. Das Kleid war aus Taft und hatte ein Schottenmuster, die neueste Mode in dieser Saison. Das Muster war in den Farben Blau und Grün und durch dünne schwarze Linien unterbrochen. Der Rock war bauschig, und ich mußte einen Petticoat tragen. Er fiel mir bis kurz über die Knöchel und betonte dadurch die hochgeschnürten schwarzen Schuhe. Ich bürstete mir das Haar länger als sonst, bis ich die Spitzen zu einer schönen Innenwelle geformt hatte. Dann faßte ich sie mit einer goldenen Haarspange zusammen. Ich lehnte mich nach vorn und schaute kritisch in den Spiegel. Nun versuchte ich, in die Haarsträhnen, die mir über die Wangen fielen, ein paar Locken zu zaubern. Natürlich gelang mir das nicht, denn ich hatte glatte Haare.

»Genug mit diesem Getue!« sagte ich streng zu meinem Spiegelbild. Ich sah auch ohne Locken gut genug aus. Schließlich wollte ich Justin nicht verführen. Ganz im Gegenteil! Ich wollte mir nichts vormachen; ich wußte, daß Justin mich nicht verstanden hatte. Er hatte nicht eingesehen, daß ich die Intimitäten nur aus dem Grund zurückgewie-

sen hatte, weil ich nicht heiraten wollte. Ich war mir nicht sicher, was er dachte und was er wollte, und das machte mir Sorgen.
Doch ich sehnte mich nach jemandem, dem ich nahe sein konnte und dem ich vertraute. Es hätte auch eine Sie sein können, aber die gab es auch nicht. Ich hatte niemanden, mit dem ich über die Enttäuschung sprechen konnte, daß ich so wenig über Edgar Allans oder Peregrines Geheimnisse erfahren hatte. Ich hätte auch gern den Triumph, daß ich ihn gefunden hatte, mit jemandem geteilt. Ich hätte mich selbst mit Mrs. O'Leary begnügt. Ich schob den Gedanken an sie wieder beiseite und ging in die Küche, um meine Zutaten für das Abendessen in eine Tasche zu packen. Ich hatte keine richtigen Freunde, und das war mein Problem. Ich hätte mich gern mit Meiling angefreundet, aber ich wußte nicht, wie ich das anfangen sollte. Vielleicht konnte ich mich eines Tages mit der jungen Bibliothekarin anfreunden, die Liebesgedichte schrieb. Ich traf sie von Zeit zu Zeit in der Bibliothek, und sie war sehr freundlich, wenn auch schüchtern. Aber eines Tages war eben nicht jetzt. Und ich war im Grunde genommen sicher, daß sich meine Zweifel, die ich gegenüber Michael Archer hegte, niemals zerstreuen würden, selbst wenn Mrs. O'Leary wiederkäme. Aber jeder Tag, der verging, machte ihre Rückkehr unwahrscheinlicher. Ich seufzte und vermutete, daß ich dahin gehend bald etwas unternehmen müßte, obwohl ich es nicht wollte. Ich bräuchte jetzt eher ein bißchen Ruhe und ein wenig Trost ... und ich wollte Justin, wollte ihm näher sein, als es sich schickte. Ich wollte ihn lieben und von ihm geliebt werden ohne Rücksicht auf die Folgen oder darauf, ob es wirklich klug war.
Zum Teufel mit den Folgen! dachte ich und hob die Tasche auf. Ich hatte schon meine große Handtasche, die ich täglich mitnahm, gegen eine kleinere umgetauscht, die mit einer goldenen Kette versehen war, damit ich sie über die

Schulter hängen konnte. Ich nahm sie vom Flurtisch und schob sie über den Arm. Mit den schweren Lebensmitteln beladen, machte ich mich auf den Weg, ging langsam und würdevoll die Treppe hinunter. Der Taftrock raschelte, wenn ich mich bewegte.
Dieses Mal hätte ich Michael Archers Zudringlichkeit willkommen geheißen, er hätte mir beim Tragen der Taschen helfen können. Ernsthaft, dieser Mann war wie ein böser Kobold. Immer war er da, wenn man ihn nicht brauchen konnte. Aber wenn man seine Hilfe benötigte, dann war er nirgends zu sehen! Auf seiner Etage war es still, sie wirkte verlassen. Das fand ich nicht besonders ungewöhnlich, da es erst sechs Uhr abends war. Aber ich hatte ihn in den letzten Tagen weder gesehen noch gehört. Was für ein Glück, daß ich den los bin! dachte ich, als ich weiterging. Aber ich fragte mich doch, wo er war.

»Und du hast gesagt, du hättest das Kochen nicht gelernt!« Justin strich sich anerkennend über den Magen.
»Ich mußte mir die Grundbegriffe selbst beibringen, seitdem ich in San Francisco bin, sonst wäre ich verhungert. Ich freue mich, daß dir mein Abendessen geschmeckt hat, Justin.« Wir saßen an einem kleinen runden Tisch im Frühstücksraum seines Hauses. Das Essen hatte sich als durchaus annehmbar erwiesen.
»Noch ein wenig Wein?« Er hielt die Flasche über mein Glas, aber ich schob meine Hand dazwischen.
»Nein, vielen Dank! Ich hatte schon reichlich und bekomme sonst einen Schwips.«
»Wäre das denn so schlimm?« Justin lächelte und hielt die Flasche weiter bereit.
»Nun, dann aber nur noch ein halbes Glas.«
»So ist es recht. Wir werden die Flasche leer trinken.«
Ich trank in kleinen Schlucken, nachdem ich festgestellt hatte, daß Justin schon so beschwipst war, daß es für beide

reichte. Ich fühlte mich wohlig warm und zufrieden und beschloß, einen kleinen Vorstoß zu wagen. »Ich möchte dich gern etwas fragen.«

»Frage mich ruhig alles, was dein Herz begehrt, Fremont«, sagte er verträumt und ergriff meine Hand. Er streichelte meine Finger mit seinem Daumen, und ein kleiner Schauer fuhr von meiner Hand über meinen Arm direkt in mein Herz.

»Kennst du die Häuser auf Nob Hill? Ich meine, weißt du, wem sie gehören?«

»Ja, sicher. Dort leben die reichen Leute wie Stanford, Crocker, Huntington, Hopkins ...«

»Mich interessiert ein Haus, das ganz oben auf dem Hügel liegt. Es ist riesengroß und im neugotischen Stil gebaut. Es ist wirklich ziemlich häßlich, aber man kann es nicht verfehlen. Weißt du, welches ich meine?«

Justins Finger streichelten langsam weiter über meine Hand bis zum Handgelenk. Der Schauer wurde intensiver.

»Erstaunlicher Ort«, sagte er. »Mir scheint es ..., warum fragst du mich eigentlich danach?«

»Ich glaube, daß einer meiner Kunden in diesem Haus wohnt. Eigentlich bin ich mir sogar sicher. Er, äh, er hat einige Geschichten unter einem anderen Namen geschrieben, und ich habe sie für ihn abgetippt. Ich habe mich nur gefragt, wie er wirklich heißt. Wenn ich den Namen des Hausbesitzers wüßte, dann hätte ich auch seinen.«

Justin hatte meinen Ärmel erreicht und zeichnete seinen Bund nach – so leicht, so zart, so verführerisch. Er sah mich an, und sein Blick war nachdenklich und forschend. »Es wird wohl ein Diener sein. Das vermute ich jedenfalls, deshalb wird dir der Name auch nicht weiterhelfen. Das Haus gehört einer Witwe, und sie lebt sehr zurückgezogen. Sie ist schon so etwas wie eine Legende. Sie hat sich seit Jahren schon nicht mehr in der Öffentlichkeit gezeigt.«

Mein Herz schlug schneller, und ausnahmsweise hatte es

nichts mit Justins Berührungen zu tun. »Was denn für eine Legende?«

»Es hat da einen Skandal gegeben, lange vor meiner Geburt, deshalb müßte sie jetzt schon uralt sein, wenn sie überhaupt noch lebt. Aber eigentlich müßte sie es noch, denn das Haus stand noch nicht zum Verkauf. Jedenfalls vermuteten zahlreiche Leute, daß sie ihren Ehemann ermordet hatte. Aber es gab keine Beweise dafür, vielleicht hat sie auch die Polizei bestochen. Ich kann mich nicht an ihren Namen erinnern, aber ihr Mann hieß Crowe, Elias Crowe. Er machte ein Vermögen durch den Verkauf von billigen Schaufeln und Bergwerksgerät an die Goldgräber.«

»Aber Justin, das ist mehr als fünfzig Jahre her.«

»Ja. Na ja, es wurde jedenfalls gesagt, sie sei eine Schönheit gewesen und viel jünger als ihr Ehemann. Wie dem auch sei, er starb und hinterließ ihr das Haus, und nach seinem Tod verließ sie es einfach nicht mehr. Als ich Kind war, gab es die verschiedensten Gerüchte über sie. Sie sei eine Hexe und so verrückte Sachen. Die Jungen stachelten sich gegenseitig an, wer es wohl wagte, über den Zaun zu klettern, um zu schauen, wie weit man kam, bevor man in einen Stein verwandelt wurde und so etwas. Lauter verrücktes Zeug, aber ich weiß nicht, ob nicht auch etwas Wahres daran sein könnte. Es ist doch schon eigenartig, wenn du dir überlegst, daß sie nie ihr Haus verließ und nicht einen Freund besaß. Sie hatte nur ihre Diener. Deshalb kann dein Kunde höchstens ein Diener von ihr gewesen sein.«

»Oh!« Ich schaute auf meinen Arm, denn Justins Finger hatten sich unter dem Ärmelbund vorgearbeitet und massierten die empfindliche Stelle in meiner Armbeuge. Ich legte meine Hand auf seine, um ihn davon abzuhalten. Aber er hörte nicht auf. Bald wäre ich nicht mehr in der Lage, weitere Fragen zu stellen! »Justin, hatten die Crowes Kinder? Irgendwelche Erben für dieses große Haus?«

»Ich habe das Gefühl, du würdest die Villa der Crowes

gern selbst haben«, sagte Justin mit rauher Stimme. »Wenn du lieb zu mir bist, dann kann ich sie dir vielleicht in ein paar Jahren kaufen.«
»Sie hatten also keine Kinder?«
»Ich habe nichts darüber gehört. Komm her zu mir, Fremont!« Justin legte die andere Hand hinter meinen Kopf und drehte ihn zu sich um. Dann küßte er mich, und ich vergaß Peregrine oder Edgar oder wie immer er auch hieß. Nach einigen Küssen sagte ich matt: »Wir sollten das Geschirr abwaschen und nicht so auf dem Tisch stehenlassen, sonst klebt nachher alles fest, und man bekommt es dann nicht mehr sau–« Wieder verschlossen Justins Lippen meinen Mund.
Er stand auf und zog mich an sich. Er hielt mich so fest, daß ich jeden Teil seines Körpers spürte. Ich fühlte, wie sehr er mich begehrte, und – Gott steh' mir bei – ich begehrte ihn auch. Seine Lippen fuhren meinen Hals entlang, in dem mein Herzschlag heftig pulsierte. Ich unterdrückte ein Stöhnen. Dann riß ich mich mit schier übermenschlicher Anstrengung los und sagte: »Wir haben noch keinen Nachtisch gehabt. Du hast gesagt, du würdest einen Kokosnußkuchen besorgen.«
»Hast du es denn noch nicht erraten?« Er grinste unzüchtig, und die Haare fielen ihm ins Gesicht. »Du bist der Nachtisch, Fremont.« Er zog mich wieder an sich.
»Kokosnußkuchen esse ich am liebsten«, stieß ich hervor.
»Später. Ich habe den verdammten Kuchen ja, aber wir essen ihn später.« Er knabberte mit seinen Zähnen an meinem Ohr und fuhr dann mit der Zunge hinein. Das hatte noch nie jemand bei mir gemacht, aber ich fand es äußerst erregend!
Als er seine Zunge wieder zurückgezogen hatte, so daß er sprechen konnte, flüsterte er mir in dasselbe Ohr: »Du weißt, was ich will. Du wirst mich jetzt nicht zurückweisen, sonst wärst du doch gar nicht erst gekommen.«

»Ich, ich vermute, du hast recht ...« Der Moment der Wahrheit war gekommen! Und die Wahrheit war, daß ich eine solche Leidenschaft empfand, daß ich weder denken noch eine Entscheidung treffen konnte. Es war viel einfacher, ihn für mich entscheiden zu lassen. Mein Widerstand schmolz dahin, und mein Kopf fiel gegen seine Schulter. Er fingerte auf meinem Rücken am Kleid herum, wo sich eine lange Reihe kleiner Knöpfe befand. Ich konnte mich vage daran erinnern, daß auch ich sehr lange gebraucht hatte, um sie zuzuknöpfen. Er schimpfte leise, und ich lächelte gegen den Stoff seiner Jacke, dann hob ich den Kopf.

»Laß mich nach oben gehen«, sagte ich. »Ich mache mich dort für dich zurecht, denn ich muß sowieso das Badezimmer aufsuchen. Ich gehe dann ins Schlafzimmer, und wenn ich fertig bin, rufe ich dich.«

»Ich werde hier warten«, sagte Justin mürrisch. Er trat zurück, ließ mich gehen und steckte die Hände in die Tasche. Der Schritt seiner Hose war verführerisch gewölbt. Kokett gab ich ihm einen leichten Kuß auf die Wange und sagte: »Es dauert auch nicht lange.«

Meine Leidenschaft kühlte etwas ab, als ich mit all den kleinen Knöpfen kämpfte. Ich befand mich in Justins Schlafzimmer und stand in der Nähe des Bettes vor einer niedrigen Kommode. Ich knöpfte langsam weiter, aber etwas hatte meine Aufmerksamkeit erregt: Die obere Schublade der Kommode war ein paar Zentimeter weit geöffnet. Ich bin zugegebenermaßen eine passionierte Schnüfflerin, und schon als Kind war mein dunkelstes Geheimnis, daß ich ein köstliches, wenn auch schuldbewußtes Vergnügen daraus zog, in den Sachen anderer Leute herumzustöbern, wenn sie nicht anwesend waren. Ich zog die Schublade vorsichtig ein Stückchen weiter heraus und öffnete dann pflichtbewußt wieder einige Knöpfe. In der Schublade lagen vorwiegend Socken, unter die einige Schriftstücke ge-

schoben worden waren, als ob sie versteckt werden sollten. Ich öffnete drei weitere Knöpfe. Nur die zwischen meinen Schulterblättern, die schwer erreichbar waren, ließ ich geschlossen.
Es war schließlich das rote Band, das Justins Spiel verdarb. Hätte dieser auffällige Farbtupfer, der so unpassend in einer Schublade mit Männersocken war, nicht meine Aufmerksamkeit erregt, dann hätte ich sie wieder geschlossen. Und hätte vielleicht ein schlechtes Gewissen gehabt, daß ich einen Blick auf die Sachen meines Geliebten geworfen hatte. Ich ergriff das rote Band und zog ein Schriftstück heraus, das gerollt war und mit dem Band zusammengehalten wurde. Ich wußte, was es war. Mir rutschte mein Herz in die Kniekehlen und klopfte dort erbärmlich. Justin Cameron hatte Li Wongs Erklärung! Ich zog das Band auf und rollte das Papier auseinander, um ganz sicher zu sein. Ja, ich wußte doch, wie meine Maschinenschrift aussah! Unten befand sich Li Wongs Unterschrift, erst in Englisch, dann in Chinesisch.
»Fremont?« hörte ich Justin von unten rufen. »Warum brauchst du denn so lange? Kann ich heraufkommen?«

MITTEN INS HERZ

Mein Herz zerbrach, und in meinem Magen herrschte Aufruhr, und ich konnte das eine nicht mehr vom anderen unterscheiden. Ich war kurz davor, mich zu übergeben. Nein, es war noch schlimmer als das, ich war kurz davor, ernsthaft krank zu werden.

»Nur noch ein paar Minuten«, rief ich hinunter, »diese Dinge benötigen etwas Zeit!« Dann lief ich ins Badezimmer und zog an der Toilettenkette, so daß Justin denken mußte, ich sei dort beschäftigt. Das Abendessen, das ich für Justin und mich gekocht hatte, drehte sich mir im Magen um. Das Essen war zum Hohn geworden, eine Einladung zur Selbstverachtung.

Aber jetzt war keine Zeit mehr für die Übelkeit, das Nachdenken, die Gefühle oder ähnliches, jetzt ging es nur noch ums Überleben. Der einzige Gedanke, den ich fassen konnte, war, daß ich Justin die Erklärung von Li Wong fortnehmen und sowohl sie als auch mich in Sicherheit bringen mußte.

Mein hübsches Taftkleid hatte keine Taschen. Ich faltete das

Dokument zu einem Quadrat. Das Band behinderte mich dabei, deshalb hielt ich es mit den Zähnen fest, während ich die weiten Rockschöße meines Kleides und meines Petticoats hochhob und das Schriftstück in den Bund meiner Unterhose, direkt auf die Haut, steckte. Ich hatte das Gefühl, daß es dort sicher aufgehoben war, vorausgesetzt, ich konnte Justin entkommen. Ich bewegte mich leise und knöpfte das Rückenteil meines Kleides, soweit ich es zu fassen bekam, wieder zu. Das Band hatte ich immer noch zwischen den Zähnen. Es waren gerade genug Knöpfe, um mein Mieder zu halten, denn es blieb keine Zeit mehr, sie alle zu schliessen. Glücklicherweise hatte ich meine Schuhe noch nicht aufgebunden und ausgezogen!

Als ich wieder in Justins Schlafzimmer war, nahm ich ein anderes Schriftstück aus der Schublade, rollte es hastig zusammen, schlang das rote Band darum, schob es wieder so unter die Socken, daß es noch zu sehen war, und schloß die Schublade leise. Mein Gesicht brannte, in meinem Magen rumorte es immer noch, meine Hände zitterten, aber tief in meinem Innern war ich eiskalt und ruhig. Ich vertraute darauf, daß ich durchhalten würde.

Ich hatte gerade nach dem Geländer gegriffen und einen Fuß auf die Treppe gesetzt, da sah ich, daß Justin nicht gewartet hatte, um noch einmal nachzufragen, sondern auf dem Weg nach oben war. Er hatte seine Jacke und seine Krawatte abgelegt und das Hemd geöffnet. Er sah zerzaust aus, und in seinen Augen schimmerte ein Verlangen, daß mir jetzt eher gierig als verliebt vorkam.

»Ich habe meine Meinung geändert«, erklärte ich mit lauter Stimme. »Ich mache das hier nicht länger mit.«

»Das ist nicht dein Ernst«, sagte Justin und kam näher.

Wir trafen uns auf der Treppenmitte. Da ich eine Stufe über ihm stand und er einige Zentimeter größer war als ich, konnte ich ihm direkt in die Augen schauen. Ich sagte: »Doch, es ist in der Tat mein Ernst. Du wirst dich daran erinnern, daß ich dir gesagt habe« – mutig nannte ich die Dinge jetzt beim Namen –, »daß ich keinen Geschlechtsverkehr mehr mit dir haben kann. Ich gebe zu, daß ich meinen Kopf unter dem Einfluß des Alkohols und durch das Vergnügen an deiner Gesellschaft verloren habe, aber jetzt bin ich wieder, etwas verspätet, zu Sinnen gekommen. Ich denke, du wirst mir zustimmen, daß es unter diesen Umständen besser ist, wenn ich gehe.«

»Nein«, sagte er und hielt mich mit seinen Händen an der Taille fest. »Ich will dich, Fremont, spiel also keine Spielchen mit mir. Es paßt einfach nicht zu dir.«

In Justins Gesicht zeigten sich die Spuren des Trinkens, es war ganz fleckig. Er sprach langsam, wenn auch noch nicht undeutlich. Ich hoffte, daß der Rausch auch sein Reaktionsvermögen beeinträchtigte. Ich sagte: »Dies ist kein Spiel« und schlug mit beiden Fäusten hart auf seine Unterarme, so daß sich seine Hände von meiner Taille lösten. Dann drängte ich mich an ihm vorbei und stürzte in größter Eile die Treppe hinunter.

»Fremont!« brüllte er über dem Geländer hängend. »Was ist in dich gefahren? Was hast du denn?«

Oh, wie ich mich danach sehnte, mich umzudrehen und ihn zur Rede zu stellen! Einerseits hätte ich ihm gern erzählt, was ich gefunden hatte, um ihn zu fragen, wie er dazu gekommen war, und zu hören, daß er darauf antwortete – egal, wie unglaublich das auch klingen würde –, daß er an das Dokument auf ehrliche Art und Weise gekommen sei. Andererseits hörte ich eine innere, weitaus klügere Stimme, die nur ein Wort sagte: Lauf!

Meine Tasche und mein Tuch hingen über einem Geländerpfosten, da Justin keinen Garderobenständer im Flur hatte. Ich schnappte sie mir, als ich vorbeistürzte, warf das Tuch über meinen schlechtgeknöpften Rücken und lief weiter zur Tür.

Hinter mir wetterte Justin: »Ich warne dich, Fremont

Jones, wenn du mich heute nacht verläßt, dann will ich nichts mehr mit dir zu tun haben!«
Ich hielt an, drehte mich um und sagte mit eisiger Stimme, das Kinn in die Luft gereckt: »*So* verhält sich ein Gentleman ganz gewiß nicht. Ich werde mir meine Kutsche für den Rückweg selbst beschaffen, und ich danke dir ganz bestimmt nicht für das Abendessen, denn ich habe schließlich selbst dafür gesorgt.«
Er setzte an, mir zu folgen, und ich wünschte heftigst, ich hätte meinen Spazierstock mitgenommen. Ich hatte ihn zu Hause gelassen, weil ich mit der schweren Tasche voller Lebensmittel beladen gewesen war. Außerdem hatte ich natürlich nicht einen Moment lang geglaubt, daß von Justin irgendeine Gefahr ausgehen könnte. Mit einem letzten unversöhnlichen Blick drehte ich mich hart auf dem Absatz um und ging zur Tür hinaus.
Als meine Füße den Gehweg berührten, rannte ich los. Ich rannte, ohne auf meine Umgebung zu achten, bis ich kopfüber den steilen Abhang des Hügels hinunterfiel. Durch die Schmerzen an meinen Knien und den Handballen ließ meine sinnlose Panik nach. Vorsichtig stand ich auf, klopfte mir den Schmutz ab und faßte an meine Taille, um sicherzugehen, daß ich Li Wongs Erklärung noch bei mir hatte, und schaute mich um. Justin war mir nicht gefolgt. Ich war ganz allein auf einer friedlichen Straße in einer Wohngegend. Die Nacht war ungewöhnlich kühl und klar, und ich wußte genau, wo ich mich befand. Da ich nicht weit von zu Hause entfernt war, beschloß ich, zu Fuß zu gehen.
Durch ein Fenster im zweiten Stock fiel Licht. Also war Michael da. Ich wollte nichts mit ihm zu tun haben und mußte es glücklicherweise auch nicht, obwohl es mich überraschte. Ich ging ungestört in mein eigenes Appartement hinauf. Dort legte ich meine Kleidung in meinem Schlafzimmer ab und zog mein verblichenes grünes Kleid an. Das trug ich immer dann, wenn ich mich nicht wohl fühlte,

denn es war mir so vertraut, daß es mich irgendwie tröstete. Dann setzte ich mich auf das Bett und konnte endlich Li Wongs vollständige Erklärung lesen. Sie lautete folgendermaßen:

Im Falle meines vorzeitigen Todes wünsche ich, daß die betreffenden Personen folgendes erfahren: Ich habe bei der Crocker's Bank ein Pfand, einen Gegenstand von hohem Wert, hinterlegt. Dieser Gegenstand soll mit dieser Erklärung an die Hinterbliebenen meiner Familie übergeben werden. Der Gegenstand sichert die Zusammenarbeit über einen bestimmten Geschäftsabschluß. Er lautet folgendermaßen: Die Arbeiter, die dem Haus Li Wong treu ergeben sind, werden die Dienste der Trans Hawaii-Handelsgesellschaft verlassen und Beschäftigte der Great Atlantic und Pacific Tea-Gesellschaft werden, unter den Bedingungen, die vor kurzem besprochen, aber noch nicht vertraglich vor dem Gesetz festgelegt sind.
Sollte ich gehindert werden, den besagten Vertrag zu unterzeichnen, so dient das vorher genannte Pfand als Bürgschaft meiner ehrenhaften Absicht. Ich, Li Wong, habe veranlaßt, daß diese Angelegenheit am ersten Tag im Mai im Jahr eintausendneunhundertfünf im westlichen Kalender in der Stadt San Francisco im Staate Kalifornien in den Vereinigten Staaten von Amerika schriftlich festgehalten wird.

Endlich! dachte ich und las die Erklärung noch ein zweites Mal durch. Endlich wußte ich, woran ich mich nicht mehr hatte erinnern können. Einige Minuten lang genoß ich das Gefühl von tiefer Zufriedenheit, dann setzte allerdings eine überwältigende Reaktion ein, und ich fing an, am ganzen Körper zu zittern. Mein Magen, der sich im entscheidenden Augenblick gut benommen hatte, rührte sich jetzt wieder. Ich rannte ins Badezimmer und übergab mich

wieder und wieder ins Waschbecken, bis nur noch Gallenflüssigkeit kam.
Später versuchte ich zu schlafen, aber ich konnte es nicht. Ich weinte Tränen, die noch bitterer waren als die Galle, und ich weinte, bis mein Kopfkissen ganz naß war. Was machte es schon, ich konnte sowieso nicht schlafen. Meine Hände und Knie schmerzten, mein Magen war wund und mein Hals ebenso. Mein Gesicht war geschwollen, ich war ein absolutes Wrack. Aber da stimmte noch viel mehr nicht mit mir, es waren nicht nur die körperlichen Schmerzen. Mein Selbstvertrauen war vollkommen erschüttert.
Ich hatte einmal irgendwo gelesen, daß mehr Leute um drei Uhr morgens sterben als zu irgendeiner anderen Zeit. Um etwa drei Uhr an diesem Morgen konnte ich auch verstehen, warum. Mein zuvor starkes Selbstbewußtsein war auf dem Tiefpunkt angekommen. Ich war verzweifelt und hatte das Gefühl, daß ich nicht allein zurechtkommen könne. Was war ich doch für ein Dummkopf gewesen, daß ich annahm, mir würde es gelingen. FREMONT JONES, SCHREIBDIENSTE ... Ich grinste hämisch über die Vorstellung meiner Person als eine erfolgreiche, unabhängige Frau. Wie konnte ich erfolgreich sein, wenn ich nicht einmal genug Verstand und Urteilsvermögen besaß, um einen Freund auszuwählen? Noch schlimmer, ich hatte mir die Nähe so sehr gewünscht, daß ich den falsch gewählten Freund auch noch zum Liebhaber gemacht hatte! Mein Gott, ich hatte meine Jungfräulichkeit an einen Mörder verloren!
Schniefend und heulend suchte ich gegen vier Uhr früh meine Taschen hervor und begann zu packen. Ich würde nach Boston zurückkehren, mich von Augusta demütigen lassen, meinen Vater um Vergebung bitten und würde sogar, wenn es denn nötig wäre, den abscheulichen Neffen heiraten.
Als ich packte, fiel mein Blick auf Li Wongs Erklärung, die auf dem Bett lag, wo ich sie hingelegt hatte. Ich las sie er-

neut, dann nahm ich sie mit auf meinen Fensterplatz im Wohnzimmer, setzte mich dorthin und sah zu, wie der Himmel langsam von blauschwarz in dunkelgrau überging und dann den Farbton der Morgendämmerung annahm. Ich vergaß zu packen, und den Gedanken, nach Boston zurückzukehren, vergaß ich auch. Zum erstenmal, seit ich in Panik aus Justins Haus gelaufen war, fing ich an, klar zu denken.
Ich rief mir noch einmal die Ereignisse in Erinnerung. Justin hatte Li Wong in meinem Büro gesehen, erkannt und mich dann angelogen. Einige Tage später wurde Li Wong ermordet. Die Erklärung, die ich für ihn geschrieben hatte, wurde nicht gefunden, bis ich entdeckte, daß sie sich in Justins Besitz befand. Kurz nach dem Mord an Li Wong hatte Justin einen neuen Klienten, der einer Körperschaft angehörte, dessen Geschäft sich als ungewöhnlich lukrativ erwiesen hatte. Dies waren alles unbestrittene Tatsachen, und sie führten zwangsläufig zu bestimmten Schlußfolgerungen.
Justin war unehrlich, Justin war ein Opportunist, Justin war gierig. Mein lieber Justin, er, der so ein scheinbar offenes und unschuldiges Gesicht besaß, er war höchstwahrscheinlich ein Mörder. Wenn jemand anderes die Tat begangen hätte und es direkt, nachdem Li Wong seine abgetippte Erklärung bei mir abgeholt hatte, getan hätte, wie es sicherlich auch der Fall gewesen war, dann wäre die Erklärung nicht in Justins Besitz gewesen.
Diese Informationen, die in der Erklärung enthalten waren, hatten etwas mit Justins plötzlichem Wohlstand zu tun, dessen war ich mir sicher, obwohl ich nicht genau wußte, wieso. Der wertvolle Gegenstand mußte die verlorengegangene Jadefigur von Kwan Yin sein.
Plötzlich wußte ich, was ich zu tun hatte. Ich mußte Li Wongs Erklärung direkt zu Meiling bringen.

Ich erlaubte mir nicht eine Minute lang den Zweifel, daß ich den Weg zum Haus der Lis nicht finden würde, und machte mich so gegen acht Uhr auf den Weg. Das war eine Uhrzeit, von der ich annahm, daß die Leute in Chinatown aufgestanden und unterwegs waren. Ich hatte den Spazierstock in der Hand, die geräumige Handtasche hing mir über der Schulter, den auberginefarbenen Umhang hatte ich an. Das wertvolle Schriftstück befand sich wieder unter meiner Kleidung auf meiner Haut, dort war es gut verborgen. Ich wollte nicht das Risiko eingehen, daß ich es verlor.
Natürlich war ich nervös, aber nicht besonders ängstlich. Dafür war ich viel zu entschlossen. Wie die gestrige Nacht, so war auch der Morgen sehr klar, und im hellen Sonnenlicht leuchteten die kräftigen und fröhlichen Farben, die die Chinesen so liebten. Ich ging rasch vorwärts und stieß bei jedem Schritt den Spazierstock auf. Ich schaute nicht hinter mich, denn ich dachte mir, daß Justin in der Vallejo Street auf der Lauer gelegen hätte, wenn er das Verschwinden der Erklärung entdeckt haben würde.
Da er das nicht getan hatte, fühlte ich mich sicher, auch wenn ich nicht die geringste Ahnung hatte, was passieren würde, wenn ich die Erklärung Li Wongs an seine Enkelin weitergegeben hatte.
Ich bog in den, wie ich annahm, richtigen Weg ein und war beruhigt, als er mir immer vertrauter wurde, je weiter ich kam. Da war auch schon die gelbe Mauer, die in der Sonne golden leuchtete, und das geschickt geschnitzte Tor mit dem Rundbogen. Ich klopfte mit dem Stock gegen die Tür, und als ein Kopf mit schwarzer Kappe und braunen Mandelaugen über dem Gatter erschien, sagte ich: »Ich bin gekommen, um Meiling Li zu sehen. Mein Name ist Fremont Jones. Bitte sagen Sie ihr, es ginge um eine höchst wichtige Angelegenheit.«
Der Kopf bewegte sich still auf und ab und verschwand. Ich mußte draußen vor dem Tor warten. Es kam mir ziemlich lange vor, und in der Zwischenzeit hatte ich das Gefühl, als

würden mich unbemerkt aufmerksame Augen beobachten. Aber ich schaute mich nicht um. Ich blickte auf das Tor und hielt die Hand fest um den Spazierstock, der mir in dieser Umgebung so wirkungsvoll geholfen hatte.
Schließlich näherte sich die hohe Gestalt von Meiling dem Tor. Sie öffnete es selbst und ließ mich herein. Sie war heute anders gekleidet und hatte einen roten Kasack mit schwarzen Kordeln an, den sie über schwarze Hosen trug. Ihr glänzendes Haar hing ihr lose über die Schulter. Ich fand sie sehr schön.
»Danke, daß Sie mich empfangen«, sagte ich, und mir fiel ein, daß ich mich verbeugen mußte.
»Miss Jones, Fremont«, sagte sie und verbeugte sich ebenso. »Kommen Sie mit ins Haus!«
»Ich, äh, wenn es Sie nicht stört, dann würde ich lieber hier im Hof mit Ihnen sprechen.« Ich schaute über den großen sauberen Platz und sagte: »Wir scheinen ja allein zu sein.«
Meiling lächelte. »Das Auge mag sich täuschen. In Wirklichkeit sind es viele, die uns beobachten. Sie halten Sie für eine weiße Teufelin, aber Sie können ihnen Respekt abnötigen. Dann werden sie Abstand halten, es sei denn, ich gebe ihnen ein Zeichen. Also, weshalb sind Sie hier? Der Diener, der ans Tor gekommen ist, spricht nicht viel Englisch, aber er hat das Wort ›wichtig‹ verstanden.«
»Ich habe gefunden, wonach Sie gesucht haben, und ich will es Ihnen geben. Einen Moment bitte, ich habe es unter meinen Kleidern versteckt.« Ich klemmte meinen Stock unter den Arm, knöpfte meine Bluse auf und zog unter meinem Hemd das gefaltete Blatt hervor. Ich überreichte es Meiling kommentarlos. Sie faltete das Schriftstück auseinander, und ich beobachtete sie, während ich meine Bluse wieder zuknöpfte.
Ihre Augen wurden immer größer und größer, als sie es las, und dann stieß sie hörbar die Luft aus. »So«, sagte sie und überflog Li Wongs Worte, »das ist also mit der Kwan

Yin passiert! Fremont, Sie können sich nicht vorstellen, wie wichtig die Informationen in diesem Dokument sind!«
»Ich denke schon, daß ich ein bißchen davon verstehe, aber ich wäre Ihnen dankbar, wenn Sie mir alle Zusammenhänge erklären könnten.«
»Ich würde gern erst einmal von Ihnen wissen, wo Sie es gefunden haben.«
Ich räusperte mich, und Tränen schossen mir in die Augen. Es würde noch lange dauern, bis ich darüber sprechen konnte, ohne dabei Schmerz zu empfinden. Ich erzählte Meiling von Justin und ließ dabei nichts aus, nicht einmal mein schlechtes Urteilsvermögen in bezug auf diesen Mann. »Ich glaube«, schloß ich zögernd, »daß Justin Cameron die Person gewesen sein muß, die Ihren Großvater ermordet hat.«
»Er weiß nicht, daß Sie dieses Schriftstück gefunden haben?«
»Noch nicht.«
»Sind Sie zur Polizei gegangen?«
»Nein. Es weiß auch sonst niemand davon, ich bin direkt zu Ihnen gekommen.«
Meiling verbeugte sich tief vor mir, was mir sehr peinlich war. »Sie haben uns geholfen, Fremont Jones. Meine Familie und alle, die uns verbunden sind, stehen in Ihrer Schuld.« Sie hatte sich wieder aufgerichtet und fuhr fort: »Jetzt werde ich es Ihnen erklären. Der erwähnte Gegenstand wird sich als die Figur Kwan Yin herausstellen, und da ihn mein Großvater aus dem noblen Grund fortgenommen hat, um uns eine Versicherung zu gewährleisten, macht ihn das in unseren Augen auch wieder zu einer ehrenhaften Person. Jetzt können wir auch die Figur zurückverlangen.«
»Ist sie denn wohl noch bei der Crocker's Bank?«
»Ich bin sicher, daß sie das ist. Wenn Ihr früherer Freund Mr. Justin Cameron es geschafft hätte, sie zu bekommen

und zu verkaufen, hätten wir davon bei unserer ausgedehnten Suche erfahren. Wichtiger als die Kwan Yin ist allerdings das Wissen um die Geschäftsvereinbarung. Ich werde mit dieser Erklärung zur Great Atlantic und zur Pacific Tea-Gesellschaft gehen und den Vertrag für das Haus Li unterschreiben. Dies wird unsere Leute aus einer Situation befreien, in der sie wie Sklaven, oder schlimmer noch, wie Lasttiere arbeiten mußten!«

»Ich bin sehr froh, das zu hören. Aber warum ist es diese Information wert zu morden, Meiling?«

»Aus immer demselben Grund, seit Beginn der Zivilisation: Geld! Li Wong war ehrlich, er wollte auch, daß unsere Leute anständige Löhne bekommen. Die Trans Hawaii-Handelsgesellschaft wird von Verbrechern geführt, und sie werden sehr viel an Profit einbüßen, wenn unsere Leute aus ihrem Arbeitsverhältnis erlöst werden. Sie bezahlen äußerst geringe Löhne, wenn überhaupt. Manchmal versprechen sie, später zu bezahlen, und bezahlen dann überhaupt nicht. Oder sie bezahlen mit Mohn, was ungefähr genauso schlimm ist.«

»Mit Mohn?«

»Opium. Sie erzeugen Süchtige, Leute, die keinen Willen mehr haben. Wenn sie nicht mehr arbeiten können, weil das Opium sie krank gemacht hat, dann töten die Handlanger der Bosse sie, holen sich neue Arbeiter, und alles beginnt von neuem.«

»Wie fürchterlich!«

»Ja. Mein Großvater, Li Wong, hatte den Ruf – wie heißt das Wort –, unbestechlich zu sein. Während der Tong-Kriege ... Sie haben von den Tong-Kriegen gehört?«

Ich nickte.

»Eine ganz schlimme Zeit war das. Mein Großvater mußte sich hier, in diesem Haus, verstecken. Wie Sie gesehen haben, ist es sehr groß und hat viele geheime Verstecke. Die Verbrecher, die üblen Bosse und schlechten Chinesen, hatten damals die Macht, und die armen Leute hatten keine andere Wahl, als für sie zu arbeiten. Als Li Wong noch einmal die Angelegenheiten der Tongs in die Hand nahm, hatten die Verbrecher allen Grund, wütend zu sein. Sie würden Geld verlieren, sehr viel Geld, und den Schlimmsten von ihnen würde auf geheimnisvolle Weise etwas zustoßen. Das ist unsere Gerechtigkeit, wissen Sie.«

»Ich verstehe«, sagte ich grimmig.

»Sie lieben doch diesen Mann nicht, diesen Justin Cameron, oder?«

»Ich dachte, ich täte es, aber ich liebe ihn nicht. Ich habe einen sehr schlimmen Fehler begangen.«

»Ich bitte Sie darum, nicht zur Polizei zu gehen, lassen Sie es das Haus Li regeln. Wir werden die Wahrheit aus Justin Cameron herausbekommen, wir haben unsere Mittel und Wege, und dann werden wir Gerechtigkeit für den Tod von Li Wong üben. Sind Sie damit einverstanden?«

Ich schluckte den Kloß im Hals herunter und sagte dann: »Ja, das bin ich, Meiling Li.«

Sie streckte ihre Hand aus und berührte meine. »Ihre Götter werden Ihnen zulächeln. Ich werde Sie eines Tages wiedersehen.«

»Ich hoffe es«, sagte ich und lächelte ebenfalls. Ich hatte das Gefühl, daß mir das Lächeln der Götter – irgendwelcher Götter – äußerst willkommen war. Dann verbeugte ich mich und ging durch das Tor hinaus.

Ich dachte an Justin und daran, wie komisch es doch war, daß sein Name so sehr nach Justiz, Gerechtigkeit, klang, und an die Art von Gerechtigkeit, die ihm widerfahren würde, als ein Mann aus einem Hauseingang sich mir in den Weg stellte. Ich hatte diesen verdammten Eingang nie gemocht! Natürlich zog ich, schnell und selbstverständlich, meine Waffe. Im nächsten Moment erkannte ich Michael Archer. Kühl sagte ich: »Sie sind mir gefolgt.« Und ich tat die Waffe nicht beiseite.

»Ja, das bin ich«, antwortete er und schob eine Hand in die Jackentasche. »Ich rate Ihnen, passen Sie auf, was Sie mit diesem Degen machen, Fremont! Ich habe eine Pistole, und ich würde nicht zögern, sie zu benutzen.«

VERHÄNGNISVOLLE ULALUME!

Ich seufzte und steckte den Degen wieder zurück in das Innere des Spazierstocks. »Ich habe neulich noch gedacht, Michael, daß Sie wie ein böser Geist sind.«

»Ich werde nicht einmal fragen, was Sie damit meinen«, sagte er und zog die Augenbrauen hoch. Sein sinnlicher Mund drückte Verachtung aus. »Ich frage Sie statt dessen, was Sie an dem Ort, an dem Sie sich aufhielten, zu tun hatten.«

»Ha!« Ich streckte das Kinn in die Luft und ging weiter. »Als ob es Sie etwas anginge, wen ich treffe, wohin ich gehe oder was ich mache!«

Michael ging neben mir her. Ich konnte spüren, daß er mich intensiv anschaute, aber nichts in aller Welt hätte mich dazu bewegen können, meinen Kopf zu wenden, um ihn anzusehen. Als wir das Ende des Durchgangs erreicht hatten, betrat ich, ohne zu zögern, die Straße.

»Ich vermute, Sie wissen, wessen Haus das gerade war«, sagte Michael und paßte sich meinen Schritten an.

»Und ich vermute, Sie haben einen Grund, warum Sie mir folgen.«

»Den habe ich, und ich bin gezwungen zu glauben, daß es inzwischen etwas anderes ist, als ich ursprünglich angenommen hatte.«
»Sie sprechen in Rätseln, aber das ist ja bei Ihnen nichts Neues. Nicht wahr, Michael Archer?«
»Ich habe jetzt genug davon, Fremont«, sagte Michael mit leiser und beherrschter Stimme, die bedrohlich wirkte. Ich war weit weniger beherrscht als er, und das, was ich noch an Beherrschung besaß, bröckelte zunehmend. Aber ich marschierte resolut weiter. Von irgendwoher erklang exotische Musik. Überall um uns herum unterhielten sich die Chinesen. Aus meinen Augenwinkeln nahm ich farbige Blitze wahr. Ich konnte Michael nicht antworten, sonst hätte ich vielleicht etwas gesagt, was ich nicht sagen wollte. Plötzlich nahm er meinen Arm, zog mich zur Seite und schob mich durch eine Tür. Wir befanden uns in einem Restaurant, an dessen Decke chinesische Lampions hingen.
»Setzen Sie sich!« befahl er. Er ließ meinen Arm nicht los und zwang mich, auf einem Stuhl Platz zu nehmen.
Nun saß ich da und starrte ihn an, während er sich ebenfalls setzte. Ein Kellner trippelte herbei, machte eine kleine Verbeugung, und Michael bestellte etwas auf Chinesisch. »Ihre sprachlichen Begabungen kennen wohl keine Grenzen«, sagte ich.
»Man kennt mich in diesem Restaurant«, sagte Michael. »Wir können hier reden. Reden Sie mit mir, Fremont!«
Ich sagte nichts und starrte ihn nur ablehnend an.
»Was haben Sie auf dem Grundstück der Lis gemacht?«
Plötzlich war mein Interesse geweckt, vielleicht konnte ich ihn aus der Reserve locken. »Sie wissen also doch, wer da wohnt?«
Der Kellner stellte eine angenehm duftende Kanne mit heißem Tee und einen Teller mit Gebäck auf den Tisch.
»Ja. Ich habe Li Wongs Sohn, Meilings Vater, ziemlich gut gekannt. Ich war sehr häufig in diesem Haus.«

»Falls das so ist, warum sind Sie dann nicht schon vor längerer Zeit einmal da hingegangen? Vielleicht waren Sie auch dort und haben es einfach nicht für nötig gehalten, mir zu erzählen, was Sie erfahren haben.« Ich kostete den Tee – er war einfach köstlich –, und mein leerer Magen forderte mehr.
»Ich bin dort nicht mehr hingegangen, weil Meilings Mutter mich haßt. Sie ist eine unglückliche Frau, Fremont. Nach dem Tod ihres Mannes begann sie, Alkohol zu trinken, und wurde süchtig. Sie ist selten nüchtern genug, um jemanden zu empfangen. Mich würde sie sowieso unter gar keinen Umständen sehen wollen, denn sie macht mich für seinen Tod verantwortlich.«
»Nun«, sagte ich bitter, »so wie ich Sie kenne, *waren* Sie wahrscheinlich auch dafür verantwortlich.« Ich knabberte an einem Gebäckstück und bemerkte, daß auch das sehr köstlich schmeckte.
Dann entstand eine längere Gesprächspause. Schließlich sagte Michael mit merkwürdig resignierter Stimme: »Wenn Sie das denken, dann haben Sie mich überhaupt noch nicht kennengelernt. Genauso, wie ich gerade festgestellt habe, daß ich Sie überhaupt nicht kenne. Ich gebe zu, Fremont, ich bin verwirrt.«
»Sie überraschen mich, Mr. Archer.«
»Nicht mehr, als Sie mich immer wieder überraschen, Miss Jones.«
Ich betrachtete ihn nachdenklich. Er sah etwas unsicher aus, und ich spürte, daß er traurig war, was mich berührte, obwohl ich es nicht wollte. »Sie sind mir schon vorher gefolgt«, dachte ich laut. »Warum?«
»Aus demselben Grund, aus dem ich Ihnen heute morgen gefolgt bin. Ich habe mir Sorgen um Ihre Sicherheit gemacht.«
»Ist das alles?«
»Ja.«

Und das glaubte ich ihm auch, aber ich hatte Justin ebenso geglaubt. Ich sah plötzlich ein, daß ich Justin hatte glauben wollen und daß ich unzählige Entschuldigungen gefunden hatte, um ihm weiterhin zu glauben.
»Ich muß Sie an Ihr Versprechen erinnern. Sie wollten mich wissen lassen, wenn Sie neue Erkenntnisse in der Sache Li Wong haben. Sie haben Ihr Versprechen nicht gehalten, und ich wüßte gern den Grund dafür.«
»Weil ich Ihnen nicht mehr vertrauen konnte. Ich hatte meine Gründe.«
»Oh.« Michael sah zunehmend trauriger aus. Er wirkte erschöpft, als hätte er diese Worte schon oft gehört. Nervös kramte er in seinen Taschen nach Geld, das er auf den Tisch legen konnte. Er sagte nichts, um sich zu verteidigen, sondern fragte bloß: »Sollen wir gehen?«
Michael hatte gar nichts gegessen, während ich den gesamten Teller mit Gebäck leer gemacht hatte. »Gewiß«, stimmte ich zu.
Ich war jetzt satt und brauchte nur noch ein ruhiges Zimmer und viel, viel Schlaf. Ich war äußerst dankbar, daß Michael auf dem Heimweg nicht mit mir reden wollte.

Das Haus Li sorgte schnell für ausgleichende Gerechtigkeit. Der »Chronicle« hatte folgende Schlagzeile auf der Titelseite:
Mord an aufstrebendem jungen Anwalt
Und der Untertitel lautete: *Mit roter Kordel erwürgt*
Ich saß an meinem Bürotisch und las den Artikel bis zum Ende durch. Im Gegensatz zu mir konnten sie den Zusammenhang mit der roten Schnur nicht finden. Aber sie hatten eine andere Verbindung gefunden, nämlich die zur Unterwelt. Sie hatten Justin Camerons Klientenliste in die Hände bekommen, mit verschiedenen Namen, die der Reporter als »verdächtig« bezeichnete. Ich schüttelte meinen Kopf und versuchte, mir über meine Gefühle klarzuwerden.

In erster Linie hatte ich das Gefühl, einen großen Verlust erlitten zu haben. Nicht nur persönlicher Art, weil ich eine Beziehung verloren hatte, in die ich viel hineingesteckt hatte, auch wenn das noch so dumm gewesen war. Es war im Grunde ein Jammer um Justin, denn er hatte eine gute Ausbildung genossen und hätte jeden Weg seiner Karriere wählen können. Aber er hatte sich für das Verbrechen und das schnelle Geld entschieden. Was für eine furchtbare Verschwendung!

Ich konnte heute jedenfalls nicht so wie sonst arbeiten und so tun, als wäre nichts passiert. Ich hängte ein Schild mit der Aufschrift WEGEN TRAUERFALLS GESCHLOSSEN an die Tür und ging nach Hause.

In unserem Haus in der Vallejo Street fand ich Michael Archer auf der Treppe sitzend. Er las die gleiche Zeitung, die ich gerade gelesen hatte. Er schaute mich über den Zeitungsrand hinweg an, und zu meiner Überraschung und Demütigung brach ich ohne Vorwarnung in Tränen aus.

»Fremont! Oh, mein Gott, Sie wissen es schon! Sie haben es schon gelesen!« Er sprang auf, ließ die Zeitung auf den Boden fallen und kam an meine Seite. Er zog ein sauberes Taschentuch aus seiner Tasche und schob es mir in die Hand. Ich war blind vor Tränen und mußte so schluchzen, daß ich kein Wort herausbekam.

»Es tut mir so leid. Das ist wirklich grausam, so von dem Tod eines Freundes zu erfahren.« Michael legte den Arm um meine Schultern und stützte mich.

»Er – er war kein Freund«, stieß ich hervor, während mir die Tränen über das Gesicht strömten. »Ich habe nur angenommen, daß er einer sei. Ich habe es bereits gewußt und es auch erwartet, deshalb bin ich –« Ich brach ab, rang nach Luft und keuchte. Michael strich über meinen Rücken, bis ich weiterreden konnte. »Ich weiß gar nicht, warum ich jetzt so die Kontrolle über mich verliere!«

»Sie haben es bereits gewußt?«

Ich nickte, schluchzte und zog die Nase hoch. Dann wischte ich mir über die Wangen, die sofort wieder feucht wurden.
Michael zog mich in seine Arme und drückte meinen Kopf sanft gegen seine Schulter. Ich heulte weiter, und er streichelte mein Haar und redete beruhigend auf mich ein, was ich aber kaum wahrnahm. Es war ein gutes Gefühl, in seinen Armen zu liegen. Selbst wenn er ein Verräter oder etwas noch Schlimmeres war.
»Geht es Ihnen jetzt etwas besser?« fragte er schließlich.
Ich trat zurück, wischte ein letztes Mal über mein Gesicht und sagte: »Ja. Danke.«
»Wir sollten miteinander reden, wenn Ihnen danach ist. Was halten Sie davon?«
Warum sollte ich nicht mit ihm reden, schließlich hatte ich nichts anderes zu tun. Ich sagte: »In Ordnung.«
»Bei mir oder bei Ihnen?«
»Bei Ihnen, das ist näher.«
Ich ließ mich auf Michaels Sofa nieder und lehnte sein Angebot ab, Brandy oder Sherry oder beides zu trinken. Er zog einen Stuhl heran, setzte sich und schlug die Beine übereinander. »Ich wäre Ihnen dankbar«, sagte er, »wenn Sie mir Ihre Bemerkung, Sie ›wüßten es bereits‹, erläutern könnten.«
Ich setzte mich aufrecht hin, denn es würde jeden Zentimeter meines Rückgrates erfordern, von dieser Sache zu berichten. Dann erzählte ich Michael all das, was ich auch Meiling gesagt hatte. Und zwar alles. Er unterbrach mich nicht.
Als ich geendet hatte, sagte er ruhig: »Meine Güte. Wenn ich daran denke, was Sie alles durchgemacht haben, und ganz allein, dabei hätte ich Ihnen helfen können. Fremont, haben Sie denn meinen Brief nicht gelesen?«
»Brief? Welchen Brief?« Aber plötzlich fiel es mir ein, und ich rief aus: »Gnädiger Himmel! Ich habe ihn ganz verges-

sen. Er muß noch irgendwo in meiner Handtasche sein.« Damit hob ich die Handtasche vom Boden auf und entleerte den gesamten Inhalt auf dem Sofa.
Michael lachte vor sich hin: » Jetzt ist mir auch klar, warum Sie nichts wiederfinden, bei dieser kunterbunten Sammlung.«
Ich spürte, wie meine Wangen sich röteten. Es war mir schon immer etwas unangenehm, daß ich die Neigung hatte, soviel Kram in meiner Handtasche zu sammeln. Aber ich hatte den Brief auf jeden Fall, auch wenn er ziemlich beschmiert und zerknittert war. Ich öffnete ihn und las leise:

Meine liebe Fremont, ich muß Ende der Woche fort. Ich würde zum jetzigen Zeitpunkt lieber nicht gehen, aber ich kann es nicht verhindern. Ich habe etwas Wichtiges über Ihren Freund, Mr. Cameron, erfahren, und ich fühle mich verpflichtet, Ihnen darüber zu berichten. Bitte nehmen Sie sich die Zeit dafür.

Als ich ihn gelesen hatte, schaute ich Michael an. »Es tut mir leid«, sagte ich. »Ich mußte über viele Dinge nachdenken, mir letzte Woche viele Gedanken machen. Was haben Sie erfahren, und was wollten Sie mir erzählen?«
»Ich war besorgt über Ihre Beziehung zu Justin Cameron. Als er Sie neulich abends nach Hause brachte, hatte ich das Gefühl, ich hätte ihn schon einmal irgendwo gesehen. Ich war mir nicht sicher, wo, aber ich glaubte, in einer verdächtigen Umgebung. Deshalb überprüfte ich diesen Mann und bekam heraus, daß er aus einem schlechten Elternhaus stammte.«
»Aber er hat mir doch gesagt, daß sein Vater ein Professor an der Berkeley-Universität war und daß er auf der anderen Seite der Stadt aufgewachsen ist!«
»Wetten, daß Sie seine Eltern nie kennengelent haben, oder?«

Ich schüttelte den Kopf. »Nein.«

»Er hat das erfunden, Fremont. Er ging auf ein College, und dann studierte er Rechtswissenschaft an der Berkeley-Universität, aber seine Mutter war eine Prostituierte. Sein Vater, dessen Namen ich nicht herausfinden konnte, muß für seine Ausbildung bezahlt haben. Sicherlich war Justin ein intelligenter junger Mann, aber entweder wollte oder konnte er dem Leben, das er als Kind in den eher unangenehmen Stadtteilen San Franciscos hatte, nicht entfliehen. Justin wuchs in der Unterwelt auf und konnte dann seine Kenntnisse gut verwenden. Er wird sofort gemerkt haben, daß Li Wongs Gegenwart in Ihrem Büro von Bedeutung war und auch, wie er sein Wissen zu seinem Vorteil nutzen konnte. Es muß wie Zuckerguß auf einer Torte für ihn gewesen sein, als er die Erklärung fand. Natürlich verkaufte er die Informationen an die Trans Hawaii-Handelsgesellschaft weiter. Und dort habe ich ihn auch gesehen, an dem Tag habe ich mich nämlich selbst dort umgeschaut. Sie werden sich daran erinnern, Fremont, daß Sie mir erzählten, Sie könnten sich an den Firmennamen erinnern.«

»Ja, das weiß ich noch.« Meine Verdächtigungen gegen Michael Archer verblaßten mit jedem enthüllenden Wort, und ich war froh, daß sie verblaßten.

»Ich denke, Sie verstehen sicherlich, daß ich mich fragte, ob er irgend etwas mit der Li Wong-Sache zu tun haben könnte, nachdem ich mich daran erinnerte, Cameron bei der Trans Hawaii-Handelsgesellschaft gesehen zu haben. Ganz besonders, da ich wußte, wie nah Sie ihm standen und daß Sie unbeabsichtigt darin verstrickt waren. Als Sie dann nicht auf meinen Brief reagierten und zusätzlich mir gegenüber feindselig auftraten, begann ich mich zu fragen, ob Sie wirklich so unabsichtlich in diese Angelegenheit verwickelt waren. Gott mag mir verzeihen, aber ich nahm an, daß Sie mit Justin Cameron verbündet seien und ihn mit Informationen versorgen würden.«

»Wie konnten Sie nur!« rief ich ärgerlich.
»Genauso, wie Sie mir nicht mehr vertraut haben.«
Schachmatt. Wir sahen uns längere Zeit an. Es war so ruhig im Raum, daß ich das Ticken der Uhr hören konnte.
»Es war mein Fehler«, sagte Michael schließlich und seufzte tief. »Es tut mir leid, Fremont.«
»Nein, es ist nicht Ihr Fehler, ich war die Närrin.«
Er zog die Beine an und lehnte sich nach vorn, mit den Unterarmen auf den Knien. »Sie sind keine Närrin, ganz im Gegenteil! Sie sind jung, das ist alles. Aber Sie lernen schnell, meine Güte, ich habe Männer über Wochen trainiert, bis sie einen Degen so schnell und automatisch herausziehen konnten, wie Sie es gegen mich gestern in diesem Durchgang getan haben! Ich war voller Bewunderung.«
»Ich danke Ihnen«, sagte ich. Ich spürte, wie meine Mundwinkel sich zu einem Lächeln verzogen. »Sie haben Männer ausgebildet? Sie wissen, daß Sie sich selbst verraten haben. Sie sind also doch ein Spion.«
Er lächelte mit klaren und sehr blauen Augen. »Schlagen Sie vor, daß wir keine Geheimnisse mehr voreinander haben sollten?«
»Ganz genau. Sagen Sie mir, was Sie mit Mrs. O'Leary gemacht haben.«

Natürlich glaubte ich selbst nicht mehr, daß Michael unserer Vermieterin irgend etwas angetan hatte. Er war erstaunt zu erfahren, daß ich dahin gehend einen Verdacht gegen ihn gehegt hatte, aber als ich ihm meine Gründe dafür nannte, verfielen wir in eine entsprechende Diskussion wie Holmes und Watson. Ich plauderte natürlich nichts über meinen Ausflug unter sein Bett aus, manche Dinge sollte man besser für sich behalten! Ich mußte auch meinen Preis fürs Stillschweigen zahlen. Es war unter gar keinen Umständen möglich, meine brennende Neugier zu stillen, was Michaels Giftforschung anbetraf.

Wir kamen zu dem Schluß, daß einer von Mrs. O'Learys Freunden den Brief geschrieben haben mußte, da er nicht von Michael stammte. Ich wies darauf hin, daß die meisten ihrer Freunde irgendwie mit der Kirche zu tun hatten, und Michael erbot sich, bei der nächstbesten Gelegenheit den Priester aufzusuchen. Das tat er auch schon am nächsten Tag und erfuhr dabei, daß der Priester den Brief geschrieben hatte. Mrs. O'Leary hatte am Sonntag morgen ein Telegramm erhalten, in dem ihr von der schweren Krankheit ihrer Schwester mitgeteilt worden war. Sie war dann noch am Nachmittag desselben Tages abgefahren. Zweifellos würde sie so bald als möglich zurückkehren.

Bevor wir unsere Holmes-Watson-Diskussion beendeten, hatte ich Michael noch von dem Nachmittag erzählt, an dem ich mehrere Telefonanrufe bekommen hatte, bei denen sich nie jemand meldete. Dies hatte mich lange Zeit gestört, und ich hätte auch gern gewußt, wer bei mir eingebrochen hatte. Seiner Meinung nach hatte Justin beides getan, und ich vermutete, daß er recht hatte. Da Justin tot war, gab es keine Möglichkeit mehr, es ganz sicher zu erfahren. Andererseits hatte es auch seitdem keine solchen Vorfälle mehr gegeben, deshalb beschloß ich, es dabei zu belassen. Eigentlich kam ich zu dem Entschluß, die vergangene Zeit überhaupt zu vergessen, um mich nur noch meinem Schreibdienst zu widmen und meinem Leben dadurch einen neuen Anfang zu geben.

Wie eine Bestätigung meines Neuanfangs erreichte mich einige Tage später ein Brief meines Vaters. Er war lebhaft geschrieben, und ich bekam den Eindruck, als sei ich mit seinem Segen durch das ganze Land gefahren und er hätte mir die ganze Zeit über geschrieben. Ich antwortete in der gleichen Weise und lud ihn und Augusta ein, mich in San Francisco zu besuchen, wann immer sie wollten.

Es war jedoch immer noch nicht alles in Ordnung. Trotz der Freude, die ich empfand, daß ich etwas von meinem Vater gehört hatte, spürte ich, daß irgend etwas noch nicht erledigt war. Ich wußte zwar nicht, was es war, aber ich konnte dieses Gefühl nicht abschütteln. Ich war oft unruhig und fühlte mich nicht wohl. Ich fragte mich doch wahrhaftig, ob ich mir diese Sherlock Holmes-Sache zu sehr zu Herzen genommen hatte. Wurde ich jetzt auch unruhig wie die großen Detektive, wenn es keinen Fall zu lösen gab? Holmes Lösung, um diese Unruhe zu bekämpfen, war die Einnahme von Kokain. Aber darin würde ich ihm sicher nicht nacheifern.

Ich nahm mir erneut vor, mich damit zufriedenzugeben, daß meine Arbeit so gut lief. Dann schaute ich in meinem Sparbuch nach und ging einkaufen. Ich besorgte mir einen Teppich, den ich mir schon seit langem für mein Büro gewünscht hatte. Obwohl ich gern einen Kerman oder noch lieber einen Kelim gehabt hätte, riß ich mich zusammen und wählte statt dessen einen großen quadratischen Wiltonteppich in graugrünem Farbton. Das Ergebnis gefiel mir, aber ich war immer noch unruhig und unzufrieden. Warum bloß?

Nach zwei sehr unangenehmen Wochen sorgte mein Unterbewußtsein für die Antwort: Ich träumte von Edgar Allan Partridge oder Peregrine Crowe oder wie auch immer sein Name lauten mochte. Meine Träume waren bedeutungsvoll, vorausschauend und beängstigend wie seine Geschichten. Sie waren so lebhaft und realistisch, daß ich gezwungen war, sie zu beachten. So blieb mir nichts anderes übrig, als mich an das furchtbare Ende von »In die Finsternis verdammt« zu erinnern: Peregrine, der glaubte, er sei von dem Dämon in Form der schwarzen Kröte besessen, die ihn seine Mutter hatte schlucken lassen, wurde wahnsinnig und tötete sich selbst. Er schnitt sich an den Handgelenken die Pulsadern auf, verblutete und starb auf dem Boden des Schwarzen Raumes.

Mich verfolgten meine Träume so sehr, daß ich schließlich nichts mehr wünschte, als wieder zu diesem riesigen gotischen Bauwerk auf Nob Hill zurückzugehen. Tag für Tag ging ich nun nach der Arbeit daran vorbei und hoffte, daß Perry mich sehen würde und herauskäme. Aber er kam nicht. Der Ort wirkte einsam und verlassen. Ich begann, mich zu fragen, ob er seine Geschichte hatte wahr werden lassen und sich getötet hatte. Ich wußte, daß es nicht gut war, so besessen von einer Sache zu sein, aber ich war so davon gefangen, daß ich mir Tag und Nacht Sorgen über Peregrines Schicksal machte.

Um meiner eigenen Gesundheit willen beschloß ich, daß ich einen Weg ins Haus finden mußte, wenn ich Perry nicht dazu bringen konnte herauszukommen. An einem Spätnachmittag schaute ich genau nach, ging um das Haus herum, immer am Eisenzaun entlang, und entdeckte auf der Rückseite ein Tor, das allerdings ebenfalls verschlossen war. Aber hier hinten hatte man den Zaun sehr vernachlässigt, und die eisernen Gitterstäbe waren rostig. Aha! Der Rost macht das Eisen brüchig, dachte ich und hatte eine Idee, die natürlich aus meiner Besessenheit heraus entstanden war.

Verzweifelte Situationen verlangen nach verzweifelten Maßnahmen, sagte ich mir, um mich zu beruhigen. Und ich ging fort, um eine Säge zu kaufen, mit der ich das Eisen zersägen konnte. Ich hatte mir keinen Plan gemacht, ich wollte einfach nur in dieses Haus gelangen.

An einem Sonntag morgen ging ich früh dorthin, weil es höchstwahrscheinlich die beste Zeit war, um ungestört arbeiten zu können. Ich hatte Michael nichts von meiner Besessenheit, was Peregrine betraf, erzählt, weil es selbst mir unwirklich vorkam. Außerdem hatte er die Geschichten nicht gelesen, und es hätte zu vieler Erklärungen bedurft, deshalb machte ich mich allein auf den Weg und wurde nur von meiner Entschlossenheit begleitet.

Die Metallsäge machte ein derart lautes Geräusch, das selbst Tote hätte wecken können – oder die Nachbarn –, aber keiner schlug Alarm. Mit größter Anstrengung sägte ich den Stab schließlich durch. Dadurch entstand ein Zwischenraum, der groß genug für mich war, um mich hindurchzuzwängen. Jetzt war ich also endlich drinnen und ging erst einmal um das ganze Haus herum. Ich schaute nach einer Möglichkeit hineinzukommen.
Es gab unzählige Außentüren an diesem Gebäude, aber sie waren alle verschlossen. Ich hielt mich dicht an der Wand und hatte das Haus schon ganz umrundet, als ich ein Fenster auf der Rückseite des Mittelteils entdeckte, das einen Spalt geöffnet war. Es befand sich zwar im Erdgeschoß, aber da es hier hinten abschüssig war, mußte ich auf den Sims klettern, um es erreichen zu können. Jetzt wünschte ich mir Hosen, wie Meiling sie trug. Ich hatte aber zumindest alte, abgetragene Schuhe mit weichen Sohlen angezogen, die beim Laufen kein Geräusch verursachten und die sich gut zum Klettern eigneten. Ich erreichte problemlos den Sims und stieg durch das Fenster. Es war ein breites Fenster, welches kurz über dem Fußboden begann und vor dem ein schwerer Samtvorhang hing. Ich verbarg mich hinter dem Vorhang, während ich umherspähte, um mich zu orientieren.
Ich befand mich am Ende eines sehr langen und ausgesprochen düsteren Flurs. Die Decke war gewölbt und fächerartig, so daß es aussah, als befände man sich in einem vergessenen Gang eines alten, muffigen Klosters. Ich lauschte fieberhaft und vernahm keinen Laut. Nun, dachte ich, bin ich hier. Jetzt mußte ich Perry finden.
Mehr als einmal verlor ich die Orientierung in den riesigen Räumen. Ich dachte über den armen Perry nach, der zu diesem Schicksal verdammt war, an solch einem Ort aufzuwachsen. Es hätte ein gutes Kuriositätenmuseum abgegeben, aber für einen Platz zum Leben, zum Tollen und zum

Spielen für ein Kind hatte es nichts, aber auch gar nichts Empfehlenswertes. Es erinnerte mich an den »Glöckner von Notre Dame« oder an die unterirdischen Höhlen aus dem »Phantom der Oper« oder an das »Schloß von Otranto« oder sogar an »Die Abtei von Northanger« (aber ohne den Humor). Ich zitterte. Ich machte mir schon selbst angst.

Ich war nun schon unzählige Treppen hinauf- und hinuntergegangen, schmale, enge, manche weit und ausladend, war durch Türen und Bögen gekommen, an verschiedenen Säulengängen entlang und hatte in viele, viele Zimmer geschaut, ohne je einer Menschenseele zu begegnen, als ich schließlich eine Stimme hörte. Ich war im zweiten Stock des Hauses, wo sich die Carpenter-Gotik an der Außenfassade befand. Die Stimme, die in einem monotonen Rhythmus lauter und wieder leiser wurde, kam von oben. Ich ging ihr nach und fand mich in dem unteren Teil des achteckigen Turmes wieder. Ich mußte fünf Türen öffnen (an jeder der acht Wände war eine Tür, hinter denen sich eine meistens nur kahle Wand befand. Was für ein komischer Raum das war!), bevor ich eine Treppe fand, die nach oben führte.

Sobald ich die Tür zum Treppenhaus geöffnet hatte, wurde die Stimme lauter. Sie kam mir nicht vertraut vor. Das war doch nicht Perrys Stimme, das war nicht der Perry, den ich kannte. Ich wünschte, ich hätte den Spazierstock bei mir. Ich hatte ihn nicht mitgenommen, weil ich dachte, er würde mich behindern, und das hätte er auch. Trotzdem sehnte ich mich sehr danach, einen anderen Schutz als nur meinen Verstand bei mir zu haben. Mich durchliefen Schauer, weil ich eine Vorahnung hatte, die fast übernatürlich war. Ich schreckte davor zurück, meinen Fuß auf die Treppe zu setzen. Aber ich war nicht so weit gekommen, um jetzt noch umzukehren.

Ich stieg ein Stockwerk hoch, und die Stimme wurde lauter. Sie war tief und maskulin, mit einer bemerkenswerten Resonanz. Jetzt konnte ich den Wortlaut verstehen:

Der Himmel war grau im Oktober
das Laub eine mürbe Zier –
das Laub eine dorrende Zier:
es war einsame Nacht im Oktober
eines Jahrs, unerinnerlich mir:
es war nah bei den Seen von Auber,
in den Nebelgefilden von Weir –
bei den naßkalten Mooren von Auber,
den gespenstischen Wäldern von Weir.

Irgendwoher kannte ich diese Worte! Es war ein Gedicht, aber ich konnte es nicht einordnen. Wie gebannt lauschte ich weiter:

Und nun, da die Nacht vergreiste,
die Sterne im Morgen gefrorn –
im dämmernden Morgen gefrorn –
geschah's, daß die Nebelwand kreißte,
und ein schmelzender Glanz ward geborn,
aus dem eine Mondsichel gleißte
gar herrlich mit zwiefachem Horn –
Astartes Zeichen ergleißte
demanten mit zwiefachem Horn.

Eine Gänsehaut lief über meinen Rücken. Ich wußte jetzt, wem die Stimme gehörte. Obwohl sie immer noch fremd klang, hatte ich keine Zweifel, daß ich Peregrine hörte, der aus dem Werk vorlas, das ihn inspiriert hatte. Es war von Edgar Allan Poe. Ich konnte mich jedoch immer noch nicht daran erinnern, wie das Gedicht hieß. Ich lehnte am Rahmen der Tür, durch die ich gehen müßte, die aber noch geschlossen war. Während er las, wartete ich weiter, weil ich gern wissen wollte, um welches Gedicht es sich handelte. Es hatte mich genauso in den Bann gezogen wie Perry.

... doch da ragte auf einmal im trüben
Gefild uns ein Heiligtum –
wie ein Grabmal ein Heiligtum;
und ich fragte: »Was stehet geschrieben
uns dort an dem Heiligtum?«
Sie sprach: »Ulalume – Ulalume! –
's ist die Gruft deiner Braut Ulalume!«

Die Stimme schrie auf, und in der Luft hing ein trauervolles Echo, das meine Seele frieren ließ: Ulalume! So lautete der Name des Gedichts. Ich würde nicht stören, würde warten, bis es zu Ende war, um dann einzutreten. Ich versuchte, mich auf das einzustellen, was auch immer mich dort erwarten könnte, wenn ich den Raum betrat. Aber die Worte des Gedichtes störten meine Gedanken, als es zu seinem schauerlichen Schluß kam.

Da sagten wir dann – und spähten
hinauf: »Ah, schuf uns ein Ghul
vielleicht – ein barmherziger Ghul –
daß nicht weiter wir sollten betreten
sein Land so geheimnisvoll –
so düstrer Geheimnisse voll –
dieses Geisterbild eines Planeten
aus der Seelen Höllenpfuhl –
diesen sündhaft verwirrnden Planeten
aus der Mondseelen Fegfeuerpfuhl?«[1]

Er hörte auf, und es war still. Ich öffnete die Tür und betrat den achteckigen Raum.
Es saßen vier Leute dort, und die Atmosphäre war zum Zerreißen gespannt. Nur einer der Leute schien mein Eintreten überhaupt wahrzunehmen. Ich sagte so normal, wie es ging: »Hallo, Perry, ich wollte dich besuchen und schauen, wie du mit dem Schreiben vorankommst.«

In den wenigen Wochen, seitdem ich ihn das letzte Mal gesehen hatte, hatte er sich sehr verändert. Er hatte aufgehört, sich zu rasieren, und ihm wuchs ein stoppeliger schwarzer Bart. Seine hellen Augen hatten dunkle Ringe, und sein Gesicht war totenbleich. Sein Haar war so lang wie das eines Propheten. Er hatte sich in seinem Sessel ausgestreckt und trug ein Hemd, das aus der Hose heraushing, das am Kragen und an den Ärmeln zerknittert war, ein Hemd, das einmal weiß und schön gewesen und nun schmutzig und grau war. Auch wenn er mich erkannt hatte, so gab er es dennoch nicht zu verstehen. Er saß völlig regungslos da und bewegte sich nur, um sein Buch auf seinem schwarzgekleideten Knie zu balancieren.
»Ich bin es, Fremont Jones, Perry«, sagte ich und ging die wenigen Stufen hinab ins Zimmer. Es lag ein starker medizinischer Geruch in der Luft, gemischt mit einem schalen Modergeruch, den ich schmecken konnte. Der Geschmack war furchtbar unangenehm. Plötzlich kam mir der alte Priester der Mission Dolores in den Sinn, und ich erinnerte mich an seine Worte: »Diejenigen, die vom Bösen fasziniert sind, werden ihm genauso leicht verfallen.«
Niemand bewegte sich, niemand sprach. Ich wagte mich einen Schritt näher heran.
»Ich hoffe, es geht Ihnen gut«, sagte ich und bemerkte sogleich, daß diese Begrüßungsfloskel unter diesen Umständen ziemlich seltsam war.
Perry erwachte zum Leben und lachte, es war ein irres Gekichere, und er sprang auf. Das Buch fiel mit einem lauten Knall zu Boden. »Gut? Oh, sicherlich geht es uns gut, so gut es einem eben gehen kann! Sie sind also auf Besuch gekommen!« Er tanzte im Kreis um mich herum. Seine Stimme war jetzt wieder in einer höheren Stimmlage, klang jetzt wieder wie die, die ich als seine kannte, und war höher als die, mit der er gelesen hatte. Aber sonst war nichts so, wie ich es kannte. Ich mußte nicht Dr. Freud sein,

um zu bemerken, daß Perry den Verstand verloren hatte. Er hörte auf zu hüpfen und starrte mich an. Ich bemühte mich, nicht zurückzuweichen, denn er hatte einen üblen Mundgeruch, als er sagte: »Ich kenne Sie, nicht wahr?«
»Ja, das ist richtig. Warum stellen Sie mich nicht den anderen vor?« Ich hatte sie nicht richtig angeschaut, sondern mich nur auf ihn konzentriert. Aber ich fand es merkwürdig, daß keiner auf meinen ungebetenen Besuch reagierte.
»Oh, natürlich.« Er drehte sich um, und mein Blick folgte ihm. Und dann wußte ich, daß ich tatsächlich in der Hölle war. Wie lauteten die Worte des Gedichtes? *Aus der Mondseelen Fegfeuerpfuhl!*
Sie waren tot – sogar mausetot! Ihr Blick war starr, ihre Hautfarbe war gelb und wächsern, und der furchtbare Geruch im Raum rührte daher, daß er mit irgend etwas versucht hatte, sie zu konservieren.
»Dies ist meine Mutter, die Hexe«, sagte Perry, streckte ihr die Zunge heraus und beugte sich zu ihrem versteinerten Gesicht hinunter. »Und das hier«, sagte er und fuhr mit einer schnellen Verbeugung fort, »ist ihr Diener, Hubert, ein früherer Freund aus meiner Kindheit. Er wurde verrückt, der arme Mann, und bildete sich ein, er sei ein Werwolf. Aber so ist das nun mal, so etwas tut meine Mutter Leuten an. Sie ruiniert sie, und sie verwünscht sie. Zumindest tat sie es, ich denke mal, daß sie es jetzt nicht mehr tun kann.« Er kicherte. »Wissen Sie, ich habe sie aufgehalten und schließlich daran gehindert. Die da drüben –«, er zeigte mit seinem schmutzigen Daumen auf die andere Frau, die, wie ich jetzt erkennen konnte, in Schwarzweiß gekleidet war wie eine Hausangestellte, »die zählt nicht. Ihr Name ist Isabelle oder Esmeralda oder irgend so etwas. Ich mußte sie auch töten, sonst hätte sie alles erzählt. Wir können niemanden gebrauchen, der es weitererzählt, oder?«
»Nein, ganz gewiß nicht«, sagte ich, wischte meine kalten

und verschwitzten Hände am Rock ab und dachte die ganze Zeit: O lieber Gott, steh uns bei!
Plötzlich ließ Perry die Schultern hängen und fing an zu zittern. Er weinte! Ich überwand meinen Ekel, ging zu ihm und legte meine Hände behutsam auf seine Schultern. Er fühlte sich an wie ein Skelett, aber er weinte durchaus lebendige Tränen, und ich konnte seine Trauer spüren. Sanft sagte ich: »Erzähl es mir, Perry. Erzähl mir, was passiert ist.«
»Ich habe es getan!« Er wimmerte wie ein Kind. »Ich bin so schrecklich und so böse, sehr böse!«
In diesem Augenblick wirkte er nicht mehr wie ein verrückter Mörder. Ich drängte ihn, mit mir zu seinem Sessel zurückzugehen. Bevor er sich setzte, drehte ich den Sessel fort von dem entsetzlichen Gruppenbild des Todes. »Du brauchst Hilfe«, sagte ich mit aller Überzeugung, »und ich bin hier, um dir zu helfen. Das ist der wirkliche Grund für mein Kommen.«
Stammelnd und schluchzend erzählte der arme Peregrine Crowe seine Geschichte. »Ich, ich war es nicht, nicht wirklich. Es war der Dä-dämon in mir. Er wird manchmal so stark, so, so stark, daß ich ihn nicht mehr unter Kontrolle habe, und dann kommt er raus. Ich kann ihn nicht davon abhalten. A-aber ich wollte die bösen Dinge nicht mehr für Mutter tun, die Dinge im Schwarzen Raum ... schsch!« Er rollte mit den Augen und war bestürzt darüber, daß er weinte.
»Es ist alles in Ordnung, Perry, ich weiß alles über den Schwarzen Raum. Ich weiß, daß es ein Geheimnis ist. Erzähl jetzt weiter, erzähl mir alles, was passiert ist.«
»Sind Sie sicher?«
»Ich bin sicher.«
»Ich, uh, uh, ich habe den Dämon mit Absicht gerufen. Mutter ist böse, wissen Sie. Oh, ich weiß, daß ich auch böse bin, aber sie ist die Schlimmste von allen. Ich wollte

auch niemals böse sein, ich kann nur nichts dagegen tun.« Er redete so schnell, daß die Wörter sich überschlugen, und ich mußte genau hinhören, als er fortfuhr. »Und sie ist die Allerschlimmste von allen. Deshalb rief ich den Dämon und befahl ihm, sie zu töten, was er auch tat. Es war sehr einfach, er mußte nur ein wenig Gift in ihren Tee tun, und wir haben sehr viel Gift im Haus. Gegen die Ratten, wissen Sie.«

»Ah, ja, gegen die Ratten, natürlich!«

»Aber das war, nachdem sie das Eubie angetan hatte. Eubie, das ist Hubert, er war mein Freund, er war nicht wirklich böse. Nach langer Zeit, nach Jahren, verließ er uns. Er ging fort und bekam Arbeit, eine richtige Arbeit. Er schrieb mir immer Briefe, und er ließ sie durch das Mädchen – aber nicht diese hier, das war eine andere, die auch fortging; sie gehen nämlich immer alle, nur ich nicht, ich kann es nicht, ich habe es versucht, ich kann es nicht! Er ließ sie jedenfalls durch dieses Dienstmädchen einschmuggeln. Das ist doch das richtige Wort, nicht wahr? Einschmuggeln?« Er hatte die Augen weit aufgerissen und sah bei dieser Frage so unschuldig aus.

Perrys Wahnsinn war niederschmetternd und herzzerreißend. Er war eine gespaltene Persönlichkeit, zwei Menschen in einem. Der eine war ein naiver, unschuldiger junger Mann, der noch nicht erwachsen war, und der andere war ein Dämon, der drei Menschen getötet hatte. Ich hoffte nur, daß ich dem Dämon niemals begegnen müßte. Mit einem leichten Kopfnicken beantwortete ich Perrys Frage: »Ja, einschmuggeln ist das richtige Wort. Du erzählst das alles wirklich gut, Perry.«

»Eubie schrieb mir in seinen Biefen von seiner Arbeit und dem Leuchtturm, wo er wohnte, und wie frei, offen und schön es war, richtig wundervoll. Aber dann fand *sie* es heraus. Sie fand die Briefe, und es war mein Fehler, daß sie die Briefe fand. Sie zwang mich dazu, Eubie vom Schwarzen

Raum aus zu verwünschen. Ich wollte es nicht tun, aber ich mußte es. Ich mußte es! Ich versuchte, Eubie zu helfen, wirklich, ich rannte sogar fort und nahm viel Geld mit. Ich fand ihn, und alles ...« Erneut brach er schluchzend zusammen.

»Du hast ihm doch geholfen«, ich strich über die skelettartigen Schultern, »du hast es wirklich getan.«

»Nein, habe ich nicht! Denn der Zauberbann wirkte tatsächlich, und er wurde zum Werwolf, und, und, ... und dann sah sie in einer Kristallkugel, daß wir im Leuchtturm von Point Reyes waren, und sie schickte Leute hinter uns her ...« Perry rollte so sehr mit den Augen, daß nur noch das Weiße zu sehen war. Er fing an, vor und zurück zu schaukeln. Ich hatte Angst, er würde eine Art von Anfall bekommen. Aber noch bekam er Worte heraus und jammerte: »Sie hat Hubert etwas Schreckliches angetan, was noch schlimmer für ihn war, als ein Werwolf zu sein. Ich weiß nicht, was sie tat, weil sie mich für eine lange Zeit eingeschlossen hatte. Sie tat seinem Gehirn etwas an, so daß er nicht mehr Hubert war. Er war nicht mehr mein Freund. Deshalb mußte der Dämon ihn auch töten.«

Perry hörte auf zu schaukeln. Er saß ganz ruhig da und schaute mich an. Langsam kehrte sein Verstand zurück. Ich sah es in seinen Augen, so als ob man einen Vorhang zurückzog. Er sagte: »Hubert war außer Ihnen mein einziger Freund, Fremont.«

»Ich bin froh, daß du mich als deine Freundin bezeichnest.« Die geistige Gesundheit, die sich so plötzlich wiedereinstellte, war ernüchternd und fast noch schlimmer als der Wahnsinn. Wie konnte nur beides in ein und demselben Menschen existieren?

Er fuhr fort, vernünftig zu sprechen, aber mitten im Satz wurde er wieder wahnsinnig: »Ich habe sie getötet, oder war es der Dämon, manchmal bin ich nicht sicher. Aber ich konnte sie nicht so wie normale Menschen beerdigen, denn sie waren nicht normal. Ich wußte, daß die böse Magie sie zurückbringen konnte. Sie kann das nämlich, wissen Sie, vom Grab aus kann sie das machen: Sie kann zurückkommen! Aber nicht ohne ihren Körper, nicht ohne ihr Herz, ihre Lungen und ihren Magen. Ich weiß das von den Ägyptern, aus einem Buch aus der Bibliothek. Deshalb nahm ich das Buch über die Ägypter und das Einbalsamieren, ging und besorgte, was ich dafür brauchte, und tat, was ich gelesen hatte: Ich entnahm ihnen die Organe und tat sie in Gläser. Nur die Gehirne nicht, ich konnte es nicht, egal, wie sehr ich es versuchte. Ich glaube nicht, daß sie jetzt noch wiederkehren können, nicht einmal sie kann zurückkommen, aber ich muß sie die ganze Zeit über bewachen. Vielleicht habe ich es nicht richtig gemacht, denn sie hatte nur Glasgefäße. Hier, ich zeige sie Ihnen.«

Perry nahm mich an die Hand und zeigte sie mir. Ich wollte nicht hinsehen, aber ich tat es doch und war gleichzeitig erschreckt und fasziniert. Ich sah, daß er die Wahrheit gesagt hatte. Er hatte eine brillante Sache vollbracht. Was er getan hatte, war genial und wahnsinnig zugleich.

Ich konnte nicht zulassen, daß es so weiterging, unterbrach Perrys Geschichte, die ohnehin nur noch ein unverständliches Gestammel geworden war, und nahm seine Hand fest in die meine und sagte: »Du kommst jetzt mit mir, Perry. Wir gehen zu Leuten, die deine Freunde sein werden und die dir helfen können. Jetzt ist alles vorbei, und du mußt sie nicht mehr weiter bewachen. Du kannst dich ausruhen und schlafen. Das würdest du doch gern tun, oder?«

Ich brachte Perry dazu, Stufe für Stufe die Treppe hinunterzugehen, während er vor sich hin plapperte, protestierte und den Weg hinunter immer wieder stockte und zurückwollte. Ich flehte die Mächte des Universums, die ich Gott nannte, an und bat darum, aus diesem Haus geführt zu werden, denn ich hätte den Weg allein nicht mehr gefunden.

Wir fanden ihn. Ich öffnete die große Tür, drehte den Schlüssel, der im Schloß steckte, herum und schloß sie hinter mir ab.
Der Dämon verließ Perry, als ich die Tür abschloß. Er begann zu brüllen, und ein Laut kam aus seiner Kehle, der laut genug war, um mein Trommelfell zu zerstören. Er riß sich von mir los und brachte mich mit einem außergewöhnlich harten Schlag an den Kopf zu Fall. Ich ging davon aus, daß er sich gleich auf mich stürzen und mich besinnungslos schlagen würde, aber das tat er nicht. Er rannte statt dessen brüllend um das Haus.
Ich wollte aufstehen, aber ich fiel wieder hin. Ich hörte einen Schrei, das Getrappel von Füßen und schaute mit verschwommenem Blick auf. Michael! Michael Archer war über einen drei Meter hohen Zaun gekommen!
»Sie sollten inzwischen wissen, Holmes, daß Watson es nicht gern sieht, wenn er zurückgelassen wird. Sollen wir uns beide die Erklärungen für später aufbewahren?« sagte er, als er mir, nicht allzu sanft, auf die Beine half.
»Ja.«
»Sie laufen hier lang, und ich werde dort entlanglaufen, und dann fangen wir den Jungen gemeinsam, einverstanden?«
»Ja!« rief ich noch einmal. Ich war sicher, daß er recht hatte, denn gemeinsam würde uns alles gelingen!

Als die Polizei mit uns fertig war, bestand ich darauf, Peregrine im Krankenhaus zu besuchen. Michael seinerseits bestand darauf, mich zu begleiten. Wir hatten einen ziemlich langen Tag hinter uns und waren beide erschöpft, als wir schließlich vor unserem Haus in der Vallejo Street aus der Kutsche stiegen.
Die Haustür öffnete sich wie von selbst, und eine Stimme dröhnte uns entgegen: »Na so was, da sind Se ja. Was machen Se beide denn noch so spät da draußen?«

EPILOG: DIE WUNDERSAMSTE REISE

Als mich das Krankenhaus im Büro anrief und mich bat zu kommen, folgte ich der Bitte sofort und hängte ein Schild mit der Aufschrift WEGEN NOTFALLS GESCHLOSSEN an die Tür. Ich hielt eine Droschke auf der Sacramento Street an und erreichte so das von den Barmherzigen Schwestern geführte Privatkrankenhaus sehr schnell. Sie waren auch sehr barmherzig mit dem armen Perry umgegangen, obwohl er notgedrungen die meiste Zeit in einer Zwangsjacke verbringen mußte.

»Ist etwas passiert?« fragte ich die Schwester, die vor seinem Zimmer Wache hielt.

»Ich fürchte, ja«, sagte sie mit gedämpfter Stimme. »Wir wissen nicht, wie er es gemacht hat. Er hat sich selbst erwürgt. Wir dachten, wir hätten ihn noch rechtzeitig gefunden, als wir Sie anriefen, aber wir konnten ihn leider nicht mehr retten. Er ist von uns gegangen.«

Sie hatten ihn nicht mehr retten können. Genau das war sein Problem gewesen! Keiner hätte ihn retten können. Ich sagte: »Ich würde ihn trotzdem gern sehen.«

Die Nonne machte die Tür auf und trat zurück, um mich allein eintreten zu lassen. Peregrine Crowe, an den ich immer als Edgar Allan Partridge denken würde, lag mit violett angelaufenem Gesicht in seinem Bett. Die Hände waren ehrfürchtig auf seiner Brust gekreuzt worden.
An seinem Kopf, auf dem Kissen, saß eine schwarze Kröte mit roten Augen.

Quellenangaben

[1] Aus: Edgar Allen Poe, Gedichte – Poems.
Vollständige zweispr. Ausgabe.
Dt. von A. Schmidt und H. Wollschläger,
München 1986, S. 152 ff.

ECON HISTORISCHER KRIMI

Elizabeth Peters
Im Schatten des Todes
Ein Kriminalroman aus
dem 19. Jahrhundert
192 Seiten,TB 25145-7
Lizenzausgabe

Schlimm genug, daß Amelia Peabody allein nach Ägypten reist, aber ihre neue Freundschaft zu der mittellosen und verrufenen Evelyn Barton-Forbes sprengt nun wirklich alle Konventionen der viktorianischen Etikette. Als die lebenslustige Evelyn, die eigentlich nur vor ihrer mißglückten Verlobung fliehen wollte, bald nicht nur von unzähligen Verehrern, sondern auch von einer erstaunlich lebendigen Mumie verfolgt wird, ist ihre unerschrockene Beschützerin und Hobbydetektivin Amelia gefordert ...

»Peters versteht es meisterhaft, eine Liebes- und Abenteuergeschichte mit einer Kriminalgeschichte zu verflechten.«

The Philadelphia Inquirer

»Einfach köstlich!«

Library Journal

HK 2

ECON TASCHENBÜCHER

ECON